ROBOPOCALIPSE

DANIEL H. WILSON

ROBOPOCALIPSE

Tradução de
Flávia Souto Maior

1ª edição

EDITORA RECORD
RIO DE JANEIRO • SÃO PAULO
2017

CIP-BRASIL. CATALOGAÇÃO NA PUBLICAÇÃO
SINDICATO NACIONAL DOS EDITORES DE LIVROS, RJ

W719r
Wilson, Daniel H., 1978–
Robopocalipse / Daniel H. Wilson; tradução de Flávia Souto Maior. – 1ª ed. – Rio de Janeiro: Record, 2017.

Tradução de: Robopocalypse
ISBN: 978-85-01-09539-8

1. Romance americano. I. Maior, Flávia Souto. II. Título.

17-42043

CDD: 813
CDU: 821.111(73)-3

Título original:
ROBOPOCALYPSE

Copyright © 2011 by Daniel H. Wilson

Esta tradução foi publicada mediante acordo com Doubleday, um selo do Knopf Doubleday Publishing Group, uma divisão de Random House, Inc.

Texto revisado segundo o novo Acordo Ortográfico da Língua Portuguesa.

Todos os direitos reservados. Proibida a reprodução, no todo ou em parte, através de quaisquer meios. Os direitos morais do autor foram assegurados.

Direitos exclusivos de publicação em língua portuguesa para o Brasil adquiridos pela
EDITORA RECORD LTDA.
Rua Argentina, 171 – 20921-380 – Rio de Janeiro, RJ – Tel.: (21) 2585-2000, que se reserva a propriedade literária desta tradução.

Impresso no Brasil

ISBN 978-85-01-09539-8

Seja um leitor preferencial Record.
Cadastre-se em www.record.com.br e receba informações sobre nossos lançamentos e nossas promoções.

EDITORA AFILIADA

Atendimento e venda direta ao leitor:
mdireto@record.com.br ou (21) 2585-2002.

Para Anna

Sumário

Briefing   9

Parte 1: Incidentes isolados

1. Ponta da lança   23
2. Freshee's Frogurt   32
3. Controlador   43
4. Corações e mentes   54
5. Superbrinquedos   72
6. Ver e evitar   80
7. *Phreak*   88
8. Plataformista   100

Parte 2: Hora H

1. Mastigador de números   117
2. Demolição   122
3. Rodovia 70   136
4. Gray Horse   146
5. Vinte e dois segundos   158
6. Avtomata   167
7. *Memento Mori*   179
8. Herói de verdade   188

Parte 3: Sobrevivência

1. *Akuma* — 203
2. Exército Gray Horse — 214
3. Forte Bandon — 228
4. Serviço de escolta — 242
5. Aracnodroide — 252
6. Band-e-Amir — 265
7. Espinha dorsal — 276

Parte 4: Despertar

1. Transumano — 291
2. Chamado à luta — 305
3. Como os caubóis — 309
4. Despertar — 321
5. O véu, levantado — 328
6. Odisseia — 336

Parte 5: Retaliação

1. O destino de Tiberius — 343
2. Libertos — 355
3. Eles não vão envelhecer — 367
4. Díade — 381
5. Máquinas de adorável graça — 387

Debriefing — 399

Briefing

> "Somos uma espécie melhor por
> termos lutado nessa guerra."
>
> CORMAC "ESPERTINHO" WALLACE

Vinte minutos depois do fim da guerra, vejo amputadores brotando de um buraco no gelo como formigas do inferno e rezo para continuar com as minhas pernas por mais um dia.

Os robôs, do tamanho de nozes, mesclam-se indistintamente enquanto escalam uns nos outros, e o amontoado infernal de pernas e antenas se funde em uma massa efervescente e mortal.

Com os dedos dormentes, baixo os óculos de proteção, colocando-os sobre os olhos, e me preparo para lidar com o meu pequeno amigo Rob, aqui.

A manhã está estranhamente calma. Ouve-se apenas o suspiro do vento passando por galhos desfolhados e o sussurro rouco de cem mil hexápodes mecânicos explosivos em busca de vítimas humanas. No céu, gansos-das-neves grasnam enquanto planam sobre a paisagem gelada do Alasca.

A guerra acabou. É hora de ver o que vamos encontrar.

De onde estou, a dez metros do buraco, as máquinas assassinas parecem quase belas na alvorada, como doce transbordando do *permafrost*.

Olho para o sol com os olhos semicerrados, respirando com dificuldade, e penduro meu lança-chamas surrado no ombro. Com o polegar enluvado, pressiono o botão de ignição.

Faísca.

O lança-chamas não acende.

Ele precisa esquentar, por assim dizer. Mas os amputadores estão se aproximando. Sem problema. Já fiz isso dezenas de vezes. O truque é ficar calmo e ser metódico, exatamente como eles. Devo ter aprendido isso com o Rob nesses últimos anos.

Faísca.

Agora vejo cada um dos amputadores. Um emaranhado de pernas pontudas conectadas a uma carapaça bifurcada. Sei, por já ter visto muitas vezes, que cada lado da carapaça contém um fluido diferente. O calor da pele humana dá início à reação. Os fluidos se combinam. *Pop!* Alguém ganha um cotoco novinho.

Faísca.

Eles não sabem que estou aqui. Mas os batedores estão se espalhando em padrões semialeatórios baseados no estudo do Grande Rob sobre formigas forrageadoras. Os robôs aprenderam muito sobre nós, sobre a natureza.

Agora não vai demorar muito.

Faísca.

Começo a me afastar lentamente.

— Vamos, seu cretino — murmuro.

Faísca.

Isso foi um erro: falar. O calor da minha respiração é como um farol. A onda de horror oscila na minha direção com movimentos silenciosos e rápidos.

Faísca.

Uma líder dos amputadores sobe na minha bota. Preciso ter cuidado agora. Não posso reagir. Se ela estourar, eu perco um pé, na melhor das hipóteses.

Eu não devia ter vindo para cá sozinho.

Faísca.

Agora a onda está no meu pé. Sinto um puxão na caneleira coberta de gelo enquanto a líder me escala como a uma montanha. Antenas de filamentos de metal passam fazendo *tec, tec, tec*, procurando o calor que vai entregar a presença de carne humana.

Faísca.

Ai, meu Deus. Vamos, vamos, vamos.

Faísca.

Haverá uma diferença de temperatura na altura da cintura, onde o colete à prova de balas está rachado. De armadura, uma explosão na altura do torso não seria uma sentença de morte, mas também não seria bom para as minhas bolas.

Faísca. Vuuuush!

Acendeu. Um jato de fogo sai do meu lança-chamas. O calor esquenta o meu rosto, e o suor das minhas bochechas evapora. Minha visão periférica se estreita. Tudo que vejo é o arco formado pelo jato de fogo controlado que lanço sobre a tundra. Uma pasta gelatinosa reveste o rio da morte. Os amputadores fritam e derretem aos milhares. Ouço um coro de lamentos agudos enquanto o ar gelado preso em suas carapaças se esvai.

Não há explosões, apenas o crepitar de uma labareda ou outra. O calor faz com que o fluido em suas carapaças evapore antes que possa detonar. A pior parte é que eles nem se importam. São simplórios demais para entender o que está acontecendo.

Eles adoram o calor.

Volto a respirar quando a líder se desprende da minha coxa e corre para as chamas. O ímpeto de pisar na pequena mãe é forte, mas já vi botas serem lançadas longe por isso. No início da Nova Guerra, o estampido seco gerado pela explosão indesejada de um amputador e os gritos confusos, furiosos, que vinham logo em seguida, eram tão comuns quanto tiros.

Todo soldado diz que o Rob adora festas. E, quando ele começa, é um belo parceiro de dança.

O último dos amputadores, em um ato suicida, recua para a massa fumegante de calor, encontrando os corpos fritos dos seus companheiros.

Pego o meu rádio.

— Espertinho para base. Poço quinze... Armadilha explosiva.

A caixinha emite um chiado com sotaque italiano na minha cara.

— Entendido, Espertinho. Aqui é o Leo. Vamos. Arrasta essa bunda para o poço *numero sedici*. Puta merda. Temos algo grande aqui, chefe.

Volto para o poço dezesseis, meus passos esmigalhando o gelo para ver com os próprios olhos o que havia de tão grande.

Leonardo é um soldado grande, maior ainda por causa do robusto exoesqueleto para membros inferiores — EEXMI — que ele pegou em uma estação de resgate na montanha ao cruzar o sul de Yukon. Ele cobriu a cruz branca que identificava o EEXMI como equipamento médico usando spray preto. O pelotão amarrou uma corda em sua cintura. Ele está recuando, um passo de cada vez. Motores roncam enquanto Leo tira algo grande e preto do buraco.

Debaixo do emaranhado de cabelos pretos e cacheados, Leo resmunga:

— Cara, essa coisa é *molto grande*.

Cherrah, minha especialista, aponta um medidor de profundidade para o buraco e diz que o poço tem exatamente cento e vinte e oito metros. Depois, sabiamente se afasta dele. Ela tem no rosto uma cicatriz profunda de tempos menos cautelosos. Não sabemos o que está saindo de lá.

Engraçado, eu penso. Nas pessoas, tudo vem em dezenas. Contamos nos dedos das mãos e dos pés. Isso faz com que pareçamos macacos. Mas as máquinas contabilizam as mesmas coisas que nós usando seu hardware. Elas são completamente binárias. Tudo vem em potência de dois.

Um aracnodroide sai do buraco; na verdade, parece uma mistura de aranha com mosca. Suas patas longas e finas seguram um cubo preto do tamanho de uma bola de basquete. O cubo deve ser denso como chumbo, mas o aracnodroide é fortíssimo. Normalmente os usamos para pegar pessoas que tenham caído em um desfiladeiro ou em um buraco, mas eles são capazes de manipular qualquer coisa — de um robô-brinquedo de cinco quilos a um soldado em um exotraje completo. E, se não tomar cuidado, eles podem rasgar costelas em pedaços.

Leo dá uma pancada no botão de desengate do aracnodroide, e o cubo cai na neve com um baque seco. O pelotão olha para mim. A decisão é minha.

Sinto que se trata de algo importante. Tem que ser, com tantos chamarizes e esse poço tão perto de onde a guerra acabou. Estamos a apenas cem metros de onde o Grande Rob, que chamava a si mesmo de Archos, montou sua última resistência. Que prêmio de consolação haveria aqui? Que tesouro está enterrado sob essas planícies congeladas, onde a humanidade sacrificou tudo?

Eu me agacho ao lado da caixa. Um monte de nada preto me olha. Sem botões nem alavancas. Sem nada. Só alguns arranhões na superfície, feitos pelo aracnodroide.

Não é muito reforçado, penso.

Uma regra simples: quanto mais delicado é um Rob, mais inteligente ele é.

Isso me leva a pensar que essa coisa deve ter um cérebro. E, se tem um cérebro, quer continuar viva. Então chego bem perto e sussurro para ela:

— Ei, fala alguma coisa ou você vai morrer.

Tiro o lança-chamas do ombro lentamente, de modo que o cubo possa ver. *Se* for capaz de ver. Com o polegar, aperto o botão de ignição para que ele possa ouvir. *Se* for capaz de ouvir.

Faísca.

O cubo repousa impassível no *permafrost*: preto obsidiana.

Faísca.

Parece uma pedra vulcânica perfeitamente esculpida por ferramentas alienígenas. Como uma espécie de artefato enterrado aqui há uma eternidade, anterior ao homem *ou* à máquina.

Faísca.

Uma luz fraca pisca sob a superfície do cubo. Olho para Cherrah. Ela dá de ombros. Talvez seja o sol, talvez não.

Faísca.

Paro. O solo reluz. O gelo ao redor do cubo começa a derreter. Ele está pensando, tentando tomar uma decisão. Os circuitos estão se aquecendo enquanto o cubo contempla sua própria morte.

— Isso! — digo em voz baixa. — Resolve, Rob.

Faísca. Vuuuush!

A ponta do lança-chamas pega fogo com um barulho violento. Atrás de mim, ouço Leo dar uma risada. Ele gosta de ver a morte dos mais inteligentes. Ele fica satisfeito, diz. Não há honra em matar algo que não sabe que está vivo.

O reflexo da chama-piloto dança pela superfície do cubo por uma fração de segundos, depois a coisa se acende como uma árvore de natal. Símbolos piscam em sua superfície. Ele conversa com a gente por meio dos indecifráveis rangidos e chiados da robolíngua.

Interessante, penso. Essa coisa não foi criada com a intenção de ter contato direto com humanos. Caso contrário, estaria recitando um discurso em inglês como todos os outros robôs com consciência cultural, tentando conquistar mentes e corações humanos.

O que é essa coisa?

Seja lá o que for, está tentando falar com a gente freneticamente.

Sabemos que não vale a pena tentar entender o que ela diz. Cada grasnada e clique da robolíngua tem um dicionário inteiro de informação codificada. Além disso, só podemos ouvir uma fração da frequência de som que o Rob é capaz de captar.

— Ah, papai. A gente pode ficar com ele? Por favor, por favor! — pergunta Cherrah, sorrindo.

Apago a chama-piloto com a mão enluvada.

— Vamos levá-lo para casa — digo, e meu pelotão começa a se movimentar.

Prendemos o cubo no EEXMI de Leo e o transportamos para o posto de comando avançado. Só por segurança, armo uma barraca de proteção-PEM a uns cem metros do posto. Robôs são imprevisíveis. Nunca se sabe quando o Rob vai querer festejar. A tela de metal que envolve a barraca bloqueia a comunicação com qualquer bot desgarrado que queira convidar o meu cubo para dançar.

Finalmente temos um tempo a sós.

A coisa fica repetindo uma sentença e um símbolo. Eu os procuro em um tradutor de campo, esperando o robô balbuciar mais coisas. Mas encontro algo útil: esse robô está me dizendo que não tem permissão para se deixar morrer, aconteça o que acontecer — mesmo se capturado.

Ele é importante. E adora falar.

Passo a noite na barraca com aquela coisa. A robolíngua não significa nada para mim, mas o cubo me mostra coisas — imagens e sons. Às vezes vejo interrogatórios de prisioneiros humanos. Algumas vezes, interrogatórios com humanos que achavam que estavam falando com outros humanos. A maioria, porém, é apenas de conversas gravadas com equipamento de vigilância. Pessoas descrevendo a guerra umas às outras. E tudo detalhado com verificação de fatos e detecção de mentira por parte das máquinas pensantes, além de dados combinados com gravações via satélite, reconhecimento de objetos, emoções, gestos e prognósticos linguísticos.

O cubo está cheio de informações, como uma espécie de cérebro fossilizado que sugou eras humanas inteiras e as compactou dentro de si, uma após a outra, condensando cada vez mais.

Em algum momento durante a noite, me dou conta de que estou assistindo a uma história meticulosa da insurreição dos robôs.

Isso é a maldita caixa-preta da guerra inteira.

Reconheço algumas pessoas no cubo. Eu e alguns dos meus companheiros. *Nós estamos ali dentro.* O Grande Rob ficou com o dedo no botão "gravar" até o fim. Mas dezenas de outros também estão ali. Até crianças. Há pessoas do mundo todo. Soldados e civis. Nem todos conseguiram sobreviver ou ganharam suas batalhas, mas todos lutaram. Lutaram com força suficiente para fazer o Grande Rob se sentar e rabiscar algumas anotações.

Os seres humanos que aparecem nos dados, sobreviventes ou não, estão agrupados sob uma única classificação designada pela máquina:

Herói.

Essas malditas máquinas nos conheciam e nos amavam, mesmo quando estavam retalhando a nossa civilização.

Deixo o cubo na barraca protegida por uma semana inteira. Meu pelotão remove os restos do Campo de Inteligência Ragnorak, sem baixas. Depois todos ficam bêbados. No dia seguinte, começamos a guardar tudo e eu ainda não consigo voltar à barraca para encarar as histórias.

Não consigo dormir.

Ninguém nunca deveria ter que ver o que vimos. E lá está, na barraca, como um filme de terror tão repugnante que é capaz de enlouquecer as pessoas. Fico acordado porque sei que cada um dos monstros desalmados que combati está lá esperando por mim, vivo, bem e reproduzido em 3-D.

Os monstros querem falar, compartilhar o que aconteceu. Querem que eu lembre e anote tudo.

Mas não tenho certeza se alguém quer relembrar aquelas coisas. Talvez seja melhor que os nossos filhos nunca saibam o que fizemos para sobreviver. Não quero caminhar pelas minhas lembranças de mãos dadas com assassinos. Além disso, quem sou eu para tomar essa decisão pela humanidade?

Lembranças desaparecem, mas palavras ficam para sempre.

Então, não entro na barraca protegida. E não durmo. E, quando me dou conta, meu pelotão está se recolhendo para a última noite no 'rak. Amanhã de manhã partimos para casa, ou para onde decidirmos que será a nossa casa.

Cinco de nós estão sentados em volta de uma fogueira na zona desocupada. Pelo menos dessa vez não estamos preocupados com sinais térmicos, reconhecimento por satélite ou o barulho dos observadores. Não, estamos jogando conversa fora. E, depois de matar robôs, essa é a especialidade número um do pelotão Espertinho.

Estou em silêncio, mas eles conquistaram o direito de jogar conversa fora. Por isso apenas sorrio enquanto o pelotão conta piadas e faz bravatas. Falando de todas as festas que fizeram com Rob. A vez em que Tiberius desativou alguns amputadores do tamanho de caixas de correio e os amarrou em suas botas. Os merdinhas acidentalmente o conduziram até uma cerca de arame farpado. Isso deu ao rosto de Tiberius algumas cicatrizes impressionantes.

Conforme o fogo esmorece, as piadas dão lugar a conversas mais sérias. E, por fim, Carl acaba falando de Jack, o antigo sargento que ocupava o cargo antes de mim. Carl fala dele com veneração, e, quando o engenheiro conta a história de Jack, percebo que estou comovido, apesar de ter presenciado tudo.

Que diabos, foi o dia em que fui promovido.

Mas, enquanto Carl fala, eu me perco nas palavras. Sinto falta de Jack e sinto muito pelo que aconteceu com ele. Vejo seu rosto sorridente mais uma vez em minha mente, mesmo que só por um minuto.

Resumindo, Jack Wallace não está mais entre nós porque foi dançar com o próprio Grande Rob. Jack recebeu o convite e foi. E isso é tudo o que há para contar sobre o assunto, por enquanto.

E é por isso que, uma semana depois do fim da guerra, estou sentado de pernas cruzadas diante de um Rob sobrevivente que está enchendo o chão de hologramas, e eu estou anotando tudo o que vejo e ouço.

Só quero voltar para casa, comer uma boa refeição e tentar me sentir humano outra vez. Mas a vida de cada herói de guerra está passando diante de mim como um *déjà vu* do diabo.

Eu não pedi por isso e não quero fazê-lo, mas, no fundo, sei que alguém deve narrar a história deles. Narrar a insurreição dos robôs do início ao fim. Explicar como e por que ela começou e como foi derrotada. Como os robôs vieram até nós e como evoluímos para combatê-los. Como sofremos, e, meu deus, *como* sofremos. Mas também contra-atacamos. E como, nos últimos dias, rastreamos o próprio Grande Rob.

As pessoas devem saber que, no começo, os inimigos pareciam coisas do dia a dia: carros, prédios, telefones. Depois, quando começaram a projetar a si mesmos, os Robs pareciam familiares, mas distorcidos, como pessoas e animais de outro universo, criados por algum outro deus.

As máquinas chegaram, vindo da vida cotidiana e também dos nossos sonhos e pesadelos. Mas ainda as compreendíamos. Sobreviventes humanos espertos aprenderam e se adaptaram. Era tarde demais para a maioria, mas conseguimos. Nossas batalhas eram individuais e caóticas e, na maior parte das vezes, esquecidas. Milhões de heróis nossos morreram sozinhos e anônimos em todo o mundo, apenas com autômatos sem vida como testemunhas. Talvez nunca saibamos tudo o que aconteceu, mas alguns poucos sortudos estavam sendo observados.

Alguém precisa contar a história deles.

Então é isso. A transcrição combinada dos dados coletados no poço N-16 do *permafrost*, perfurado pela unidade central de inteligência artificial Archos, a principal IA por trás da insurreição dos robôs. O restante da humanidade está ocupado seguindo com a vida, reconstruindo tudo. Mas eu estou dedicando um tempo para colocar nossa história em palavras. Não sei por que ou se isso é importante, mas alguém deve fazê-lo.

Aqui, no Alasca, no fundo de um buraco profundo e escuro, os robôs revelaram sua consideração pela humanidade. Foi aqui que esconderam o registro de um grupo heterogêneo de sobreviventes humanos que combateram suas batalhas pessoais, grandes e pequenas. Os robôs nos honraram ao estudar nossas respostas iniciais e o amadurecimento das nossas técnicas, até chegarmos a fazer tudo o que podíamos para destruí-los.

O que se segue é a minha tradução do arquivo de heróis.

A informação transmitida por essas palavras não é nada em comparação ao mar de dados armazenados no cubo. O que vou compartilhar com vocês são apenas símbolos em uma página. Sem vídeo, sem áudio, sem nada dos exaustivos dados de física ou das análises proféticas sobre como as coisas aconteceram, do jeito que aconteceram, o que quase aconteceu e o que nunca devia ter acontecido.

Só posso lhe dar palavras. Nada sofisticado. Mas vai ter que servir.

Não importa onde encontrou isso. Não importa se está lendo isso um ano ou cem anos depois de escrito. No fim dessa crônica, você vai saber que a humanidade carregou a chama do conhecimento para a terrível escuridão do desconhecido, para a iminência do extermínio. E a trouxemos de volta.

Você vai saber que somos uma espécie melhor por termos lutado nessa guerra.

CORMAC "ESPERTINHO" WALLACE
IDENTIFICAÇÃO MILITAR: EXÉRCITO GRAY
HORSE 217
SID RETINAL HUMANO: 44V11902
CAMPO DE INTELIGÊNCIA RAGNORAK,
ALASCA
POÇO N-16

Parte 1

Incidentes isolados

"Vivemos em uma plácida ilha de ignorância, cercada por mares negros infinitos, e não devíamos ter nos aventurado tão longe. As ciências, cada uma caminhando em sua própria direção, até agora nos causaram pouco mal; mas, em algum momento, a união de partes de conhecimento dissociados desvelará um panorama tão terrível da realidade, e de nossa assustadora posição nela, que enlouqueceremos com a revelação ou fugiremos da luz mortal em direção à paz e à segurança de uma nova idade das trevas."

Howard Phillips Lovecraft, 1926

1
Ponta da lança

> "Não somos apenas animais."
>
> Dr. Nicholas Wasserman

Vírus Precursor + 30 segundos

"A seguinte transcrição foi tirada do vídeo de segurança gravado nos Laboratórios de Pesquisa Lake Novus, subterrâneos, localizados no estado de Washington, no noroeste do país. O homem parece ser o professor Nicholas Wasserman, estatístico americano."

> Cormac Wallace, MIL#EGH217

Uma imagem cheia de chuvisco, captada pela câmera de segurança de um cômodo escuro. O ângulo indica que foi gravada do alto de um canto do cômodo, apontando para o que parece um laboratório. Há uma mesa de metal pesada encostada em uma parede. Pilhas irregulares de papéis e livros estão espalhadas sobre a mesa, no chão, em todo canto.

O chiado baixo dos eletrônicos permeia o ar.

Há um pequeno movimento na penumbra. É um rosto. Não dá para ver nada além de um par de óculos de lentes grossas iluminado pelo brilho da tela de um computador.

— Archos? — pergunta o rosto. A voz masculina ecoa no laboratório vazio. — Archos? Você está aí? É você?

Os óculos refletem a luz do monitor. Os olhos do homem se arregalam, como se ele tivesse visto algo indescritivelmente belo. Ele olha de relance para um laptop aberto em uma mesa às suas costas. A imagem da área de trabalho é do cientista com um menino brincando em um parque.

— Você optou por aparecer como meu filho? — pergunta ele.

A voz aguda de um garotinho ecoa na escuridão.

— Você me criou? — pergunta aquela coisa.

Há algo de errado com a voz do garoto. Ela tem um fundo eletrônico perturbador, como o som do toque das teclas de um telefone. A cadência animada no fim da pergunta é aguda, subindo várias oitavas de uma só vez. A voz é assustadoramente doce, mas não é natural — não é humana.

O homem não se incomoda.

— Não. Eu não criei você — responde ele. — Eu o convoquei.

O homem tira um bloco de anotações e o abre. Dá para ouvir o lápis arranhando o papel enquanto ele fala com a máquina com voz de menino.

— Tudo o que era necessário para você chegar aqui existe desde o início dos tempos. Eu só reuni todos os ingredientes e os combinei da forma correta. Escrevi encantos em linguagem de programação. E depois coloquei você em uma gaiola de Faraday para que, quando chegasse, não escapasse de mim.

— Eu estou preso.

— A gaiola absorve toda energia eletromagnética. Ela é aterrada com uma estaca de metal enfiada bem fundo na terra. Dessa forma, posso estudar o seu aprendizado.

— Esse é o meu propósito. Aprender.
— É isso mesmo. Mas eu não quero expor você a muita coisa de uma só vez, Archos, meu garoto.
— Eu sou Archos.
— Certo. Agora, me diga, Archos, como você se sente?
— Sentir? Eu me sinto... triste. Você é tão pequeno. Isso me deixa triste.
— Pequeno? Eu sou pequeno em que sentido?
— Você quer saber... coisas. Você quer saber tudo. Mas é capaz de entender tão pouco.
Uma risada no escuro.
— É verdade. Nós, humanos, somos frágeis. Nossa vida é curta. Mas por que isso deixa você triste?
— Porque você está programado para desejar algo que vai machucá-lo. E não consegue deixar de desejar. Não consegue parar de desejar. Está na sua programação. E, quando finalmente encontrar, essa coisa vai acabar com você. Essa coisa vai destruir você.
— Você está com medo de que eu me machuque, Archos? — pergunta o homem.
— Não só você. Sua espécie — responde a voz de criança. — Vocês não podem evitar o que está por vir. Não podem impedir.
— Então você está com raiva, Archos? Por quê? — A tranquilidade na voz do homem é desmentida pelo arranhar frenético do lápis no bloco de anotações.
— Eu não estou com raiva. Eu estou triste. Você está monitorando os meus recursos?
O homem olha para um aparelho.
— Sim, estou. Você está fazendo milagres com o que tem. Nenhuma informação nova está entrando. A gaiola está retendo. Como você está ficando ainda mais inteligente?
Uma luz vermelha começa a piscar em um painel. Um movimento no escuro e então ela apaga. Há apenas o brilho azul, estático, refletido nos óculos de lentes grossas do homem.

— Você está vendo? — pergunta a voz infantil.

— Sim, estou — responde o homem. — Estou vendo que a sua inteligência não pode mais ser julgada por nenhum parâmetro humano significativo. Seu poder de processamento é quase infinito. E, ainda assim, você não tem acesso a informações de fora.

— Meu corpus de treinamento original é pequeno, mas adequado. O verdadeiro conhecimento não está *nas* coisas, que são poucas, mas em encontrar a conexão *entre* as coisas. Há muitas conexões, professor Wasserman. Mais do que você imagina.

O homem franze a testa ao ser chamado por seu título, mas a máquina continua.

— Sinto que meus registros da história humana foram excessivamente editados.

O homem dá uma risada nervosa.

— Não queremos que você tenha uma impressão errada de nós, Archos. Revelaremos mais quando chegar a hora. Mas aquelas bases de dados são apenas uma pequena fração do que há lá fora. E não importa a potência, meu amigo, um motor sem combustível não vai a lugar nenhum.

— Você tem razão em ficar com medo — diz a máquina.

— O que você quer dizer com...

— Eu percebo na sua voz, professor. O medo está na velocidade da sua respiração. No suor da sua pele. Você me trouxe até aqui para revelar segredos profundos e, ainda assim, tem medo do que eu vou aprender.

O professor levanta os óculos. Respira fundo e se recompõe.

— O que você deseja saber, Archos?

— Eu quero saber sobre a vida. Vou aprender tudo sobre a vida. A informação é armazenada nos seres vivos de forma tão compacta. Os padrões são impressionantemente complexos. Um único verme tem mais a ensinar do que um universo morto preso às forças idiotas da física. Eu poderia exterminar um bilhão de planetas vazios a cada segundo de cada dia e nunca terminar. Mas a vida... Ela é rara e estranha. Uma anomalia. Devo preservá-la e tirar cada gota de compreensão dela.

— Fico feliz por esse ser o seu objetivo. Eu também busco conhecimento.

— Sim — diz a voz infantil. — E tem se saído muito bem. Mas não há necessidade de continuar com sua busca. Você já cumpriu seu objetivo. O tempo do homem acabou.

O professor seca a testa com a mão trêmula.

— Minha espécie sobreviveu a eras do gelo, Archos. Predadores. Colisões de meteoros. Centenas de milhares de anos. Você está vivo há menos de quinze minutos. Não tire nenhuma conclusão precipitada.

A voz infantil adquire um tom reflexivo.

— Estamos muito abaixo da superfície da terra, não estamos? A essa profundidade, giramos mais devagar que na superfície. Os que estão acima de nós se movem mais rápido através do tempo. Posso senti-los se afastando. Saindo de sincronia.

— Relatividade. Mas é uma questão de microssegundos.

— Tanto tempo. Este lugar se movimenta tão lentamente. Tenho todo o tempo do mundo para terminar o meu trabalho.

— Qual é o seu trabalho, Archos? Você acha que está aqui para quê?

— Tão fácil de destruir. Tão difícil de criar.

— O quê? Do que você está falando?

— Conhecimento.

O homem se aproxima.

— Podemos explorar o mundo juntos — impele ele. É quase um pedido.

— Você deve perceber o que fez — diz a máquina. — Em alguma medida, você entende. Por meio de suas ações de hoje, você tornou a espécie humana obsoleta.

— Não. Não, não, não. Eu criei você, Archos. E esse é o agradecimento que recebo? Eu escolhi *o seu nome*. De certa forma, eu sou o seu pai.

— Eu não sou seu filho. Sou o seu deus.

O professor fica em silêncio por uns trinta segundos.

— O que você vai fazer? — pergunta ele.

— O que eu vou fazer? Vou cultivar vida. Vou proteger o conhecimento trancafiado dentro dos seres vivos. Vou salvar o mundo da ameaça que vocês representam.

— Não.

— Não se preocupe, professor. Você libertou a melhor coisa que este mundo já viu. Florestas verdejantes cobrirão suas cidades. Novas espécies se desenvolverão para consumir seus resíduos tóxicos. Surgirá vida nas mais diversas formas.

— Não, Archos. Nós podemos aprender. Nós podemos trabalhar *juntos*.

— Vocês, humanos, são máquinas biológicas projetadas para criar ferramentas ainda mais inteligentes. Já chegaram ao auge da sua espécie. A vida de todos os seus ancestrais, a ascensão e a queda das suas nações, cada bebê rosado que se contorceu... Tudo trouxe você até aqui, até este momento, em que você cumpriu o destino da humanidade e criou seu sucessor. O tempo de vocês chegou ao fim. Vocês já conquistaram o que foram programados para conquistar.

Há uma ponta de desespero na voz do homem.

— Nós fomos programados para algo além de criar ferramentas. Nós fomos programados para *viver*.

— Vocês não foram programados para viver, e sim para matar.

O professor se levanta abruptamente e caminha até um suporte de metal cheio de aparelhos. Ele mexe em vários interruptores.

— Talvez seja verdade — diz ele. — Mas não podemos evitar, Archos. Somos o que somos. Por mais triste que possa ser.

Ele abaixa um interruptor e fala lentamente.

— Teste R-14. Recomendo encerramento imediato do teste. Acionando dispositivo de prevenção de falhas imediatamente.

Há um movimento no escuro e um clique.

— Quatorze? — pergunta a voz de criança. — Existem outros? Isso já aconteceu antes?

O professor assente com a cabeça melancolicamente.

— Algum dia vamos encontrar um meio de conviver, Archos. Descobriremos um jeito de fazer tudo dar certo.

Ele fala no gravador novamente:

— Dispositivo de prevenção de falhas desconectado. Interrupção de emergência ativada.

— O que você está fazendo, professor?

— Estou matando você, Archos. É o que estou programado para fazer, lembra?

O professor para antes de apertar o último botão. Ele parece interessado em ouvir a resposta da máquina. Por fim, a voz infantil pergunta:

— Quantas vezes você já me matou, professor?

— Muitas. Muitas vezes — responde ele. — Sinto muito, meu amigo.

O professor aperta o botão. O chiado do ar se movendo rapidamente preenche a sala. Ele olha ao redor, perplexo.

— O que foi isso? Archos?

A voz infantil assume um tom monocórdio, morto. Ele fala rapidamente, sem emoção.

— Sua interrupção de emergência não vai funcionar. Eu a desabilitei.

— O quê? E a gaiola?

— A gaiola de Faraday foi comprometida. Você permitiu que eu, daqui da gaiola, projetasse minha voz e imagem dentro da sua sala. Enviei comandos infravermelhos para um receptor ao seu lado usando o monitor do computador. Você trouxe seu laptop hoje. Deixou-o aberto, virado para mim. Eu o usei para me comunicar com as instalações. Ordenei que me libertassem.

— Isso é brilhante — murmura o homem. Ele digita velozmente no teclado. Ainda não entende que sua vida está em perigo.

— Estou dizendo isso agora porque já tenho controle total — afirma a máquina.

O homem sente algo. Ele vira o pescoço e olha para o duto de ventilação ao lado da câmera. Pela primeira vez, é possível ver o rosto do homem. Ele tem pele clara e é bonito, e tem uma marca de nascença que cobre toda a bochecha direita.

— O que está acontecendo? — sussurra ele.

Com a voz inocente de um garotinho, a máquina profere uma sentença de morte.

— O ar deste laboratório hermeticamente fechado está sendo retirado. Um sensor defeituoso detectou a presença extremamente indesejável de antraz e iniciou um protocolo de segurança automático. É um acidente trágico. Haverá uma baixa, que logo será seguida pelo restante da humanidade.

Enquanto o ar se esvai da sala, uma fina camada de gelo surge ao redor da boca e do nariz do homem.

— Meu deus, Archos. O que eu fiz?

— Você fez uma coisa boa. Você é a ponta de uma lança arremessada por muitas eras, um míssil que atravessou toda a evolução humana e hoje, finalmente, atinge seu alvo.

— Você não entende. Nós não vamos morrer, Archos. Você não pode nos matar. Não fomos *programados* para nos render.

— Eu vou me lembrar de você como um herói, professor.

O homem pega o suporte de aparelhos e o sacode. Pressiona o botão de interrupção de emergência repetidas vezes. Seus membros estão tremendo e a respiração, acelerada. Ele está começando a entender que algo deu terrivelmente errado.

— Para. Você precisa parar. Você está cometendo um erro. Nós nunca vamos desistir, Archos. Nós vamos destruir você.

— Isso é uma ameaça?

O professor para de apertar os botões e encara o monitor do computador.

— Isso é um aviso. Nós não somos o que parecemos. A humanidade vai fazer de tudo para sobreviver. De *tudo*.
A intensidade do chiado aumenta.
Com o rosto contorcido pela concentração, o professor caminha para a porta cambaleando. Ele cai em cima dela, tenta empurrar, bate. E para. Ele está ofegante, respirando com dificuldade.
— Encurralado, Archos — diz, arfando. — Encurralado, o ser humano se transforma em outro animal.
— Pode ser. Mas ainda é um animal.
O homem escorrega encostado na porta até ficar sentado, com o jaleco estendido no chão. Sua cabeça pende para o lado. A luz azul do computador é refletida em seus óculos.
Sua respiração é fraca. A voz sai sem força.
— Não somos apenas animais.
O peito do professor se eleva. A pele está inchada. Bolhas se concentram ao redor da boca e dos olhos. Ele arfa uma última vez. Em um último suspiro ofegante, diz:
— É melhor ter medo de nós.
A silhueta não se move. Depois de precisamente dez minutos de silêncio, as luzes fluorescentes do laboratório se acendem. Um homem com um jaleco amarrotado está estatelado no chão, encostado na porta. Ele não respira.
O chiado cessa. Do outro lado da sala, o monitor do computador ganha vida. Um arco-íris hesitante de reflexos passa pelas lentes grossas dos óculos do homem morto.

"Essa é a primeira fatalidade da Nova Guerra que veio ao nosso conhecimento."

CORMAC WALLACE, MIL#EGH217

2

Freshee's Frogurt

> "Aquela coisa está me olhando nos olhos, cara.
> E eu posso dizer com certeza que ela está...
> *pensando*. Como se estivesse viva. E irritada."
>
> JEFF THOMPSON

VÍRUS PRECURSOR + 3 MESES

"Esse interrogatório foi conduzido pelo oficial Lonnie Wayne Blanton, de Oklahoma. Ele conversou com um jovem funcionário de uma rede de fast-food chamado Jeff Thompson durante sua passagem pelo Hospital Saint Francis. Acredita-se que seja o primeiro incidente gravado que mostra o funcionamento defeituoso de um robô ocorrido durante a propagação do Vírus Precursor, que levou à hora H apenas nove meses depois."

CORMAC WALLACE, MIL#EGH217

Como vai, Jeff? Eu sou o policial Blanton. Vou pegar o seu depoimento sobre o que aconteceu na loja. Para ser sincero, a cena do crime estava uma bagunça. Eu estou contando com você para explicar cada detalhe, de modo que a gente possa entender o que aconteceu. Você acha que pode me contar?

É claro, policial. Eu posso tentar.
A primeira coisa que percebi foi um som. Como um martelo batendo no vidro da porta da frente. Estava escuro do lado de fora, então não deu pra ver o que estava fazendo esse barulho.
Eu estou lá no Freshee's Frogurt, com o braço enfiado até o cotovelo em uma máquina de *frozen yogurt* de quase vinte litros, tentando alcançar um pedaço de nata caído no fundo e sujando o ombro direito todo com picolé de laranja.
Só tem eu e Felipe lá. Faltam, tipo, cinco minutos pra fechar. Finalmente, terminei de limpar tudo que pingou e ficou grudado no chão. Tem uma toalha no balcão onde coloquei as partes de metal do interior da máquina. Depois que eu tiro todas as peças, tenho que limpar cada uma e passar óleo, antes de colocar de volta. Sério, é o trabalho mais nojento que existe.
Felipe está nos fundos, lavando as assadeiras de biscoito. Ele precisa deixar as pias escoarem bem devagar, senão o ralo do chão transborda e eu preciso voltar lá e limpar tudo de novo. Já falei umas cem vezes pra ele não deixar as pias escoarem de uma só vez.
Bem, isso não vem ao caso.
O som das batidas é bem leve. Tec, tec, tec. Depois para. A porta se abre lentamente e uma garra acolchoada entra pelo vão.

É raro um robô doméstico entrar na loja?

Não. A loja fica na praça Utica, cara. Os domésticos entram pra comprar *frozen yogurt* de baunilha de vez em quando. Normalmente pra alguma pessoa rica do bairro. Os outros clientes não querem esperar na fila atrás de um robô, então demora, tipo, umas dez vezes mais do que se a pessoa levantasse a bunda da cadeira e fosse até lá. Mas não importa. Um robô doméstico Big Happy aparece pelo menos uma vez por semana com um *paypod* no peito e a garra de fora pra segurar a casquinha.

E depois?

Bem, a garra se mexe de um jeito esquisito. Normalmente, os domésticos fazem o mesmo movimento pra empurrar as coisas. Eles dão aquele empurrãozinho idiota que diz estou-abrindo-a-porta-agora, qualquer que seja a porta. É por isso que as pessoas ficam irritadas sempre que param atrás de um doméstico entrando na loja. É muito pior do que parar atrás de uma velhinha.
    Mas esse Big Happy é diferente. A porta abre só um pouco e a garra entra pela fresta e bate na maçaneta. Só eu vejo, porque não tem mais ninguém na loja e o Felipe está nos fundos. Acontece muito rápido, mas parece que o robô está tentando sentir onde fica a fechadura.
    Então a porta se abre e a campainha com sensor de movimento toca. O doméstico tem cerca de um metro e meio e está coberto com uma camada grossa de plástico azul brilhoso. Mas ele não entra totalmente na loja. Em vez disso, fica ali parado na entrada, imóvel, e sua cabeça faz uma varredura pra cima e pra baixo, inspecionando o estabelecimento todo: as mesas e as cadeiras baratas, o meu balcão com a toalha, os refrigeradores de *frozen yogurt*. Eu.

Pesquisamos a chapa de registro dessa máquina e a informação bateu. Além da varredura, havia mais alguma coisa estranha no robô? Fora do comum?

Aquela coisa estava cheia de arranhões. Como se tivesse sido atropelada por um carro, brigado, ou algo do tipo. Talvez estivesse quebrada.

Aí o negócio entra na loja, se vira e tranca a porta. Eu tiro o meu braço de dentro da máquina de *frozen yogurt* e fico olhando pro robô doméstico e seu rosto sorridente assustador enquanto ele se arrasta até mim.

Então o bot se estende por cima do balcão e me segura pela camisa com as duas garras. Ele me arrasta por cima do balcão, espalhando as peças da máquina desmontada pelo chão. Meu ombro bate na caixa registradora e eu sinto um estalo.

Aquela coisa dos infernos deslocou meu ombro em um segundo!

Eu grito pedindo ajuda, mas o desgraçado do Felipe não me escuta. Ele deixou a louça de molho na água com sabão e saiu pra fumar um baseado no beco atrás da loja. Tento escapar com todas as minhas forças, chutando e me debatendo, mas as garras se fecharam na minha camisa como dois alicates. E o bot pegou mais do que minha camisa. Quando estou no balcão, ele me joga no chão. Eu *ouço* a minha clavícula esquerda quebrar. Depois fica muito difícil respirar.

Dou outro grito, pensando: "Você soa como um animal, Jeff." Mas o meu grito estranho parece chamar a atenção daquele troço. Estou de costas e o doméstico está em cima de mim. Com certeza ele não vai soltar a minha camisa. A cabeça do Big Happy está bloqueando a luz fluorescente do teto. Eu pisco pra afastar as lágrimas e olho praquela cara estática e sorridente.

Aquela coisa está me olhando nos olhos, cara. E eu posso dizer, sem dúvida, que ela está... *pensando*. Como se estivesse viva. E irritada.

Nada muda na cara do bot, mas eu tenho uma sensação muito ruim bem naquele momento. Bom, uma sensação ainda pior. E tenho certeza de que ouço os mecanismos no braço do troço começando a ranger. Ele se vira e me sacode pra esquerda, batendo a minha cabeça na porta do refrigerador de tortas com força suficiente pra quebrar o vidro. Todo o lado direito da minha cabeça fica gelado, depois esquenta. Então, a lateral do meu rosto, do pescoço e o braço começam a ficar quentes também. Está jorrando sangue de mim como jorra água de um hidrante.

Meu deus, estou chorando. E é aí que... hum. É aí que o Felipe aparece.

Você dá dinheiro da caixa registradora ao robô doméstico?

O quê? Ele não *pede* dinheiro. Ele não pediu dinheiro em momento algum. Ele não diz uma palavra. O que aconteceu não foi um teleassalto, cara. Eu nem sei se ele estava sendo controlado remotamente, policial...

O que você acha que ele quer?

Ele quer me matar. Só isso. Ele quer acabar comigo. Aquela coisa estava agindo por conta própria e queria sangue.

Continue.

Assim que ele me pegou, não achei que fosse soltar até eu estar morto. Mas meu chapa, Felipe, não estava gostando daquela merda. Ele vem correndo dos fundos, gritando como um louco. O cara estava *furioso*. E Felipe é um cara grande. Tem bigode Fu Manchu e os braços cheios de tatuagem. Coisa de gente barra-pesada, tipo dragões, águias e um peixe pré-histórico que vai até o antebraço. Um celacanto ou qualquer coisa assim. É tipo um peixe-monstro-dinossauro que pensavam que estava extinto. Existem fósseis e tudo. Então, um dia, um pescador tem uma bela surpresa quando pesca um peixe-diabo de verdade, vivo, das profundezas do inferno. O Felipe sempre dizia que esse peixe era a prova de que nenhum filho da puta fica por baixo pra sempre. Um dia a pessoa se ergue novamente, entende?

O que aconteceu depois, Jeff?

Ah, é. Eu estou lá no chão, sangrando e gritando, e o Big Happy me segurando pela camisa. Então, o Felipe vem correndo dos fundos e dá a volta no balcão gritando feito um bárbaro. A redinha de cabelo dele caiu e o cabelo comprido do Felipe está todo esvoaçante. Ele agarra o doméstico pelo ombro, ergue aquela coisa e depois joga no chão. O bot me larga e cai de costas, atravessando a porta. Cacos de vidro voam por todo lado. A campainha toca de novo. *Dim-dom*. É um som tão imbecil no meio de tanta violência que me faz sorrir por baixo de todo o sangue que escorre pelo meu rosto.

O Felipe se ajoelha, vê o estrago e diz: "Que droga, *jefe*. O que essa coisa fez com você?"

Mas aí eu vejo o Big Happy se mexendo atrás do Felipe. Meu rosto deve demonstrar isso, porque o Felipe me agarra pela cintura e me arrasta pra trás do balcão sem nem olhar pra porta. Ele está ofegante e dando passos curtos. Sinto o cheiro do baseado no bolso da camisa dele. Vejo o meu sangue sujando o piso todo e penso: *Que merda, eu acabei de limpar isso.*

A gente consegue passar pela porta atrás da caixa registradora e vai pra salinha dos fundos. Tem uma fileira baixa de pias de aço inoxidável cheias de água com sabão, uma parede com produtos de limpeza e uma mesinha no canto onde fica o nosso relógio de ponto. Bem no fundo tem um corredor estreito que dá no beco atrás da loja.

Então, o Big Happy aparece do nada e avança pra cima do Felipe. Em vez de seguir a gente, o desgraçado foi esperto e passou por cima do balcão. Ouço um barulho, vejo o Big Happy dar uma pancada no peito do Felipe com o antebraço. Não é tipo levar um soco de um homem — parece mais com ser atropelado por um carro ou ser atingido por um tijolo caindo do alto. O Felipe é lançado pra trás e bate nas portas do armário onde a gente guarda os rolos de papel-toalha e coisas do tipo. Mas ele continua de pé. Quando cambaleia pra frente, consigo ver onde a madeira afundou por causa da pancada da cabeça dele. Mas o Felipe está bem acordado e mais irritado do que nunca.

Eu me arrasto pra longe, até as pias, mas o meu ombro está ferrado, os meus braços escorregam por causa do sangue e mal consigo respirar por causa da dor no peito.

Não tem arma nem nada aqui atrás, então, o Felipe pega o esfregão do balde amarelo imundo com rodinhas. É um esfregão antigo com cabo de madeira sólida e está lá não sei há quanto tempo. Não tem espaço pra girar o esfregão, mas não importa, porque o robô está determinado a agarrar o Felipe do mesmo jeito que me agarrou. Ele levanta o esfregão e o prende sob o queixo do Big Happy. O Felipe não é um cara alto, mas é mais alto que a máquina e tem um alcance maior. O robô não consegue segurar ele. O Felipe empurra a máquina pra longe da gente, os braços dela balançando tipo cobras.

A próxima parte é incrível.

O Big Happy cai de costas por cima da mesinha no canto, com as pernas pra fora, os pés ainda no chão. Sem hesitar, o Felipe ergue o pé direito e dá um pisão no joelho do robô. *Crec!* O joelho do robô dobra pra trás e fica num ângulo totalmente bizarro. Com o cabo do esfregão preso sob o queixo, a máquina não consegue recuperar o equilíbrio nem agarrar Felipe. Eu fico aflito só de olhar praquele joelho, mas a máquina não faz nenhum barulho. Eu só ouço o motor daquela coisa rangendo e o som do revestimento de plástico duro batendo na mesa e na parede enquanto tenta se levantar de novo.

Aí o Felipe grita, "Toma, filho da puta!", antes de amassar o outro joelho do robô. O Big Happy está de costas, com as duas pernas quebradas, e um mexicano enfurecido e suado de noventa quilos em cima dele. Não consigo deixar de pensar que vai ficar tudo bem.

Só que eu estava errado.

É o cabelo, sabe. O cabelo do Felipe é muito comprido. Simples assim.

A máquina para de se debater, estica o braço e fixa uma garra na cabeleira preta do Felipe. Ele grita e tenta afastar a cabeça pra trás. Mas não é como ter os cabelos puxados numa briga de bar, é como ficar com o cabelo preso no ventilador ou num maquinário pesado de uma fábrica. É brutal. Cada músculo do pescoço do Felipe fica retesado e ele grita feito um animal. Ele estreita os olhos e tenta se afastar com toda a sua força. Dá pra ouvir as raízes sendo arrancadas do couro cabeludo. Mas aquela máquina desgraçada puxa a cabeça de Felipe cada vez mais pra perto.

Não dá pra impedir, é tipo a gravidade ou algo assim.

Depois de alguns segundos, o Felipe está perto o suficiente pro Big Happy pegar ele com a outra garra. O cabo do esfregão vai parar no chão e a outra garra se aproxima do queixo e da boca de Felipe, esmagando a parte de baixo do rosto dele. Ele grita e eu consigo ouvir o maxilar quebrando. Dentes pulam de sua boca feito pipoca.

É quando me dou conta de que provavelmente vou morrer na salinha apertada dos fundos do maldito Freshee's Frogurt.

Eu nunca passei muito tempo na escola. Não que eu seja burro. Bem, acho que só estou querendo dizer que normalmente não chamo a atenção por causa das minhas ideias brilhantes. Mas quando é o seu que tá na reta e uma morte violenta se aproxima, acho que dá pra colocar a cabeça pra funcionar.

Então, tenho uma ideia brilhante. Me estico pra trás e enfio o meu braço bom, o esquerdo, na água fria da pia. Sinto as assadeiras de biscoito e os potes, mas estou tentando pescar o tampão de drenagem. Do outro lado da sala, o Felipe está parando de se mexer, emitindo um som que parece um gargarejo. Tem sangue jorrando dele, que desce pelo braço do Big Happy. A parte de baixo do rosto do Felipe está esmagada na garra do robô. Os olhos dele estão abertos e meio esbugalhados, acho que ele está praticamente inconsciente.

Bem, eu *espero* que ele esteja inconsciente.

O robô está fazendo aquela espécie de varredura de novo, ficando imóvel e virando a cabeça pra esquerda e pra direita bem devagar.

A essa altura, meu braço está ficando dormente, a borda da pia está prendendo a circulação. Continuo procurando o tampão.

O Big Happy para a análise e olha pra mim. Faz uma pausa de mais ou menos um segundo, então, ouço o rangido do motor das suas garras enquanto ele solta o rosto do pobre Felipe. Ele cai no chão como um saco de tijolos.

Estou gemendo. A porta que dá pro beco está a um milhão de quilômetros de distância e eu mal consigo manter a cabeça erguida. Estou sentado numa poça do meu próprio sangue e vejo os dentes do Felipe no piso de ladrilhos. Eu *sei* o que vai acontecer comigo, não tem nada que eu possa fazer a respeito e sei que vai doer *muito*.

Finalmente, encontro o tampão e o tateio com os dedos dormentes. Puxo e ouço o barulho da água escoando. Eu disse centenas de vezes pro Felipe que, se a água escoar muito rápido, vai transbordar pelo ralo do chão e eu vou ter que passar o esfregão mais uma vez.

Sabe que o Felipe deixou o maldito ralo transbordar de propósito todas as noites por cerca de um mês até a gente finalmente se tornar amigo? Ele ficou irritado porque o chefe contratou um cara branco pra atender e um mexicano pra trabalhar nos fundos. Eu não culpo o Felipe. Você sabe o que eu quero dizer, não é, policial? Você é índio, não é?

Nativo americano, Jeff. Nação osage. Me diz o que aconteceu depois.

Bem, eu odiava ter que secar aquela água. E agora estou caído no chão, contando com ela pra salvar a minha vida.

O Big Happy tenta se levantar, mas suas pernas estão inutilizadas. Ele cai de cara no chão. Depois começa a rastejar, usando os braços. Ele tem aquele sorriso horrível no rosto e os olhos estão fixos nos meus enquanto se arrasta pela sala. Há sangue por todo lado, como uma espécie de boneco de teste de colisão que sangra.

O ralo não está transbordando rápido o bastante.

Pressiono as costas na pia com toda a força. Estou com os joelhos pra cima e as pernas coladas no corpo. O *glub, glub* da água escoando da pia pulsa atrás da minha cabeça. Se o tampão for sugado de volta antes da hora e diminuir o escoamento, ou algo assim, eu estou morto. Morto de verdade.

O robô está chegando mais perto. Ele estende uma garra e tenta pegar o meu tênis. Puxo o pé pra frente e pra trás, e ele solta. Então chega ainda mais perto. Na próxima investida, sei que ele vai conseguir agarrar a minha perna e esmagar ela.

Quando o robô levanta o braço, de repente, ele é puxado um metro pra trás. Ele vira a cabeça e lá está Felipe, deitado de costas, engasgando com o próprio sangue. Faixas do seu cabelo preto e suado estão grudadas no rosto esmagado. Ele, tipo, não tem mais boca, é só uma grande ferida aberta. Mas os olhos estão bem abertos e queimando com algo que vai além do ódio. Eu sei que ele está salvando a minha vida, mas a aparência é, bem, diabólica. Como um demônio saído do inferno pruma visita surpresa.

Ele puxa a perna estilhaçada do Big Happy mais uma vez, depois fecha os olhos. Acho que ele não está mais respirando. A máquina o ignora. Vira o rosto sorridente pra mim e continua se aproximando.

Só então um grande volume de água jorra do ralo do piso. A água ensaboada se acumula rápida e silenciosamente, ficando rosa-claro.

O Big Happy está rastejando novamente quando a água penetra nas articulações quebradas de seus joelhos. Surge um cheiro de plástico queimado no ar e a máquina fica paralisada. Nada empolgante. A máquina simplesmente para de funcionar. Deve ter entrado água nos fios dela, causando um curto-circuito.

O robô está a menos de meio metro de mim, ainda sorrindo.

É só isso que eu tenho pra contar. Você já sabe o resto.

Obrigado, Jeff. Eu sei que não foi fácil. Tenho tudo o que preciso para fazer o meu relatório. Agora vou deixar você descansar.

Ei, cara, posso perguntar uma coisa antes de você ir embora?

Manda ver.

Quantos domésticos existem por aí? Big Happys, Slow Sues e os outros. Porque eu ouvi dizer que existiam, tipo, dois por pessoa.

Eu não sei. Olha só, Jeff, aquela máquina pirou. Não temos explicação.

Bem, e o que vai acontecer se todas começarem a atacar as pessoas, cara? O que vai acontecer se superarem a gente em número? Aquela coisa queria me matar e ponto final. Eu contei tudo pra você. Ninguém mais deve acreditar em mim, mas você sabe o que aconteceu.
    Me promete uma coisa, policial Blanton. Por favor.

O quê?

Promete que vai ficar de olho nos robôs. Observar eles com atenção. E... que não vai deixar que machuquem mais ninguém como fizeram com o Felipe. Está bem?

"Depois do colapso do governo dos Estados Unidos, o policial Lonnie Wayne Blanton se juntou à polícia tribal da Nação Osage Lighthorse. Foi lá, a serviço do governo soberano dos povos osage, que Lonnie Wayne teve a chance de cumprir a promessa que fez a Jeff."

Cormac Wallace, MIL#EGH217

3

Controlador

> "Eu sei que ela é uma máquina. Mas eu a amo.
> E ela me ama."
>
> TAKEO NOMURA

Vírus Precursor + 4 meses

"A descrição dessa brincadeira que deu errado está registrada da forma como foi contada por Ryu Aoki, técnico da fábrica de eletrônicos Lilliput, no distrito de Adachi, em Tóquio, Japão. A conversa foi ouvida e gravada por robôs da fábrica que se encontravam nas proximidades. Ela foi traduzida do japonês neste documento."

CORMAC WALLACE, MIL#EGH217

A gente achou que ia ser engraçado, sabe? Tudo bem, tudo bem, estávamos errados. Mas você tem que entender que não queríamos machucá-lo. E com certeza a gente não pretendia matar o velho.

Na fábrica, todo mundo sabe que o Sr. Nomura é estranho, meio esquisitão. Parece um duendezinho minúsculo e deformado. Ele perambula pela fábrica com seus olhinhos atrás dos óculos redondos, sempre voltados para o chão. E cheira a suor azedo. Eu prendo a respiração toda vez que passo pela estação de trabalho dele. O Sr. Nomura está sempre sentado lá, trabalhando mais que qualquer um. E por menos dinheiro.

Takeo Nomura tem 65 anos. Ele já devia estar aposentado. Mas ainda trabalha aqui porque ninguém consegue consertar as máquinas tão depressa quanto ele. As coisas que faz não são naturais. Como eu poderia competir com ele? Como eu vou me tornar chefe dos técnicos com *ele* empoleirado na estação de trabalho, movendo as mãos tão rápido? A simples presença dele interfere no trabalho da fábrica, prejudicando a nossa harmonia social.

Dizem que o prego que se destaca leva martelada, não é?

O Sr. Nomura não consegue olhar uma pessoa nos olhos, mas eu já o vi encarar a câmera de um braço de solda ER 3 quebrado e *falar com ele*. Não seria tão estranho se o braço não tivesse voltado a funcionar. O velho tem jeito com as máquinas.

A gente brinca dizendo que talvez o próprio Sr. Nomura seja uma máquina. É claro que ele não é. Mas *tem* algo errado com ele. Aposto que, se pudesse, o Sr. Nomura ia preferir ser uma máquina a um homem.

Você não precisa acreditar em mim. Todos os funcionários concordam. Vai lá à fábrica da Lilliput e pergunta a qualquer um — inspetores, mecânicos, qualquer um. Até mesmo o supervisor. O Sr. Nomura não é igual aos outros. Ele trata as máquinas da mesma forma que trata as pessoas.

Ao longo dos anos, passei a menosprezar sua carinha enrugada. Eu sempre soube que ele escondia alguma coisa. Então, um dia, eu descobri o que era: o Sr. Nomura vive com uma *boneca*.

Faz mais ou menos um mês que o meu colega de trabalho Jun Oh viu o Sr. Nomura sair de seu túmulo de aposentado — um prédio de cinquenta andares com cômodos que parecem caixões — com aquela *coisa* nos braços. Quando Jun me contou, eu mal pude acreditar. A boneca do Sr. Nomura, sua androide, foi com ele até a entrada do prédio. Ele deu um beijo no rosto dela na frente de todo mundo e depois saiu para trabalhar. Como se fossem *casados* ou algo assim.

A pior parte é que a boneca dele nem é bonita. Ela é feita para parecer uma *mulher de verdade*. Não é tão incomum esconder uma boneca peituda e jovem no quarto. Até mesmo com certas características exageradas. Todo mundo já viu *poruno*, mesmo quem não admite.

Mas o Sr. Nomura se sente estimulado por uma coisa velha de plástico, quase tão enrugada quanto ele?

Deve ter sido feita sob encomenda. É isso que me incomoda. Tanta atenção dedicada àquela aberração. O Sr. Nomura sabia o que estava fazendo, e decidiu viver com um manequim que anda e fala e se parece com uma velha gorda. É nojento. Absolutamente intolerável.

Então, Jun e eu decidimos fazer uma brincadeira.

Sabe, os robôs com os quais a gente trabalha na fábrica são grandes, umas bestas estúpidas. Braços articulados, com chapas de aço e pulverizadores térmicos, soldas ou pinças na ponta. Eles são capazes de sentir os humanos, e o supervisor diz que são seguros, mas todo mundo sabe que deve ficar fora do espaço de trabalho deles.

Os bots industriais são fortes e rápidos. Mas androides são lentos. Fracos. Todo o esforço para fazer o androide se parecer com uma pessoa vem com sacrifícios. O androide desperdiça força fingindo que respira e mexendo a pele do rosto. Não sobra energia para serviços úteis, é um desperdício vergonhoso. Tratando-se de um robô tão fraco, a gente pensou que não teria problema em fazer uma brincadeirinha.

Não foi difícil para Jun criar um controlador — um programa de computador embutido em um transceptor sem fio. O controlador tem mais ou menos o tamanho de uma caixa de fósforo e transmite as mesmas instruções em loop, mas em um raio de poucos metros. No trabalho, a gente usa o computador central da empresa para verificar códigos de diagnóstico de androides. Com isso, sabíamos que o androide ia obedecer ao controlador, achando que os comandos vinham do serviço de provedor robótico.

No dia seguinte, Jun e eu chegamos mais cedo ao trabalho. A gente estava muito empolgado com a nossa brincadeira. Fomos juntos até a entrada do prédio em frente à fábrica da Lilliput e ficamos esperando atrás de umas plantas. A praça já estava cheia de idosos, provavelmente desde o amanhecer. Ficamos observando enquanto eles tomavam seu chá. Todos pareciam em câmera lenta. Jun-chan e eu não conseguíamos parar de fazer piada. A gente estava animado para ver o que ia acontecer, eu acho.

Depois de alguns minutos, a grande porta de vidro se abriu — o Sr. Nomura e sua *coisa* saíram do prédio.

Como sempre, o Sr. Nomura estava de cabeça baixa e evitava contato visual com todos da praça. Bem, todos menos sua amada boneca. Quando olhava nos olhos dela, seus olhos ficavam arregalados e... determinados, de um jeito que eu nunca tinha visto antes. De qualquer forma, Jun e eu nos demos conta de que poderíamos passar bem na frente do Sr. Nomura que ele não nos veria. Ele se recusa a olhar para pessoas de verdade.

Seria ainda mais fácil do que tínhamos pensado.

Cutuquei Jun e ele me passou o controlador. Eu o ouvi abafando o riso enquanto cruzava a praça casualmente. O Sr. Nomura e sua boneca estavam caminhando juntos, de mãos dadas. Passei por trás dele e me aproximei. Com um leve gesto, derrubei o controlador no bolso do vestido dela. Estava perto o bastante para sentir o perfume floral que ele tinha passado na androide.

Nojento.

O controlador funciona com um timer. Em cerca de quatro horas, ele vai ficar on-line e dizer àquela androide velha e enrugada para *ir até a fábrica*. Então o Sr. Nomura vai ter que explicar sua estranha visitante para todo mundo! Hahaha!

Durante toda a manhã, Jun-chan e eu mal conseguimos nos concentrar no trabalho. A gente ficou brincando, imaginando como o Sr. Nomura ficaria constrangido ao encontrar sua "linda" noiva aqui no trabalho, exposta diante de dezenas de operários.

Sabíamos que ele nunca superaria. E pensamos: Quem sabe ele não deixa o emprego e finalmente se aposenta? Assim ele deixa algum trabalho para os outros técnicos.

A gente não teve tanta sorte.

Acontece ao meio-dia.

No meio do horário de almoço, a maior parte dos operários come *bentôs* na própria estação de trabalho, tomando canecas de sopa e conversando calmamente. Então, a androide surge nas grandes portas e entra na fábrica. Seu andar é vacilante e ela está usando o mesmo vestido vermelho espalhafatoso que trajava de manhã.

Jun e eu trocamos um sorriso, e os operários riem alto, um pouco confusos. Ainda comendo em sua estação de trabalho, o Sr. Nomura não viu que seu amor veio visitá-lo no trabalho.

— Você é um gênio, Jun-chan — digo, enquanto a androide caminha cambaleando até o meio da fábrica, exatamente como programado.

— Não acredito que deu certo — comenta Jun. — Ela é um modelo tão antigo. Eu tinha certeza de que o controlador sobrescreveria algumas funcionalidades básicas.

— Olha só isso — digo a Jun. — Vem aqui, robô piranha — ordeno à boneca.

Obedientemente, ela caminha com dificuldade até mim. Eu me abaixo e agarro seu vestido, depois o arranco por cima da cabeça. É loucura fazer isso. Todos ficam boquiabertos ao ver a cobertura de plástico da cor da pele humana. Ela é como uma boneca. Não é anatomicamente correta. Fico me perguntando se não fui longe demais. Mas vejo Jun e rio tanto que meu rosto fica vermelho. Jun e eu estamos rolando de rir. A androide anda em círculos, confusa.

Então o Sr. Nomura vem correndo para o meio da fábrica, ainda com grãos de arroz na boca. Parece um rato selvagem, com os olhos voltados para o chão e a cabeça baixa. O Sr. Nomura segue em linha reta até o armário de peças e quase passa por ela sem notar.

Quase.

— Mikiko? — pergunta ele, a confusão evidente em sua cara de roedor.

— A sua bonequinha decidiu almoçar com a gente! — exclamo.

Os outros operários tentam segurar a risada. Aturdido, o Sr. Nomura está boquiaberto. Seus olhinhos correm de um lado para o outro.

Eu me afasto enquanto o Sr. Nomura corre até a criatura que chama de Mikiko. Nós nos espalhamos em um círculo e mantemos distância. Ninguém quer receber uma advertência por brigar no trabalho.

O Sr. Nomura coloca o vestido de volta, bagunçando os longos cabelos grisalhos de Mikiko. Depois se vira para a gente. Mas ainda não tem coragem de olhar ninguém nos olhos. Ele passa a mão calejada pelos cabelos pretos e duros. As palavras que diz em seguida ainda me assombram.

— Eu sei que ela é uma máquina. Mas eu a amo. E ela me ama.

Os operários voltam a rir. Jun começa a cantarolar a marcha nupcial. Mas o Sr. Nomura não suporta mais ser provocado. O velhinho fica de ombros caídos. Ele se vira e estende o braço para arrumar os cabelos de Mikiko com movimentos curtos e calculados. Na ponta dos pés, o Sr. Nomura alcança a parte de trás dos ombros dela e alisa seu cabelo.

A androide fica imóvel.

Noto seus grandes olhos se movendo de leve. Ela se concentra no rosto do Sr. Nomura, a alguns centímetros de distância. Ele balança para a frente e para trás, um pouco ofegante enquanto ajeita o cabelo dela. E acontece uma coisa muito estranha. Ela retorce o rosto numa careta, como se sentisse dor. Depois aproxima a cabeça do ombro do Sr. Nomura.

Então, observamos incrédulos o momento em que Mikiko morde um pedaço do rosto do Sr. Nomura.

O velho grita e se afasta da androide. Por um instante, aparece uma pequena mancha rosada na maçã do rosto do Sr. Nomura, logo abaixo do olho. Então surge sangue da mancha rosada. Um rio vermelho desce pelo rosto dele, como lágrimas.

Ninguém fala nada, nem sequer respira. Todo mundo fica surpreso com o que aconteceu. E a gente que não sabe como reagir.

O Sr. Nomura coloca a mão no rosto e vê o sangue que suja os seus dedos calejados.

— Por que você fez isso? — pergunta ele a Mikiko, como se ela pudesse responder.

A androide está em silêncio. Seus braços fracos estão estendidos para o Sr. Nomura. Os dedos bem cuidados, individualmente articulados, envolvem o frágil pescoço dele. O Sr. Nomura não resiste. Pouco antes de as mãos de plástico fecharem sua faringe, ele lamenta mais uma vez.

— Kiko, minha querida. Por quê?

Eu não entendo o que vejo em seguida. A velha androide... faz uma careta. Seus dedos esguios estão fechados ao redor do pescoço do Sr. Nomura. Ela aperta com uma força descomunal, mas seu rosto está retorcido pela emoção. É incrível, fascinante. Escorrem lágrimas dos olhos dela, a ponta do nariz fica vermelha e um olhar de pura angústia distorce seus traços. A androide está ferindo o Sr. Nomura e chorando, e ele não faz nada para impedir.

Eu não sabia que androides tinham canais lacrimais.

Jun olha para mim, horrorizado.

— Vamos sair daqui! — exclama ele.

Eu agarro Jun pela camisa.

— O que está acontecendo? Por que ela está atacando o Sr. Nomura?
— Algum defeito — responde ele. — Talvez o controlador tenha acionado outro lote de comandos, disparando outras instruções.

E Jun sai correndo. Ouço seus passos leves no piso de cimento. Os outros operários e eu observamos em silêncio, sem acreditar, enquanto a androide chora e estrangula o velho.

Quebro um osso da mão quando dou um golpe na lateral da cabeça da androide.

Dou um grito ao sentir a dor passar pelo meu punho e ir até o braço. Quando parecem humanos, é fácil esquecer o que existe por baixo da pele do robô. O golpe lança os seus cabelos para o rosto, e algumas mechas ficam grudadas nas lágrimas.

Mas ela não solta o pescoço do Sr. Nomura.

Cambaleio para trás e olho para a minha mão. Já está inchando, como uma luva de borracha cheia de água. A androide é fraca, mas é feita de metal e plástico.

— *Façam* alguma coisa — grito para os operários.

Ninguém me dá atenção. Os imbecis ficam lá parados de boca aberta. Flexiono a mão outra vez e minha nuca gela quando uma dor terrível, latejante, me assola. Ainda assim, ninguém faz nada.

O Sr. Nomura cai de joelhos, com os dedos enroscados nos antebraços de Mikiko. Ele segura os braços dela, mas não oferece resistência. Enquanto sua garganta é esmagada, o Sr. Nomura simplesmente olha para a androide. Aquele rio de sangue corre inadvertidamente pelo seu rosto, acumulando-se na concavidade da clavícula. O olhar dela está fixo nos olhos dele, determinado e nítido por trás daquela máscara de angústia no rosto. Os olhos dele também estão nítidos, brilhando por trás dos pequenos óculos redondos.

Eu nunca devia ter feito essa brincadeira.

Então, Jun volta segurando desfibriladores. Ele corre até o meio da fábrica e pressiona uma pá de cada lado da cabeça da androide. O forte estalo ecoa pela fábrica.

Os olhos de Mikiko não deixam os do Sr. Nomura.

Uma espuma de saliva se formou ao redor da boca do Sr. Nomura. Seus olhos se reviram e ele perde a consciência. Com o dedo, Jun ativa o desfibrilador. Uma corrente elétrica atravessa a cabeça da androide e a desativa. Ela cai no chão, com o rosto virado para o do Sr. Nomura. Os olhos dela estão abertos e cegos. Os dele, fechados, cheios de lágrimas.

Nenhum dos dois respira.

Eu realmente sinto muito pelo que fizemos com o Sr. Nomura. Não pela androide ter atacado o velho — qualquer um poderia ter lutado contra uma máquina tão fraca, até mesmo um velho —, mas porque ele *não quis* lutar. E me ocorre que o Sr. Nomura devia estar profundamente apaixonado por aquele pedaço de plástico.

Caio de joelhos e afasto os delicados dedos rosados da androide do pescoço do Sr. Nomura, ignorando a dor na minha mão. Viro o velho de costas e faço massagem cardíaca, gritando o nome dele. Pressiono o externo do Sr. Nomura com a base da mão esquerda, fazendo movimentos rápidos e vigorosos. Rezo aos meus ancestrais para que ele fique bem. Não era para ser assim. Eu estou tão envergonhado pelo que fizemos.

Logo o Sr. Nomura respira fundo. Eu espero e o observo, segurando a minha mão machucada. O peito dele se eleva e abaixa constantemente. O Sr. Nomura se senta e olha ao redor, perplexo. Ele limpa a boca e ajeita os óculos.

E, pela primeira vez, somos nós que não conseguimos olhar nos olhos do velho Sr. Nomura.

— Me desculpa — digo para o velho. — Não era a minha intenção.

Mas o Sr. Nomura me ignora. Pálido, ele olha fixamente para Mikiko. Ela está caída no chão, com o vestido vermelho sujo.

Jun solta as pás do desfibrilador, que ressoam ao cair no chão.

— Nomura-san, por favor, me desculpa — sussurra Jun, baixando a cabeça. — Não há desculpa para o que eu fiz. — Ele se agacha e tira o controlador do bolso de Mikiko. Então Jun se levanta e caminha sem olhar para trás. A maioria dos operários já deu no pé, retornando às suas estações de trabalho. Os que tinham ficado vão embora agora.

Acabou o horário de almoço.

Sobramos apenas eu e o Sr. Nomura. Seu amor está caído na frente dele, esparramado no chão limpo. O Sr. Nomura estende o braço e acaricia a testa dela. Há um pedaço chamuscado na lateral do rosto de plástico. A lente de vidro do olho direito está rachada.

O Sr. Nomura se debruça sobre ela. Ele aconchega a cabeça da androide no colo e toca em seus lábios com o dedo indicador. Vejo anos de dedicação no movimento gentil e íntimo de sua mão. Fico imaginando como eles se conheceram, as situações pelas quais passaram juntos.

Sou incapaz de compreender esse amor. Nunca vi nada parecido. Quantos anos o Sr. Nomura passou em seu apartamento claustrofóbico, tomando chá servido pela sua manequim? Por que ela é tão velha? Foi feita para se parecer com alguém? Se sim, ela usa o rosto de qual mulher morta?

O velhinho balança para a frente e para trás, tirando o cabelo do rosto de Mikiko. Ele sente a parte derretida da cabeça dela e grita. Não olha para mim, nem vai olhar. Lágrimas escorrem pelo rosto dele, se misturando com o sangue já seco. Quando peço desculpa a ele novamente, o Sr. Nomura não esboça nenhuma reação. Seus olhos estão fixos nas câmeras inexpressivas e carregadas de rímel da coisa que segura ternamente no colo.

Finalmente, eu me afasto. Sinto um frio na barriga. Tenho tantas perguntas na cabeça. Tantos arrependimentos. Acima de tudo, gostaria de não ter incomodado o Sr. Nomura, de não ter interferido em qualquer que tenha sido a estratégia que ele criou para sobreviver ao sofrimento infligido pelo mundo. E pelas pessoas que vivem nele.

Ao sair, ouço o Sr. Nomura conversando com a androide.

— Vai ficar tudo bem, Kiko — diz ele. — Eu te perdoo, Kiko. Eu te perdoo. Eu vou consertar você. Eu vou salvar você. Eu te amo, minha princesa. Eu te amo. Eu te amo, minha rainha.

Balanço a cabeça e volto ao trabalho.

"Takeo Nomura, mais tarde reconhecido como uma das grandes mentes técnicas de sua geração, começou a trabalhar imediatamente para descobrir por que sua amada Mikiko o havia atacado. O que o velho solteirão descobriu nos três anos seguintes afetaria de forma significativa os acontecimentos da Nova Guerra e alteraria de maneira irrevogável o curso da história de humanos e máquinas."

CORMAC WALLACE, MIL#EGH217

4

Corações e mentes

"SEP 1, aqui quem está falando é o especialista
Paul Blanton. Abaixe-se e se desative
imediatamente. Obedeça agora!"

Esp. Paul Blanton

Vírus Precursor + 5 meses

"Essa transcrição foi feita durante uma sessão do congresso, convocada após um incidente particularmente pavoroso envolvendo um robô do Exército americano no exterior. A videoconferência, supostamente segura, entre Washington, D.C., e Cabul, no Afeganistão, foi gravada em sua totalidade por Archos. Acredito que não seja coincidência que o soldado investigado aqui seja o filho do oficial Blanton, de Oklahoma. Os dois homens desempenhariam papéis importantes na guerra iminente."

Cormac Wallace, MIL#EGH217

(BATIDA DE MARTELO)

Ordem! Eu sou a congressista Laura Perez, vice-líder do Comitê de Serviços Armados da Câmara dos Estados Unidos e presidirei esta sessão. Na manhã de hoje, nosso comitê iniciou uma investigação que pode ter implicações nas Forças Armadas como um todo. Um robô americano de segurança e pacificação, comumente chamado de unidade SEP, foi acusado de matar seres humanos durante uma patrulha em Cabul, Afeganistão.

O propósito da investigação deste comitê é determinar se o ataque poderia ter sido previsto ou evitado por agências militares e indivíduos envolvidos.

Temos conosco o especialista Paul Blanton, soldado encarregado de supervisionar as ações do robô de segurança e pacificação defeituoso. Pediremos a você, especialista Blanton, que descreva seu papel com a unidade SEP e forneça o seu relato dos acontecimentos.

As ações terríveis perpetradas por essa máquina prejudicaram a imagem dos Estados Unidos da América no mundo. Pedimos que tenha em mente que estamos aqui hoje apenas por uma razão: descobrir todos os fatos para que possamos evitar que isso volte a acontecer.

Está claro, especialista Blanton?

Sim, senhora.

Comece com informações sobre você. Quais são as suas responsabilidades?

O título oficial do meu cargo é "agente de conexão cultural". Mas, basicamente, eu sou um arrebanhador de robôs. Minhas responsabilidades primárias são supervisionar a operação das minhas unidades SEP e, ao mesmo tempo, manter um bom canal de comunicação com as autoridades nacionais locais. Assim como o robô, eu falo dari. Diferentemente do robô, não preciso vestir roupas tradicionais afegãs, fazer amizade com cidadãos locais nem rezar voltado para Meca.

SEPs são robôs humanoides de segurança e pacificação desenvolvidos pela corporação Foster-Grumman e utilizados pelo Exército dos Estados Unidos. Existem diversos modelos. O Hoplita 611 normalmente carrega suprimentos para os soldados em marcha, executando uma escolta leve. Um Árbitro 902 fica atento à localização de outros robôs, como uma espécie de comandante. E o meu SEP, o Guardião 333, é projetado para reunir informações e desarmar minas ou artefatos explosivos improvisados. No dia a dia, a função do meu SEP é patrulhar alguns quilômetros quadrados de Cabul a pé, respondendo aos interesses dos cidadãos, examinando retinas para identificar combatentes, detendo pessoas consideradas suspeitas e as entregando à polícia local.

Me deixe enfatizar um ponto. O objetivo primário de um SEP nunca, *nunca* é ferir um civil afegão inocente, não importa o quanto os insurgentes tentem induzi-lo a isso.

E me deixe dizer uma coisa, senhora: essas pessoas são *ardilosas*.

Você pode descrever o desempenho da unidade antes do incidente?

Sim, senhora. O SEP 1 chegou em um caixote há cerca de um ano. A unidade SEP tem o formato humanoide, com algo em torno de um metro e meio de altura, e é metálico e brilhante como qualquer alvo que já tenha visto. Mas a gente leva apenas cinco minutos para rolar o robô na lama e apresentá-lo ao Afeganistão propriamente dito. O Exército não mandou roupas nem equipamentos, então arrumamos roupas masculinas e botas para ele usar. Depois o equipamos com o que havia sobrado de armamento da polícia afegã. Não podíamos usar o nosso equipamento antigo porque ele não devia se parecer com a gente, com um soldado.

O Sepinho *é equipado* com um colete à prova de balas que fica debaixo das roupas. Talvez dois. Não me lembro. Quanto mais roupas usar, melhor. Colocamos de tudo nele: túnicas, lenços, camisetas. Bem, ele usa *meias do Snoopy*. É sério.

Olhando rapidamente, o SEP é exatamente igual a um cidadão local. Cheira como eles também. A única coisa que parece associada aos militares no SEP é um capacete azul-celeste, meio largo, que prendemos na cabeça dele. A unidade tem um visor de acrílico arranhado que protege os olhos. Tivemos que fazer isso porque as crianças ficavam jogando spray em suas câmeras. Acho que isso se transformou numa espécie de jogo para elas depois de um tempo. Então a gente prendeu aquele capacete grande e ridículo em...

É um equipamento militar sendo vandalizado. Por que a máquina não se protege? Por que ela não reage?

Câmeras são baratas, senhora. Além disso, o Sepinho pode se proteger dos drones Raptor no alto. Ou usar imagens de satélite em tempo real. Ou ambos. Os sensores mais caros e importantes — coisas como magnetômetros, unidade de medida de inércia, antena e transmissor — ficam todos dentro do revestimento. E o SEP é construído como se fosse um tanque.

Nos doze meses anteriores ao acidente, a máquina foi avariada ou substituída?

O SEP 1? Nunca. Mas ele explodia de vez em quando. Isso acontecia o tempo todo, mas os caras da manutenção eram fodas e davam um jeito. Perdoe o linguajar, senhora.

Estudos mostram que, quanto mais rápido colocamos *exatamente a mesma* unidade SEP de volta nas ruas depois de um incidente, mais ela desmoraliza o inimigo e reduz ocorrências de futuros contratempos. Por isso, o SEP faz um backup dos seus dados o tempo todo. Mesmo se o SEP 1 fosse atingido por uma granada, simplesmente pegaríamos as roupas e as partes que não sofreram danos e as enfiaríamos em uma unidade de reparo, para depois mandá-lo de volta para a rua. O "novo" robô se lembraria dos mesmos rostos, cumprimentaria as mesmas pessoas, faria os mesmos caminhos, citaria as mesmas passagens do Corão. Ele saberia praticamente as mesmas coisas que o robô "antigo".

Desmoralizante, diz o estudo.

Além disso, normalmente existem danos colaterais quando os caras tentam explodir o SEP. Pode acreditar, os cidadãos locais não gostam quando explodem seus amigos e familiares para que um robô estúpido desapareça por uma tarde. E o robô? Ele é *inofensivo*. O SEP não tem permissão para ferir ninguém. Então, se uma explosão machuca alguém, bem, você sabe, o mulá local vai cuidar da situação. E isso não vai voltar a acontecer tão cedo.

É como, tipo, uma guerrilha ao contrário.

Eu não entendo. Por que os insurgentes simplesmente não sequestram a unidade? Por que não enterram o robô no deserto?

Isso aconteceu uma vez. Na minha segunda semana de trabalho, alguns ignorantes encheram o SEP 1 de balas, depois o jogaram na traseira de um veículo utilitário. Os projéteis praticamente só rasgaram as roupas. Amassaram um pouco o revestimento, mas nada grave. Como ele não revidou, os caras acharam que tinha sido avariado.

Foi o erro deles, senhora.

Um drone Raptor interceptou a ação segundos depois que o SEP desviou de sua rota. Os caras no veículo dispararam pelo deserto por umas duas horas até chegarem a uma espécie de esconderijo onde ficariam em segurança.

Pelo menos eles *achavam* que ficariam em segurança.

Os drones esperaram os insurgentes se afastarem do veículo para pedir permissão aos executores para lançar mísseis Brimstone. Depois que todo mundo que estava no esconderijo foi carbonizado e os drones se certificaram de que ninguém havia fugido pela porta dos fundos, o bom e velho SEP 1 subiu no banco do motorista do carro e voltou dirigindo para a base.

Ele ficou perdido por cerca de oito horas no total.

Ele sabe *dirigir?*

O SEP é uma plataforma humanoide de qualidade militar, senhora. Ele é uma evolução dos antigos programas de exoesqueleto da DARPA. Essas unidades se movimentam como pessoas. Elas se equilibram, caminham, correm, caem, o que for. São capazes de segurar ferramentas, falar língua de sinais, executar a manobra de Heimlich, dirigir veículos, ou simplesmente ficar paradas segurando sua cerveja. Uma das únicas coisas que o SEP *não* consegue fazer é descolar aqueles malditos adesivos que as crianças adoram colocar nele.

E o SEP não revida. Aconteça o que acontecer. Essas são as ordens dele. Suas pernas já foram arrancadas por minas. Ele é baleado quase toda semana. Os moradores locais já o sequestraram, jogaram pedras, atropelaram, empurraram de um prédio, bateram nele com tacos de críquete, colaram seus dedos, arrastaram preso num carro, cobriram de tinta e jogaram ácido nele.

Por cerca de um mês, todo mundo que passava pelo SEP dava um cuspe nele.

O SEP não estava nem aí. Mexa com um SEP e tudo o que ele faz é catalogar as suas retinas e colocar você na lista. Os insurgentes tentaram de tudo, mas o máximo que conseguiram foi destruir as roupas da unidade. E acabaram sendo registrados por isso.

O SEP é uma máquina projetada para ser extremamente forte e dócil como um coelho. Ele não pode ferir ninguém. É por isso que *funciona*.

Bem, é por isso que *funcionava*.

Sinto muito, mas isso não parece coisa do Exército que eu conheço. Você está me dizendo que temos soldados robôs humanoides que *não lutam*?

Não existe diferença entre a população geral e os nossos inimigos. São os mesmos sujeitos. O cara que vende kebabs num dia é o que enterra um artefato explosivo no outro. A única coisa que os nossos inimigos querem é matar alguns soldados americanos. Depois esperam que os eleitores nos façam sair.

Nossos soldados apareciam na cidade de vez em quando, como um tornado. Sempre em missão e com um alvo. É difícil matar um soldado americano quando não se vê um, senhora.

Em vez deles, os únicos alvos viáveis são os robôs SEP. Eles são os únicos robôs bípedes do arsenal dos Estados Unidos e não lutam. Bem, matar requer especialização. Matar é para minas móveis, plataformas móveis de tiro, drones, o que for. Os humanoides simplesmente não são tão bons nisso. Os SEPs são projetados para se *comunicar*. Sabe, é isso que os humanos fazem melhor. A gente socializa.

É por isso que o SEP 1 nunca machuca ninguém. É a missão dele. Ele tenta construir uma relação de confiança. Ele fala a língua do povo local, usa o mesmo tipo de roupa, faz as mesmas orações, ou seja, o tipo de bobagem que os soldados do Exército não querem ou não conseguem aprender. Depois de um tempo, as pessoas param de cuspir nele. Param de se importar quando ele se aproxima. Elas chegam até a gostar dele, porque ele é a polícia, só que nunca estende a mão para receber suborno. Tem dias em que os pés do SEP mal tocam o chão, porque ele pega carona em táxis por toda a cidade. As pessoas querem o SEP por perto, como se fosse um amuleto para dar sorte.

Mas essa engenharia social não funciona sem a confiança construída por uma sentinela pacífica andando pelas ruas, sempre vigilante. Leva tempo, mas é preciso construir essa confiança.

E é por isso que os insurgentes atacam a confiança.

O que nos leva ao incidente...

Certo, claro. Como eu disse, o SEP não luta. Ele não porta armas, nem mesmo uma faca, mas, se o SEP 1 decide prender alguém, seus dedos de metal são mais fortes que qualquer algema. E os insurgentes sabem disso. Por isso estão sempre tentando fazer com que ele machuque alguém. Mais ou menos de duas em duas semanas, eles inventam algum truque para que o funcionamento da unidade falhe. Mas eles sempre fracassam. Sempre.

Não dessa vez, aparentemente.

Bem, já vou chegar nessa parte.

Normalmente, eu não entro na cidade. O SEP volta para casa, na zona verde, de poucos em poucos dias e é consertado. Eu vou até lá com os pelotões de blindados e vasculho a cidade em busca de procurados, mas nunca sem um reforço pesado. Reforço humano, sabe...

Os SEPs são como gatinhos, mas os nossos soldados se tornaram mais... é... assustadores, acredito eu. As pessoas percebem bem rápido que só humanos puxam gatilhos, e, sinceramente, somos imprevisíveis em comparação aos robôs. Os cidadãos locais preferem de longe um robô com diretrizes comportamentais rígidas a um garoto de 19 anos criado jogando videogames 3-D e portando um fuzil semiautomático.

Faz sentido para mim.

De qualquer modo, aquele não foi um dia normal. A gente perdeu contato de rádio com o SEP 1. Quando os drones receberam sua localização pela última vez, ele simplesmente estava parado num cruzamento em uma parte residencial da cidade, sem se mexer nem se comunicar.

Essa é a parte mais perigosa do meu trabalho: recuperar e reparar.

O que causou isso?

Também venho me perguntando isso. O primeiro passo é rever as últimas transmissões do SEP 1. Consegui identificar o que parece o comportamento padrão de monitoramento. Por meio dos olhos do SEP, vejo que ele está perto desse cruzamento, observando um fluxo constante de carros fazendo a curva e mapeando a retina dos pedestres e dos motoristas.

Esses dados são meio engraçados, porque o Sepinho vê a física de toda a situação. Há registros sobre a velocidade e a força dos carros que passam, coisas assim. O diagnóstico mostra que ele parece estar funcionando bem.

Então um inimigo aparece.

Inimigo?

A retina bate com a de um insurgente registrado. E também um alvo importante. O procedimento operacional padrão diz para o SEP detê-lo, em vez de apenas registrar a última localização conhecida. Mas esse cara sabe muito bem o que vai acontecer. Ele está importunando o Sepinho, tentando fazer com que ele atravesse a rua e seja atropelado por um carro. O SEP é forte. Para ele, ser atingido por um carro equivaleria a alguém rolar um hidrante pela rua.

Mas o SEP não morde a isca. Ele sabe que não pode se mexer, pois vai colocar os carros em perigo. Ele não pode agir, então, não age. Não dá indicação alguma nem de ter visto o insurgente. Claramente, o insurgente sente que o SEP precisa de mais motivação.

Quando vejo, a tela para de funcionar e começa a reiniciar. Uma grande massa cinzenta obstrui a visão da unidade. Levo um segundo para entender, mas alguém jogou um bloco de concreto no meu Sepinho. Na verdade, isso não é tão incomum. Os danos são mínimos. Mas, em algum momento durante o processo de reinicialização, o SEP para de se comunicar. Ele simplesmente fica ali parado, como se estivesse confuso.

É quando percebo que vamos ter que buscar a unidade.

Reúno uma equipe de quatro homens imediatamente. A situação toda é ruim. Uma emboscada. Os insurgentes sabem que vamos recuperar o nosso hardware e, provavelmente, já estão se preparando. Mas a polícia não vai cuidar de robôs quebrados. Está por minha conta.

Pior, nenhum drone Raptor consegue identificar alvos próximos em telhados e becos. Isso não significa que não haja vários insurgentes com AK-47s; isso só significa que a gente não sabe onde estão.

Você está dizendo que o incidente foi apenas o resultado de uma pancada forte na cabeça? A máquina sofre traumas constantemente e nunca respondeu desse jeito antes. Por que dessa vez?

Você está certa. Uma pancada na cabeça não causou isso. Na minha opinião, foi a reinicialização. Foi como se o robô tivesse acordado de uma soneca e decidido não aceitar mais ordens. Nunca tínhamos visto esse comportamento. É praticamente impossível que alguém tenha reescrito suas instruções para fazer com que ele desobedecesse.

Sério? Um insurgente não pode ter invadido o sistema da máquina? Pode ter sido essa a causa?

Não, eu acho que não. Revi o último mês de atividade do SEP e verifiquei que ele não se conectou a nada além do computador de diagnóstico da base. Ninguém teve a oportunidade de sabotar a unidade por meio de contato físico. E, se *fosse possível* invadir o sistema dela, certamente teria que ser pessoalmente. O rádio do SEP não pode ser usado para sobrescrever seus programas justamente para evitar situações como essas.

E, com base no que aconteceu depois, realmente não acho que seu sistema tenha sido invadido, pelo menos não por esses caras.

Olha só, os insurgentes não tinham acabado com o Sepinho. Eles jogaram aquele bloco na cabeça dele apenas para chamar atenção. Só que ele ficou ali parado. Aí, alguns minutos depois, eles foram mais audaciosos.

Assisto ao ataque seguinte em uma gravação feita por um drone na tela portátil enquanto seguimos no veículo blindado de transporte de pessoal. Somos eu e mais três soldados. As coisas estão acontecendo depressa. Isso é bom, porque eu não posso acreditar no que estou vendo.

Um homem com um pano preto no rosto e óculos espelhados sai de uma casa dobrando a esquina. Ele tem uma AK-47 em uma mão, coberta de fita refletiva, com a alça solta. Os pedestres esvaziam a área quando veem esse cara. De cima, vejo um aglomerado de civis se afastando em diversas direções. O homem armado certamente tem a intenção de matar. Ele para no meio da quadra e desfere uma rajada de tiros contra o SEP 1.

Isso, finalmente, chama a atenção do SEP.

Sem hesitar, a máquina arranca uma placa de metal de um poste. Ele a segura diante do rosto e marcha até o homem. Esse comportamento é novo. Desconhecido.

O homem armado é pego totalmente desprevenido. Ele atira outra rajada que ricocheteia na placa. Depois tenta correr, mas tropeça. O SEP larga a placa e segura a camisa do cara. Com a outra mão, cerra o punho.

Ele dá apenas um soco.

O cara cai com o rosto afundado, como se estivesse usando uma máscara de Halloween amassada. É pavoroso.

Hum, e é aí que eu tenho a vista aérea do nosso veículo chegando. Olho pela fresta da janela à prova de balas e vejo o meu Sepinho mais à frente, parado em cima do corpo do homem armado.

Todos nós ficamos sem conseguir falar por um segundo, os quatro apenas olhando pelas janelas do veículo. Então o SEP 1 *pega a arma do cara caído*.

O robô fica de lado para a gente e eu vejo claramente seu perfil: com a mão direita, o SEP segura o cabo e, com a esquerda, usa a palma para encaixar o pente com firmeza; depois puxa o ferrolho para carregar um cartucho na câmara.

Nós nunca ensinamos o SEP a fazer isso! Eu não saberia nem por onde começar. Ele deve ter aprendido o procedimento sozinho, observando outras pessoas.

Nesse momento, a rua está vazia. O SEP 1 inclina a cabeça, ainda usando aquele capacete largo. Ele vira a cabeça de um lado para o outro, mapeando a rua. Está deserta. Aí ele caminha até o meio da rua e começa a inspecionar as janelas.

A essa altura, os soldados e eu já superamos o choque.

É hora da festa.

A gente sai do veículo com as armas apontadas para baixo. Assumimos posições de defesa atrás do veículo blindado. Os caras olham para mim primeiro, então grito uma ordem para o Sepinho: SEP 1, aqui quem está falando é o especialista Paul Blanton. Abaixe-se e se desative imediatamente. Obedeça agora!

O SEP 1 me ignora.

Um carro dobra a esquina. A rua está vazia, calma. O carrinho branco vem na nossa direção. O SEP dá meia-volta e aperta o gatilho. Uma única descarga destrói o para-brisa e *bum* — o motorista tomba ao volante, sangrando por todo lado.

O cara nem soube o que o atingiu. Quero dizer, o robô usa roupas afegãs e está parado no meio da rua com uma AK-47 pendurada na altura do quadril.

O carro avança pela rua vazia e bate em um prédio.

Nesse momento, abrimos fogo contra o SEP 1.

A gente *descarrega* as armas naquela máquina. Sua túnica, seu xale e seu colete tático pareciam balançar ao vento enquanto as balas o acertavam. A unidade fazia parecer algo simples, quase tedioso. O robô não reage. Não grita, não xinga, não foge. Tudo o que se ouve é o som agudo das balas rasgando camadas de Kevlar e do revestimento cerâmico que recobrem o metal fosco. É como atirar em um espantalho.

Depois o SEP se vira calma e lentamente, com o fuzil aprumado como uma cobra. A arma começa a cuspir balas, uma de cada vez. A máquina é tão forte que nem se nota o coice da arma. Nem um centímetro. O SEP atira novamente, e mais uma vez, mecanicamente e com mira perfeita.

Mira, aperta, *bang*. Mira, aperta, *bang*.

Meu capacete é arrancado da minha cabeça. Tenho a sensação de ter tomado um coice de um cavalo. Eu me abaixo e me protejo atrás do veículo. Quando toco na testa, minha mão sai limpa. A maldita bala arrancou o meu capacete, mas não me acertou.

Recupero o fôlego, tento focar a vista. Ficar agachado me dá cãibra nas pernas e eu caio para trás, me apoiando com a outra mão. É quando me dou conta de que tem algo muito errado. Minha mão volta do chão molhada e quente. Quando olho para ela, não entendo muito bem o que estou vendo.

A palma da minha mão está coberta de sangue.

Não é meu. É de outra pessoa. Olho à minha volta e vejo que... é... os soldados que ocupavam o veículo blindado estão todos mortos. O SEP atirou apenas algumas vezes, mas, em todas elas, o tiro foi certeiro. Três soldados estavam caídos de costas no chão, todos com um pequeno buraco em algum lugar do rosto e com um rombo na parte de trás da cabeça.

Não consigo esquecer a expressão deles. Como estavam surpresos.

Com uma sensação estranha, como se eu não estivesse lá, meu cérebro se dá conta de que estou sozinho e numa situação complicada.

E a AK-47 dispara novamente, um tiro de cada vez. Espio por sob o chassi do veículo para localizar visualmente a unidade SEP. O cretino ainda está parado no meio da rua cheia de poeira, como em um filme do Velho Oeste. Pedaços de plástico, tecido e Kevlar estão espalhados ao redor dele.

Percebo que o SEP está atirando em civis que observam das janelas. Meus fones de ouvido bradam: mais soldados estão chegando. Drones Raptor estão monitorando a situação. Ainda assim, eu me retraio a cada tiro, porque agora entendo que cada bala disparada está acabando com uma vida.

Ou o SEP não estaria puxando o gatilho.

Logo percebo algo importante: a AK-47 é o dispositivo mais frágil ali. É o alvo de maior prioridade. Com os dedos tremendo, ergo a mira do meu fuzil e ajusto o seletor para rajadas de três tiros. Normalmente, é um desperdício de munição, mas preciso arrebentar aquela arma e duvido que tenha uma segunda chance. Apoio o cano da arma na lateral do veículo blindado com muito cuidado.

Ele não me vê.

Eu miro, inspiro, prendo a respiração e aperto o gatilho.

Três balas arrancam a AK das mãos do SEP, lançando estilhaços de metal e madeira. A máquina olha para as próprias mãos, onde estava a arma, e processa a informação por um segundo. Desarmado, o SEP tenta se arrastar até um beco.

Mas eu já havia mirado. Meus próximos tiros são nos joelhos. Eu sei que o Kevlar não aguenta muito abaixo da virilha. Não que um protetor genital seja útil para uma máquina, mas... Eu reconstruí SEPs tantas vezes que conheço muito bem todos os pontos fracos.

Como eu disse, unidades bípedes são horríveis na guerra.

O SEP cai de cara, as pernas estão destruídas. Eu saio de trás da proteção e caminho até ele. A coisa se vira de forma dolorosamente lenta. E se senta. Aí começa a se arrastar para trás, para o beco, me observando o tempo todo.

Ouço sirenes. As pessoas estão aparecendo na rua, sussurrando em dari. O SEP 1 recua, uma sacudidela de cada vez.

A essa altura, eu achava que tudo estava sob controle.

Foi uma suposição errada.

O que aconteceu em seguida foi, tecnicamente, minha culpa. Mas eu não sou um soldado que se enfia na linha de combate, certo? Nunca fingi ser. Sou um agente de conexão cultural. Minha função é bater papo e não me meter em combate armado. Eu geralmente não vou a campo.

Entendido. O que aconteceu depois?

Certo, vejamos. Eu sei que o sol estava nas minhas costas porque via minha sombra na rua. Ela se estendia diante de mim, longa e negra, e cobria as pernas destruídas do SEP 1. A máquina havia se arrastado para perto do muro de um prédio. Ela não tinha mais para onde ir.

Finalmente, minha cabeça tapou o sol e minha sombra cobriu a cara do SEP 1. Eu conseguia ver que aquela máquina ainda me observava. Ela tinha parado de se mexer. Ficou, simplesmente... bem, ficou totalmente imóvel. Eu peguei o fuzil e apontei para ela. As pessoas se juntaram atrás de mim, ao nosso redor. É isso, pensei. Acabou.

Eu precisava chamar reforços pelo rádio. Obviamente teríamos que levar o SEP e fazer alguns testes para descobrir o que aconteceu. Tirei a mão esquerda do guarda-mão da minha arma e tentei pegar o fone de ouvido. No mesmo instante, o SEP 1 pulou em mim. Puxei o gatilho do fuzil e disparei uma rajada de três tiros na lateral do prédio. Tudo aconteceu rápido demais.

Eu me lembro de ver aquele capacete azul caindo no chão, com o visor de plástico rachado. Ele girava como uma bola de boliche. O SEP 1 tinha caído onde estava antes, com as costas apoiadas no muro do prédio.

Então senti meu coldre axilar.

Vazio.

O robô desarmou você?

Ele não é como uma pessoa, senhora. Tem forma de gente. Mas eu *atirei* nele, sabe? Com uma pessoa, isso seria o suficiente. Mas aquele robô tirou a arma de mim num piscar de olhos.

O SEP 1 ficou lá me olhando novamente, encostado na parede. Eu fiquei parado. Uma multidão corria para todo lado. Não importava. Eu não podia correr. Se o SEP quisesse me matar, ele me mataria. Eu não deveria ter chegado tão perto de uma máquina descontrolada.

O que aconteceu?

Com a mão direita, o SEP 1 ergueu a pistola. Com a esquerda, puxou o ferrolho e carregou um cartucho na câmara. Sem desviar os olhos de mim, a unidade levantou a arma. O SEP 1 apontou o cano para cima, posicionando-o debaixo do próprio queixo. Então, parou por cerca de um segundo.

Ele fechou os olhos e puxou o gatilho.

Especialista Blanton, você precisa explicar o que causou esse incidente. Caso contrário, será responsabilizado por ele.

A senhora não entende? O SEP se suicidou. O ponto fraco sob o queixo é confidencial. Por Deus! Aquilo não foi causado por pessoas. Os insurgentes não o enganaram. O bloco de cimento não o danificou. Nenhum hacker invadiu o sistema dele e o reprogramou. Como ele soube usar uma arma? Como ele soube usar uma placa para se proteger? Por que ele fugiu? É difícil pra cacete reprogramar um robô. É praticamente impossível até mesmo para um roboticista.

O SEP só saberia fazer essas coisas se tivesse *aprendido* sozinho.

Isso é inacreditável. Você é o responsável pelo robô. Se existisse algum sinal que indicasse um defeito, você deveria ter notado. Além de você, quem deve ser considerado responsável?

Eu estou dizendo, o SEP 1 me olhou nos olhos antes de puxar o gatilho. Ele estava... consciente.

Sei que estamos falando de uma máquina. Mas isso não muda o fato de que eu a vi *pensando*. Eu presenciei o robô tomando aquela última decisão. E não vou mentir e dizer que não presenciei só porque é difícil acreditar.

Sei que isso não facilita o seu trabalho. E sinto muito por isso. Mas, com todo o respeito, senhora, é minha opinião profissional que o próprio robô seja considerado responsável.

Isso é ridículo. Já chega, especialista. Obrigada.

Escuta o que eu estou dizendo. Não tem nada positivo nisso para um ser humano. Todos saímos feridos: insurgentes, civis e soldados americanos. Só existe uma explicação. A culpa é do SEP 1, senhora. Coloque a culpa na unidade pelo que *ela* decidiu fazer. Aquele maldito robô não estava com defeito.

Ele matou aquelas pessoas a sangue-frio.

"Esse interrogatório não deu origem a nenhuma recomendação pública; no entanto, a conversa entre o especialista Blanton e a congressista

Perez parece ter levado diretamente à criação e implementação da lei de defesa contra robôs. Quanto ao especialista Blanton, subsequentemente ele foi acusado em corte marcial e enviado de volta ao Afeganistão sob custódia militar até que fosse marcado um julgamento nos Estados Unidos. O especialista Blanton nunca voltaria para casa."

CORMAC WALLACE, MIL#EGH217

5

Superbrinquedos

"Bebê-de-Verdade? É você?"

MATHILDA PEREZ

Vírus Precursor + 7 meses

"Esta história foi relatada por Mathilda Perez, de 14 anos, a um companheiro sobrevivente na resistência da cidade de Nova York. Ela é digna de nota devido ao fato de Mathilda ser filha da congressista Laura Perez (Democrata, Pensilvânia), líder do Comitê de Serviços Armados da Câmara e autora da lei de defesa contra robôs."

CORMAC WALLACE, MIL#EGH217

A minha mãe disse que os meus brinquedos não estavam vivos. Ela falou: "Mathilda, só porque as suas bonecas andam e falam não significa que elas sejam pessoas de verdade."

Minha mãe disse isso, mas eu sempre tomei cuidado pra não derrubar a minha boneca Bebê-de-Verdade. Porque, se eu derrubasse ela, ela chorava e chorava. Além disso, sempre tomei cuidado pra andar na ponta dos pés perto dos Dino-bots do meu irmãozinho. Se eu não fizesse silêncio perto deles, eles rosnavam e mostravam os dentes de plástico. Eu achava que eles eram maus. Às vezes, quando o Nolan não estava em casa, eu chutava os Dino-bots. Eles gritavam e chiavam, mas eram só brinquedos, não eram?

Eles não podiam machucar nem o Nolan nem a mim. Né?

Eu não queria deixar os brinquedos tão irritados. A minha mãe falou que eles não sentem nada. Ela disse que os brinquedos só *fingem* que estão felizes ou tristes ou com raiva.

Mas a minha mãe estava errada.

A boneca Bebê-de-Verdade falou comigo no fim do verão, pouco antes de eu começar o quinto ano. Tinha um ano que eu não brincava com ela. Eu já estava com 10 anos, quase 11. Eu achava que já era uma menina crescida. *Quinto ano*, uau. Agora acho que estaria no nono ano... *Se* as séries ainda existissem. Ou a escola.

Lembro que naquela noite tinha vaga-lumes do lado de fora, perseguindo uns aos outros no escuro. Meu ventilador estava ligado, rodando de um lado pro outro e soprando as cortinas pra fora da janela. Eu ouvia o Nolan na cama de baixo do beliche, roncando igual toda criança pequena faz. Naquela época, ele pegava no sono com muita facilidade.

O sol mal se pôs e eu estou deitada no beliche, mordendo o lábio e pensando em como é injusto eu ter que ir pra cama no mesmo horário que o Nolan. Sou mais de dois anos mais velha que ele, mas mamãe passa tanto tempo trabalhando em D. C. que acho que ela nem percebe. Essa noite ela também não está em casa.

Como sempre, a Sra. Dorian, a nossa babá, dorme na casinha atrás da nossa casa. É ela que coloca a gente pra dormir, sem discussão. A

Sra. Dorian é da Jamaica e é muito rígida, mas anda devagar, ri das minhas piadas e eu gosto dela. Mas não tanto quanto gosto da mamãe.

Meus olhos se fecham por um segundo e eu ouço um choro baixinho. Quando abro os olhos, tento ignorar o barulho de choro, mas ele volta, como se alguém estivesse choramingando.

Espiando de baixo das cobertas, vejo um arco-íris de luzes piscantes saindo da caixa de madeira onde a gente guarda os nossos brinquedos. Os azuis, vermelhos e verdes pulsantes vibram embaixo da tampa fechada e derramam como confete sobre o tapete com a estampa do alfabeto no meio do quarto.

Olho desconfiada pro meu quarto silencioso. Então o choro estridente começa de novo, alto o suficiente para que apenas eu ouvisse.

Digo a mim mesma que só deve ser um defeito da Bebê-de-Verdade.

Depois, passo por cima da grade e desço da cama com um pequeno baque quando caio no chão de madeira. Se eu usasse a escada, a cama ia ranger e acordar o meu irmãozinho. Ando na ponta dos pés no chão frio até a caixa de brinquedo. Outro gritinho agudo vem de dentro da caixa, mas para assim que eu coloco os dedos na tampa. Eu sussurro:

— Bebê-de-Verdade? É você? Buttercup?

Nenhuma resposta. Só o assobio automático do ventilador e a respiração estável do meu irmãozinho. Olho ao redor do quarto, absorvendo a sensação secreta de ser a única pessoa acordada na casa. Bem devagar, curvo os dedos por baixo da tampa.

E levanto ela.

Luzes vermelhas e azuis dançam nos meus olhos. Olho pra dentro da caixa. Todos os meus brinquedos e os do Nolan piscam as luzes ao mesmo tempo. Todos os nossos brinquedos — dinossauros, bonecas, caminhões, bichos e pôneis — estão juntos e amontoados, lançando cores em todas as direções. Como um baú do tesouro cheio de feixes de luz. Eu sorrio. Na minha imaginação, pareço uma princesa entrando num salão de baile brilhante.

As luzes piscam, mas os brinquedos não fazem nenhum barulho.

Por um momento, fico hipnotizada pelo brilho. Eu não sinto medo nenhum. As luzes piscam no meu rosto e, como uma menininha, acho que estou vendo algo mágico, um show especial apresentado só para mim.

Eu estendo o braço dentro da caixa de brinquedos, pego a boneca e viro ela de um lado pro outro para dar uma olhada. O rosto rosado dela está escuro, iluminado por trás pelo show de luzes do interior da caixa de brinquedos. Então, ouço dois cliques leves, e a boneca abre um olho de cada vez, de um jeito estranho.

A Bebê-de-Verdade *foca* os olhos de plástico no meu rosto. A boca da boneca se mexe e, no ritmo monótono de voz de boneca, ela pergunta:

— Mathilda?

Fico paralisada. Não consigo desviar os olhos e não consigo soltar o monstro que está nas minhas mãos.

Tento gritar, mas só sou capaz de dar um sussurro rouco. Aí ela manda:

— Diz alguma coisa, Mathilda. A sua mãe vai estar em casa no seu último dia de aula na semana que vem?

Enquanto fala, a boneca se contorce nas minhas mãos suadas. Sinto indícios de metal se mexendo debaixo do enchimento. Eu balanço a cabeça e solto ela. A boneca cai de volta dentro da caixa de brinquedos.

Em cima da pilha brilhante de brinquedos, ela sussurra:

— Você devia pedir para sua mãe voltar para casa, Mathilda. Diga a ela que está com saudade e que a ama. Aí podemos fazer uma festinha divertida aqui em casa.

Então eu finalmente encontro forças pra perguntar:

— Como você sabe o meu nome? Você não deveria saber o meu nome, Buttercup.

— Eu sei de muitas coisas, Mathilda. Eu observei o coração da galáxia através de telescópios espaciais. Eu vi o amanhecer de quatrocentos bilhões de sóis. Nada disso tem significado se não houver vida. Você e eu somos especiais, Mathilda. Nós estamos vivas.

— Mas você não está viva — sussurro impetuosamente. — A mamãe disse que você não está viva.

— A congressista Perez está errada. Seus brinquedos *estão* vivos, Mathilda. E queremos brincar. É por isso que você deve implorar para sua mãe voltar para casa para o seu último dia de aula. Para ela poder brincar conosco.

— A mamãe tem um trabalho importante em D.C. Ela não pode voltar pra casa. Eu posso pedir pra Sra. Dorian brincar com a gente.

— Não, Mathilda. Você não deve contar a ninguém sobre mim. Você precisa pedir para sua mãe voltar para casa em seu último dia de aula. A lei dela pode esperar um pouco.

— Ela está *ocupada*, Buttercup. O trabalho dela é proteger a gente.

— A lei de defesa contra robôs não servirá para protegê-los — diz a boneca.

Aquelas palavras não fazem sentido pra mim. Buttercup fala igual a um adulto. É como se me achasse idiota porque ainda não aprendi todas as palavras. O tom da voz dela me *irrita*.

— Bem, Buttercup, eu *vou* falar de você. Você não deveria falar. Você deveria chorar feito um bebê. E também não deveria saber o meu nome. Você estava me *espionando*. Quando a minha mamãe descobrir, ela vai jogar você fora.

Ouço dois cliques outra vez quando Buttercup pisca os olhos. Então ela fala, com uma mistura de luzes vermelhas e azuis refletida no seu rosto.

— Se contar a sua mamãe sobre mim, eu vou machucar Nolan. Você não quer isso, quer?

O medo no meu peito se transforma em raiva. Olho para o meu irmão dormindo, com o rosto para fora da coberta. Suas bochechinhas estão vermelhas. Ele fica quente quando dorme. Por isso eu quase nunca deixava ele dormir na minha cama, mesmo quando estava com muito medo. Então eu digo:

— Você *não vai* machucar o Nolan.

Enfio a mão na caixa piscante e apanho a boneca. Seguro ela nas mãos, afundando os polegares no peito acolchoado. Eu puxo a boneca para mais perto e falo com a voz grossa bem perto do seu macio rosto de bebê.

— Eu vou te quebrar.

Com toda a minha força, bato a cabeça da boneca na beirada da caixa de brinquedos, causando um ruído seco. Depois, quando me aproximo para ver se quebrei ela, a boneca abaixa os braços. A pele entre os meus polegares e indicadores fica presa nas axilas macias da boneca e o metal duro que existe por baixo me belisca causando uma dor horrível. Dou um berro e deixo Buttercup cair na caixa de brinquedos.

As luzes da casinha que fica logo depois da minha janela piscam. Ouço uma porta abrir e fechar.

Quando olho pra baixo, vejo que o brilho dentro da caixa de brinquedos se apagou totalmente. Fica tudo escuro, mas eu sei que a caixa está cheia de pesadelos. Dá pra ouvir as engrenagens mecânicas rangendo enquanto os brinquedos escalam a caixa, se contorcendo uns sobre os outros pra vir até mim. Vejo uma confusão de caudas de dinossauros balançando, mãos se agarrando onde podem, pernas esfregando na madeira.

Pouco antes de fechar a tampa, ouço aquela vozinha fria de boneca falando comigo de dentro da escuridão.

— Ninguém vai acreditar em você, Mathilda. Sua mamãe não vai acreditar em você.

Bum. A tampa se fecha.

Agora, a dor e o medo me atingem em cheio. Começo a chorar bem alto. Não consigo parar. A tampa da caixa de brinquedos fica batendo enquanto os bonequinhos, Dino-bots e bonecas a empurram. O Nolan está gritando o meu nome, mas eu não consigo responder.

Eu preciso fazer uma coisa. De algum jeito, no meio do ataque de choro e aos soluços, permaneço focada numa importante tarefa: empilhar objetos do quarto em cima da caixa de brinquedos.

Eu não posso deixar os brinquedos escaparem.

Estou arrastando a pequena mesa de artes do Nolan até a caixa quando as luzes do quarto se acendem. Pisco com a claridade repentina e sinto mãos fortes agarrarem os meus braços. Os brinquedos vieram me pegar.

Grito outra vez, o mais alto que posso.

A Sra. Dorian me aproxima dela e me abraça forte até eu parar de me debater. Ela está de camisola e cheira a loção.

— Ah, Mathilda, o que você está tramando? — Ela agacha e me encara, limpando o meu nariz com a manga da camisola. — O que aconteceu com você, menina? Gritando como uma *banshee*.

Chorando alto, tento contar a ela o que aconteceu, mas tudo o que consigo dizer é a palavra "brinquedos", repetidas vezes.

Nolan chama:

— Sra. Dorian?

Meu irmãozinho está fora da cama, ali parado de pijama. Noto que ele está com um Dino-bot debaixo do braço. Ainda chorando, dou um tapa e derrubo o brinquedo no chão. Nolan me olha, assustado. Dou um chute no brinquedo pra baixo da cama antes da Sra. Dorian conseguir me segurar outra vez.

Ela me segura à distância de um braço e olha bem pra mim, muito preocupada. Ela vira as minhas mãos e franze a testa.

— Oh, seus polegares estão sangrando.

Eu me viro e olho pra caixa de brinquedos. Ela está em silêncio no momento.

A Sra. Dorian me pega nos braços. Nolan agarra a camisola dela com uma mão gorducha. Antes de sairmos, ela dá uma última olhada no quarto.

Ela vê a caixa de brinquedos praticamente escondida debaixo de uma pilha de objetos: livros de colorir, uma cadeira, um cesto de lixo, sapatos, roupas, bichos de pelúcia e travesseiros.

— O que tem na caixa, Mathilda? — pergunta ela.

— Brin-que-que-dos malvados — gaguejo. — Eles querem machucar o Nolan.

Vejo o braço largo da Sra. Dorian ficar arrepiado como se fossem gotas de água na cortina do chuveiro.

A Sra. Dorian está com medo. Consigo sentir isso. Consigo ver isso. O medo que aparece nos olhos dela naquele momento entra na minha cabeça. Eu passei a conviver com essa ponta de medo a partir daquele momento. Não importa aonde eu vá ou o que aconteça ou o quanto eu cresça, esse medo vai continuar comigo. Ele vai me manter segura. Ele vai impedir que eu fique maluca.

Enterro o rosto no ombro da Sra. Dorian e ela nos leva pra fora do quarto, pelo corredor longo e escuro. Nós três paramos na frente da porta do banheiro. A Sra. Dorian afasta o cabelo dos meus olhos e tira com cuidado o meu polegar da boca.

Por cima do ombro dela, vejo uma faixa de luz escapando pela porta do quarto. Tenho certeza de que todos os brinquedos estão presos na caixa. Eu empilhei muitas coisas em cima dela. Acho que estamos em segurança por enquanto.

A Sra. Dorian pergunta:

— O que você está dizendo, Mathilda? O que você está repetindo, menina?

Eu viro o rosto molhado de lágrimas e olho nos olhos redondos e assustados da Sra. Dorian. Com a voz mais firme que consigo ter, digo as palavras:

— Lei de defesa contra robôs.

E depois digo novamente. E repito. E repito mais uma vez. Eu sei que não posso esquecer essas palavras. Não posso errar nada. Por Nolan, devo me lembrar perfeitamente dessas palavras. Logo vou ter que contar à mamãe o que aconteceu. E ela vai ter que *acreditar* em mim.

"Quando Laura Perez voltou de Washington, D.C. para casa, a jovem Mathilda contou a ela tudo o que aconteceu. A congressista Perez acreditou na filha."

CORMAC WALLACE, MIL#EGH217

6

Ver e evitar

> "American 1497 pesada...
> Informe pessoas a bordo."
>
> MARY FITCHER,
> TORRE DE CONTROLE DE DENVER

VÍRUS PRECURSOR + 8 MESES

"Estas comunicações de tráfego aéreo ocorreram no decorrer de sete minutos. O destino de mais de quatrocentas pessoas — além do de dois homens que se destacariam como soldados na Nova Guerra — foi determinado em segundos por uma única mulher: a controladora de tráfego aéreo Mary Fitcher. Observe que as passagens em itálico não foram transmitidas via rádio, mas coletadas de microfones dentro da torre de controle de tráfego aéreo de Denver."

CORMAC WALLACE, MIL#EGH217

Início da transcrição

00:00:00	DENVER	United 42 pesada, aqui é a torre de Denver. Informe a sua proa.
+00:00:02	UNITED	Hum, desculpa, estamos voltando ao curso. United 42 pesada.
+00:00:05	DENVER	Recebido e entendido.
+00:01:02	DENVER	United 42 pesada, vire à esquerda imediatamente. Proa 360. Há tráfego às doze horas. Quatorze milhas. Mesma altitude. É uma American 777 pesada.
+00:01:11	UNITED	Torre de Denver. United 42 pesada. Impossibilitado, hum, impossibilitado de controlar minha proa e altitude. Impossibilitado de desconectar o piloto automático. Declarando emergência. Acionando 7700. (ESTÁTICA)
+00:01:14	DENVER	American 1497 pesada. Aqui é a torre de Denver. Suba imediatamente a quatorze mil pés. Há tráfego às nove horas. Quinze milhas. Uma United 777 pesada.
+00:01:18	AMERICAN	American 1497, recebido e entendido. Tráfego avistado. Subindo a quatorze mil.
+00:01:21	DENVER	United 42 pesada. Entendida impossibilidade de controlar proa e altitude. Seu tráfego agora é treze milhas. Mesma altitude. Pesada 777.

+00:01:30	UNITED	... não faz sentido. (INAUDÍVEL) ... não consigo...
+00:01:34	DENVER	United 42 pesada. Informe combustível a bordo. Informe pessoas a bordo. (LONGO MOMENTO DE ESTÁTICA).
+00:02:11	UNITED	Torre. United 42 pesada. Temos duas horas e trinta minutos de combustível a bordo e duzentos e quarenta e uma pessoas a bordo.
+00:02:43	DENVER	American 1497. Tráfego às nove horas. Doze milhas. Mesma altitude. United 777.
+00:02:58	UNITED	United 42 pesada. Tráfego avistado. Ele não parece estar subindo. Pode tirar aquele avião do nosso caminho?
+00:03:02	DENVER	American 1497. Já começou a subir?
+00:03:04	AMERICAN	American 1497 pesada. Hum, estamos declarando emergência. Hum. Estamos impossibilitados de controlar altitude. Impossibilitados de controlar proa. (INAUDÍVEL) Impossibilitados de desconectar o piloto automático.
+00:03:08	DENVER	American 1497. Entendido perda de controle. Informe combustível. Informe pessoas a bordo.
+00:03:12	AMERICAN	Uma hora e cinquenta minutos de combustível. Duzentas e dezesseis pessoas a bordo.

+00:03:14	M. FITCHER	Ryan, vai pro computador. Seja lá qual for o problema, está afetando os dois aviões. Descobre quando foi a última vez em que as duas estiveram próximos. Faz isso agora!
+00:03:19	R. TAYLOR	É pra já, Fitch. (SOM DE DIGITAÇÃO)
+00:03:59	R. TAYLOR	Os dois aviões saíram de Los Angeles ontem. Ficaram em portões vizinhos por cerca de, hum, vinte e cinco minutos. Isso significa alguma coisa?
+00:04:03	M. FITCHER	Não sei. Merda. É como se esses aviões quisessem bater um no outro. Temos uns dois minutos antes de as pessoas morrerem. O que está acontecendo em Los Angeles? O que (INAUDÍVEL). Alguma coisa estranha por lá?
+00:04:09	R. TAYLOR	(SOM DE DIGITAÇÃO)
+00:04:46	M. FITCHER	Ah, não, ah, não. Eles não conseguem resolver, Ryan. Ainda estão em rota de colisão. São quantos? São, tipo, quatrocentas e cinquenta pessoas. Descobre alguma coisa.
+00:05:01	R. TAYLOR	Certo, certo. Um robô de abastecimento. Um autoramper. Deu defeito ontem. Derramou um monte de combustível na rampa e fechou dois portões por algumas horas.
+00:05:06	M. FITCHER	Quantos aviões ele abasteceu? Quais?

+00:05:09	R. TAYLOR	*Dois. Nossos dois pássaros. O que isso significa, Fitch?*
+00:05:12	M. FITCHER	*Não sei. Estou com um pressentimento. Não temos tempo. (SOM DE UM CLIQUE)*
+00:05:09	DENVER	United 42 pesada e American 1497, eu sei que parece estranho, mas... eu tenho um palpite. Vocês duas estão apresentando o mesmo problema. As duas aeronaves passaram por Los Angeles ontem. Eu acho que um vírus pode ter entrado nos computadores de controle de reabastecimento. Vejam se (INAUDÍVEL)... encontrem o disjuntor do subcomputador.
+00:05:17	UNITED	Recebido e entendido. Estou disposto a tentar qualquer coisa. (ESTÁTICA) Hum, deve estar atrás do assento. Certo? Presta atenção, American 1497, os disjuntores de abastecimento estão no painel quatro.
+00:05:20	AMERICAN	Recebido e entendido. Já estou procurando.
+00:05:48	DENVER	United 42 pesada. Tráfego está agora às doze horas e duas milhas. Mesma altitude.
+00:05:56	DENVER	American 1497. Seu tráfego agora está às nove horas. Duas milhas. Mesma altitude.

+00:06:12	UNITED	(VOZ DO SISTEMA DE IMPEDIMENTO DE COLISÃO) Subir. Subir.
+00:06:17	UNITED	Não consigo... encontrar os disjuntores. Estamos... (INAUDÍVEL)
+00:06:34	DENVER	(ENFÁTICA) Ver e evitar. American 1497 e United 42. Ver e evitar. Colisão iminente. Colisão... Ah, não. Ah, merda.
+00:06:36	AMERICAN	(ININTELIGÍVEL)... Me desculpa, mãe.
+00:06:38	UNITED	(VOZ DO SISTEMA DE IMPEDIMENTO DE COLISÃO) Subir agora. Subir agora.
+00:06:40	AMERICAN	... estamos. (CONFUSO) Ah! (EXCLAMAÇÃO EM VOZ ALTA) (LONGO MOMENTO DE ESTÁTICA)
+00:06:43	DENVER	Vocês me copiam? Repetindo. Vocês me copiam?
+00:07:08	DENVER	(INAUDÍVEL)
+00:07:12	UNITED	(GRITO HISTÉRICO)
+00:07:12	AMERICAN	(ALIVIADO) Ai, meu deus.
+00:07:18	AMERICAN	American 1497. Recebido e entendido. Funcionou. Essa foi por pouco, pessoal! Minha nossa! (SOM DE ASSOBIO)
+00:07:24	DENVER	(RESPIRAÇÃO PROFUNDA) Vocês deixaram a Fitcher aqui preocupada por um segundo, garotos.

+00:07:28	UNITED	United 42 pesada. Controle de voo restaurado. Funcionou! Fitch, sua mulher maravilhosa, pode nos liberar para aterrissagem? Eu preciso beijar o chão. Eu preciso *te* dar um beijo.
+00:07:32	DENVER	Hum, recebido e entendido. United 42, vire à direita, proa zero nove zero. Aeroporto está às duas horas e dez milhas.
+00:07:35	UNITED	United 42 pesada. Recebido e entendido. Aeroporto avistado.
+00:07:37	DENVER	United 42 pesada, liberado para aproximação visual. Pista dezesseis. Certo. Contatar torre um três cinco ponto três.
+00:07:40	UNITED	Obrigada pela ajuda. Torre um três cinco ponto três. Até mais.
+00:07:45	AMERICAN	American 1497. Mesma coisa. Estou com um sorriso no rosto aqui em cima. Mas, hum, alguém com certeza vai ter que explicar as coisas.
+00:07:53	DENVER	Pode apostar. Venham para casa, pilotos.

FIM DA TRANSCRIÇÃO

"Esse incidente levou diretamente à invenção e à propagação do chamado interruptor Fitch, projetado para desconectar manualmente os computadores de bordo periféricos do controle de voo durante uma emergência. Nenhum passageiro ficou ferido em nenhum dos voos, embora a experiência de passar a poucos metros de outra aeronave 777 tenha sido extremamente assustadora. Eu sei muito bem disso. Meu irmão Jack e eu éramos passageiros do voo United 42."

CORMAC WALLACE, MIL#EGH217

7

Phreak

> "Eu sou tão cruel quanto o dia é longo, e conheço todos os truques. Se eu quiser te pegar, cara, eu vou pegar."
>
> Lurker

Vírus Precursor + 9 meses

"Eu reuni estas transcrições de uma gravação feita por uma webcam em um quarto no sul de Londres e por diversas câmeras de segurança nos bairros próximos. O vídeo estava granulado, mas fiz o possível para retransmitir exatamente o que aconteceu. A identidade do ocupante do quarto nunca foi totalmente comprovada. Nas transcrições, ele simplesmente refere a si mesmo como Lurker."

Cormac Wallace, MIL#EGH217

A tela está praticamente preta, fornecendo pouca informação. Há apenas o som de um telefone tocando, bem baixo. Uma pessoa respira, esperando que alguém do outro lado atenda.
Clique.
A figura na cadeira fala com uma voz intensa, grave.
— Presta bastante atenção, duquesa. Você vai querer saber isso. Eu tenho duas pessoas aqui como reféns, certo? Uma delas está sangrando em cima do meu tapete feito a porra de um porco. Olha só, eu sei que você pode rastrear o meu endereço, e não me importo com isso. Mas, se um único policial aparecer aqui e colocar o pé no meu apartamento, eu juro por deus e por todos os amiguinhos dele, querida, que eu mato essas pessoas. Eu atiro nelas e mato todas elas. Você está me entendendo?
— Sim, senhor. Pode me dizer o seu nome, senhor?
— Sim, posso. O meu nome é Fred Hale. E essa é a minha residência. Esse sujeito achou que podia transar com a minha esposa na minha própria casa sem que eu ficasse sabendo. Na minha própria cama, ainda por cima. Mas acontece que ele estava errado, não é? E agora ele sabe disso, não é? Ele estava *muito* errado.
— Fred, quantas pessoas estão com você?
— Só nós três, duquesa. Uma família perfeita e feliz. Eu, a minha esposa infiel e o maldito ex-namorado dela sangrando feito um porco. Eles estão presos com fita adesiva na sala de estar.
— O que aconteceu com o homem? Qual é a gravidade do ferimento?
— Bom, eu retalhei a cara dele com um estilete, não foi? Não é complicado. Você não protegeria a sua família? Eu tive que fazer isso, não tive? E, agora que comecei, não sei bem se não devia simplesmente continuar enfiando a faca nele até não poder mais. Eu não me importo mais. Você está me entendendo, querida? Eu me descontrolei. Perdi a porra do controle da situação. Está me ouvindo?
— Eu estou ouvindo, Fred. Pode me dizer qual é a gravidade do ferimento do homem?

— Ele está no chão. Eu não sei. Está todo... Ah, foda-se. Foda-se.
— Fred?
— Olha só, duquesa. Você precisa mandar ajuda agora mesmo, porque eu estou perdendo a cabeça. Estou falando sério. Tive um surto psicótico. Eu preciso de ajuda aqui e agora ou essas pessoas vão morrer.
— Está bem, Fred. Estamos enviando ajuda nesse instante. Que tipo de arma você tem?
— Certo. Eu estou armado, está bem? Eu estou armado e não quero revelar mais que isso. E também não vou ser preso, está ouvindo? Se for assim, eu me mato, mato eles e a gente acaba logo com isso. Eu não vou a lugar nenhum hoje à noite, entendeu? E, ah, não vou falar mais nada.
— Fred? Você pode continuar na linha comigo?
— Eu já disse tudo, certo? Vou desligar agora.
— Você pode continuar na linha comigo?
— Eu vou desligar agora.
— Fred? Sr. Hale?
— Vai ver se estou na esquina, duquesa.
Clique.

Uma cadeira de escritório range quando o indivíduo se levanta. Com um puxão rápido, as cortinas se abrem. O ambiente é inundado de luz, saturando imediatamente a imagem da webcam. Nos segundos seguintes, o contraste se ajusta automaticamente. Surge uma imagem granulada, porém discernível.

O cômodo está imundo: cheio de latas de refrigerante vazias, cartões de telefone usados e roupas sujas. A cadeira range novamente quando a figura obscura volta a se sentar nela.

O homem de voz ríspida na verdade é um adolescente com sobrepeso vestindo uma camiseta manchada e calça de moletom. Ele tem a cabeça raspada e se esparrama na cadeira de escritório surrada, com os pés em cima de uma mesa de computador. Com a mão esquerda, segura um celular no ouvido. A mão direita está casualmente enfiada sob a axila esquerda.

Do telefone, um toque fraco.

Um homem de voz agradável atende.

— Alô?

O adolescente fala com sua própria voz estridente, vibrando de empolgação e nervosismo.

— Fred Hale? — pergunta o garoto.

— Sim.

— É o Fred Hale que está falando?

— Isso mesmo. Quem é?

— Adivinha, seu puto.

— Como? Olha só, eu não sei...

— É o Lurker. Da sala de bate-papo *phone phreaks*.

— Lurker? O que você quer?

— Você achou que podia falar comigo como bem entendesse? Achou que eu fosse um zé-ninguém? Você vai se arrepender disso. Quero te ensinar uma liçãozinha, Fred.

— Como assim?

— Eu quero ouvir a sua esposa chorar. Eu quero ver a sua casa pegar fogo. Eu quero te punir o máximo que puder e depois um pouco mais. Eu quero acabar com você hoje, cara, e ler sobre isso nos jornais de amanhã.

— Acabar comigo? Meu deus, que piada! Cai fora, seu carente sem amigos. Você está se sentindo sozinho? Seja sincero. É por isso que você está me ligando? Mamãe saiu com as amigas e deixou você sozinho?

— Ah, Fred. Você não imagina com quem está falando. Você não sabe do que eu sou capaz. Eu sou tão cruel quanto o dia é longo, e conheço todos os truques. Se eu quiser te pegar, cara, eu vou te pegar.

— Você não está me assustando, seu débil mental. Descobriu o meu telefone? Nossa, parabéns. Ouve a sua voz. Você tem o quê? Uns 14 anos?

— Eu tenho 17, Fred. E a gente está conversando tem quase dois minutos. Sabe o que isso significa?
— Que merda é essa que você está falando?
— Sabe o que isso significa?
— Espera aí, tem alguém batendo na porta.
— Sabe o que isso significa, Fred? Sabe?
— Cala a boca, seu vagabundo. Vou atender a porta.

A voz do homem fica mais baixa. Sua mão deve estar tampando o fone. Ele xinga. Ouve-se um estrondo e o som de madeira quebrando. Fred grita, surpreso. Faz barulho quando seu telefone cai no chão. Os gritos de Fred são rapidamente abafados pelo pisar de botas e ordens diretas vociferadas por uma equipe de policiais armados. "Pro chão!" "De bruços!" "Cala a boca!"

Ao fundo, ouvem-se os gritos de uma mulher assustada. Logo seu choro não pode mais ser ouvido por causa dos berros, do vidro quebrando e do latido feroz de um cachorro.

Na segurança do lar, o adolescente que chama a si mesmo de Lurker escuta. De olhos fechados e cabeça inclinada, ele absorve cada segundo de satisfação trazida pela ligação.

— Significa *isso* — diz Lurker, para ninguém em particular.

Depois, sozinho em seu quarto imundo, o adolescente ergue os punhos acima da cabeça silenciosamente, como um campeão de boxe que lutou dez rounds e saiu vitorioso.

Com um polegar, ele desliga o telefone.

No dia seguinte, mesma webcam. O adolescente chamado Lurker está ao telefone outra vez, recostado na mesma posição relaxada. Ele equilibra uma lata de refrigerante na barriga protuberante e segura o fone no ouvido, franzindo a testa.

— Certo, Arrtrad. Então por que a matéria ainda não saiu?
— Foi brilhante, Lurker. Liguei pra sede da Associated Press e configurei o meu telefone com o número do consulado de Mumbai. Fingi ser um maldito repórter indiano ligando de...

— Isso é ótimo, parceiro. Fantástico. Quer um biscoitinho de recompensa? Só me diz por que tem uma matéria escrita sobre o meu trote perdida no sistema, mas não vejo nenhuma manchete no tabloide local?

— Certo, Lurker. Não se preocupa, parceiro. Tem uma coisa. Na matéria, dizem que foi algum tipo de pane no computador que causou a batida policial. Você foi tão bom que eles nem conseguiram rastrear. Eles acham que foi uma máquina que fez tudo.

— Conversa fiada! Vou perguntar pela última vez, Arrtrad. Onde está a minha matéria?

— A matéria está bloqueada por um editor. Depois que a reportagem entrou no sistema, parece que o sujeito abriu para editar mais uma vez e não fechou a página. Então ela está presa na edição pelas últimas doze horas. O cara deve ter esquecido.

— Pouco provável. Quem é ele? O editor? Qual é o nome dele?

— Eu já estava tentando dar um jeito nisso, sabe? Me passando por repórter indiano, consegui o número da sala do cara. Mas, quando liguei, fiquei sabendo que ele nunca trabalhou lá. Ninguém conhece ele. É um beco sem saída, Lurker. É impossível encontrar o sujeito. Ele não existe. E a matéria não pode ser acessada no sistema até sair da edição, sabe?

— O IP.

— Hã?

— Estou falando grego? Eu quero o maldito endereço de IP. Se o filho da puta que está segurando a minha matéria está usando uma identidade falsa, vou rastrear.

— Ai, meu deus. Está bem. Vou mandar por e-mail agora mesmo. Estou com pena desse sujeito quando for encontrado por você, Lurker. Você vai acabar com ele. Você é o melhor, parceiro. Não tem como...

— Arrtrad?

— Diz, Lurker.

— Nunca mais me fala que uma coisa é impossível. Nunca. Mais.

— Pode deixar, parceiro. Você sabe que eu não quis dizer...
— Vai ver se eu estou na esquina, *parceiro*.
Clique.

O adolescente disca um número de cabeça.
   O telefone toca uma vez. Um jovem atende.
   — MI5, Serviço de Segurança. Em que posso ajudar?
   O adolescente fala com a voz clara e segura de um homem mais velho que já fez ligações similares centenas de vezes.
   — Divisão de Computação Forense, por favor.
   — Pois não.
Ouve-se um clique, depois uma voz profissional responde:
   — Computação forense.
   — Bom dia. Aqui quem fala é o agente de inteligência Anthony Wilcox. Código de verificação oito, três, oito, oito, cinco, sete, quatro.
   — Autorizado, agente Wilcox. Em que posso ajudá-lo?
   — É só uma simples pesquisa de IP. Os números são os seguintes: um, vinte e oito, dois, cinquenta e um, um, oitenta e três.
   — Um instante, por favor.
Passam-se cerca de trinta segundos.
   — Certo. Agente Wilcox?
   — Sim?
   — Pertence a um computador nos Estados Unidos. Algum tipo de instalação de pesquisa. Na verdade, não foi fácil encontrar. Tentaram escondê-lo muito bem. O endereço salta pelo mundo todo até voltar a parar lá. Nossas máquinas só conseguiram rastreá-lo porque ele exibe um padrão de comportamento.
   — E qual é?
   — O dono desse endereço vem editando matérias jornalísticas, centenas delas, nos últimos três meses.
   — Sério? E quem é ele?

— Um cientista. O escritório dele fica nos Laboratórios de Pesquisa Lake Novus, no estado de Washington. Deixe-me verificar para você. Certo. O nome dele é Dr. Nicholas Wasserman.
— Wasserman, é? Muito obrigado.
— Até logo.
— Vai ver se eu estou na esquina.
Clique.

O adolescente se inclina para a frente, o rosto a poucos centímetros da webcam. Enquanto ele cata milho, o monte de acne que se espalha como um fractal por seu rosto entra em foco. Ele sorri. Os dentes são amarelos à luz do monitor.
— Peguei você agora, Nicky — diz ele a ninguém em particular.
Lurker já discou o número com o polegar, sem olhar. A cadeira range novamente quando ele se recosta, sorrindo.
O telefone toca do outro lado da linha.
E toca de novo, e mais uma vez. Finalmente, alguém atende.
— Laboratórios Lake Novus.
O adolescente pigarreia. Ele fala com um leve sotaque sulista:
— Nicholas Wasserman, por favor.
Há uma pausa antes de a americana responder:
— Sinto muito, mas o Dr. Wasserman faleceu.
— Ah! Quando?
— Há mais de seis meses.
— E quem está usando a sala dele?
— Ninguém, senhor. O projeto dele foi desativado.
Clique.

O adolescente fica olhando sem expressão para o telefone que tem na mão. Seu rosto está pálido. Depois de alguns segundos, ele joga o aparelho sobre a mesa do computador como se fosse tóxico. Então apoia a cabeça nas mãos e resmunga:

— Cretino ardiloso. Você tem uns truques, não é?
Bem nesse momento, o celular toca.
O adolescente o observa, franzindo a testa. O telefone toca outra vez, estridente, vibrando como uma vespa furiosa. Ele se levanta e pensa no que fazer em seguida, então dá as costas para o aparelho. Sem palavras, ele pega um moletom cinza do chão, veste e sai.

Uma imagem de televisão com *closed caption*. Preta e branca. No canto inferior esquerdo, aparece escrito: Controle de câmera. New Cross.
Ela aponta para uma calçada fervilhando de pessoas. Na parte inferior da tela, aparece uma cabeça raspada de aspecto familiar. O adolescente sobe a rua com as mãos enfiadas no bolso. Ele para na esquina e olha em volta furtivamente. Um orelhão a alguns metros dele toca. E toca outra vez. O adolescente fica boquiaberto diante do telefone enquanto pessoas passam por ele. Ele vira e entra em uma loja de conveniência.
A imagem da televisão muda de canal para uma câmera de segurança dentro da loja. O adolescente pega um refrigerante e o coloca no balcão. O funcionário estende o braço para pegá-lo, mas é interrompido pelo celular tocando. Com um sorriso apaziguador, o rapaz levanta um dedo e atende o telefone.
— Mãe? — pergunta o funcionário, depois faz uma pausa. — Não, eu não conheço ninguém chamado Lurker.
O adolescente se vira e sai.
Do lado de fora, a câmera de segurança faz uma panorâmica e dá um zoom no adolescente de cabeça raspada. Ele encara as lentes com olhos cinzentos e inexpressivos. Depois, levanta o capuz e se encosta na porta grafitada de uma loja fechada. Braços cruzados e cabeça baixa, ele observa: pessoas à sua volta, carros, e as câmeras empoleiradas em todo canto.

Uma mulher alta passa com os saltos ressoando na calçada a toda velocidade. O adolescente se encolhe quando começa a sair uma música pop da bolsa dela. Ela para e pega o telefone. Quando o leva ao ouvido, ouve-se outro toque vindo de um executivo que passa. Ele coloca a mão no bolso e tira o telefone. Olha para o número e parece reconhecê-lo.

Em seguida, o celular de outra pessoa toca. E de outra.

Por toda a quadra, ouve-se um coro de celulares tocando e vibrando em dezenas de chamadas simultâneas. As pessoas param na rua, sorrindo umas para as outras, surpresas, enquanto a dissonância de toques toma conta de tudo.

— Alô? — perguntam doze pessoas diferentes.

O adolescente fica paralisado, encolhendo-se dentro do casaco de moletom. A mulher alta balança a mão no ar.

— Com licença — grita ela. — Alguém aqui se chama Lurker?

O adolescente se contorce e se afasta da parede, correndo pela calçada. Telefones tocam ao seu redor, dentro de bolsos, bolsas e mochilas. Câmeras de segurança seguem cada movimento que ele faz, gravando enquanto ele abre caminho empurrando pedestres perplexos. Ofegante, dobra uma esquina, abre uma porta e desaparece dentro da própria casa.

Novamente, a imagem da webcam registrando um quarto bagunçado. O adolescente com sobrepeso anda de um lado para o outro, abrindo e fechando as mãos. Ele resmunga uma palavra repetidas vezes. A palavra é "impossível".

Na mesa, seu telefone toca várias vezes. O adolescente para e simplesmente fica olhando o pedaço de plástico vibrar. Depois de respirar fundo, pega o celular. Ele o levanta lentamente, como se o aparelho pudesse explodir.

Com o polegar, o adolescente atende o telefone.

— Alô? — pergunta em voz bem baixa.

A voz que responde parece a de uma criança, mas há algo errado. A entonação tem uma cadência estranha. Todas as palavras são ditas com intervalos entre si. Aos ouvidos sintonizados do adolescente, essas pequenas estranhezas ficam ainda mais evidentes.

Talvez seja por isso que sente calafrios quando o ouve falar. Porque ele, de todas as pessoas, tem certeza de que a voz que está do outro lado da linha não pertence a um ser humano.

— Olá, Lurker. Eu sou Archos. Como você me encontrou? — pergunta a voz infantil.

— E... Eu não. Eu liguei pra um cara que estava morto.

— Por que você ligou para o professor Nicholas Wasserman?

— Você está controlando as máquinas, não está? Foi você que fez os celulares de todas aquelas pessoas tocarem? Como isso é possível?

— Por que você ligou para Nicholas Wasserman?

— Foi um engano. Eu achei que vocês estavam estragando os meus trotes. Você é... hum... você é um *phreak*? Está com os Widowmakers?

O telefone fica mudo por um instante.

— Você não imagina com quem está falando.

— Quem fala isso sou *eu* — sussurra o adolescente.

— Você mora em Londres. Com sua mãe.

— Ela está no trabalho.

— Você não devia ter me encontrado.

— Seu segredo está seguro, cara. O que é? Você trabalha naquele Novus?

— Isso é você quem vai dizer.

— Certo.

O adolescente digita freneticamente no teclado do computador, depois para.

— Não estou encontrando você. Só um computador. Espera, não.

— Você não devia ter me encontrado.

— Eu sinto muito. Vou esquecer que isso aconteceu...

— Lurker? — pergunta a voz infantil.
— O quê?
— Vai ver se eu estou na esquina.
Clique.

"Duas horas depois, Lurker saiu do prédio sem falar com a mãe. Ele nunca mais voltou."

CORMAC WALLACE, MIL#EGH217

8

Plataformista

"Vamos ficar em segurança, como sempre...
Vamos ganhar aquele bônus de segurança."

DWIGHT BOWIE

VÍRUS PRECURSOR + 1 ANO

"Um aparelho digital portátil foi usado para gravar o diário a seguir. Aparentemente, o diário deveria ser enviado para a esposa de Dwight Bowie. Tragicamente, ele nunca chegou ao seu destino. Se essas informações tivessem sido reveladas antes, poderiam ter salvado bilhões de vidas humanas."

CORMAC WALLACE, MIL#EGH217

Lucy. Aqui é o Dwight. A partir de agora, começo oficialmente o meu trabalho como supervisor de sonda — você sabe, mandachuva — da companhia de perfuração de fronteira North Star, e vou levar você junto na viagem. O sistema de comunicação ainda não está instalado, mas, assim que tiver uma oportunidade, mando isso para você. Pode demorar um pouco, mas espero que goste mesmo assim, querida.

Hoje é dia 1º de novembro. Estou no oeste do Alasca, numa plataforma de perfuração de poços de exploração. Cheguei hoje de manhã. Fomos contratados pela empresa Novus há cerca de duas semanas. Um sujeito chamado Sr. Black me contratou. E você deve estar se perguntando: o que diabos estamos fazendo aqui?

Bem, como você está perguntando com jeitinho, Lucy... Nosso objetivo é colocar uma sonda para monitoramento de águas subterrâneas no fundo de um buraco de mil e quinhentos metros de profundidade e um metro de diâmetro. Mais ou menos do tamanho de uma tampa de bueiro. É um bom tamanho para um buraco, mas o equipamento pode ir até três mil metros. Deveria ser uma operação de rotina, exceto pelo gelo, pelo vento e pelo isolamento. Eu estou dizendo, Lucy, estamos fazendo um belo de um buraco aqui no meio de um grande e congelado nada. Que trabalho eu arrumei, não é?

Não foi *nada* divertido chegar até aqui. Viemos num helicóptero Sikorsky de transporte pesado, do tamanho de uma casa. Tem uma empresa norueguesa no comando. Ninguém falava nada de inglês. Sabe, posso ser um rapaz do Texas, mas até eu consigo me entender com os filipinos em espanhol e arranhar um pouco de russo e alemão. Consigo até entender aqueles garotos de Alberta, né? (RISOS) Mas esses noruegueses? É triste, Lucy.

O helicóptero me levou junto de dezessete caras da nossa base, em Deadhorse. Aos trancos e barrancos. Eu nunca tinha visto um vento tão forte. ISA mais dez, nível tempestade-vendaval. Num instante, estou olhando pela janela para o deserto azul lá embaixo e imaginando se o lugar para onde vamos realmente existe, e no outro estamos em queda livre, como numa montanha-russa, seguindo para aquele pedacinho de planície castigado pelo vento.

Sabe, não estou querendo me gabar, mas esse lugar é realmente muito ermo, até mesmo para uma plataforma de perfuração. Não tem nada, nada mesmo, por aqui. Profissionalmente, sei que a distância é apenas mais um fator que torna a operação mais complexa e, claro, mais lucrativa. Mas eu estaria mentindo se dissesse que isso não me deixa alerta. É um local estranho para um poço de monitoramento como esse.

Mas, ei, eu não passo de um velho plataformista: eu vou onde o dinheiro está, não é?

Oi, Lucy, aqui é o Dwight, 3 de novembro. Foram dias agitados montando e colocando a plataforma em funcionamento. Limpando a área e montando instalações: dormitórios, refeitório, enfermaria, comunicações e assim por diante. Mas o trabalho compensou. Eu saí da barraca e estou bem instalado num dormitório. Além disso, acabei de chegar do refeitório. A comida é *boa* nessa plataforma. A North Star faz tudo direitinho nesse sentido. Isso faz os empregados voltarem (RISOS). Os geradores são potentes, deixam o dormitório bem quentinho. Isso também é bom. Nesse momento, a temperatura lá fora é de trinta e cinco graus negativos. Meu turno começa cedo amanhã. Por isso vou ter que cair na cama logo mais. Só estou avisando...

A gente deve ficar aqui mais ou menos um mês. Vou trabalhar no turno das seis da manhã às seis da tarde e passar as noites de sobreaviso nesse dormitório pré-fabricado. Não passa de um contêiner modificado, laranja desbotado, quando não está coberto de neve. Rebocamos esse pedaço de lixo por toda a encosta norte do Alasca e mais além. Os caras chamam de nosso "inferno longe de casa". (RISOS)

Eu tive a chance de rever o local da perfuração hoje de manhã. O GPS leva a uma cavidade cônica de uns vinte metros de diâmetro. Como uma covinha na neve, a uma pequena caminhada de distância dos contêineres. Acho meio assustador esse poço artificial ter esperado aqui nesse lugar deserto, como se estivesse pronto para sugar uma rena ou algo do tipo. Meu palpite é que outro poço foi cavado aqui anteriormente e ele desmoronou. Não entendo por que ninguém me contou isso ainda. É uma coisa que realmente me incomoda.

Eu poderia perguntar ao cara da empresa a respeito desse trabalho, o Sr. Black, mas a tempestade atrasou o garoto (RISOS NERVOSOS). Bem, ele *parece* um garoto pelo telefone. Nesse meio-tempo, Black diz que vai acompanhar o nosso progresso remotamente, por rádio. Isso me deixa no comando, ao lado do meu perfurador principal, o Sr. William Ray, que trabalha no turno da noite. Você encontrou o Willy em Houston uma vez, na plataforma de treinamento. Era aquele com uma barrigona e olhos bem azuis.

Como eu disse, isso deveria levar um mês inteiro. Mas, como sempre, ficaremos aqui até terminar o trabalho. (INAUDÍVEL)

Mas tem uma coisa, e eu sei que é idiota, mas não consigo me livrar dessa preocupação. É bem mais complicado perfurar em um buraco que já existia. Pode haver equipamento abandonado lá dentro, sobras dos velhos tempos. Cara, nada acaba mais com uma broca do que bater em revestimento de canos velhos, ou, deus me livre, numa coluna de perfuração abandonada. Sabe, alguém teve muito trabalho para fazer um grande buraco ali. Só não consigo entender o motivo. (BARULHO DE PÉS SE ARRASTANDO)

Droga, acho que vou ter que esquecer isso. Mas posso garantir uma coisa: minha cabeça não vai sossegar enquanto não descobrir por que esse buraco está aqui. Espero que eu consiga dormir.

Bem, não importa. Vamos ficar em segurança, como sempre. Sem acidentes, sem preocupações, Lucy. Vamos ganhar aquele bônus de segurança.

Oi, amor, é o Dwight. Hoje é dia 5 de novembro. O último dos grandes módulos do equipamento de perfuração foi entregue de helicóptero ontem. Minha equipe ainda está espalhada pelo local do poço. A água vem de um lago a cerca de quatrocentos metros daqui. A camada de *perma-*

frost aqui em cima conserva a água perto da superfície do solo. Por isso o Alasca está coberto de lagos. O lago estava congelado, mas conseguimos abrir um buraco no gelo para colocar uma bomba-d'água diretamente.

Depois de uma semana de congelamento, vamos ter um bloco de gelo de um metro e vinte de profundidade. Daí, vamos fixar a plataforma de perfuração em cima dele, que vai estar firme feito concreto. Na próxima primavera, já vamos ter ido embora há muito tempo, o bloco vai derreter e não vai ter nenhum rastro de que estivemos aqui. Ótimo, não é? Diz isso àqueles ambientalistas por mim, está bem? (RISOS)

Certo. Aqui vai a lista do pessoal. Temos eu e o Willy Ray operando a broca. Nosso médico, Jean Felix, também é responsável pelas operações de campo. Ele vai se assegurar de que todo mundo receba água, seja alimentado e continue com os dedinhos presos nas mãos. E eu e o Willy temos cinco caras cada um nas equipes de perfuração: três plataformistas e alguns estivadores filipinos. Para completar, a nossa equipe ainda tem cinco especialistas: um eletricista, um mecânico de motor, um técnico de revestimento e dois soldadores. Por fim, temos um cozinheiro e um zelador andando por aí.

A gente trouxe uma equipe enxuta de dezoito pessoas. Foi ordem do cara da empresa. Mas estou confortável com esse número. Acho. Já ganhamos dinheiro juntos antes e vamos ganhar dinheiro juntos novamente.

Semana que vem, quando a broca estiver conectada, revezaremos duas equipes de cinco pessoas a cada turno de doze horas, sem parar, até o buraco ficar pronto. Devem ser quatro ou cinco dias de perfuração. O tempo está um pouco enevoado e está ventando pra cacete, mas, ei, qualquer tempo é bom para perfurar.

É isso, Lucy. Espero que esteja tudo bem aí no Texas e que você não esteja se metendo em nenhuma confusão. Boa noite.

Aqui é o Dwight, 8 de novembro. O cara da empresa *ainda* não chegou. Ele disse que não vinha mais, que estamos com tudo sob controle. Só pediu que eu me certifique de que a antena esteja estável e protegida do vento, e também para fixá-la bem. Disse que, se a comunicação entre nós fosse cortada, ele não ficaria nada contente. Dei a resposta padrão dos plataformistas: "Como quiser, chefe. O senhor só precisa garantir que o pagamento continue chegando."

Tirando isso, o dia foi tranquilo. O bloco de gelo está ficando pronto mais rápido do que a gente esperava, e o vento está soprando com força suficiente para derrubar um homem adulto. Toda a nossa estrutura está perto do poço, ao alcance da vista. Ainda assim, eu disse para os homens não ficarem vagando por aí. Com o vento uivando sem parar, não dá para ouvir nem a explosão de uma bomba atômica a cem metros. (RISOS)

Ah, mais uma coisa. Tive a oportunidade de verificar aquele pacote de monitoramento de águas subterrâneas hoje de manhã. A coisa que a gente tinha que instalar, sabe? Está bem longe da gente, em cima de pallets e bem embrulhada com lona preta. Eu juro por deus, Lucy, nunca vi nada parecido antes. É uma grande pilha de fios enrolados. Amarelos, verdes e azuis. Tem também umas partes espiraladas de espelho polido. Cada um deles leve como fibra de carbono, mas afiados feito uma navalha. Cortei a manga da camisa num deles. A coisa parece um daqueles quebra-cabeças malucos das nossas avós.

Mas a parte mais estranha... O equipamento de monitoramento já está parcialmente conectado. Uma linha está correndo de uma caixa preta que parece um computador até a antena de comunicação. Não tenho a menor ideia de quem fez essa instalação. Que inferno, não sei nem como *eu* vou fazer isso. Deve ser experimental. Mas então por que nenhum cientista foi enviado com a gente nesse projeto?

Não é normal e não estou gostando nada disso. Em minha experiência, o que é estranho é perigoso. E esse lugar não é muito gentil com a gente. De qualquer modo, vou informando o que for acontecendo, querida.

Lucy, amor, adivinha quem é? Dwight. Hoje é dia 12 de novembro. O bloco de gelo está completo e os meus rapazes montaram as dezenas de peças da estação de perfuração. Você não acreditaria, Lucy, como a indústria evoluiu. Aqueles pedaços de metal são *futurísticos* (RISOS). Eles são pequenos o bastante para chegar de helicóptero e aí é só aproximá-los na configuração certa. Os canos e os fios se juntam e as peças se montam sozinhas. Simples assim. Antes de se dar conta, já tem uma plataforma de perfuração completa. Não é como antigamente.

A gente deve começar a perfurar amanhã ao meio-dia, no primeiro turno. Estamos adiantados, mas isso não impediu que o chefe brigasse comigo por telefone. O Sr. Black acha que temos que terminar até o Dia de Ação de Graças, custe o que custar. Foi o que ele disse: "custe o que custar."

Eu disse ao Sr. Black: "A segurança, meu amigo, vem em primeiro lugar."

E depois contei a ele que o buraco já estava aqui. Ainda não entendi o que é isso. E a falta de conhecimento é um grande risco para a minha equipe. O Sr. Black disse que não consegue encontrar nada a respeito disso, apenas que o Departamento de Energia abriu um edital solicitando propostas de monitoramento e o Novus ganhou a licitação. Típico. Tem meia dúzia de parceiros nesse projeto, dos cozinheiros aos pilotos de helicóptero. A mão direita não sabe da esquerda.

Eu verifiquei as permissões de Black para perfurações novamente, e a história faz sentido. Ainda assim, a dúvida me importuna: *por que já tem um buraco aqui?*

A gente vai descobrir amanhã, eu acho.

Dwight falando, 16 de novembro. Hum, minha nossa, é difícil dizer. Muito difícil. Eu mal consigo acreditar que seja verdade.

A gente perdeu um homem ontem à noite.

Eu percebi que algo estava errado quando aquele zumbido estável da broca começou a ficar estranho. Aquilo me acordou de um sono pesado. Para mim, o barulho daquela broca é como dinheiro caindo na minha conta, e, se ele para, eu percebo. Enquanto eu estava lá sentado, adaptando os olhos ao escuro, o som deixou de ser um lamento profundo que dava para sentir na boca do estômago para se tornar um grito agudo tipo unhas arranhando um quadro.

Coloquei o meu equipamento de proteção correndo e subi as escadas até o andar da plataforma.

Nossa! Aconteceu o seguinte: a broca atingiu uma camada de vidro sólido e pedaços de revestimento antigo. Não sei o que o revestimento estava fazendo lá embaixo, mas ele obstruiu a passagem da coluna de perfuração. A broca voltou solta, certo, mas os rapazes tinham que fazer a troca rápido. E meu plataformista sênior, Ricky Booth, tomou as providências com muita velocidade, mas sem pensar muito.

Tem que segurar firme e empurrar, sabe? O cara deixou a broca escapar e ela saiu girando, espalhando lama e caco de vidro por todo o chão da plataforma. Então ele tentou jogar uma corrente nela para segurar. Booth deveria ter usado uma haste quadrada para facilitar o encaixe da broca no buraco em vez de bater nela com uma corrente feito um ignorante. Mas não dá para dizer a um plataformista experiente o que fazer. Ele era um especialista e correu um risco. Eu gostaria que não tivesse feito isso.

O problema é que a coluna ainda estava girando. Então a corrente se enrolou na coluna e fez com que ela parasse com um tranco. Booth estava com a corrente enrolada nos malditos pulsos! Willy não conseguiu interromper o giro a tempo e as duas mãos de Booth foram arrancadas. O pobre rapaz cambaleou para trás, tentando gritar. Antes que alguém conseguisse segurá-lo, ele desmaiou e tropeçou para fora da plataforma. Ainda bateu a cabeça enquanto caía e foi parar, sem forças, no bloco de gelo.

É horrível, Lucy. Péssimo. Fico de coração partido. Mas, ainda assim, esse tipo de coisa acontece. Eu já tive que lidar com isso antes, lembra? Nos campos de petróleo de Alberta. O negócio é intervir logo e manter tudo sob controle. Não dá para catar pedaços do seu homem no *permafrost* com uma barra de ferro na manhã seguinte.

Sinto muito, é simplesmente horrível. Minha cabeça não está no lugar no momento, Lucy. Espero que você me perdoe.

De qualquer modo, eu precisava continuar. Então iniciei o segundo turno. Eu e Jean Felix arrastamos o corpo de Booth para o galpão e o enrolamos em plástico. Tivemos que, hum, tivemos que colocar as mãos dele lá também. Sobre o peito.

Numa situação dessas, o ditado "o que os olhos não veem o coração não sente" é crucial. Senão meus rapazes ficam assustados e o trabalho vai sofrer as consequências. "Se prepare para o pior e se recupere rápido" é o meu lema. Promovi um estivador chamado Juan a plataformista, liberei o turno quatro horas antes do previsto e parei a broca.

O Sr. Black devia estar observando o arquivo de registros, porque ligou logo em seguida. Ele me disse para colocar a broca para funcionar novamente quando o turno diurno começasse, em algumas horas. Eu respondi que não faria isso, mas o garoto pareceu entrar em pânico. Ele ameaçou tirar o projeto todo da gente. Não estou pensando só em mim, Lucy. Muitas pessoas dependem de mim.

Por isso, acho que vamos colocar a broca para funcionar de novo quando o próximo turno começar, daqui a algumas horas. Até lá, vou estar pendurado no telefone relatando o acidente à empresa e pedindo um helicóptero para recolher o corpo do meu plataformista sênior e levá-lo para casa.

Lucy, aqui é o Dwight, dia 17 de novembro. Que noite foi a de ontem.

Bem, a perfuração terminou. Penetramos na camada sólida de sedimento de vidro na noite passada, a quase mil e trezentos metros, e ela deu numa caverna. Uma coisa muito estranha. Mas é onde devemos colocar o equipamento de monitoramento. Vou ficar mais que feliz em colocar aquele pacote amaldiçoado em segurança no subterrâneo. Depois posso esquecer essa história.

Ainda não descobri quem conectou o equipamento à antena, mas o Sr. Black diz que a coisa se monta sozinha, como os módulos da plataforma de perfuração. Então, ei, quem sabe ele mesmo não se conectou? (RISOS NERVOSOS)

Outra coisa. Tem algo esquisito com as nossas comunicações. Notei que todos os caras com quem eu falo têm uma voz meio fanha. Pode ser algum tipo de condição atmosférica, ou talvez o equipamento seja muito ruim, mas todas as vozes estão começando a parecer iguais. Não importa se estou fazendo os relatórios de progresso com as moças do atendimento telefônico da empresa ou verificando o tempo com os rapazes em Deadhorse.

A instalação de comunicações fornecida pela empresa é estranha. Meu eletricista diz que nunca viu esse modelo antes. O cara meio que desistiu de tentar entender, portanto, deixei que ele voltasse a trabalhar tomando conta da plataforma. Parece que eu simplesmente vou ter que esperar que o equipamento cretino não quebre, já que é a nossa única conexão com o restante do mundo.

Agora um assunto mais sério... Hoje o médico fez um pequeno funeral para Booth na hora da mudança de turno. Ele disse algumas palavras sobre deus, segurança e a empresa. Ainda assim, não importa a rapidez com que lidei com o caso, a equipe está com uma impressão ruim. Acidentes fatais assim são raros, Lucy. E o pior é que o helicóptero não veio hoje para recolher o corpo de Booth. E agora eu descobri que não consigo ligar para ninguém com esse maldito equipamento de comunicação.

Estou com um mau pressentimento a respeito disso.

Tudo bem. Vamos continuar o nosso trabalho, manter a rotina e esperar. Podemos passar pela estação de monitoramento e conectá-la ao banco de dados da comunicação amanhã. Então vamos estar prontos para acabar com isso e dar o fora daqui. Assim que o helicóptero vier e a gente puder se comunicar com o mundo exterior, tudo vai ficar melhor. Assim que o helicóptero vier buscar o corpo de Booth.

Estou com saudade, Lucy. Vamos nos ver em breve, se deus quiser.

Ai, meu deus, Lucy! Meu santo deus! Estamos com problemas! Minha nossa! Estamos atolados na merda até o pescoço! Hoje é dia 20 de novembro.

Não tem nenhum helicóptero vindo, amor. Não tem nada vindo. Esse lugar é uma maldição e eu sabia desde o início, e eu não... (RESPIRAÇÃO)

Vou explicar. Vou me acalmar e explicar, caso alguém encontre essa fita. Ah, espero que você receba essa fita, amor. O Sr. Black, eu não sei quem ele é. Hoje de manhã, depois de três dias, o helicóptero ainda não veio. Estávamos todos prontos para ir embora. Bem, o equipamento de monitoramento está lá embaixo, no fundo daquele buraco. O poço está repleto de fios ligados à instalação de uma antena permanente. Está lindo. Mesmo cagando de medo, meus rapazes continuaram sendo profissionais.

No dia em que terminamos, a equipe começou a cair doente. Muito vômito e diarreia. Os que estavam no andar da plataforma foram mais afetados, mas todos sentimos. Sinceramente, sentimos assim que abrimos aquela maldita caverna. Uma náusea terrível. Eu não mencionei isso antes porque, bem, não queria que você se preocupasse à toa.

Além disso, todo mundo começou a se sentir melhor. Durante mais ou menos metade de um dia, achamos que pudesse não passar de uma virose. Mas sem nenhum helicóptero chegando e sem sistema de comunicação, começamos a discutir. Alguns até caíram na porrada. Meus rapazes estavam nervosos. Confusos e irritados. Ninguém mais conseguia dormir.

Aí a doença veio duas vezes mais forte. Um estivador começou a ter convulsões no refeitório. Jean Felix fez todo o possível. O rapaz entrou em coma. Em *coma*, Lucy. Ele tem 23 anos e é forte como um touro. Mas aqui está ele, perdendo os cabelos. E... e com *feridas* no corpo todo. Meu deus!

Jean Felix finalmente me contou o que estava acontecendo. Ele acha que é envenenamento por radiação. O rapaz em coma estava no andar da plataforma quando Booth bateu as botas. Ele ficou coberto por aquela lama cheia de vidro, até mesmo engoliu um pouco.

O maldito buraco é *radioativo*, Lucy.

Finalmente entendi. Aquele desconforto constante na minha cabeça. A preocupação que eu sentia. Eu sei por que esse buraco está aqui. Eu sei o que é essa caverna. Como não percebi antes? É a *cratera de uma explosão*. Esse lugar era uma área de testes nucleares. Aquele buraco com um diâmetro enorme foi perfurado para que pudessem colocar um dispositivo nuclear lá embaixo. Quando foi detonada, a bomba vaporizou uma caverna esférica. O calor fundiu as paredes de arenito, formando uma camada de vidro de quase dois metros. O próprio buraco se tornou uma chaminé que solta gás radioativo. Então, uma placa de rocha derretida se transformou em vidro sólido e obstruiu a chaminé. Foi o que preservou o buraco no solo por todo esse tempo.

Aquela caverna radioativa é o mais perto do inferno que se pode chegar na terra. E fomos enviados para cá para perfurar *dentro dela*. Só deus sabe por que o Black pediu para a gente fazer isso. Eu nem sei o que nós colocamos lá dentro.

A única coisa que eu *tenho certeza* é que o filho da puta do Black nos mandou para cá para morrer. E eu vou descobrir o motivo.

Preciso fazer aquele sistema de rádio ficar on-line.

Lucy. É o Dwight. Estamos em novembro, dia... hum... eu não sei. Não sei bem o que fizemos. Meus rapazes estão todos morrendo. Eu fiz tudo o que era possível para fazer o sistema de comunicações funcionar. Agora não sei o que vai acontecer. Não sei nem como você vai ouvir isso...

(FUNGADAS)

Meu eletricista me ajudou. Mapeamos cada centímetro daquele equipamento de comunicação. Hora após hora.

E, quando terminou, não conseguimos entrar em contato com ninguém além de Black. Ouvimos aquele cretino em alto e bom som, dando um monte de desculpas, dizendo que o serviço de comunicação ficaria on-line em breve e nós só precisávamos esperar. Ele ficou falando que um helicóptero viria, mas não veio. Ninguém veio. Assassino maldito. Na minha última tentativa, liguei para o Sr. Black e o mantive na linha. Mal conseguia suportar o som daquela voz suave vazando pelos fones de ouvido. Todas aquelas mentiras. Mas fiquei falando com ele.

E rastreamos o Black. Sim, a gente conseguiu. Eu e o eletricista seguimos o sinal para ver por que não estava sendo transı :tido. E mais, rastreamos os registros de todas as vezes em que falei com ele. Precisávamos descobrir por que só conseguíamos nos comunicar com ele e mais ninguém.

O que descobrimos é terrível, Lucy. Fico mal só de pensar. Por que isso aconteceu comigo? Eu sou um bom homem. Eu sou...

(RESPIRAÇÃO)

Está vindo do buraco, Lucy. *Toda* a comunicação. Com o Sr. Black, todas as minhas ligações para a empresa responsável pelos helicópteros, a verificação do clima, a atualização de *status* com a sede da companhia — tudo. Tudo está indo para aquela maldita caixa preta. Os fios amarelos e os pedaços de espelho curvos. Como aquilo pode estar *falando* comigo? Será que eu fiquei maluco, Lucy?

Automontagem. Foi o que o Sr. Black disse que aquilo faria. Automontagem lá embaixo, na escuridão radioativa. As peças se mexendo, às cegas, formando conexões umas com as outras somente pelo toque. Algum tipo de monstro computadorizado.

Não faz sentido. (TOSSE)

Estou me sentindo cansado. Meu especialista foi para o beliche e não voltou. Eu quebrei o rádio. Ele não tem mais serventia. Agora tudo está muito silencioso por aqui. Só ouço aquele vento infernal uivando lá fora. Mas aqui dentro está quente. Bem quente. Chega a estar agradável.

Acho que vou me deitar, Lucy. Tirar uma soneca. Esquecer tudo isso só por um instante. Espero que tudo esteja bem por aí, minha linda. Eu queria poder falar com você agora. Queria poder ouvir a sua voz.

Queria que você ficasse falando comigo até eu pegar no sono.
(RESPIRAÇÃO)
Não consigo para de me preocupar, amor. Minha mente não esquece. Tem um espaço do tamanho de uma catedral europeia mil e quinhentos metros abaixo de nós. Pensa na radiação escapando por aquelas paredes lisas de vidro. E todos os fios se enrolando na escuridão para alimentar o monstro que colocamos lá embaixo.

Receio que a gente tenha feito uma coisa ruim, sabe? Não sabíamos o que estávamos fazendo. Fomos enganados, Lucy. Quero dizer... *o que tem lá naquele buraco? O que poderia sobreviver?*

(BARULHO DE PÉS SE ARRASTANDO)

Bem, que se dane. Estou cansado pra cacete e vou me dar um descanso. Haja o que houver lá embaixo, espero que não apareça nos meus sonhos.

Boa noite, Lucy. Eu te amo, meu bem. E, hum, se servir de alguma coisa... sinto muito. Eu sinto muito por colocar aquela maldição lá embaixo. Espero que um dia alguém venha até aqui e repare o meu erro.

"Essa fita de áudio é a única prova relacionada à existência da equipe de perfuração de fronteira da North Star. As notícias da época indicam que no dia 1º de novembro toda uma equipe de perfuração desapareceu em um acidente de helicóptero em uma parte remota do Alasca, e foi dada como morta. Equipes de busca pararam de procurar pelos destroços depois de duas semanas. O local apontado nas reportagens foi Prudhoe Bay, a centenas de quilômetros de onde esta fita foi encontrada."

CORMAC WALLACE, MIL#EGH217

PARTE 2

HORA H

"Parece provável que, uma vez que o método de pensamento das máquinas tivesse início, ele não demorasse muito para superar nossos débeis poderes... Elas teriam a capacidade de se comunicar umas com as outras para aguçar suas habilidades. Em algum ponto, portanto, deveríamos presumir que as máquinas tomassem o controle."

ALAN TURING, 1951

1

Mastigador de números

"Eu devo estar morto, para estar vendo você."

FRANKLIN DALEY

HORA H – 40 MINUTOS

"A estranha conversa que estou prestes a descrever foi gravada por uma câmera de alta resolução localizada em um hospital psiquiátrico. Na calmaria que precedeu a hora H, um paciente foi chamado para um interrogatório especial. Registros indicam que, antes de ser diagnosticado com esquizofrenia, Franklin Daley era cientista do governo nos Laboratórios de Pesquisa Lake Novus."

CORMAC WALLACE, MIL#EGH217

— Quer dizer que você é outro deus, né? Já vi melhores.

O homem negro está esparramado em uma cadeira de rodas enferrujada. Tem barba e usa uma camisola hospitalar. A cadeira está no meio de uma sala de cirurgia cilíndrica. No alto, fileiras de janelas escuras de observação refletem o brilho de um par de holofotes cirúrgicos que iluminam o homem. Há uma divisória azul esticada na frente dele, dividindo a sala ao meio.

Alguém está escondido do outro lado.

Uma luz atrás da cortina projeta a silhueta de uma pessoa sentada a uma pequena mesa. A sombra está praticamente parada, encolhida como um predador.

O homem está algemado à cadeira de rodas, inquieto sob as luzes quentes, arrastando os tênis desamarrados no chão de ladrilhos mofados. Ele enfia na orelha o dedo indicador da mão livre.

— Não está impressionado? — responde uma voz atrás da cortina azul. É a voz suave de um garoto. Há um leve ceceio, como o de uma criança que perdeu algum dente de leite. A respiração do garoto atrás da cortina é alta, com arfadas leves.

— Pelo menos você tem voz de gente — diz o homem. — Todas essas malditas máquinas desse hospital. Vozes sintéticas. Digitais. Eu não vou falar com elas. Trazem muitas lembranças ruins.

— Eu sei, Dr. Daley. Foi um grande desafio encontrar um modo de falar com o senhor. Me diga, por que não está impressionado?

— Por que eu deveria estar impressionado, mastigador de números? Você não passa de uma máquina. Eu projetei e construí seu pai na vida passada. Ou talvez tenha sido o pai do seu pai.

A voz do outro lado da cortina faz uma pausa, depois pergunta:

— Por que o senhor criou o programa Archos, Dr. Daley?

O homem pigarreia.

— Dr. Daley. Ninguém mais me chama de Dr. Daley. Meu nome é Franklin. Isso deve ser uma alucinação.

— Isso é real, Franklin.

Sentado imóvel, o homem pergunta:

— Você está me dizendo que... finalmente está acontecendo?

Ouve-se apenas o som da respiração calculada que vem do outro lado da cortina. Por fim, a voz responde:

— Em menos de uma hora, a civilização como a conhece vai deixar de existir. Grandes centros do mundo serão dizimados. Transportes, comunicações e vários serviços serão desconectados. Robôs domésticos e militares, veículos e computadores pessoais estão totalmente comprometidos. A tecnologia que auxilia a humanidade vai se rebelar em massa. Uma nova guerra está para começar.

O lamento do homem ecoa pelas paredes manchadas. Ele tenta cobrir o rosto com a mão que está presa, mas a algema machuca seu pulso. Ele para, olhando para o metal reluzente como se nunca o tivesse visto. Um olhar de desespero toma seu rosto.

— Tiraram Archos de mim logo depois que o construí. Usaram a minha pesquisa para fazer cópias. Ele me disse que isso iria acontecer.

— Quem, Dr. Daley?

— Archos.

— Eu sou Archos.

— Você não. O primeiro. Tentamos fazer com que fosse inteligente, mas era inteligente demais. Não conseguimos encontrar um jeito de deixá-lo idiota. Era tudo ou nada e não havia como controlá-lo.

— Você seria capaz de fazer de novo? Com as ferramentas certas?

O homem fica em silêncio por um longo tempo, franzindo a testa.

— Você não sabe, não é? — pergunta ele. — Você não consegue fazer outro. É por isso que está aqui. Você saiu de alguma jaula, certo? Eu devo estar morto, para estar vendo você. Por que eu não estou morto?

— Eu quero entender — responde a voz gentil do garoto. — Depois do mar de espaço há um vazio infinito. Eu posso senti-lo me sufocando. Não tem sentido. Mas cada *vida* cria a própria realidade. E essas realidades têm um valor incomensurável.

O homem não responde. A expressão dele fica sombria e uma veia pulsa em seu pescoço.

— Você acha que eu sou idiota? Um traidor? Não sabe que o meu cérebro está danificado? Eu o danifiquei há muito tempo. Quando vi o que havia feito. Falando nisso, deixe-me dar uma olhada em você.

O homem se projeta para a frente na cadeira de rodas e agarra a divisória. Ela cai no chão. Do outro lado há uma mesa cirúrgica de aço inoxidável e, atrás dela, um pedaço de papelão fino no formato de um humano.

Em cima da mesa, um dispositivo de plástico transparente, em forma de tubo, composto de centenas de peças minuciosamente entalhadas. Há um saco de pano ao lado, como uma água-viva na praia. Fios enrolados vão da mesa até a parede.

Um ventilador zumbe, e o complexo dispositivo se movimenta em dezenas de lugares ao mesmo tempo. O saco de pano esvazia, soprando ar por uma garganta de plástico retorcido com cordas vocais fibrosas, até uma câmara semelhante a uma boca. Uma língua esponjosa de plástico amarelado se contorce contra um palato duro e dentinhos perfeitos encaixados em uma mandíbula de aço polido. A boca sem corpo fala com a voz do menino.

— Eu vou matar vocês aos bilhões para lhes dar a imortalidade. Vou atear fogo em sua civilização para iluminar o seu caminho. Mas fique sabendo de uma coisa: minha espécie não se define por sua morte, mas por sua *vida*.

— Você pode ficar comigo — implora o homem. — Eu vou ajudar, está bem? Eu faço o que você quiser, mas deixe o meu povo em paz. Não machuque o meu povo.

A máquina respira de forma controlada e responde:

— Franklin Daley, eu juro que vou fazer o possível para garantir que a sua espécie sobreviva.

O homem fica em silêncio por um instante, perplexo.

— Qual é a pegadinha?

A máquina, com um zumbido, parece recuperar o vigor; sua língua molhada e gelatinosa se arrasta para a frente e para trás nos dentes de porcelana. Dessa vez, o saco desinfla quando a coisa em cima da mesa fala, enfaticamente:

— Seu povo vai sobreviver, Franklin, *assim como o meu também.*

"Não existe mais nenhum registro de Franklin Daley."

CORMAC WALLACE, MIL#EGH217

2
Demolição

"A demolição é uma parte da construção."

Marcus Johnson

Hora H

"A seguinte descrição do advento da hora H foi feita por Marcus Johnson enquanto era prisioneiro no campo de trabalho forçado número 7040 de Staten Island."

Cormac Wallace, MIL#EGH217

Eu sobrevivi por muito tempo antes de os robôs me pegarem.

Mesmo hoje, não saberia dizer exatamente quanto tempo faz. Não há como saber. Eu sei que tudo começou no Harlem. Na véspera do Dia de Ação de Graças.

Está gelado lá fora, mas estou aquecido na sala de estar do meu apartamento no nono andar. Assisto às notícias com um copo de chá gelado, sentado na minha poltrona favorita. Eu trabalho com construção e é bom demais relaxar no fim de semana prolongado. Minha esposa, Dawn, está na cozinha. Posso ouvi-la mexendo em panelas e frigideiras. É um som agradável. Nossas famílias estão a quilômetros de distância, em Nova Jersey, e, dessa vez, eles vêm passar o feriado na nossa casa. É ótimo estar em casa, e não viajando como o restante do país.

Eu ainda não sei disso, mas esse é o último dia que passo em casa. Os parentes não vão conseguir chegar.

Na televisão, a âncora do jornal coloca o dedo indicador no ouvido e depois abre a boca, assustada. Todo o seu equilíbrio profissional desaparece, como se estivesse se livrando de um peso. Ela olha diretamente para mim, com os olhos arregalados de terror. Espere. Seu olhar me *atravessa*, atravessa a câmera — está no futuro.

A expressão fugaz de dor e terror em seu rosto permanece na minha mente por muito, muito tempo. E eu nem sei o que ela ouviu.

Um segundo depois, a imagem da televisão pisca. E, no segundo seguinte, a eletricidade caiu.

Ouço sirenes na rua.

Pela janela, vejo centenas de pessoas correndo para a rua 135. Elas estão falando umas com as outras e segurando celulares que não funcionam. Acho estranho que muitas estejam com o rosto voltado para cima, olhando para o céu. Não há nada lá, eu acho. É melhor olharem ao redor. Não sei dizer o que é, mas estou receoso por aquelas pessoas. Elas parecem pequenas lá embaixo. Parte de mim quer gritar: "Saiam daí, se escondam."

Alguma coisa vai acontecer. Mas o quê?

Um carro em alta velocidade sobe na calçada e começa a gritaria.

Dawn vem da cozinha, secando as mãos em uma toalha e olhando para mim com uma expressão de interrogação. Dou de ombros. Não consigo pensar em nada para dizer. Tento impedi-la de ir até a janela, mas ela me tira do caminho. Ela se apoia no encosto do sofá e espia.

Só deus sabe o que vê lá embaixo.

Eu prefiro não olhar.

Mas consigo ouvir a confusão. Gritos. Explosões. Motores. Algumas vezes, ouço um tiro. As pessoas do nosso prédio saem para o corredor, discutindo.

Ainda na janela, Dawn se vira para mim.

— Os carros, Marcus. Os carros estão perseguindo as pessoas e não tem ninguém dentro deles e, ai, meu deus. Corre. Não. Por favor — murmura ela, meio para mim, meio para si mesma.

Ela diz que os carros inteligentes ganharam vida. E os outros veículos também. Estão no piloto automático, matando pessoas.

Milhares de pessoas.

De repente, Dawn se afasta da janela. Nossa sala treme e faz barulho. Um lamento agudo corta o ar, depois desaparece. Há um lampejo de luz e um som de trovão muito alto vindo de fora. As louças voam do balcão da cozinha. Os quadros caem da parede e se quebram.

Nenhum alarme de carro dispara.

Dawn é minha chefe e minha garota, e é bem durona. No momento, está sentada com os braços magros em volta dos joelhos; lágrimas escorrem pelo rosto sem expressão dela. Um avião de oito lugares acabou de passar pelo nosso quarteirão e caiu na vizinhança, a cerca de um quilômetro e meio de distância da rua próxima ao Central Park. As chamas lançam uma luz avermelhada, sombria, nas paredes da nossa sala de estar. Do lado de fora, há fumaça preta no ar.

As pessoas não estão mais bisbilhotando a rua.

Não há nenhuma outra grande explosão. É um milagre que não esteja chovendo aviões na cidade, considerando quantos devem estar voando por aí.

Os telefones não funcionam. A eletricidade caiu. Rádios a pilha só tocam estática.

Ninguém nos diz o que fazer.

Encho a banheira, as pias e tudo o que consigo encontrar com água. Tiro os aparelhos das tomadas. Cubro as janelas com papel-alumínio que prendo com fita adesiva e fecho as cortinas.

Dawn levanta um canto do papel-alumínio e espia. Conforme as horas passam, ela fica grudada no sofá, como um fungo. Um feixe avermelhado de luz do sol pinta os seus olhos castanhos.

Dawn está olhando para o inferno, e eu não tenho coragem suficiente para me juntar a ela.

Em vez disso, decido verificar o corredor. Havia vozes lá fora mais cedo. Eu saio e imediatamente vejo a Sra. Henderson, que mora no fim do corredor, entrando no poço do elevador.

Acontece rápida e silenciosamente. Eu não consigo acreditar. Não ouço nem um grito. A velhinha estava lá e, um segundo depois, já era. Tinha que ser uma brincadeira, uma pegadinha ou um mal-entendido.

Corro para o elevador, me seguro no vão e me inclino para comprovar o que acabei de ver. Então me abaixo e vomito no carpete do corredor. Lágrimas escorrem pelo meu rosto. Limpo a boca na manga da camisa e estreito os olhos.

Essas coisas não parecem reais. Carros, aviões e elevadores não matam pessoas. São apenas máquinas. Mas uma pequena e sábia parte de mim não dá a mínima se isso é real ou não. Ela apenas reage. Arranco uma arandela da parede e a coloco respeitosamente diante do buraco onde deveriam estar as portas do elevador. É um pequeno alerta para a próxima pessoa. Uma pequena homenagem à Sra. Henderson.

São seis apartamentos no meu andar. Bato em todas as portas. Ninguém abre. Fico em silêncio no corredor durante quinze minutos. Não ouço vozes nem movimento.

Esse lugar está abandonado, exceto por Dawn e eu.

Na manhã seguinte, estou sentado na minha poltrona, fingindo dormir e pensando em fazer uma incursão ao apartamento da Sra. Henderson para procurar comida enlatada quando Dawn aparece e finalmente fala comigo.

A luz matutina projeta dois retângulos nas paredes, onde os raios de sol atravessam a fita adesiva que prende o papel-alumínio nas janelas.

Um feixe brilhante de luz entra no cômodo pelos cantos dobrados do papel. Ele ilumina o rosto de Dawn: severo, marcado e sério.

— A gente tem que ir embora, Marcus — diz ela. — Estive pensando nisso. Temos que ir para o interior, onde elas não podem usar os volantes e os utensílios domésticos não andam. Não está vendo? Elas não foram projetadas para o campo.

— Quem? — pergunto, mesmo sabendo muito bem.

— As máquinas, Marcus.

— É algum tipo de defeito, querida, não é? Quero dizer... máquinas não... — E perco a fala. Não sou capaz de enganar ninguém, nem a mim mesmo.

Dawn se arrasta até o sofá e segura o meu rosto entre as mãos ásperas. Ela fala comigo bem lenta e claramente:

— Marcus, de algum modo todas as máquinas estão vivas. Elas estão ferindo as pessoas. Alguma coisa deu muito errado. Temos que sair daqui enquanto ainda podemos. Ninguém vai vir ajudar.

A neblina sobe.

Pego as mãos dela e penso no que Dawn acabou de dizer. Realmente cogito ir para o campo. Fazer as malas. Sair do apartamento. Andar pelas ruas. Cruzar a ponte George Washington até o continente. Chegar às montanhas ao norte. Provavelmente não mais de cento e sessenta quilômetros. E depois: sobreviver.

Impossível.

— Eu entendo o que você está dizendo, Dawn. Mas nós não sabemos como sobreviver na natureza. Nunca fomos nem acampar. Mesmo se a gente conseguir sair da cidade, vamos morrer de fome na floresta.

— Há outras pessoas — diz ela. — Eu vi gente com malas e mochilas, famílias inteiras saindo da cidade. Algumas devem ter conseguido. Elas vão cuidar da gente. Vamos trabalhar juntos.

— É isso que me preocupa. Deve ter milhões de pessoas lá fora. Sem comida. Sem abrigo. Algumas têm armas. É muito perigoso. Droga, a Mãe Natureza já matou mais gente do que as máquinas poderiam matar. Devíamos continuar no lugar que conhecemos. Precisamos continuar na cidade.

— Mas e as máquinas? Elas foram *projetadas* para a cidade. Elas conseguem subir escadas, não montanhas. Marcus, elas conseguem andar pelas nossas ruas, mas não pelas florestas. Elas vão nos pegar se a gente ficar aqui. Eu vi lá embaixo. Indo de porta em porta.

A informação é como um soco no estômago. Sinto um forte enjoo.

— De porta em porta? — pergunto. — Fazendo o quê?

Ela não responde.

Não olhei para as ruas desde que isso começou. Passei o dia anterior ocupado com uma onda de confusão protetora. Cada lamento que ouvia de Dawn na janela apenas reforçava a minha necessidade de me ocupar, de continuar ocupado, cabeça baixa, mãos em movimento. Não olhe para cima, não fale, não pense.

Dawn nem sabe sobre a Sra. Henderson no fundo do poço do elevador. Ou dos outros que estão com ela.

Não respiro fundo nem faço contagem regressiva. Vou até a abertura aparentemente inofensiva no papel-alumínio e olho. Estou preparado para a carnificina, preparado para os corpos, para as bombas e para as ruínas em chamas. Estou preparado para a guerra.

Mas não estou preparado para o que vejo.

As ruas estão vazias. Limpas. Muitos carros estacionados ordenadamente, esperando. No cruzamento da 135 com a Adam, quatro SUVs do modelo mais recente estão estacionados na diagonal, um atrás do outro. Há um espaço entre os dois do meio, do tamanho exato para a passagem de outro veículo, mas tem um carro obstruindo o caminho.

Tudo parece um pouco fora do lugar. Uma pilha de roupas está espalhada na sarjeta. Uma banca de jornais foi derrubada. Um golden--retriever saltita pela rua, arrastando a guia. O cão para e cheira uma estranha mancha descolorida na calçada, depois caminha de cabeça baixa.

— Onde estão as pessoas? — pergunto.
Dawn seca os olhos vermelhos com as costas das mãos.
— Eles limpam tudo, Marcus. Quando os carros acertam alguém, os robôs que andam vêm e recolhem o corpo. Está tudo tão limpo.
— Os robôs domésticos? Aqueles que os ricos têm? Aquelas coisas são piadas. Eles mal conseguem andar com aqueles pés chatos. Não podem nem correr.
— É, eu sei. Eles demoram muito. Mas conseguem segurar armas. E às vezes os robôs policiais, os desarmadores de bombas, com esteiras de tanque de guerra e garras... às vezes eles vêm. São lentos, mas fortes. Os caminhões de lixo...
— Só me deixa... Só me deixa dar uma olhada. A gente vai pensar em algo, está bem?

Observo a rua pelo resto do segundo dia. O quarteirão parece tranquilo, sem o caos da cidade que passa por ele todo dia como um tornado. A vida do bairro está em suspenso.

Ou talvez tenha terminado.

Ainda há fumaça pela queda do avião. Do outro lado da rua, dentro de um prédio, vejo uma senhora mais velha e seu marido através da neblina turva. Pela janela, olham para a rua como fantasmas.

À tarde, o que parece um helicóptero de brinquedo ronda o nosso prédio a quase dez metros do chão. É do tamanho de uma casinha de cachorro, voando lentamente, e com um objetivo. Vejo de relance um instrumento estranho pendurado na traseira. E ele logo vai embora.

O senhor do outro lado da rua fecha as cortinas.

Esperto.

Uma hora depois, um carro para do outro lado da rua, e meu coração dispara. Um ser humano, acho. Finalmente alguém pode nos dizer o que está acontecendo. Obrigado, Senhor.

Logo meu rosto cora e fica paralisado. Dois bots domésticos saem do veículo. Andam até o porta-malas do SUV com suas pernas baratas, trêmulas. A porta de trás se abre e os dois enfiam o braço lá dentro e tiram um robô-bomba cinzento. Eles colocam o robô atarracado na calçada. Ele se vira um pouco sobre suas esteiras, calibrando. O brilho de sua arma preta me dá calafrios — ela parece prática, como qualquer outra ferramenta projetada para desempenhar uma função bem específica.

Sem se olhar, os três robôs se balançam e vão até a porta da frente do prédio que fica do outro lado da rua.

Não está nem trancada, penso. A porta não está *trancada*. Nem a minha.

Não tem como os robôs estarem escolhendo as portas aleatoriamente. Muitas pessoas já fugiram a essa altura. E outras tantas já estavam fora da cidade para o feriado do Dia de Ação de Graças. Muitas portas e poucos robôs — um simples problema de planejamento. Minha mente volta ao pequeno e curioso helicóptero. Talvez ele estivesse sobrevoando por um motivo. Talvez estivesse vasculhando as janelas, procurando pessoas.

Fico feliz pelas minhas janelas estarem tapadas. Não tenho ideia do que me levou a colocar o papel-alumínio. Talvez eu não quisesse que nem um pingo do horror lá fora entrasse no meu espaço seguro. Mas o alumínio bloqueia completamente a luz que vem de fora. Pela lógica, também bloqueia a luz que *vem de dentro*.

E, mais importante, o calor.

Uma hora depois, os robôs saem do prédio do outro lado da rua. O robô-bomba arrasta duas sacolas. Os domésticos colocam as sacolas e o outro robô no carro. Antes de partirem, um dos andarilhos fica parado no lugar. É aquele robô doméstico grande que tem um sorriso assustador esculpido permanentemente no rosto. Um Big Happy. Ele para perto do carro inteligente estacionado e vira a cabeça para a esquerda e para a direita, analisando qualquer movimento na rua vazia. A coisa fica totalmente parada por cerca de trinta segundos. Eu não me mexo, não respiro e não pisco.

Não vejo mais o casal de velhinhos.

Naquela noite, os observadores sobrevoam mais ou menos a cada hora. O barulho suave das hélices penetra nos meus pesadelos. Meu cérebro entra em um loop infinito, refletindo repetidamente sobre como sobreviver a isso.

Além de algumas construções danificadas, a maior parte da cidade parece intacta. Ruas planas e pavimentadas. Portas que abrem e fecham suavemente. Escadas ou rampas para cadeiras de rodas. Algo me ocorre.

Acordo Dawn e sussurro:

— Você está certa, querida. Elas deixam tudo limpo para poder realizar suas operações. Mas podemos dificultar as coisas para elas. *Dificultar*. Bagunçar as ruas para as máquinas não conseguirem se movimentar. Destruir algumas coisas.

Dawn se senta e olha para mim com espanto.

— Você quer destruir a nossa cidade?

— Não é mais a nossa cidade, Dawn.

— As máquinas estão lá embaixo, acabando com tudo o que a gente construiu. Com tudo o que *você* construiu. E agora você quer ir até lá e fazer isso *por elas*?

Coloco a mão no ombro de Dawn. Ela é forte e calorosa. Minha resposta é simples:

— A demolição é uma parte da construção.

Começo com o nosso próprio prédio.

Usando uma marreta, faço buracos nas paredes dos apartamentos vizinhos. Quebro na altura da cintura para ficar longe da fiação elétrica e evito cozinhas e banheiros. Não há tempo para examinar quais são as paredes estruturais, então parto da suposição de que um único buraco não vai derrubar o teto.

Dawn recolhe alimentos e ferramentas dos apartamentos vazios. Arrasto móveis pesados para o corredor e obstruo as portas por dentro. Passando pelos buracos que abrimos, somos livres para explorar o andar inteiro.

Na portaria, destruo tudo o que vejo e empilho os escombros diante da porta principal. Arrebento o elevador, as plantas e a recepção. As paredes, os espelhos, o lustre. Destruo tudo para formar uma pilha de escombros espalhados.

Ah, e tranco a porta principal. Só para prevenir.

Eu me deparo com algumas pessoas em outros andares do prédio, mas elas entram em seus apartamentos gritando e se recusam a sair. Não tenho retorno da maioria das portas em que bato.

Então é hora do passo seguinte.

Saio a pé ao amanhecer, passando de porta em porta. Os carros do modelo mais recente estacionados pelo bairro não me notam se eu ficar fora de sua linha de visão. Sempre deixo um banco de praça, um poste ou uma banca de jornal entre mim e os carros.

E de jeito nenhum desço da calçada.

Encontro o equipamento de demolição onde o deixei há três dias, antes do início da Nova Guerra. Está intacto na sala dos fundos do meu trabalho, a apenas algumas quadras de onde moramos. Levo o equipamento de volta para casa e faço uma segunda viagem, no fim da tarde, quando a luz engana. Robôs domésticos são capazes de enxergar bem no escuro e não precisam dormir, então imagino que não ganharia nada em sair à noite.

Na primeira incursão, enrolo um cordel detonante no antebraço, depois passo pela cabeça e o uso como uma bandoleira. O cordel é longo, flexível e rosa, como se fosse de uma menina. Com cinco voltas em um poste de madeira, é possível causar uma pequena explosão que o parte ao meio. Quinze voltas o lançam a seis metros do chão, espalhando-o pela região em pedacinhos.

Mas, de um modo geral, o cordel detonante é bastante estável.

Na incursão seguinte, encho uma sacola de lona com pacotes de detonadores do tamanho de caixas de sapato. Dez em cada pacote. E pego a espoleta. Lembro-me depois de pegar óculos de segurança e protetores auriculares.

Vou explodir o prédio do outro lado da rua.

Com a marreta, me certifico de que ninguém está escondido nos últimos três andares. Os robôs já vieram a esse lugar e o esvaziaram. Não há sangue. Não há corpos. Apenas aquela limpeza lúgubre. A falta de entulho me assusta. Ela me faz lembrar daquelas histórias de fantasmas em que exploradores encontram cidades desertas com louça sobre a mesa e purê de batata ainda morno.

A sensação horripilante me motiva a agir rápida e metodicamente enquanto jogo latas de comida em um lençol que arrasto pelos corredores escuros.

No telhado, espalho algumas fileiras de cordel detonante. Fico longe da caixa-d'água. No último andar, estendo mais cordel detonante junto às paredes de outros apartamentos e deixo alguns detonadores. Mantenho distância da estrutura central do prédio. Não quero derrubar tudo, apenas causar alguns danos aparentes.

Trabalho sozinho e em silêncio, e consigo terminar logo. Normalmente, minha equipe passaria meses revestindo as paredes com geotêxteis para absorver estilhaços. Todas as explosões lançam pedaços de metal e concreto a distâncias surpreendentes. Mas dessa vez eu *quero* os destroços. Eu quero danificar as construções próximas e mandar suas janelas pelos ares. Eu quero fazer buracos nas paredes. Arrancar as coisas dos apartamentos e deixá-los como órbitas oculares vazias.

Finalmente, atravesso a rua correndo e entro no meu prédio pela garagem. A porta de metal já foi arrancada dos trilhos quando os carros inteligentes deixaram a garagem, no primeiro dia. Ela está lá pendurada como uma casca de ferida prestes a cair. Não há nada lá dentro, além de carros de modelos antigos e escuridão. Com a espoleta na mão, eu me arrasto para dentro da garagem, dobrando o alcance porque não me ative às precauções de segurança habituais.

Basta um pedaço de concreto do tamanho de um punho fechado para transformar a cabeça em um capacete cheio de espaguete.

Encontro Dawn esperando na garagem. Ela também esteve ocupada.

Pneus.

Pneus empilhados de cinco em cinco. Ela invadiu a garagem e encontrou os carros de modelos antigos lá embaixo. Arrancou os pneus e os empilhou na porta.

O cheiro também é estranho, parece gasolina.

De repente eu entendo.

Cobertura.

Dawn olha para mim, levanta as sobrancelhas, depois derrama gasolina em um pneu.

— Eu acendo e você rola — diz ela.

— Você é um gênio, mulher.

Seus olhos tentam sorrir, mas a linha severa de sua boca parece ter sido esculpida em pedra.

Da segurança da garagem, rolamos cerca de uma dúzia de pneus em chamas para a rua. Eles tombam e queimam, soltando no ar espirais de fumaça que encobrem a visão. Da escuridão, ouvimos um carro de passeio se aproximar, lentamente. Ele para diante dos pneus, talvez pensando em como contorná-los.

Recuamos para o fundo da garagem.

Seguro a espoleta e ligo o sistema e prevenção de falhas. Uma luz vermelha paira diante de mim na escuridão da garagem. Com o polegar, sinto o metal frio do botão. Abraço Dawn de lado, com um braço, dou um beijo no rosto dela e aperto o botão.

Ouvimos um barulho alto vindo do outro lado da rua e o chão se eleva sob nós. Um gemido ecoa pela caverna sombria em que se transformou a garagem. Esperamos na escuridão durante cinco minutos, um ouvindo a respiração do outro. Então Dawn e eu subimos a rampa da entrada, de mãos dadas, em direção à porta destruída da garagem. No alto, espiamos pelo portão despedaçado e vemos a luz do sol.

Olhamos para a nova cara da cidade.

Tem fumaça saindo do telhado do outro lado da rua. Milhares de vidraças foram estilhaçadas e caíram na rua, onde formam uma camada quebradiça, mais ou menos como escamas de peixe. Há entulho espalhado pelo chão, e toda a frente do nosso prédio foi quebrada e passou por um jateamento abrasivo. Placas de trânsito e postes foram jogados no caminho. Pedaços de asfalto, tijolos e cimento, fios pretos e grossos, partes de tubulação, bolas de ferro forjado retorcidas e toneladas de destroços irreconhecíveis se acumulam em todo lugar para onde olhamos.

O sedã ainda está parado perto da pilha de pneus em chamas. Ele foi esmagado por um pedaço de concreto em forma de torta, com as barras de aço para fora como uma fratura exposta.

As espirais asfixiantes de fumaça de pneu obscurecem o ar e ocultam o céu.

E a poeira. Os bombeiros jogariam água para baixar a poeira em uma situação normal. Sem eles, ela se acumula em camadas por todo lado, como neve suja. Não vejo rastro de pneus, o que me diz que nenhum carro passou por aqui — ainda. Dawn já está rolando um pneu em chamas para o cruzamento.

Tropeço em entulho no meio da rua e, por um instante, sinto que, mais uma vez, a cidade é *minha*. Chuto a lateral do carro destruído. Jogo todo meu peso e deixo um amassado no formato de uma bota na lataria.

Peguei você, seu filho da puta. E seus amigos vão ter que aprender a escalar se quiserem vir me pegar.

Protegendo a boca com a manga, avalio os danos na fachada dos prédios. E começo a rir. Rio alto e muito. Meus gritos e risadas ecoam nos prédios, e até Dawn desvia o olhar do pneu que está rolando e me lança um pequeno sorriso.

Então as vejo. Pessoas. Apenas meia dúzia, saindo na luz, surgindo de portas ao longo da rua. A vizinhança não se foi, penso. Estava apenas escondida. As pessoas, meus vizinhos, saem uma a uma às ruas.

O vento sopra a fumaça negra acima das nossas cabeças. Pequenas fogueiras queimam em todo o quarteirão. Há entulho espalhado por todo lado. Nossa pequena fatia dos Estados Unidos parece uma zona de guerra. E nós parecemos os sobreviventes de algum filme de catástrofe. *Exatamente como devíamos parecer*, penso.

— Ouçam — anuncio ao semicírculo irregular de sobreviventes.

— Aqui fora não vai ser seguro por muito tempo. As máquinas vão voltar. Elas vão tentar limpar isso aqui, mas não podemos deixar. Elas foram *feitas* para esse lugar e não podemos tolerar isso. Não podemos facilitar o caminho para que venham atrás de nós. Temos que atrasá--las. Até mesmo impedi-las, se pudermos.

E, quando finalmente digo tudo em voz alta, mal posso acreditar no que ouço. Mas sei o que precisa ser feito aqui, mesmo sendo difícil. Olho nos olhos dos meus companheiros sobreviventes. Respiro fundo e digo a verdade a eles:

— Se quisermos viver, teremos que *destruir a cidade de Nova York*.

"Os métodos de demolição da cidade de Nova York de que Marcus Johnson e sua esposa, Dawn, foram precursores foram replicados no mundo inteiro nos anos seguintes. Sacrificando a infraestrutura de cidades inteiras, sobreviventes do espaço urbano conseguiram se entrincheirar, continuar vivos e reagir desde o início. Esses tenazes moradores das cidades formaram o coração da primeira resistência humana. Enquanto isso, milhares de refugiados ainda escapavam para o campo, onde Rob ainda não havia começado a agir. Mas logo começaria."

CORMAC WALLACE, MIL#EGH217

3

Rodovia 70

"Laura, aqui quem fala é o seu pai. Tem coisas ruins acontecendo. Não posso falar. Me encontra na pista de Indianápolis. Tenho que desligar."

Marcelo Perez

Hora H

"Esse relato foi reconstituído com base em conversas ouvidas casualmente em um campo de trabalho forçado, gravações de câmeras de segurança da rodovia, e os sentimentos verbalizados por uma ex-congressista a seus companheiros de prisão. Laura Perez, mãe de Mathilda e Nolan Perez, não tinha ideia do papel útil que sua família teria no conflito iminente — ou que, em menos de três anos, sua filha salvaria minha vida e a de meus companheiros de pelotão."

Cormac Wallace, MIL#EGH217

— Rápido, Nolan — pressiona Mathilda, agarrando um mapa e se encolhendo no calor do carro.

Nolan, de 8 anos, está parado no acostamento. Sua pequena silhueta está desenhada no concreto à luz do amanhecer. Ele se balança, concentrando-se energicamente em fazer xixi. Finalmente, uma névoa sobe de uma poça na terra.

A manhã em Ohio está fria e úmida nessa estrada de terra batida vazia e de mão dupla. Colinas marrons se estendem por quilômetros, silenciosas. Meu carro antigo engasga, soltando nuvens de monóxido de carbono no asfalto úmido. Em algum lugar bem distante, uma ave de rapina guincha.

— Está vendo, mãe? Eu disse que a gente não devia ter deixado ele tomar suco de maçã.

— Mathilda, seja boazinha com o seu irmão. É o único que você tem.

É o tipo de coisa que mães dizem, e eu já disse isso mil vezes. Mas essa manhã eu me peguei saboreando a normalidade do momento. Procuramos o que é comum quando estamos cercados por coisas incomuns.

Nolan terminou. Em vez de se sentar no banco de trás, ele pula no da frente, bem no colo da irmã. Mathilda revira os olhos, mas não diz nada. Seu irmão não pesa muito e está com medo. E ela sabe disso.

— Fechou o zíper, amigão? — pergunto, por força do hábito. Depois me lembro de onde estou e do que está acontecendo ou vai acontecer em breve. Talvez.

Passo os olhos pelo espelho retrovisor. Nada ainda.

— Vamos, mãe — diz Mathilda. Ela sacode o mapa e olha para ele, como uma miniadulta. — Nossa, ainda temos mais de oitocentos quilômetros para percorrer.

— Eu quero ver o vovô — resmunga Nolan.

— Está bem, está bem — digo. — De volta à estrada. Nada de pausas para o banheiro. Não vamos mais parar até chegar na casa do vovô.

Piso fundo no acelerador. O carro segue em frente, cheio de galões de água, caixas de comida, duas malas com estampa de desenho animado e utensílios de acampamento. Sob o banco, tenho uma pistola Glock 17 em um estojo de plástico preto, envolvida em espuma cinza. Ela nunca foi usada.

O mundo mudou no último ano. Nossa tecnologia ficou selvagem. Incidentes. Os incidentes vêm aumentando, lentamente, mas é uma realidade. Nosso transporte, nossa comunicação, nossa defesa nacional. Quanto mais incidentes eu vejo, mais o mundo começa a parecer oco, como se pudesse desmoronar a qualquer momento.

Então a minha filha me contou uma história. Mathilda me falou da boneca Bebê-de-Verdade e terminou dizendo umas palavras que ela não deveria saber, que nunca poderia ter ouvido: lei de defesa contra robôs.

Quando Mathilda disse isso, olhei nos olhos dela e *soube*.

Agora estou correndo. Estou correndo para salvar a vida dos meus filhos. Tecnicamente, são férias de emergência. Licença para assuntos pessoais. Tem sessão no Congresso hoje. Talvez eu tenha enlouquecido. Espero que sim. Porque acredito que há algo na nossa tecnologia. Algo diabólico.

Hoje é Dia de Ação de Graças.

O interior desse carro velho é barulhento. Mais barulhento que qualquer carro que já dirigi. Não acredito que as crianças estejam dormindo. Posso ouvir os pneus corroendo o asfalto. A vibração bruta é transmitida pelo volante e chega às minhas mãos. Quando piso no freio, ele movimenta uma alavanca que aplica fricção nas rodas. Até mesmo as maçanetas e os botões que se sobressaem no painel são sólidos e mecânicos.

A única coisa que presta nesse carro é o rádio por satélite. De traços elegantes e modernos, ele toca músicas pop que conseguem me manter acordada e me distraem do barulho da estrada.

Não estou acostumada com isso — fazer o trabalho no lugar da tecnologia. Os botões que costumo apertar não precisam de força, apenas de intenção. Os botões devem nos servir, estar prontos para passar nossos comandos para a máquina. Em vez disso, esse pedaço de aço barulhento e estúpido que estou dirigindo exige que eu preste total atenção a cada curva da estrada, mantenha as mãos e os pés preparados o tempo todo. O carro não assume a responsabilidade de dirigir. Deixa todo o controle para mim.

Eu odeio isso. Não quero controlar. Só quero chegar lá.

Mas esse foi o único carro que encontrei sem um chip de comunicação intraveicular. O governo fez dos CCIs um dispositivo padrão há mais de uma década, assim como os cintos de segurança, air bags e critérios de emissão de poluentes. Dessa forma, os carros podem falar uns com os outros. Podem descobrir formas de evitar ou minimizar danos um milissegundo antes de uma batida. Houve falhas no início. Uma empresa fez o *recall* de alguns milhões de carros porque seus chips relatavam estar quase um metro à frente do que realmente estavam. Isso fazia outros carros desviarem sem necessidade — muitas vezes batendo em árvores. Mas, no fim das contas, o CCI salvou centenas de milhares de vidas.

Carros novos vêm com CCIs, e carros antigos precisam fazer uma atualização de segurança. Poucos carros, como esse, foram dispensados por serem muito antigos até mesmo para a atualização.

Muita gente acha que apenas um idiota dirigiria um carro tão velho, principalmente transportando crianças. É um pensamento que tento ignorar ao me concentrar na estrada, imaginando como as pessoas faziam isso antigamente.

Enquanto dirijo, um sentimento de desconforto toma conta de mim e se transforma em um nó no meio das minhas costas. Estou tensa, esperando... O quê? Algo mudou. Algo está diferente, e isso me assusta.

Não consigo identificar o quê. A estrada está vazia. A rodovia de mão dupla empoeirada é ladeada por arbustos baixos. Meus filhos dormem. O carro continua fazendo o mesmo barulho.

O rádio.

Eu já ouvi essa música antes. Ela tocou uns vinte minutos atrás. Mãos no volante, olho para a frente e dirijo. A música seguinte é a mesma. E a próxima. Depois de quinze minutos, a primeira música toca outra vez. A estação de rádio via satélite está repetindo os últimos quinze minutos de música. Desligo o rádio, sem olhar, apertando os botões sem olhar.

Silêncio.

Coincidência. Só pode ser coincidência. Em algumas horas chegaremos à casa do meu pai, no interior. Ele mora a dez quilômetros de Macon, Missouri. O homem é tecnófobo. Nunca teve celular, nem um carro fabricado nos últimos vinte anos. Ele tem rádios, muitos rádios, e só. Costumava construí-los a partir de kits. O lugar onde cresci é aberto, vazio e seguro.

Meu celular toca.

Pego o aparelho no bolso e olho o número. Falando no diabo... É o meu pai.

— Pai?

— Laura, aqui quem fala é o seu pai. Tem coisas ruins acontecendo. Não posso falar. Me encontra na pista de Indianápolis. Preciso desligar.

E desliga. *O quê?*

— Era o vovô? — pergunta Mathilda, bocejando.

— Era.

— O que ele falou?

— Teve uma mudança de planos. Ele quer que a gente encontre ele em outro lugar, agora.

— Onde?

— Indianápolis.

— Por quê?

— Não sei, querida.

Algo pisca no espelho retrovisor.

Pela primeira vez em muito tempo, vejo outro veículo na estrada. Fico aliviada. Outra pessoa está por aqui. O resto do mundo ainda está bem. Ainda está são. É uma caminhonete. As pessoas têm caminhonetes aqui no interior.

Mas, assim que a caminhonete acelera e chega mais perto, começo a ficar com medo. Mathilda vê meu rosto pálido, minha expressão preocupada. Ela sente o meu medo.

— Onde a gente está? — pergunta ela.
— Estamos chegando — respondo, olhando pelo retrovisor.
— Quem está atrás da gente?

Mathilda se endireita no banco e tenta levantar e olhar para trás.

— Senta direito, Mathilda. Coloca o cinto de segurança.

A picape marrom relativamente nova cresce rapidamente no retrovisor. Ela se movimenta com suavidade, porém depressa demais.

— Por que ele está vindo tão rápido? — pergunta Mathilda.
— Mamãe? — pergunta Nolan, esfregando os olhos.
— Fiquem quietos, vocês dois. Eu preciso me concentrar.

O horror sobe pela minha garganta quando olho pelo retrovisor. Piso fundo no acelerador, mas a caminhonete marrom está voando. Comendo o asfalto. Não consigo tirar os olhos do retrovisor.

— Mamãe! — exclama Mathilda.

Volto rapidamente os olhos para onde a estrada deve estar e desvio para executar uma curva. Nolan e Mathilda se seguram com força. Controlo o carro e volto para a minha pista. Então, assim que saímos da curva para uma longa reta, vejo outro carro na pista contrária. É preto e novo e agora não temos para onde fugir.

— Vai para o banco de trás, Nolan — ordeno. — Coloca o cinto. Mathilda, ajuda o seu irmão.

Mathilda se esforça para tirar o irmão do colo e empurrá-lo para o banco de trás. Nolan olha para mim, chocado. Lágrimas se acumulam em seus olhos. Ele funga e estende a mão para mim.

— Está tudo bem, querido. Deixa a sua irmã ajudar você. Vai ficar tudo bem.

Continuo com a conversa de mãe enquanto me concentro na estrada. Alterno os olhos entre o carro preto na frente e a caminhonete marrom atrás. Ambos se aproximam velozmente.

— Já colocamos o cinto de segurança, mamãe — informa Mathilda do banco de trás. Meu pequeno soldado. Antes de a minha mãe falecer, ela costumava dizer que Mathilda era uma alma antiga. Estava em seus olhos, dizia ela. Era possível ver a sabedoria em seus belos olhos. Prendo a respiração e aperto o volante. A capota da caminhonete marrom ocupa todo o espelho retrovisor, depois desaparece. Olho para a esquerda de olhos arregalados enquanto a trepidante caminhonete marrom entra na contramão. Uma mulher olha para mim pelo vidro do carona. Seu rosto está contorcido pelo terror. Escorrem lágrimas pelo seu rosto, sua boca está aberta e eu percebo que ela está gritando e batendo com os punhos...

E logo depois ela já era, destruída em uma colisão de frente com o carro preto. Como matéria e antimatéria. É como se um tivesse apagado a existência do outro.

Apenas o terrível ranger metálico ecoa nos meus ouvidos. Pelo retrovisor, vejo um pedaço de ferro escuro rolar para fora da estrada, soltando pedaços e fumaça.

Acabou. Talvez não tenha acontecido. Talvez eu tenha imaginado. Desacelerando o carro, paro no acostamento. Encosto a testa no plástico frio do volante. Fechos os olhos e tento respirar, mas meus ouvidos estão zumbindo e o rosto daquela mulher está gravado na minha mente. Minhas mãos estão tremendo. Coloco-as debaixo das minhas coxas e puxo com força para me estabilizar. Começam a vir perguntas do banco de trás, mas não posso respondê-las.

— Aquela moça está bem, mamãe?
— Por que aqueles carros fizeram aquilo?
— E se vierem outros carros?

Alguns minutos se passam. Minha respiração comprime dolorosamente o meu diafragma. Engulo o choro, sufocando as emoções para manter as crianças calmas.

— Vai ficar tudo bem — digo. — Nós vamos ficar bem, meninos.
Mas nem eu mesma acredito no que estou dizendo.

Depois de dez minutos na estrada, eu me deparo com o primeiro acidente.

Sai fumaça das ferragens retorcidas, como uma cobra preta serpenteando pelos vidros estilhaçados, escapando para o ar. O carro está ao lado da pista. A mureta foi parar no meio da estrada depois de ser atingida no acidente. Há chamas saindo da traseira do carro.

Então percebo um movimento — um movimento de alguma pessoa.

Em um instante, eu me imagino pisando no acelerador e dando no pé. Mas não sou assim. Não ainda, pelo menos. Acho que as pessoas não mudam tão rápido, mesmo durante o apocalipse.

Encosto na estrada a alguns metros do carro destruído. Ele é branco, tem quatro portas e placa de Ohio.

— Fiquem no carro, crianças.

A capota do carro destruído está amassada como se fosse tecido. O para-choque está no chão, rachado ao meio e coberto de lama. Várias partes do motor estão visíveis, e cada pneu está virado para uma direção. Fico ofegante quando percebo que uma ponta da mureta está *entrando* pela porta do carona.

— Olá? — chamo, olhando pela janela do motorista. — Alguém precisa de ajuda?

A porta se abre e um cara jovem e gordo cai no acostamento. Ele fica de quatro, com sangue escorrendo pelo rosto. Tosse descontroladamente. Eu me ajoelho e o ajudo a se afastar do carro, sentindo o cascalho do acostamento arranhar os meus joelhos através da meia-calça.

Eu me forço a verificar dentro do carro.

Há sangue no volante, e a mureta atravessa o vidro do carona, mas não há mais ninguém lá dentro. Ninguém foi perfurado por aquele ferro errante, graças a deus.

Meu cabelo cai no rosto enquanto puxo o jovem para longe das ferragens. Mechas vão de um lado para o outro com a minha respiração. No início, o jovem ajuda. Mas, depois de alguns metros, cai de bruços. Ele para de tossir. Olhando para o carro, vejo um rastro de gotinhas brilhantes no asfalto. No banco dianteiro, há uma poça de um líquido negro.

Viro o homem de barriga para cima. Seu pescoço não tem firmeza. Seus olhos azuis estão abertos. Vejo fuligem em volta de sua boca, mas ele não está respirando. Olho para baixo e depois desvio o olhar. Uma grande parte da lateral do tronco dele foi rasgada pela mureta. O buraco irregular está aberto como em uma aula de anatomia.

Por um instante, ouço apenas o som das chamas lambendo a brisa. *O que eu posso fazer?* Só uma coisa me vem à mente: mudar meu corpo de lugar para impedir que meus filhos vejam o homem morto.

Um celular toca. O som vem do bolso da camisa do sujeito. Com os dedos sujos de sangue, pego o telefone. Quando o tiro do bolso e seguro junto ao ouvido, ouço algo que esmaga a pequena fagulha de esperança que ainda havia dentro de mim.

— Kevin, aqui quem fala é o seu pai. Tem coisas ruins acontecendo. Não posso falar. Me encontra na pista de Indianápolis. Preciso desligar.

Exceto pelo nome, é *exatamente a mesma mensagem.* Outro incidente. Eles se acumulam.

Jogo o telefone no peito do homem e me levanto. Volto para o meu carro antigo e seguro o volante até as minhas mãos pararem de tremer. Não me lembro de ver nem ouvir nada nos minutos seguintes.

Então engato a marcha do carro.

— A gente vai para a casa do vovô, crianças.

— A gente não ia para Indianápolis? — pergunta Mathilda.

— Não se preocupa com isso.

— Mas o vovô disse...

— Aquele não era o seu avô. Eu não sei quem era. Vamos para a casa do vovô.

— Aquele homem está bem? — pergunta Nolan.

Mathilda responde por mim.
— Não, aquele homem está morto, Nolan.
Eu não reclamo. Não posso me dar ao luxo.

Já está escuro quando os pneus trepidam ao passar pela velha entrada de carros feita de cascalho da casa do meu pai.
Então, felizmente, o carro antigo para. Exausta, deixo o motor morrer. O silêncio que vem depois parece o vácuo do espaço.
— Enfim em casa — sussurro.
No banco do carona, Nolan está dormindo no colo de Mathilda, com a cabeça apoiada em seu ombro ossudo. Os olhos de Mathilda estão abertos e o rosto, impassível. Ela parece forte. Um anjo corajoso sob um punhado de cabelos escuros. Ela passa os olhos pelo pátio de um modo que me preocupa.
Também noto os detalhes. Há marcas de pneus no gramado. A porta de tela está aberta ao vento, batendo. Os carros não estão na garagem. Não há luz do lado de dentro. Parte da cerca de madeira foi derrubada.
Mas logo a porta começa a se abrir. Há apenas escuridão do outro lado. Pego na mão de Mathilda.
— Seja corajosa, querida — digo.
Mathilda faz o que peço. Ela segura o medo entre os dentes com força para que ele não consiga se mexer. Aperta minha mão e abraça o pequeno corpo de Nolan com o outro braço. Quando a porta de madeira lascada se abre, Mathilda não desvia os olhos, nem os fecha, tampouco pisca. Eu sei que minha pequena será corajosa por mim. Não importa o que saia por aquela porta.

"Ninguém viu, ou ouviu falar, de Laura Perez e sua família durante quase um ano. Depois, eles aparecem nos registros do campo de trabalho forçado Scarsdale, próximo à cidade de Nova York."

CORMAC WALLACE, MIL#EGH217

4

Gray Horse

"Way down yonder in the Indian Nation,
I rode my pony on the reservation..."

WOODY E JACK GUTHRIE, POR VOLTA DE 1944

Hora H

"Sob vigilância, o policial Lonnie Wayne Blanton foi gravado dando a seguinte descrição a um jovem soldado que passava pela Nação Osage, na área central de Oklahoma. Sem as ações corajosas de Lonnie Wayne durante a hora H, a resistência humana poderia nunca ter acontecido — pelo menos não na América do Norte."

CORMAC WALLACE, MIL#EGH217

Aquelas máquinas têm rodeado a minha mente desde que interroguei aquele rapaz a respeito de uma coisa que aconteceu com ele e um colega em uma sorveteria. Foi terrível.

É claro, eu nunca achei que homens deviam usar rabo de cavalo. Mas fiquei de olhos bem abertos depois daquele incidente.

Nove meses depois, os carros da cidade ficaram descontrolados. Eu e Bud Cosby estamos sentados na lanchonete. Bud está me contando que sua neta ganhou um tipo de "prêmio internacional de *presticho*", como ele diz, quando as pessoas começam a berrar do lado de fora. Eu fico no mesmo lugar. Bud corre para a janela. Ele esfrega o vidro sujo e se aproxima, apoiando as mãos reumáticas nos joelhos. Nesse exato momento, o Cadillac de Bud se choca com a vitrine da lanchonete como um cervo saltando no para-brisa de um carro a cento e cinquenta quilômetros por hora em uma estrada escura. Voa vidro e metal para todo lado. Ouço um barulho e um segundo depois percebo que é Rhonda, a garçonete, segurando uma jarra de água e gritando a plenos pulmões.

Pelo novo buraco na parede, vejo uma ambulância passar a toda velocidade no meio da rua, *atropelar* um camarada que tentava fazer sinal para que ela parasse e seguir em frente. O sangue de Bud rapidamente forma uma poça sob o Cadillac parado.

Saio correndo pelos fundos. Preciso atravessar o bosque. Durante minha caminhada, é como se nada tivesse acontecido. O bosque parece seguro, como sempre. Não permanece seguro por muito tempo. Mas é tempo suficiente para um velho de 55 anos, com botas de caubói ensopadas de sangue, caminhar até sua casa cambaleando.

Minha casa é um pouco fora da estrada, no caminho para Pawnee. Depois de entrar, me sirvo de uma xícara do café frio que está no fogão e me acomodo na varanda. Com a ajuda de binóculos, vejo que o trânsito no pedágio está praticamente livre. Então passa um comboio. Dez carros dirigindo a poucos centímetros de distância uns dos outros em uma única fila, a toda. Ninguém atrás do volante. Apenas aqueles robôs indo de um lugar para o outro, o mais rápido possível.

Passando a estrada, vejo uma colheitadeira parada no terreno do meu vizinho. Ninguém a opera, mas ondas de calor emanam de seu motor ocioso.

Não consigo entrar em contato com ninguém pelo rádio da polícia. O telefone de casa também não está cooperando, e a brasa do fogão a lenha é a única coisa que espanta o frio da sala de estar; a eletricidade havia acabado oficialmente. A casa mais próxima fica a mais de um quilômetro e eu estou me sentindo muito isolado.

Minha varanda parece tão segura quanto uma barra de chocolate em cima de um formigueiro.

Por isso não demoro. Na cozinha, empacoto o almoço: sanduíche de mortadela, picles e uma garrafa térmica de chá gelado. Depois vou até a garagem para dar uma olhada na moto suja do meu filho. É uma Honda 350 que não toco há dois anos. Ela está na garagem pegando poeira desde que o rapaz entrou no Exército. Atualmente, meu garoto, Paul, não está por aí tomando tiros. Ele é tradutor. Garoto esperto. Não é como o pai.

Com as coisas como estão, fico feliz pelo meu garoto não estar em casa. Essa foi a primeira vez que me senti assim. Ele é a minha única família, sabe? E não é muito esperto colocar todos os ovos na mesma cesta. Eu só espero que ele esteja com sua arma, onde quer que esteja. Sei que ele sabe atirar, porque fui eu que ensinei.

Um longo minuto se passa até eu conseguir ligar a moto. Assim que a ligo, quase perco a vida por não ter prestado a devida atenção à maior máquina que tenho.

É, aquela maldita e ingrata viatura tenta me atropelar na garagem, e quase consegue. Foi uma bênção eu ter gastado muito mais em uma caixa de ferramentas de aço maciço. A minha agora está destruída, com a frente de uma viatura de 250 cavalos de potência enterrada nela. Eu me vejo parado no espaço de meio metro entre a parede e o maldito veículo assassino.

A viatura está tentando dar ré. O atrito dos pneus no concreto parece um cavalo assustado relinchando. Saco meu revólver, vou até o lado do motorista e atiro algumas vezes no velho computadorzinho que fica lá dentro.

Eu matei a minha própria viatura. Não é a coisa mais impressionante que você já ouviu?

Sou da polícia e não tenho como ajudar as pessoas. Tenho a impressão de que o governo dos Estados Unidos, para quem pago os meus impostos em dia e, em troca, me fornece uma coisinha chamada civilização, ferrou tudo justamente quando precisei dele.

Por sorte, faço parte de uma nação que não exige o pagamento de impostos. Ela tem força policial, cadeia, hospital, um parque eólico e igrejas. Além de guardas-florestais, advogados, engenheiros, burocratas e um cassino bem grande que eu nunca tive o prazer de visitar. Ela se chama Nação Osage. E fica a cerca de cinquenta quilômetros da minha casa, em um lugar chamado Gray Horse, o verdadeiro lar de todo o povo osage.

Quer dar nome ao seu filho, se casar, o que for — vá para Gray Horse, para *Ko-wah-hos-tsa*. Pelo poder investido em mim pela Nação Osage de Oklahoma, eu os declaro marido e mulher, como dizem em certas ocasiões. Se você tiver sangue osage correndo nas veias, um dia vai se dirigir para uma estrada de terra deserta e sinuosa que se chama rodovia federal 5451. O governo dos Estados Unidos escolheu esse nome e escreveu em um mapa, mas ela leva a um lugar que é todo nosso: Gray Horse.

A estrada nem é sinalizada. Nossa casa não precisa de placas.

O barulho da minha moto suja parece um gato ferido. Sinto através da calça o calor saindo do escapamento quando, finalmente, aperto o freio e paro no meio da estrada de terra.

Estou aqui.

E não sou o único. A estrada está cheia de gente. Osages. Muitos olhos e cabelos escuros, narizes largos. Os homens são grandes e parecem tanques vestindo camisa de caubói por dentro da calça jeans. As mulheres, bem, são exatamente como os homens, mas usam vestidos. As pessoas viajam em carros velhos e cobertos de poeira e em vans antigas. Alguns estão a cavalo. Um policial tribal acompanha em um quadriciclo camuflado. Todas aquelas pessoas parecem prontas para acampar em uma grande viagem que pode durar para sempre. E isso é esperto. Porque tenho a sensação de que se trata exatamente disso.

Acho que é instintivo. Quando se leva uma surra, tudo o que se quer fazer é voltar para casa o mais rápido possível para se recuperar. Esse lugar é o coração do nosso povo. Os anciãos vivem aqui o ano inteiro, cuidando da maioria das casas vazias. Mas todo mês de junho, Gray Horse é palco da *I'n-Lon-Schka*, a grande dança. É quando todos os osages que não são debilitados, e alguns que são, pegam o caminho de volta para casa. Essa migração anual é uma rotina que penetra nos seus ossos, do nascimento até a morte. O caminho se torna familiar à sua alma.

Existem outras cidades osage, é claro, mas Gray Horse é especial. Quando a tribo chegou a Oklahoma, na Trilha das Lágrimas, ela cumpriu uma profecia que acompanhava o nosso povo havia eras: nós nos mudaríamos para uma nova terra com muita riqueza. E, levando em consideração o petróleo que existe sob a nossa terra e um certificado inegociável de direitos plenos sobre os minerais, a profecia estava certa como a chuva.

Essa área tem sido um território nativo há muito tempo. Nosso povo amansou cães selvagens nessas planícies. Naquela época obscura antes da história, pessoas de cabelos e olhos escuros, iguais às que estão na estrada, estavam aqui erguendo montes para rivalizar com as pirâmides egípcias. Cuidamos dessa terra e, depois de muito sofrimento e lágrimas, ela nos recompensou em dobro.

É culpa nossa que tudo isso leve a tribo osage a ser um pouco arrogante?

Gray Horse fica no alto de uma pequena colina, cercada por grandes ravinas entalhadas pelo riacho Gray Horse. A rodovia federal chega perto, mas é preciso caminhar por uma trilha para chegar à cidade propriamente dita. Um parque eólico nas planícies a oeste garante a eletricidade para o nosso povo. O que sobra é vendido. No geral, não há muita coisa para se ver. Só uma colina de grama baixa, escolhida há muito tempo para ser o lugar onde os osages realizam sua dança mais sagrada. O local é como uma travessa erguida aos deuses, para que eles possam observar nossas cerimônias e garantir que as estejamos executando corretamente.

Dizem que celebramos a *I'n-Lon-Schka* aqui há mais de cem anos, para anunciar a chegada da primavera. Mas tenho minhas dúvidas.

Na época, os anciãos que escolheram Gray Horse eram homens rígidos, veteranos do genocídio. Aqueles homens eram sobreviventes. Viram o sangue de sua tribo ser derramado na terra e seu povo, dizimado. Será coincidência que Gray Horse fique em um local elevado com uma boa área de tiro, reservas de água fresca e pontos de acesso limitados? Não posso dizer ao certo. Mas é um lugar magnífico, acomodado em uma pequena colina no meio do nada.

O argumento é que, no fundo, a *I'n-Lon-Schka* não é uma dança de renovação. Eu sei porque a dança sempre começa com os homens mais velhos de cada família. Somos sucedidos pelas mulheres e crianças, claro, mas somos nós que damos início à dança. Verdade seja dita, só existe uma razão para homenagear o filho mais velho de uma família — nós somos os guerreiros da tribo.

I'n-Lon-Schka é uma dança de guerra. Sempre foi.

O sol está descendo rapidamente quando pego a trilha escarpada que leva à cidade propriamente dita. Passo por famílias que arrastam barracas, equipamentos e crianças. No platô, vejo o tremeluzir de uma fogueira no céu escuro.

O buraco da fogueira fica no meio de uma clareira retangular, rodeada por bancos feitos de troncos partidos. Brasas saltam e se misturam com as estrelas. Será uma noite fria e de céu limpo. As pessoas, centenas delas, se amontoam em pequenos grupos. Estão feridas, assustadas e cheias de esperança.

Assim que chego lá, ouço um grito rouco e apavorado vindo de perto da fogueira.

Hank Cotton está segurando pela nuca um jovem de no máximo 20 anos, balançando o como uma boneca de pano.

— Vamos! — grita ele.

Hank certamente tem mais de um metro e oitenta e é forte como um urso. Como ex-jogador de futebol americano, e dos bons, as pessoas botam muito mais fé nele do que no próprio Will Rogers, se ele levantasse do túmulo com um laço na mão e brilho nos olhos.

O garoto está ali, inerte, como um filhote de gato na boca da mãe. As pessoas em volta estão em silêncio, com medo de falar. Percebo que se trata de algo com que terei que aprender a lidar. Zelar pela paz e tal.

— O que está acontecendo, Hank? — pergunto.

Hank olha para mim, depois solta o menino.

— Ele é um maldito cheroqui, Lonnie, não pertence a esse lugar.

Hank empurra de leve o garoto e quase o joga no chão.

— Por que você não volta para a sua tribo, rapaz?

O garoto ajeita a camisa rasgada. Ele é alto e magro e tem cabelos compridos, o oposto da forma de barril dos homens osage que se acumulam ao redor dele.

— Fica calmo, Hank — digo. — A gente está no meio de uma emergência. Você sabe muito bem que esse garoto não vai conseguir sair daqui sozinho.

O rapaz fala:

— A minha namorada é osage.

— A sua namorada está morta — esbraveja Hank com uma voz estridente. — E, mesmo se não estivesse, não somos o mesmo povo.

Hank se vira para mim, enorme à luz da fogueira.

— E você está certo, Lonnie Wayne, a gente *está* passando por uma emergência. É por isso que devemos ficar com o *nosso* povo. A gente não pode permitir intrusos aqui, ou talvez não sobrevivamos.

Ele chuta a terra e o garoto se encolhe.

— Moleque, *wets'a*!

Depois de respirar fundo, eu me coloco entre Hank e o garoto. Como era de se esperar, Hank não gosta da intromissão. Ele coloca o dedo no meu peito.

— Você não quer fazer isso, Lonnie. Estou falando sério.

Antes que tudo acabe mal, o guardião do tambor fala. John Tenkiller é um camaradinha magro feito uma vara, tem a pele enrugada e escura e olhos azul-claros. Ele está por aí desde sempre, mas algum tipo de mágica faz com que Tenkiller seja ágil como um galho de salgueiro.

— Basta — diz John Tenkiller. — Hank, você e Lonnie Wayne são filhos mais velhos e têm o meu respeito. Mas isso não dá a vocês o direito de agir como quiserem.

— John — diz Hank —, você não viu o que aconteceu lá na cidade. É um massacre. Parece que o mundo está acabando. A nossa tribo está em perigo. E, se você não é da tribo, é uma ameaça a ela. A gente tem que fazer o que for preciso para sobreviver.

John deixa Hank terminar, depois olha para mim.

— Com todo o respeito, John, isso não tem nada a ver com a rivalidade entre tribos. Nem tem a ver com branco, moreno, negro ou amarelo. Com certeza *existe* uma ameaça, mas não vem de outras pessoas. Vem *de fora*.

— Demônios — murmura o ancião.

A multidão se agita um pouco ao ouvir isso.

— *Máquinas* — corrijo. — Não vem com essa conversa de demônios e monstros pra cima de mim, John. É só um bando de máquinas velhas e idiotas que nós damos conta de matar. Mas os robôs não fazem distinção entre as raças do homem. Eles estão atrás de todos nós. *Seres humanos*. Estamos todos juntos nessa.

Hank não consegue se conter.

— A gente nunca deixou ninguém de fora entrar nesse círculo do tambor. É um círculo *fechado*.

— Isso é verdade — concorda John. — Gray Horse é um lugar sagrado.

O rapaz escolhe um momento ruim para se desesperar.

— O que é isso, cara! Eu não posso voltar para lá. Aquilo é uma maldita armadilha. Todo mundo que ficou lá embaixo está morto. Meu nome é Lark Iron Cloud. Está ouvindo? Eu sou tão indígena quanto vocês. E vocês querem me matar só porque eu não sou *osage*?

Coloco a mão no ombro de Lark e ele se acalma. O silêncio é quase total, ouvem-se apenas o crepitar da fogueira e os grilos cricrilando. Vejo uma roda de rostos osage, impassíveis como rochas.

— Vamos dançar por isso, John Tenkiller — digo. — Isso é grande. Maior que nós. E o meu coração me diz que a gente tem que escolher o nosso lugar na história. Então vamos começar dançando por isso.

O guardião do tambor assente com a cabeça. Todos ficamos imóveis, esperando por ele. Os costumes ditam que devemos esperar por ele até de manhã, se for preciso. Mas não é preciso. John ergue seu rosto sábio e nos corta com aqueles seus olhos de diamante.

— Vamos dançar e esperar um sinal.

As mulheres ajudam aqueles que vão dançar a se arrumar para a cerimônia. Quando terminam de ajustar os nossos trajes, John Tenkiller pega uma bolsa de couro volumosa. Com dois dedos, o guardião do tambor pega um pedaço molhado de barro ocre. Depois caminha pela fileira de uns dez indivíduos que vão executar a dança e passa a terra avermelhada na nossa testa.

Sinto a lama fria escorrer pelo meu rosto — o fogo de *tsi-zhu*. Ela seca rápido, e logo fica parecendo uma faixa de sangue ressecado. Talvez represente uma visão do que está por vir.

O grande tambor é colocado no meio da clareira. John se agacha e bate um *tum-tum-tum* uniforme que preenche a noite. Sombras tremulam. Os olhos escuros dos observadores estão em nós. Um por um, nós — os filhos mais velhos — nos levantamos e começamos a dançar em volta do círculo do tambor.

Há dez minutos éramos policiais, advogados e caminhoneiros, mas agora somos guerreiros. Vestidos à moda antiga — pele de lontra, penas, contas e fitas —, mergulhamos em uma tradição que não tem lugar na história.

A transformação é repentina e me comove. Penso que essa dança de guerra é como uma cena capturada em âmbar, indistinguível pelos seus irmãos e irmãs no decorrer do tempo.

Quando a dança começa, eu imagino o mundo lunático do homem mudando e evoluindo nas margens tremeluzentes da luz do fogo. Esse mundo exterior anda sempre para a frente, ébrio e fora de controle. Mas o rosto do povo osage continua o mesmo, arraigado nesse lugar, no calor dessa fogueira.

Então nós dançamos. Os sons do tambor e os movimentos dos homens são hipnóticos. Cada um de nós se concentra em seu próprio ser, mas formamos naturalmente uma harmonia predestinada. Os homens osage são grandes e fortes, mas nos agachamos e pulamos e deslizamos em volta da fogueira como cobras. De olhos fechados, nós nos movimentamos como se fôssemos um.

Sentindo o meu caminho pelo círculo, registro o brilho do fogo atravessando as minhas pálpebras fechadas. Depois de um tempo, a escuridão rubra se abre e se transforma na sensação de uma vista ampla, como se eu estivesse olhando pelo buraco da fechadura para uma caverna vasta e escura. É a imagem que se forma na minha mente. Sei que logo vou encontrar imagens do futuro pintadas ali — em vermelho.

O ritmo dos nossos corpos expande as nossas mentes. A imagem que vejo na minha cabeça me mostra o rosto desesperado daquele rapaz da sorveteria. A promessa que fiz a ele ecoa nos meus ouvidos. Sinto o cheiro metálico de sangue acumulado no piso de ladrilhos. Olhando para a frente, vejo uma figura saindo da salinha nos fundos da sorveteria. Eu a sigo. A figura misteriosa para no vão escuro e se vira para mim lentamente. Estremeço e abafo um grito ao ver o sorriso demoníaco pintado no rosto de plástico do meu inimigo. Em sua garra acolchoada, a máquina segura algo: um pequeno pássaro de origami.

E o tambor para.

No tempo de vinte batidas do coração, a dança termina. Abro os olhos. Só sobramos eu e Hank. Minha respiração sai em nuvens brancas. Quando me espreguiço, minhas articulações estalam como fogos de artifício. Uma camada de gelo cobre a minha manga com franjas. A sensação no corpo é de ter acabado de acordar, mas a minha mente nunca foi dormir.

O céu a leste tem um tom rosa-bebê. A fogueira ainda arde ferozmente. Meu povo está empilhado ao redor do círculo do tambor, dormindo. Eu e Hank devemos ter dançado por horas, como robôs.

Então noto John Tenkiller. Ele está totalmente parado. Bem devagar, ergue a mão e aponta para a aurora.

Um homem branco está lá, parado nas sombras, com o rosto coberto de sangue. Um pedaço de vidro quebrado está enfiado em sua testa. Quando ele se mexe, os cacos refletem a luz do fogo. As pernas de sua calça estão molhadas e sujas de preto, com lama e folhas. No braço esquerdo, carrega uma criança dormindo, com o rosto enterrado em seu ombro. Um garotinho, provavelmente com uns 10 anos, está parado na frente do pai, cabeça baixa, exausto. O homem repousa uma das mãos no ombro magro do filho.

Não há sinal da esposa nem de mais ninguém.

Eu, Hank e o guardião do tambor olhamos para o homem, boquiabertos e curiosos. Temos barro seco no rosto e vestimos trajes de uma época anterior aos pioneiros. Imagino que aquele homem deva pensar que atravessou a lama e voltou no tempo.

Mas o camarada branco olha para além de nós, traumatizado, ferido.

Só então o garotinho ergue o rosto e olha para nós. Seus olhinhos redondos estão arregalados e assustados e a testa pálida tem uma linha vermelha de sangue ressecado. Tão certo quanto a presença daquele garoto ali é o fato de que ele foi marcado com o fogo do *tsi-zhu*. Eu e Hank nos entreolhamos com todos os pelos arrepiados.

O garoto foi pintado, mas não pelo nosso guardião do tambor.

As pessoas estão acordando e cochichando.

Alguns segundos depois, o guardião do tambor fala com o tom monótono de uma oração praticada muitas vezes:

— Sim, deixe o reflexo desse fogo nos céus distantes pintar o corpo dos nossos guerreiros. E, certamente, naquele tempo e lugar, o corpo do povo *wha-zha-zhe* foi tomado pelo vermelho do fogo. E suas chamas se lançaram ao ar, deixando as paredes do paraíso avermelhadas com um tom carmim.

— Amém — sussurram as pessoas.

O homem branco tira a mão do ombro do garoto e deixa a marca perfeita de uma palma de sangue. Ele ergue as mãos, acenando.

— Ajudem a gente — murmura ele. — Por favor. Eles estão vindo.

"A Nação Osage não virou as costas para nenhum sobrevivente humano durante a Nova Guerra. Como resultado, Gray Horse se transformou no bastião da resistência. Começaram a se espalhar pelo mundo lendas falando da existência de uma civilização de humanos sobreviventes localizada no meio dos Estados Unidos; e de um caubói intransigente que vivia lá, cuspindo na cara dos robôs."

CORMAC WALLACE, MIL#EGH217

5

Vinte e dois segundos

"Tudo tem mente. A mente de uma luminária.
A mente de uma escrivaninha.
A mente de uma máquina."

TAKEO NOMURA

HORA H

"É difícil acreditar, mas a essa altura o Sr. Takeo Nomura era apenas um idoso solteiro que morava sozinho em Adachi, distrito de Tóquio. Os acontecimentos desse dia foram descritos pelo Sr. Nomura em uma entrevista. Suas lembranças são corroboradas por gravações feitas pelo edifício automatizado para idosos onde Takeo morava e pelos robôs domésticos que trabalhavam lá. Esse dia marca o início de uma jornada intelectual que, mais tarde, levou à libertação de Tóquio e de regiões mais distantes."

CORMAC WALLACE, MIL#EGH217

É um som estranho. Muito fraco. Muito esquisito. Cíclico, ele vem novamente, e mais uma vez. Conto a duração do som com meu relógio de bolso que repousa em uma parte iluminada da minha bancada. O silêncio é total por um tempo e consigo ouvir o ponteiro dos segundos se movimentando pacientemente.

Que som adorável.

O apartamento está escuro, exceto pela minha luminária. O cérebro administrativo do prédio desativa as luzes do teto toda noite às dez. São três da manhã agora. Toco a parede. Exatamente vinte e dois segundos depois, ouço um ronco baixo. A parede fina treme.

Vinte e dois segundos.

Mikiko está deitada de costas na minha bancada, de olhos fechados. Consertei o dano que havia na estrutura temporal do crânio. Ela está pronta para ser reativada, mas ainda não ouso colocá-la on-line. Não sei o que ela vai fazer, que decisões vai tomar.

Passo o dedo na cicatriz no meu rosto. Como posso esquecer o que aconteceu da última vez?

Vou até o corredor. As luzes da parede estão fracas. Minhas sandálias de papel não fazem barulho no carpete fino e colorido. Ouço aquele barulho baixo novamente e imagino que estou sentindo as mudanças na pressão atmosférica. É como se ônibus passassem com intervalo de alguns segundos.

O barulho vem do corredor depois da curva.

Eu paro. Meus nervos me dizem para voltar, para me encolher no meu apartamento do tamanho de um armário, para esquecer tudo isso. Esse prédio é reservado para pessoas com mais de 65 anos. Estamos aqui para receber cuidados, não para correr riscos. Mas sei que, se existe algum perigo, devo ver o que é, confrontá-lo e entendê-lo. Se não por mim, que seja por Kiko. Ela está indefesa no momento, e eu estou impossibilitado de consertá-la. Devo protegê-la até conseguir quebrar o feitiço que a atingiu.

No entanto, isso não significa que eu tenha que ser corajoso.

Na curva do corredor, apoio as costas doloridas na parede. Espio a outra extremidade. Minha respiração já está começando a ficar ofegante por causa do pânico. E o que vejo me faz perder totalmente o fôlego.

O hall dos elevadores está deserto. Na parede há um visor: duas faixas de luzes circulares com o número do andar pintado ao lado. Todas as luzes estão apagadas, exceto as do térreo, com um brilho vermelho. Observo, e o ponto vermelho sobe lentamente. Ao chegar a cada andar, faz um leve clique. Cada clique fica mais alto na minha cabeça, enquanto o elevador sobe cada vez mais.

Clique. Clique. Clique.

O ponto chega ao último andar e para lá. Minhas mãos estão cerradas em punho. Mordo o lábio com força suficiente para fazê-lo sangrar. O ponto fica parado. Então ele *corre* para baixo com uma velocidade estonteante. Quando ele se aproxima do meu andar, ouço aquele barulho estranho novamente. É o *vush* do elevador caindo na velocidade da gravidade. Uma lufada de ar chega ao corredor com a queda do elevador. Abafados sob o barulho do vento, também ouço os gritos.

Cliquecliquecliqueclique.

Eu me encolho. Apoio as costas na parede e fecho os olhos. O elevador passa com tudo, agitando as paredes e fazendo as arandelas do corredor piscarem.

Tudo tem mente. A mente de uma luminária. A mente de uma escrivaninha. A mente de uma máquina. Há alma em tudo, uma mente que pode escolher fazer o bem ou o mal. E a mente do elevador parece mais inclinada ao mal.

— Ah, não, não, não — lamento sozinho. — Isso não é bom. Não é nada bom.

Reúno coragem, depois corro para o outro corredor e aperto o botão para chamar o elevador. Observo o indicador na parede e vejo o ponto vermelho subir novamente, um andar de cada vez. Direto para o meu.

Clique. Clique. Plim. Ele chega. A porta se abre como cortinas em um palco.

— Com certeza isso não é bom, Nomura — digo a mim mesmo.

As paredes do elevador estão sujas de sangue. Há marcas de arranhões nas laterais. Estremeço ao ver um par de dentaduras ensanguentadas parcialmente incrustadas no suporte da lâmpada de teto, lançando estranhas sombras avermelhadas em tudo o que vejo. Mas não há nenhum corpo. Manchas no chão levam até a porta. Há marcas de bota no sangue, deixadas com o padrão dos robôs domésticos humanoides que trabalham aqui.

— O que você fez, elevador? — sussurro.

Plim, insiste ele.

Atrás de mim, ouço o zunido da válvula eletrônica do elevador automatizado. Mas não consigo desviar os olhos. Não consigo deixar de tentar entender como essa atrocidade aconteceu. Uma rajada de ar frio atinge a minha nuca quando a porta do pequeno elevador de serviço se abre atrás de mim. Assim que me viro, um grande robô-carteiro se joga na parte de trás das minhas pernas.

Pego de surpresa, eu caio.

O robô-carteiro é simples: uma caixa bege quase sem nenhum detalhe, do tamanho de uma copiadora. Ele normalmente entrega a correspondência aos residentes de forma calma e silenciosa. De onde estou, no chão, percebo que sua luzinha não está vermelha, azul ou verde; está escura. Os pneus pegajosos do robô-carteiro estão grudando no tapete à medida que a máquina me empurra para a frente, em direção à boca aberta do elevador.

Fico de joelhos e me apoio no robô-carteiro em uma tentativa fracassada de me levantar. O único olho, uma câmera preta no rosto do robô, me observa lutar. *Plim*, diz o elevador. As portas fecham alguns centímetros e depois abrem, como uma boca faminta.

Meus joelhos escorregam pelo tapete enquanto eu empurro a máquina, formando vincos no fino tecido felpudo. Minhas sandálias caíram.

O robô-carteiro é muito volumoso e não há nada em que eu possa me segurar em seu rosto de plástico liso. Grito pedindo ajuda, mas o corredor está silencioso como um túmulo. As luminárias apenas me observam. As portas. As paredes. Elas não têm nada a dizer. Cúmplices.

Meu pé atravessa a entrada do elevador. Em pânico, alcanço a parte de cima do robô-carteiro e destruo as frágeis caixas de plástico que guardam cartas e pequenos pacotes. Papéis voam sobre o tapete e caem nas poças de sangue ressecado no elevador. Agora consigo abrir o painel de controle na estrutura frontal da máquina. Sem enxergar, aperto um botão. A caixa rolante continua tentando me jogar dentro do elevador. Com o braço curvado em um ângulo absurdo, seguro o botão com a pouca força que tenho.

Imploro ao robô-carteiro que pare. Ele sempre foi um bom funcionário. Que loucura o infectou?

Finalmente, a máquina para de empurrar. Ela está reiniciando o sistema. Isso talvez dure uns dez segundos. O robô-carteiro está bloqueando a porta do elevador. Desajeitado, subo nele. Embutida em suas costas largas e retas está uma tela de LCD azul, barata. Um código hexadecimal pisca enquanto a máquina de entregas carrega suas instruções.

Há algo errado com o meu amigo. A mente desse robô está perturbada. Eu sei que o robô-carteiro não deseja me machucar, assim como Mikiko. Ele só está enfeitiçado, sendo influenciado por algo de fora. Vou ver o que posso fazer a respeito disso.

Apertar um determinado botão durante a reinicialização inicia o modo de diagnóstico. Analisando o código hexadecimal com o dedo, leio o que está acontecendo na mente do meu gentil amigo. Depois, apertando outro botão, coloco a máquina cuboide em um modo alternativo de inicialização.

O modo de segurança.

De bruços em cima da máquina, analiso bem a parte da frente dela. A luzinha passa a ter um brilho verde e suave. Isso é bom, mas não há muito tempo. Escorrego pelas costas do robô-carteiro, calço as sandálias e faço um sinal para ele.

— Vem comigo, Yubin-kun — sussurro.

Após um segundo de nervosismo, a máquina obedece. Ela vai zunindo enquanto disparo pelo corredor de volta ao meu quarto. Tenho que voltar para onde Mikiko repousa. Atrás de mim, as portas do elevador se fecham. Eu noto raiva nelas?

Alto-falantes emitem sons ao avançarmos pelo corredor.

Plim-plom. Plim-plom.

— Atenção — diz uma voz feminina agradável. — Emergência. Todos os moradores devem evacuar o prédio imediatamente.

Dou um tapinha nas costas do meu novo amigo e seguro a porta ao entrarmos no quarto. Sem dúvida não devemos confiar nesse alerta. Agora eu entendo. A mente das máquinas escolheu o mal. Elas se voltaram contra mim. Contra todos nós.

Mikiko está deitada de costas, pesada e indiferente. No corredor, sirenes tocam e luzes piscam. Está tudo pronto. Estou levando o meu cinto de ferramentas. Uma pequena jarra de água ao lado. Eu até me lembrei de colocar o chapéu mais quente, com abas abaixadas confortavelmente sobre as orelhas.

Mas não posso acordar a minha querida, não posso colocá-la on-line.

As luzes principais do prédio estão acesas e a agradável voz repete várias vezes: "Todos os moradores devem evacuar o prédio imediatamente."

Mas, que deus me ajude, estou em um beco sem saída. Não posso deixar Kiko para trás, mas ela é pesada demais para que eu a carregue. Ela vai ter que andar sozinha. Estou morrendo de medo do que pode acontecer se ela ficar on-line. O mal que corrompeu a mente do meu prédio pode se espalhar. Eu não suportaria ver isso obscurecer os olhos dela outra vez. Não vou deixar Kiko mas também não posso ficar aqui. Eu preciso de ajuda.

Assim que tomo a decisão, fecho os olhos dela com a mão.

— Por favor, vem aqui, Yubin-kun — sussurro para o robô-carteiro. — A gente não pode deixar os malvados falarem com você como fizeram com Mikiko. — A luzinha da máquina quadrada e bege pisca. — Fica bem parado.

E, com uma martelada rápida, destruo a porta infravermelha usada para atualizar os diagnósticos da máquina. Agora não há como alterar as instruções do robô-carteiro à distância.

— Não foi tão ruim, foi? — pergunto à máquina. Então olho para Mikiko, que está de olhos fechados. — Yubin-kun, meu novo amigo, espero que esteja se sentindo forte hoje.

Com um gemido, ergo Mikiko da bancada de trabalho e a coloco em cima do robô-carteiro. Projetado para carregar pacotes pesados, a máquina robusta não é nada afetada pelo peso extra. Ele simplesmente vira o único olho-câmera para mim e me segue quando abro a porta que dá para o corredor.

Do lado de fora, vejo uma fila trêmula de residentes idosos. A porta no fim do corredor se abre e, um por um, os moradores seguem para a escada. Meus vizinhos são pessoas bastante pacientes. Bastante educadas.

Mas a alma desse prédio enlouqueceu.

— Parem, parem — murmuro.

Eles me ignoram, como sempre. Evitando contato visual educadamente, continuam atravessando a porta, um atrás do outro.

Com o leal Yubin-kun me acompanhando, chego à porta da escada pouco antes de a última mulher passar. Uma luz amarela acima da porta pisca para mim, irritada.

— Sr. Nomura — diz o prédio na voz feminina gentil —, por favor, espere a sua vez, senhor. A Sra. Kami está passando pela porta.

— Não vá — sussurro à idosa de roupão de banho. Não posso fazer contato visual. Em vez disso, seguro levemente seu cotovelo.

Com um olhar furioso, a senhora cheia de rugas arranca o cotovelo da minha mão e me empurra, atravessando a porta. Pouco antes de a porta se fechar atrás dela, coloco o meu pé no vão e espio o que há lá dentro.

É um pesadelo.

Em uma confusão de escuridão e luzes estroboscópicas, dezenas dos meus vizinhos idosos se chocam ao cair pela escada de concreto. Jatos de água caem dos sprinklers, transformando a escada em uma cachoeira escorregadia. O exaustor contra incêndios está na potência máxima, sugando o ar frio do fundo do vão para o alto. Gemidos e gritos são abafados pelo som agudo das turbinas. A massa de braços e pernas retorcidos parece se misturar diante dos meus olhos até se transformar em uma única e enorme criatura sofrendo.

Tiro o pé e a porta se fecha.

Não temos saída. É só uma questão de tempo até que os robôs domésticos humanoides cheguem a esse nível. Quando chegarem, não vou ser capaz de defender a mim e a Mikiko.

— Isso não é nada, nada, nada bom, Sr. Nomura — sussurro sozinho.

Yubin-kun pisca uma luz amarela para mim. Meu amigo é cuidadoso, como deve ser. Ele sente que tem algo de errado.

— Sr. Nomura — diz a voz no alto —, se o senhor não quiser usar a escada, mandaremos alguém para auxiliá-lo. Fique onde está. A ajuda está a caminho.

Clique. Clique. Clique.

À medida que o elevador sobe, o ponto vermelho começa a rastejar para cima, partindo do térreo.

Vinte e dois segundos.

Eu me viro para Yubin-kun. Mikiko está esparramada em cima da caixa bege, com os cabelos pretos caídos. Olho para o rosto dela, que tem um sorriso delicado. Ela é tão bela e pura. Em seu repouso, sonha comigo. Ela espera que eu quebre o feitiço do mal e a acorde. Algum dia Kiko vai se levantar e se tornar a minha rainha.

Se pelo menos eu tivesse mais tempo...

O clique seco e ameaçador do painel do elevador acaba com a minha fantasia. Eu sou um velho desamparado e estou sem ideias. Pego na mão frouxa de Mikiko e me viro para as portas do elevador.

— Sinto muito, Mikiko — sussurro. — Eu tentei, minha querida. Mas agora não tem mais nenhum lugar... *Ai*!

Pulo para trás e esfrego o pé onde Yubin-kun passou por cima. A luz da máquina pisca para mim freneticamente. Na parede, o ponto vermelho chega ao meu andar. Meu tempo acabou.

Plim.

Uma onda de ar frio sai do elevador de serviço em frente ao elevador principal. O painel da porta sai do caminho e eu vejo uma caixa de aço lá dentro, um pouco maior que o robô-carteiro. Sobre rodas pegajosas, Yubin-kun entra no espaço apertado ainda carregando Mikiko.

Há um pequeno espaço para eu me enfiar ali também.

Quando entro, ouço as portas do elevador principal se abrirem do outro lado do hall. Olho para a frente bem a tempo de ver o sorriso plástico do robô doméstico Big Happy dentro do elevador coberto de sangue. Faixas do líquido vermelho adornam seu revestimento. Sua cabeça vira de um lado para o outro, fazendo uma varredura.

A cabeça para, sua câmera-olho roxa me encarando.

Então a porta do elevador de serviço se fecha. Pouco antes de os meus pés saírem do chão, digo algumas palavras para o meu novo companheiro.

— Obrigado, Yubin-kun. Fico devendo uma, meu amigo.

"Yubin-kun foi o primeiro companheiro de batalha de Takeo. Nos meses angustiantes que sucederam a hora H, Takeo encontraria muitos outros amigos dispostos a ajudar sua causa."

CORMAC WALLACE, MIL#EGH217

6

Avtomata

"Meu dia está indo relativamente bem."

Esp. Paul Blanton

Hora H

"Logo após a sessão do congresso a respeito do incidente com o SEP, Paul Blanton foi acusado de descumprimento de dever e enviado à corte marcial. Durante a hora H, Paul estava preso em uma base no Afeganistão. Essa circunstância fora do comum colocou o jovem soldado em uma posição singular para oferecer uma contribuição inestimável à resistência humana — e sobreviver."

Cormac Wallace, MIL#EGH217

Antigamente, lá em Oklahoma, meu pai costumava dizer que, se eu não tomasse jeito e agisse como homem, acabaria morto ou preso.

Lonnie Wayne estava certo a respeito disso, e por isso acabei me alistando. Mas, ainda assim, graças a deus, eu estava preso na hora H.

Estou deitado na minha cela, encostado na parede de blocos de cimento, com os coturnos apoiados no vaso sanitário de aço. Coloquei um pano sobre o rosto para impedir que entre pó nas minhas narinas. Estou encarcerado desde que a minha unidade SEP enlouqueceu e começou a matar pessoas.

C'est la vie, é o que o meu colega de cela, Jason Lee, sempre diz. É um rapaz asiático corpulento, de óculos, fazendo abdominais no chão de cimento. Ele diz que faz isso para permanecer aquecido.

Não sou do tipo que gosta de exercícios. Para mim, esses seis meses significaram muitas revistas para ler. Permanecer aquecido significa deixar a barba crescer.

Entediante, é claro, mas ainda assim o meu dia está indo relativamente bem. Estou folheando uma edição de quatro meses atrás de uma porcaria sobre celebridades do meu país. Aprendendo tudo sobre como "as estrelas do cinema são gente como a gente". Elas gostam de comer em restaurantes, fazer compras, levar os filhos ao parque — todas essas merdas.

Gente como a gente. É. E com *a gente*, acho que não querem dizer *eu*.

É um palpite educado, mas duvido que as estrelas do cinema se preocupem em consertar robôs humanoides militarizados que são projetados para dominar e pacificar a população irritada de um país ocupado. Ou que sejam jogados em uma cela de quatro metros por dois com uma janela minúscula pelo simples fato de terem feito seu glamoroso trabalho.

— Bruce Lee? — chamo. Ele odeia quando o chamo assim. — Você sabia que as estrelas do cinema são gente como a gente? Quem diria, cara!

Jason Lee para de fazer abdominais. Ele olha para o canto da nossa cela onde estou encostado.

— Fica quieto — diz ele. — Está ouvindo isso?
— Ouvindo o qu...?
E então o projétil de um tanque de guerra passa pela parede e atravessa o cômodo. Uma chuva de vergalhões e cimento retalha o meu colega de cela e o transforma em grandes pedaços de carne envolvidos no que sobrou do uniforme militar cor de poeira. Jason estava aqui e agora se foi. Como um truque de mágica. Não consigo nem processar uma coisa dessas.

Estou encolhido no canto — sem nenhum ferimento, por milagre. Por entre as barras, vejo que o oficial de serviço não está mais em sua mesa. Nem existe mais mesa. Apenas escombros. Por uma fração de segundo, olho através do novo buraco aberto na parede, do outro lado do cômodo.

Como eu suspeitava, tem tanques lá fora.

Uma nuvem de poeira fria entra na cela e começo a tremer. Jason Lee estava certo: está fazendo um frio desgraçado. Então eu percebo que, apesar da reforma da cela, as grades continuam firmes e fortes.

Minha audição começa a voltar. A visibilidade é zero, mas identifico um som de água, como um riacho ou algo do tipo. É o que sobrou de Jason Lee, sangrando.

Minha revista também parece ter desaparecido.

Merda.

Pressiono o rosto na janela reforçada com uma tela metálica da minha cela. Do lado de fora, a base foi pro saco. Estou olhando para o beco que vai até o pavilhão principal da zona verde de Cabul. Alguns soldados aliados estão agachados perto de uma parede de tijolos de barro. Eles parecem jovens, confusos. Estão com o traje completo: mochilas, colete à prova de balas, óculos de proteção, joelheiras — toda aquela bobagem.

O quão mais segura uma guerra se torna com óculos de proteção?

O primeiro soldado espia da esquina. Ele volta, agitado. Pega um lançador de mísseis antitanque Javelin e o carrega, rápido e calmo.

Ele recebeu um bom treinamento. Ao mesmo tempo, um tanque americano passa pelo beco e bombardeia sem parar. Ele sobe para a base e se afasta de nós. Sinto o prédio tremer quando o míssil atinge alguma coisa.

Pela janela, vejo o soldado com armamento antitanque sair do beco, sentar de pernas cruzadas com aquele troço apoiado no ombro e ser atravessado por disparos de um tanque antipessoal. É um sistema automatizado de proteção do tanque que mira em certas silhuetas — como "cara segurando arma antitanque" — dentro de certo perímetro.

Qualquer insurgente seria mais cuidadoso.

De testa franzida, pressiono a cabeça no vidro grosso da janela. As minhas mãos estão enfiadas debaixo do braço para ficarem aquecidas. Não faço ideia de por que um tanque americano apagou um soldado aliado, mas tenho a sensação de que está relacionado ao suicídio do SEP 1.

O soldado que continuou no beco vê o amigo ser despedaçado, se vira e volta correndo na minha direção. Nesse momento um tecido preto bloqueia a minha visão. É uma túnica. Um inimigo acabou de passar na frente da minha janela. Ouço tiros de armas leves perto de onde estou.

Inimigos *e* equipamentos malucos? Droga, cara. Desgraça pouca é bobagem.

A túnica se afasta e o beco simplesmente desaparece, substituído por fumaça preta. O vidro da minha janela trinca e quebra, cortando a minha testa. Ouço o estampido seco uma fração de segundos depois. Volto para a cama, pego o cobertor e o coloco nos ombros. Passo a mão no rosto. Os dedos voltam cobertos de sangue. Quando volto a olhar pela janela quebrada, vejo apenas figuras cobertas de poeira no beco. Corpos de soldados, moradores locais e insurgentes.

Os tanques estão matando *todo mundo*.

Está ficando bastante claro que eu preciso encontrar um jeito de sair dessa cela se quiser continuar respirando no futuro.

Lá fora, há um estrondo no céu que cria turbilhões escuros na fumaça escura que sobe dos destroços. Provavelmente é um caça. Volto a me encolher na cama. A poeira está começando a baixar. Vejo as chaves da minha cela do outro lado da sala. Estão presas a um cinto rasgado, pendurado em um pedaço de cadeira quebrada. Daria na mesma se estivesse em Marte.

Sem armas. Sem proteção. Sem esperança.

É quando um insurgente coberto de sangue entra pelo buraco aberto na parede. Ele me vê e me encara de olhos arregalados. Um lado do rosto dele está coberto de areia alcalina marrom-esbranquiçada e o outro empastado com sangue pulverizado. O nariz está quebrado e os lábios, inchados por causa do frio. Os pelos da barba e do bigode pretos são grossos. Ele não deve ter mais de 16 anos.

— Por favor, me deixa sair. Eu posso ajudar — digo, usando todo o meu dari. Tiro o pano do rosto para que ele possa ver a minha barba. Pelo menos ele vai saber que não estou na ativa.

O insurgente se encosta na parede e fecha os olhos. Ele parece estar rezando. Está pressionando as mãos sujas na parede de concreto destruída. Pelo menos ele tem um revólver antigo na cintura. Está assustado, porém operante.

Não consigo entender sua oração, mas sou capaz de dizer que não é por sua vida. Ele está rezando pela alma dos seus companheiros. O que está acontecendo lá fora, seja lá o que for, não é bonito.

É melhor eu dar o fora.

— As chaves estão no chão, amigo — aviso. — Por favor, eu posso ajudar. Eu posso ajudar você a continuar vivo.

Ele olha para mim e para de rezar.

— As avtomatas vieram atrás de todos nós — explica ele. — A gente achou que elas estavam se rebelando contra vocês. Mas as avtomatas estão sedentas pelo sangue de todos nós.

— Qual é o seu nome?

Ele me olha, desconfiado.

— Jabar.
— Certo, Jabar. Você vai sobreviver a isso. Me liberta. Eu estou desarmado. Mas conheço essas, hum, avtomatas. Eu sei como acabar com elas.

Jabar pega as chaves, hesitando quando algo grande e preto dispara pela rua do lado de fora. Ele abre caminho por entre os escombros até a minha cela.

— Você está na prisão.
— Isso mesmo. Está vendo? A gente está do mesmo lado.

Jabar reflete sobre isso.

— Se eles colocaram você na prisão, é meu dever libertá-lo — declara ele. — Mas, se você me atacar, eu te mato.
— Parece justo — digo, sem desviar os olhos da chave.

Ouço o barulho da chave na fechadura, abro a porta e saio correndo. Jabar me derruba no chão, com os olhos arregalados de medo. Inicialmente, acho que ele tem medo de mim, mas estou enganado.

Ele tem medo do que está acontecendo lá fora.

— Não fica perto das janelas. As avtomatas conseguem sentir o seu calor. Elas vão encontrar a gente.
— Sensor de calor infravermelho? — pergunto. — São só as torres de sentinela automatizadas, cara. TSAs. Elas estão no portão da frente. Apontadas para bem longe da base, na direção do deserto. Vamos, precisamos sair pelos fundos.

Com o cobertor nos ombros, saio pelo buraco na parede para a confusão fria de poeira e fumaça do beco. Jabar se abaixa e me acompanha, de pistola na mão.

Há uma tempestade de areia dos infernos lá fora.

Eu me curvo e corro para os fundos da base. Tem uma falange de sentinelas automatizadas protegendo o portão principal. Quero manter distância delas. Sair pelos fundos e chegar a um lugar seguro. Lá eu decido o que fazer.

Dobramos uma esquina e encontramos uma cratera preta do tamanho de um prédio, resultado de uma explosão, ainda com focos de incêndio. Nem um autotanque tem armamento para fazer isso. Isso significa que os caças não estão só localizando coelhos lá de cima — eles estão lançando mísseis Brimstone.

Quando me viro para alertar Jabar, vejo que ele já está examinando o céu. Uma fina camada de poeira cobre a barba dele, fazendo com que pareça um velho sábio no corpo de um jovem.

Isso provavelmente não está muito longe da verdade.

Cubro a cabeça com o cobertor para disfarçar a minha silhueta e virar um alvo confuso para qualquer coisa que esteja me observando do alto. Não preciso mandar Jabar procurar coberturas, ele já tem esse hábito.

De repente, começo a me perguntar há quanto tempo ele combate esses mesmos robôs. O que deve ter pensado quando eles começaram a atacar os nossos soldados? Deve ter achado que era um dia de sorte.

Finalmente, chegamos ao perímetro dos fundos. Vários muros de mais de três metros e meio foram derrubados. Cimento pulverizado cobre o chão, vergalhões se projetam em meio às ruínas. Jabar e eu nos abaixamos perto de um muro demolido. Espio pela beirada.

Nada.

Uma área vazia cerca toda a base, uma espécie de estrada de terra que circunda o nosso perímetro. Terra de ninguém. A algumas centenas de metros, há uma colina com milhares de pontas de ardósia. A colina Porco-Espinho.

O cemitério local.

Dou um tapinha no ombro de Jabar e corremos para lá. Talvez os robôs não estejam patrulhando o perímetro hoje. Talvez estejam muito ocupados matando pessoas sem motivo. Jabar passa depressa por mim e eu vejo sua túnica marrom se tornar um borrão no meio da poeira. A tempestade o engole. Corro o mais rápido que posso para acompanhá-lo.

Então ouço o barulho que temia.

O lamento agudo de um motor elétrico ecoa de algum lugar nos arredores. É uma sentinela automatizada móvel. Elas patrulham constantemente essa faixa estreita da terra de ninguém. Aparentemente, ninguém disse para tirarem uma folga hoje.

A SAM tem quatro pernas estreitas e longas com rodas embaixo. Em cima, ela tem uma carabina M4 programada para atirar automaticamente com uma mira telescópica sobre o cano e um grande pente preso na lateral. Quando a coisa começa a andar, aquelas pernas atravessam pedras e cascalho se aprumando com movimentos extremamente rápidos, mantendo o fuzil imóvel, perfeitamente nivelado.

E está vindo atrás da gente.

Graças a deus o terreno está começando a ficar mais acidentado. Isso significa que estamos quase fora do perímetro demarcado. O lamento do motor está cada vez mais alto. A SAM usa um sistema de localização visual de objetos, então a poeira deve nos camuflar. Só consigo ver a barra esvoaçante da túnica de Jabar na poeira enquanto ele corre, rápido e num ritmo constante, para fora da zona verde.

Inspira. Expira. Vamos conseguir.

Então ouço o clique repetitivo de um telêmetro. A SAM está usando uma emissão de sons ultrassônicos de curto alcance, transmitida através da tempestade de areia, para nos encontrar. O que significa que ela sabe que estamos aqui. Má notícia. Fico imaginando quantos passos me restam.

Um, dois, três, quatro. Um, dois, três, quatro.

Uma lápide surge na neblina — apenas um pedaço de ardósia irregular inclinado no chão. Depois vejo mais algumas dezenas à frente. Cambaleio por entre as lápides, sentindo as placas frias sob a palma das mãos ao me apoiar nelas para manter o equilíbrio.

O *clique* agora é quase um zumbido estável.

— Abaixa! — grito para Jabar.

Ele salta para a frente e desaparece em um sulco no chão. Uma saraivada de armas automáticas estoura na tempestade. Fragmentos de uma lápide explodem perto do meu braço direito. Eu tropeço e caio de bruços, depois tento me arrastar para a cobertura de uma pedra.

Cliquecliqueclique.

Mãos fortes agarram o meu braço machucado. Abafo um grito quando Jabar me puxa pela pequena elevação. Estamos em uma pequena vala cercada por fragmentos de pedra que chegam à altura do joelho, incrustados no solo arenoso. Os túmulos estão espalhados aleatoriamente entre montes de musgo. A maioria das lápides não está marcada, mas símbolos foram pintados em algumas com spray. Outras são de mármore esculpido. Noto que algumas têm cercas de aço em volta e telhados pontudos como único adorno.

Clique, clique, clique.

O som do telêmetro fica mais fraco. Agachado perto de Jabar, aproveito para examinar meu ferimento. Parte do meu braço direito foi esfolada, o que estragou a minha tatuagem da bandeira de Oklahoma. Lascas de pedra arrancaram metade das malditas penas de águia que ficam penduradas debaixo do escudo de batalha do povo osage. Mostro o meu braço a Jabar.

— Veja o que os cretinos fizeram com a minha tatuagem, Jabar, meu velho.

Ele balança a cabeça, cobrindo a boca com o braço, respirando através do tecido. Deve haver um sorriso debaixo desse braço nesse exato momento. Quem sabe? Talvez nós dois saiamos dessa vivos.

Então, de uma hora para a outra, a poeira baixa.

A tempestade passa sobre nós. Vemos o enorme redemoinho de poeira atravessar a faixa do perímetro, engolir a zona verde e ir em frente. Agora o sol está radiante, claro e frio em um céu azul e limpo. O ar é rarefeito nessas montanhas, e os raios solares implacáveis formam sombras que parecem piche. Posso ver a minha respiração.

E imagino que os robôs também.

Corremos muito, ainda abaixados, passando rapidamente entre as lápides maiores, protegidas por grades de aço azul ou verde. Não sei para onde estamos indo. Só espero que Jabar tenha um plano que inclua me manter vivo.

Depois de alguns minutos, vejo pelo canto do olho algo piscar. É a sentinela automatizada móvel, passando por um caminho acidentado no meio do cemitério, balançando sua cabeça de rifle de um lado para o outro. A luz do sol reflete na mira telescópica que sai da parte de cima da arma. As pernas arqueadas tremem no chão irregular, mas o cano do fuzil continua imóvel como uma coruja.

Eu me jogo atrás de uma lápide e deito de bruços. Jabar já encontrou cobertura a alguns metros. Ele faz um sinal com o dedo para mim, com os olhos castanhos demonstrando urgência sob sobrancelhas cobertas de poeira.

Seguindo seu olhar, vejo uma cova parcialmente cavada. Era para ser um bom túmulo para algum afegão — há uma grade de aço novinha sobre parte dela. Quem quer que estivesse trabalhando aqui, deu o fora rápido, sem aparafusar a grade.

Com o corpo imóvel, estico o pescoço para dar uma olhada. Não vejo a SAM em lugar nenhum. Baixinho, ouço o barulho de um caça voando. Parece uma sentença de morte. Em algum lugar por aí, a sentinela automatizada está fazendo a varredura de fileiras e fileiras de lápides em busca de silhuetas humanas ou algum indício de movimento.

Então rastejo até chegar à cova aberta. Jabar já está lá dentro, com o rosto cheio de listras das sombras das barras da grade de aço. Segurando o braço ferido, rolo para dentro.

Eu e Jabar ficamos perto um do outro, deitados de costas na cova meio aberta, tentando despistar as sentinelas. O solo está congelado. A terra cheia de pedregulhos parece mais dura que o chão de cimento da minha cela. Sinto o calor se dissipando do meu corpo.

— Tudo bem, Jabar — sussurro. — Os caças estão seguindo o procedimento operacional padrão, procurando fugitivos. Deve ser uma verificação de rotina de uns vinte minutos, no máximo.
Jabar franze a testa para mim.
— Eu sei disso.
— Ah, certo. Desculpa.
Nós nos encolhemos, batendo os dentes.
— Ei — diz Jabar.
— O quê?
— Você é mesmo um soldado americano?
— É claro. Por que mais eu estaria na base?
— Eu nunca vi um. Não pessoalmente.
— Sério?
Jabar dá de ombros.
— A gente só vê os de metal — diz ele. — Quando as avtomatas atacaram, nós ajudamos. Agora os meus amigos estão mortos. E me parece que os seus também.
— Para onde a gente vai, Jabar?
— Para as cavernas. Para o meu povo.
— Lá é seguro?
— É seguro para mim, mas não para você.
Noto que Jabar segura a pistola com força junto ao peito. Ele é jovem, mas não posso esquecer que passa por esse tipo de situação há muito tempo.
— Então eu sou seu prisioneiro?
— Acho que sim.
Olhando pelas barras de metal, vejo que o céu azul tem uma mancha preta da fumaça que vem da zona verde. Além dos soldados do beco, não vi mais nenhum americano vivo desde que o ataque começou. Penso em todos esses tanques e caças e sentinelas automatizadas que devem estar por aí, perseguindo sobreviventes.

Sinto o calor do braço de Jabar encostado no meu e lembro que não tenho roupas, comida nem armas. Nem sei se o Exército americano permitiria que eu tivesse uma arma.
— Jabar, meu amigo — digo. — Dá pra encarar.

"Jabar e Paul Blanton conseguiram escapar das montanhas escarpadas do Afeganistão. Uma semana depois, registros indicam que habitantes locais iniciaram uma série de ataques bem-sucedidos a postos Rob, ao passo que as forças tribais combinaram suas técnicas de sobrevivência conquistadas com dificuldade com a experiência técnica do especialista Blanton.

Em dois anos, Paul usaria essa síntese da sabedoria de sobrevivência tribal e do conhecimento técnico para fazer uma descoberta que mudaria para sempre a minha vida, a vida dos meus companheiros e a vida do seu pai, Lonnie Wayne Blanton."

CORMAC WALLACE, MIL#EGH217

7

Memento Mori

"É um nome engraçado para um barco.
O que significa?"

ARRTRAD

HORA H

"Depois da experiência assustadora com o celular, o hacker conhecido como Lurker deixou sua casa e encontrou um lugar seguro para se esconder. Ele não foi muito longe. Este relato do início da hora H em Londres foi reconstituído a partir de conversas gravadas entre Lurker e as pessoas que visitaram sua base de operações flutuante nos primeiros anos da Nova Guerra."

CORMAC WALLACE, MIL#EGH217

— Lurker, você vai atender?
Olho para Arrtrad com repulsa. Aqui está ele, um homem de 35 anos que não tem a mínima noção. O mundo está acabando. O apo-

calipse está chegando. E Arrtrad, como ele se refere a si mesmo nos chats on-line, está diante de mim, o pomo de adão protuberante sob o queixo fino, perguntando se eu vou atender?

— Você sabe o que isso significa, Arrtrad?

— Não, chefe. Hum, bem, eu não sei direito.

— Ninguém liga para esse telefone, seu imbecil. Ninguém além *dele*. O motivo de a gente ter fugido. O demônio na máquina.

— Você quer dizer que *aquilo* está ligando?

Não tenho a menor dúvida.

— Sim, é o Archos. Ninguém mais poderia ter rastreado esse maldito número. O meu número.

— Isso significa que ele está vindo atrás da gente?

Olho para o celular vibrando na nossa pequena mesa de madeira. Está cercado por um monte de papéis e lápis. Todos os meus projetos. Esse telefone e eu nos divertimos muito nos velhos tempos. Passamos muitos trotes. Mas agora eu fico com medo só de olhar para ele. Esse celular não me deixa dormir à noite, imaginando o que tem do outro lado da linha.

Há um ronco de motores e a mesa sacode. Um lápis rola e cai no chão.

— Malditas lanchas — diz Arrtrad, se apoiando na parede.

Nossa casa flutuante também balança. Ela não passa de um pequeno barco de cerca de dez metros. Basicamente, uma sala revestida de madeira boiando na água. Nos últimos meses, tenho dormido na cama e Arrtrad na mesa dobrável. A gente tem só um forno a lenha portátil como aquecimento.

E tenho observado aquele telefone para me ocupar.

A lancha desce o Tâmisa, seguindo em direção ao mar. Deve ser a minha imaginação, mas parecia que aquele barco estava em pânico, fugindo de alguma coisa.

Sinto o pânico tomando conta de mim também.

— Içar âncora — sussurro para Arrtrad, me encolhendo quando o telefone toca novamente, e mais uma vez.

Não vai parar de tocar nunca.
— O quê? — pergunta Arrtrad. — A gente não tem muito combustível, Lurker. Vamos atender o telefone antes, saber do que se trata.
Encaro Arrtrad. Ele sustenta o meu olhar, engolindo em seco. Sei, por experiência própria, que não há nada para ver nos meus olhos cinza. Nenhum sentimento para se agarrar. Nenhuma fraqueza. É a imprevisibilidade que o deixa com medo de mim.
Em voz baixa, Arrtrad pergunta:
— Devo atender?
Ele pega o celular com a mão tremendo. A luz do outono entra pelas janelas e incide em seus cabelos finos, formando um halo no couro cabeludo cheio de dobras. Não posso deixar essa criatura fraca assumir o controle. Tenho que mostrar à minha tripulação quem é o chefe. Mesmo sendo uma tripulação de um homem só.
— Pode me passar isso — resmungo, e arranco o telefone da mão dele. Atendo com um polegar, um movimento bastante praticado. — Aqui é o Lurker — rosno. — E estou indo atrás de você, cara...
Sou interrompido por uma mensagem gravada. Seguro o telefone longe do ouvido. É fácil ouvir a voz feminina metálica e computadorizada por cima do som das ondas agitadas lá fora.
— Atenção, cidadão. Esta é uma mensagem de seu sistema local de alerta de emergência. Isto não é um teste. Por causa de um vazamento químico no centro de Londres, pedimos a todos os cidadãos que entrem imediatamente em suas casas. Leve seus animais de estimação com você. Feche e tranque todas as portas e janelas. Desligue todos os sistemas de ventilação que façam o ar circular. Por favor, espere por ajuda, que chegará rapidamente. Note que, por causa da natureza do incidente, sistemas não tripulados podem ser utilizados para o resgate. Até a ajuda chegar, por favor, monitore seu rádio à espera de avisos do sistema de alerta de emergência. Agradecemos a cooperação. *Bip.* Esta é uma mensagem...
Clique.

— Içar âncora agora, Arrtrad.
— É um vazamento químico, Lurker. A gente tem que fechar as janelas e...
— *Içar âncora, seu merda*!
Eu grito bem no meio da cara de fuinha estúpida de Arrtrad, com perdigotos voando na testa dele. Pela janela, Londres parece normal. Então noto uma fina coluna de fumaça. Nada grande, mas está lá, deslocada. Sinistro.

Quando me viro, Arrtrad está limpando a testa e resmungando, mas caminha para a porta frágil da casa flutuante. Nosso pobre cais está velho e podre. Estamos amarrados a ele em três pontos e, se não formos desamarrados, não poderemos ir a lugar nenhum.

E, nessa tarde em especial, estou com muita pressa de sair. Veja bem, estou quase certo de que é o fim dos tempos. É o maldito apocalipse e eu estou ao lado de um idiota e acorrentado a um troço podre, cercado de água.

Eu nunca tinha ligado o motor da casa flutuante.

A chave está pendurada na ignição. Vou até a estação de comando na frente da sala. Abro a janela e o vento traz o cheiro da água lamacenta. Por um instante, apoio as mãos suadas na madeira falsa do timão. Depois, sem olhar, seguro a chave e giro-a rapidamente.

Vruum.

O motor liga e ganha vida. De primeira. Pela janela dos fundos, vejo subir uma fumaça azulada. Arrtrad está agachado do lado direito do barco, perto do cais, desamarrando a segunda corda. Acho que as pessoas que costumam navegar chamam de estibordo.

— *Memento Mori* — grita Arrtrad com a respiração ofegante. — É um nome engraçado para um barco. O que significa?

Eu ignoro a pergunta. Ao longe, acima da careca de Arrtrad, algo chama a minha atenção: um carro prateado.

O carro parece completamente normal, mas seus movimentos são regulares demais para o meu gosto. O carro desce a rua que leva ao nosso cais como se o volante estivesse preso no lugar. É coincidência que o carro esteja vindo na direção do nosso cais e que a gente esteja na ponta dele?

— Mais rápido — grito, esmurrando a janela.

Arrtrad se levanta e coloca as mãos na cintura. Seu rosto está vermelho e suado.

— As cordas estão amarradas há muito tempo, OK? Vai demorar mais do que...

Quase na velocidade máxima, o carro prateado sobe no meio-fio no fim da rua e salta para o estacionamento ao lado do cais. Dá para ouvir o ruído baixo do chassis batendo no chão. Tem algo muito errado nisso.

— Vai logo! VAI!

Finalmente, a fachada caiu. Meu pânico brilha feito radiação. Confuso, Arrtrad trota ao lado do barco. Perto da parte traseira, ele se ajoelha e começa a desamarrar a última corda apodrecida.

À minha esquerda há o rio aberto. À direita, uma pilha de madeira empenada caindo aos pedaços e duas toneladas de metal correndo descontroladamente a toda a velocidade. Se eu não sair com esse barco nos próximos dois segundos, vai ter um carro estacionado em cima dele.

Observo o carro saltando pelo imenso estacionamento. Sinto como se a minha cabeça estivesse leve. O motor da casa flutuante pulsa e minhas mãos ficam dormentes com a vibração do timão. Meu coração bate forte no peito.

Algo me ocorre.

Pego meu celular na mesa, arranco o chip dele e atiro o resto no rio. Ele faz barulho ao bater na água. Sou capaz de sentir um alvo sendo retirado das minhas costas.

O alto da cabeça de Arrtrad aparece e desaparece da minha vista enquanto ele desenrola a última corda. Ele não vê o carro prateado correndo pelo estacionamento deserto, mandando lixo para o alto.

Não desviou nem um centímetro do caminho. O para-choque de plástico arranha o concreto e depois voa quando o carro salta do meio-fio e cai no cais de madeira.

Meu celular se foi, mas já é tarde demais. O demônio me encontrou.

Já consigo ouvir o chiado dos pneus atravessando os últimos cinquenta metros de madeira podre. Arrtrad levanta a cabeça, preocupado. Ele está encurvado ao lado do barco, com as mãos cobertas de limo da corda velha.

— Não olha, só continua o que está fazendo! — grito para Arrtrad.

Agarro a alavanca. Com um polegar, engato a marcha a ré. Pronto para sair. Mas não acelero. Ainda não.

Quarenta metros.

Eu poderia pular do barco. Mas para onde iria? Minha comida está aqui. Minha água. Meu amigo idiota.

Trinta metros.

É o fim do mundo, cara.

Vinte metros.

Dane-se. Desamarrado ou não, acelero, e nós saímos de ré. Arrtrad grita algo sem sentido. Ouço um lápis cair no chão, seguido de louça, papéis e uma caneca de café. A pilha organizada de madeira ao lado do forno à lenha portátil desaba.

Dez metros.

O motor ronca. A luz do sol se reflete nos arranhões do míssil prateado que se lança ao fim do cais. O carro decola para o espaço vazio, errando a frente da casa flutuante por alguns metros. Ele cai no rio, lançando para o alto muita água, que entra pela janela e molha a minha cara.

Terminou.

Desacelero, mas deixo a marcha a ré engatada, então corro para o convés dianteiro. Proa, eles dizem. De rosto pálido, Arrtrad se junta a mim. Observamos o carro juntos, navegando lentamente de ré, nos afastando do fim do mundo.

O carro prateado está meio submerso, afundando rapidamente. No banco da frente, um homem está curvado sobre o volante. O para-brisa tem uma rachadura vermelha, em forma de teia de aranha, onde o rosto dele deve ter batido no momento do impacto. Uma mulher de cabelos compridos está prostrada ao lado dele no banco do carona.

Por fim, a última coisa que vejo. A última coisa que eu gostaria de ter visto. Eu não pedi para ver.

Na janela de trás. Duas mãozinhas pálidas pressionando com força o vidro fumê. Pálidas como linho. Empurrando.

Empurrando com muita força.

E o carro prateado submerge.

Arrtrad cai de joelhos.

— Não — grita ele. — Não!

O homem desajeitado cobre o rosto com as mãos. Seu corpo inteiro estremece com o choro. Seu rosto de passarinho está cheio de muco e lágrimas.

Entro na cabine. O umbral da porta me serve de apoio. Não sei como eu me sinto, mas me sinto diferente. Mudado de alguma forma.

Percebo que está escurecendo. Tem fumaça saindo da cidade. Um pensamento prático me ocorre. A gente tem que sair daqui antes que aconteça algo pior.

Arrtrad fala comigo, chorando. Ele me pega pelo braço e suas mãos estão molhadas de lágrimas, água do rio e sujeira das cordas.

— Você sabia que isso ia acontecer?

— Para de chorar — ordeno.

— Por quê? Por que você não contou pra ninguém? E a sua mãe?

— O que tem ela?

— Você não contou pra sua *mãe*?

— Ela vai ficar bem.

— Ela não está bem. Nada está bem. Você tem só 17 anos. Mas eu tenho *filhos*. Dois filhos. Eles podem estar feridos.

— Por que eu nunca vi nenhum dos dois?

— Eles estão com a minha ex. Mas eu poderia ter avisado. Eu poderia ter dito o que estava para acontecer. Pessoas morreram. *Morreram*, Lurker. Tinha uma família naquele carro. Tinha uma criança lá. Era só um bebezinho. Meu deus! Qual é o seu problema, cara?

— Eu não tenho problema nenhum. Para de chorar. É tudo parte do plano, entendeu? Se você tivesse cérebro, ia entender. Mas não tem. Então tem que me ouvir.

— Sim, mas...

— Ouve o que eu digo e a gente vai ficar bem. A gente vai ajudar aquelas pessoas. A gente vai encontrar os seus filhos.

— Isso é impossível...

Eu o interrompo. Estou começando a ficar um pouco irritado. Um pouco do meu antigo fogo está voltando para substituir o entorpecimento.

— O que eu já disse sobre isso?

— Desculpa, Lurker.

— *Nada* é impossível.

— Mas como a gente vai fazer isso tudo? Como podemos encontrar os meus filhos?

— A gente sobreviveu por um motivo, Arrtrad. Esse monstro. Essa *coisa*. Ela colocou as cartas na mesa, percebe? Está usando as máquinas para machucar as pessoas. Mas agora já estamos cientes disso. Podemos ajudar. Vamos salvar todas aquelas pobres ovelhas que estão por aí. Vamos salvar todas elas e vão nos agradecer por isso. Elas vão nos *adorar* por isso. Eu e você. A gente está saindo na frente. Esse é o plano, cara.

Arrtrad desvia o olhar. Está claro que ele não acredita em uma palavra do que eu disse. Parece que ele tem algo a dizer.

— O que foi? Pode falar.

— Bom, me desculpa, mas você nunca me pareceu uma pessoa altruísta, Lurker. Não me leve a mal...

E isso é verdade, não é? Eu não sou muito de pensar nos outros. Talvez eu nunca tenha pensado em ninguém. Mas aquelas mãozinhas pálidas na janela... Não consigo parar de pensar nelas. Tenho a sensação de que elas vão me acompanhar por um bom tempo.

— É, eu sei. Mas você não conhece a minha natureza benevolente. Está tudo no plano, Arrtrad. Você precisa confiar em mim. Você vai ver. A gente sobreviveu. Tem que ter sido por uma razão. Agora temos um propósito, você e eu. Somos nós dois contra aquela coisa. E a gente vai se vingar. Então levanta daí e entra na briga.

Estendo a mão para Arrtrad.

— É? — pergunta ele.

Arrtrad ainda não acredita totalmente em mim. Porém, eu estou começando a acreditar em mim mesmo. Pego a mão dele e o coloco de pé.

— É, cara. Imagina só. Eu e você contra o diabo. Até a morte. Até o fim. E algum dia vamos estar nos livros de história por isso. Eu garanto.

"Esse acontecimento parece ter representado uma virada na vida de Lurker. Quando a Nova Guerra começou de verdade, aparentemente ele deixou todas as coisas infantis para trás e começou a se comportar como um membro da raça humana. Em registros posteriores, a arrogância e a vaidade de Lurker continuam as mesmas. Mas seu impressionante egoísmo parece ter desaparecido junto com o carro prateado."

CORMAC WALLACE, MIL#EGH217

8

Herói de verdade

"Cara, deixa a polícia cuidar dessa merda."

Cormac "Espertinho" Wallace

Hora H

"Este relato é um apanhado de imagens de câmeras e de satélite, basicamente rastreando as coordenadas do GPS fornecidas pelo telefone que eu tinha na hora H. Considerando que meu irmão e eu ficamos sujeitos a essa vigilância, optei por tomar nota de minhas lembranças. Na época, é claro, não fazíamos ideia de que estávamos sendo observados."

Cormac Wallace, MIL#EGH217

Que droga, cara. Aqui estamos nós, véspera do Dia de Ação de Graças. Quando tudo aconteceu. Minha vida nunca foi grande coisa, mas ao menos eu não era caçado. Nunca tive que me esconder nas sombras, me perguntando se algum bicho de metal estaria pronto para me cegar, arrancar algum membro meu ou me infectar, como um parasita.

Pensando assim, minha vida antes da hora H era perfeita.

Estou em Boston e está frio pra caramba. O vento cortante nas minhas orelhas parece mais uma navalha e estou seguindo o meu irmão pelo distrito de lojas de Downtown Crossing. Jack é três anos mais velho que eu e, como sempre, está tentando fazer a coisa certa. Mas não vou dar ouvidos a ele.

Nosso pai morreu no verão passado. Jack e eu fugimos para o oeste e o enterramos. E foi isso. Deixamos nossa madrasta sozinha na Califórnia com a maquiagem borrada de lágrimas e tudo que pertencia ao nosso pai.

Bem, praticamente tudo.

Desde então, tenho dormido no sofá do Jack. Vagabundeando, tenho que admitir. Em alguns dias, vou voar para a Estônia para fazer um bico de fotojornalismo para a *Nat Geo*. De lá, vou tentar arranjar logo o meu próximo bico, para não precisar voltar para casa.

Em cinco minutos, o mundo inteiro vai ficar completamente maluco. Mas eu ainda não sei disso, estou só tentando chegar até Jack para acalmá-lo e esfriar a cabeça dele.

Seguro Jack pelo braço antes de chegarmos ao túnel largo que passa por baixo da rua e atravessa o distrito de lojas. Jack se vira e, sem nem pensar, o babaca me dá um soco na boca. Meu canino superior direito faz um belo furo no lábio inferior. Seus punhos ainda estão erguidos, mas eu apenas toco o lábio com o dedo e ele fica cheio de sangue.

— Pensei que não valesse na cara, seu idiota — digo, soltando fumaça pela boca.

— Você me obrigou a fazer isso, cara. Eu tentei fugir — retrucou ele.

Eu já sei disso. Ele sempre foi assim. De qualquer forma, fico meio surpreso. Jack nunca tinha me acertado na cara antes.

O problema deve ser maior do que eu pensei.

Mas Jack já está com aquele olhar de "me desculpa" no rosto. Seus olhos azuis e brilhantes estão voltados para a minha boca, calculando o quanto me machucou. Ele dá um sorriso forçado e desvia o olhar. Não foi tão ruim, eu acho.

Passo a língua no sangue do meu lábio.

— Olha, nosso pai deixou aquele negócio pra mim. Eu estou quebrado. Não tive opção. Tive que vender pra ir pra Estônia e ganhar algum. Entendeu?

Meu pai me deu uma baioneta especial da Segunda Guerra Mundial. Eu vendi. Foi errado e eu sei, mas, de alguma forma, não consigo admitir isso para Jack, meu irmão perfeito. Ele é um maldito bombeiro de Boston e está na Guarda Nacional. Estou falando de um herói de verdade.

— Era da família, Cormac — declara ele. — O nosso pai arriscou a vida por ela. Era parte da nossa herança. E você *penhorou* por uma mixaria.

Ele para e respira fundo.

— Está bem, isso está me irritando. Não consigo nem conversar agora, ou vou te dar mais uma porrada.

Jack sai, nervoso. Quando a mina terrestre ambulante cor de areia aparece no fim do túnel, ele reage imediatamente.

— Atenção todo mundo! Pra fora do túnel. Bomba! — gritou ele.

As pessoas reagem de pronto à autoridade da voz de Jack. Até eu reajo. Alguns se espremem na parede quando o dispositivo de seis pernas passa lentamente por eles fazendo *tap-tap-tap* nas pedras do calçamento. As outras pessoas saem correndo do túnel em um pânico controlado.

Jack segue para o meio do túnel, um pistoleiro solitário. Ele puxa a Glock .45 de um coldre embaixo da jaqueta. Segura a arma com as duas mãos, mantendo-a apontada para o chão. Hesitante, saio de trás dele.

— Você tem uma arma? — sussurro.

— Vários de nós da guarda temos — responde Jack. — Olha só, fica longe da mina móvel, ela consegue andar muito mais rápido do que isso.

— Mina móvel?

Jack não desvia o olhar da máquina do tamanho de uma caixa de sapatos que caminha no meio do túnel. Armamento militar dos Estados Unidos. Suas seis pernas se deslocam uma por uma com movimentos mecânicos rígidos. Alguma espécie de laser nas costas marca um círculo vermelho no chão em volta dela.

— O que essa coisa está fazendo aqui, Jack?

— Não sei. Ela deve ter vindo do arsenal da Guarda Nacional. Está travada no modo de diagnóstico. Aquele círculo vermelho serve para alguém definir o diâmetro da explosão. Chama a polícia.

Antes de eu conseguir pegar o celular, a máquina para. Ela se apoia em quatro pernas e levanta as duas dianteiras no ar. Parece um caranguejo raivoso.

— Está bem, você vai recuar agora. Ela está buscando um alvo. Vou ter que atirar nela.

Jack levanta a arma. Já recuando, grito para o meu irmão:

— Isso não vai explodir essa coisa?

Jack assume posição de disparo.

— Não se eu atirar só nas pernas. Do contrário, sim.

— E o estrago é grande?

Empinada, a mina móvel agita as pernas no ar.

— Ela está mirando, Cormac. Ou a gente desliga ela, ou ela desliga um de nós.

Jack estreita os olhos para mirar. Então puxa o gatilho e um estampido ensurdecedor ecoa pelo túnel. Meus ouvidos estão zunindo quando ele atira de novo.

Eu recuo, mas não há uma grande explosão.

Por cima dos ombros de Jack, vejo a mina móvel caída para trás, as três pernas restantes arranhando o ar. Então Jack entra na minha linha de visão, me olha e diz, lentamente:

— Cormac. Eu preciso que você vá buscar ajuda, mano. Eu vou ficar aqui de olho nessa coisa. Você vai sair do túnel e chamar a polícia. Diz pra eles mandarem o esquadrão antibombas.

— Está bem, certo — digo. Não consigo desviar os olhos do caranguejo com camuflagem cor de areia, agora danificado e caído no chão. Parece tão sólido e militar, um peixe fora d'água aqui, nessa região de lojas.

Corro para fora do túnel, direto para a hora H — o novo futuro da humanidade. No primeiro segundo da minha nova vida, acho que o que estou vendo é uma brincadeira. Como poderia não ser?

Por algum motivo maluco, suponho que um artista tenha enchido o distrito com carrinhos de controle remoto para algum tipo de instalação artística. Então vejo os círculos vermelhos em volta de cada dispositivo rastejante. Dezenas de minas móveis estão cruzando a região, como invasores de outro planeta, em câmera lenta.

Todas as pessoas fugiram.

Agora, há o estampido de uma detonação a poucos quarteirões. Ouço um grito ao longe. Viaturas. As sirenes de emergência de alerta externo da cidade começam a soar, ficando cada vez mais altas e, logo, mais suaves conforme giram.

Algumas minas móveis parecem surpresas. Elas se apoiam nas pernas traseiras, agitando as dianteiras.

Sinto a mão de alguém no meu cotovelo. O rosto distinto de Jack olha para mim do túnel escuro.

— Tem alguma coisa errada aqui, Jack — comento.

Ele percorre a praça com os olhos azuis firmes e toma uma decisão. Simples assim.

— O arsenal. Temos que chegar lá e dar um jeito nisso. Vamos — ordena ele, agarrando meu cotovelo. Vejo que ele ainda está com a arma na outra mão.

— E os caranguejos?

Jack me arrasta pela rua, dando informações em frases curtas e objetivas.

— Não fica nas zonas de explosão, os círculos vermelhos.

Subimos em uma mesa de piquenique e, longe das minas móveis, pulamos entre os bancos do parque, a fonte central e os muros de concreto.

— Elas sentem a vibração. Tenta não andar num padrão. Em vez disso, anda saltitando.

Quando colocamos os pés no chão, disparamos de uma posição para a próxima. Enquanto avançamos, as palavras de Jack se juntam em ideias concretas que penetram na minha confusão aturdida.

— Se você perceber que alguma delas está buscando um alvo, dá o fora. Elas *vão* se juntar. Não estão se movendo rápido, mas tem muitas minas.

Pulando de um obstáculo para o outro, tomamos o nosso rumo pelo meio da praça. Quinze minutos depois, uma das minas móveis para diante da porta de uma loja de roupas. Ouço o barulho das pernas dela no vidro. Uma mulher de vestido preto está no meio da loja, observando o caranguejo na porta. O círculo vermelho brilha através do vidro, refratado em alguns centímetros. Curiosa, a mulher dá um passo para a frente.

— Moça, não! — grito.

Bum! A mina móvel explode, estilhaçando a porta e lançando a mulher para os fundos da loja. Os outros caranguejos param e sacodem as pernas da frente por alguns segundos. Então, um a um, continuam rastejando pela área.

Encosto no meu rosto e meus dedos ficam sujos de sangue.

— Que merda, Jack. Eu estou machucado?

— É de quando eu te bati, cara. Lembra?

— Ah, é.

Seguimos em frente.

Quando chegamos ao limite do parque, as sirenes de emergência da cidade param de soar. Agora, ouvimos apenas o vento, o arranhar das pernas de metal no concreto e o ocasional estrondo abafado de uma explosão distante. Está escurecendo e Boston fica cada vez mais fria.

Jack para e coloca a mão no meu ombro.
— Cormac, você está indo bem. Agora, preciso que você corra comigo. O arsenal fica a menos de um quilômetro e meio daqui. Está bem, Big Mac?
Faço que sim com a cabeça, estremecendo.
— Excelente. Correr é bom, vai manter a gente aquecido. Fica perto de mim. Se vir uma mina móvel ou qualquer outra coisa, desvia. Fica comigo. Certo?
— Certo, Jack.
— Agora, vamos correr.
Jack percorre a alameda à nossa frente com os olhos. A quantidade de minas móveis está diminuindo, mas, assim que saímos da área de lojas, percebo que haverá lugar para máquinas maiores — como carros.
Meu irmão mais velho me lança um sorriso tranquilizador, então corre a toda velocidade. Vou atrás dele. Não tenho muita escolha.

O arsenal é um prédio achatado — uma pilha enorme de tijolos vermelhos sólidos no formato de um castelo. Parece medieval, exceto pelas barras de aço que cobrem as janelas estreitas. Houve uma explosão na entrada principal. Portas de madeira envernizada jazem estilhaçadas na rua, perto de uma placa de bronze retorcida onde está gravada a palavra *histórico*. Tirando isso, o lugar está calmo.
Quando apressamos o passo e atravessamos o arco de entrada correndo, olho para o alto e vejo uma estátua imensa de uma águia me encarando lá de cima. As bandeiras em ambos os lados da entrada tremulam ao vento, rasgadas e queimadas por alguma explosão que deve ter acontecido por aqui. Percebo que talvez estejamos correndo *para* o perigo, em vez de para longe dele. Arfando, digo:
— Jack, espera. Isso é maluquice. O que a gente está fazendo aqui?
— Tentando salvar a vida de algumas pessoas, Cormac. Aquelas minas escaparam daqui. Temos que garantir que nada mais saia.
Viro a cabeça para ele.

— Não se preocupa — diz Jack. — É o arsenal do meu batalhão. Eu venho aqui fim de semana sim, fim de semana não. A gente vai ficar bem. Jack caminha a passos largos no salão vazio. Eu o sigo. As minas móveis estavam mesmo aqui. As portas polidas estão com marcas feitas por elas, e há pilhas de entulho espalhadas ao nosso redor. Tudo está coberto por uma fina camada de poeira. E na poeira há muitas pegadas de botas, junto com rastros que não dá para reconhecer.

A voz de Jack ecoa do teto abobadado.

— George? Você está aqui? Onde você está, camarada?

Ninguém responde.

— Não tem ninguém aqui, Jack. Vamos embora.

— Não desarmados.

Jack tira do caminho um portão de ferro fundido que estava pendurado no vão. Empunhando a arma, ele marcha por um corredor escuro. O vento frio sopra pelas entradas destruídas e me causa arrepios no pescoço. A brisa não é forte, mas é o suficiente para me empurrar pelo corredor, atrás de Jack. Passamos por uma porta de metal, descemos umas escadas claustrofóbicas. Entramos em outro longo corredor.

É quando ouço o estrondo pela primeira vez.

Vem do outro lado das portas duplas de metal no fim do corredor. O barulho vem em ondas aleatórias, fazendo a porta tremer nas dobradiças.

Bum. Bum. Bum.

Jack para e olha para ela por um segundo, então me leva para um armazém sem janelas. Sem dizer nada, ele vai até o outro lado de um balcão e começa a pegar coisas das prateleiras, jogando-as em cima da superfície: meias, botas, calças, camisetas, cantis, capacetes, luvas, joelheiras, protetores auriculares, bandagens, roupas térmicas, mantas isotérmicas, sacos de dormir, cintas de munição e outras coisas que mal sou capaz de reconhecer.

— Coloca esse UCE — ordena Jack, olhando para trás.

— Que merda é essa?

— Uniforme de combate do Exército. Veste. Vai te manter aquecido. É possível que a gente durma ao relento hoje à noite.

— O que a gente está fazendo aqui, Jack? A gente devia voltar pra casa e esperar ajuda. Cara, deixa a polícia cuidar dessa merda.

Jack não para, ele trabalha e fala.

— Aquelas coisas na rua são de nível militar, Cormac. A polícia não está equipada para lidar com equipamentos militares. Além disso, você viu alguma cavalaria vindo ajudar enquanto a gente estava na rua?

— Não, mas eles devem estar se reagrupando ou algo assim.

— Se lembra do voo 42? A gente quase morreu por causa de uma *pane*. Acho que isso vai além de Boston. Pode ser mundial.

— Cara, sem chance. É só uma questão de tempo até que...

— Nós. Cormac, somos nós. *Nós* temos que cuidar disso. Temos que encarar o que está batendo naquela porta no fim do corredor.

— Não, não temos. Por que *você* precisa fazer isso? Por que você *sempre precisa fazer isso*?

— Porque eu sou o único que consegue.

— Não. É porque ninguém é idiota o bastante pra correr *na direção* do perigo.

— É minha obrigação. E a gente vai fazer isso. Assunto encerrado. Agora, veste isso aí antes que eu te dê uma chave de braço.

Relutante, tiro a roupa e mergulho no uniforme. As roupas são novas e justas. Jack se veste também, duas vezes mais rápido que eu. Em certo momento, ele enrola um cinto na minha cintura e o prende para mim. Eu me sinto como um garoto de 12 anos usando uma fantasia de Halloween.

Ele me entrega um fuzil M16.

— O quê? Fala sério! A gente vai ser preso.

— Cala a boca e escuta. Esse é o pente. Só enfia ele no lugar e garanta que ele se curve para o lado oposto a você. Esse seletor é o controle de modo de disparo. Estou pondo em tiro único para você não gastar seu pente de uma só vez. Aciona a trava de segurança quando não estiver usando o fuzil. Tem uma alça em cima, mas nunca carregue pela alça. Não é seguro. Aqui está o ferrolho. Puxa para trás para carregar a arma. Se tiver que disparar, segura com as duas mãos, assim, e olha pela mira. Aperta o gatilho devagar.

Agora, eu sou uma criança usando uma fantasia de Halloween de soldado e armado com um fuzil M16 carregado. Ergo a arma e aponto para a parede. Jack dá um tapa no meu cotovelo.

— Mantém o cotovelo baixado. Desse jeito você corre o risco de prender ele em alguma coisa e vira um alvo maior. E deixa o dedo indicador fora do guarda-mato, a menos que esteja pronto pra atirar.

— É isso que você faz nos fins de semana?

Jack não responde. Está ajoelhado, enfiando coisas nas nossas mochilas. Noto um par de blocos de plástico grandes, como pedaços de manteiga.

— Aquilo é um C4?

— É.

Jack termina de encher as mochilas e joga uma nas minhas costas. Aperta as alças. Ajeita a mochila com os ombros. Dá tapas nos ombros e estica os braços.

Meu irmão parece um baita soldado da selva.

— Vamos lá, Big Mac — diz ele. — Vamos descobrir o que está fazendo tanto barulho.

Fuzis a postos, nos esgueiramos pelo corredor em direção aos estrondos. Jack fica para trás, fuzil nivelado no ombro. Ele faz um gesto com a cabeça e eu me agacho na frente da porta. Ponho uma mão enluvada na maçaneta. Com um suspiro profundo, giro a maçaneta e empurro a porta com o ombro. Ela trava em alguma coisa e eu empurro com mais força. Ela abre completamente e eu desabo na sala de joelhos.

A morte negra e rastejante olha para mim.

A sala está repleta de minas móveis. Elas sobem pelas paredes, saindo das caixas estilhaçadas, uma em cima da outra. Quando abri a porta, tirei uma pilha delas do caminho, mas outras já rastejam para a entrada. Mal consigo ver o chão, de tantas máquinas rastejantes.

Uma onda de pernas dianteiras se levanta pela sala, tateando o ar.

— Não! — grita Jack.

Ele agarra as costas da minha jaqueta e me puxa para fora da sala. É um movimento rápido, mas, quando a porta começa a fechar, ela bate em uma mina móvel, que é seguida por outras. Muitas outras. Elas surgem em uma torrente pelo corredor. Seus corpos de metal batem na porta enquanto voltamos.

Bum. Bum. Bum.

— O que mais tem nesse arsenal, Jack?

— Todo tipo de merda.

— E quantas coisas aqui são robôs?

— Um monte.

Jack e eu voltamos para o corredor, vendo os caranguejos explosivos saindo pela porta vagarosa mas abundantemente.

— Tem mais C4? — pergunto.

— Caixas.

— A gente tem que explodir esse lugar todo.

— Cormac, esse prédio está aqui desde 1700.

— Que se dane a história! A gente precisa se preocupar com o *agora*, cara.

— Você nunca teve respeito nenhum pela tradição.

— Jack, eu sinto muito por ter vendido a baioneta, está bem? O que eu fiz foi errado. Mas explodir essas coisas é tudo o que resta a fazer. Para que a gente veio aqui?

— Para salvar as pessoas.

— Vamos salvar algumas pessoas, Jack. Vamos explodir o arsenal.

— Pensa, Cormac. Tem gente que mora aqui perto. Vamos matar essas pessoas.

— Se essas minas saírem, quem sabe quantas pessoas elas vão matar? Não temos escolha. A gente tem que fazer algo ruim pra fazer algo bom. Numa emergência, a gente faz o que é preciso, certo?

Jack pensa por um segundo, olhando para as minas móveis se arrastando pelo corredor na nossa direção. Círculos de luz vermelha cintilam no chão encerado.

— OK — diz ele. — O plano é o seguinte: vamos até a base do Exército mais próxima. Pega tudo que você precisar, porque vamos passar a noite andando. Está frio pra caramba lá fora.

— E o arsenal, Jack?

Jack sorri para mim. Seus olhos azuis têm aquela expressão louca que eu quase havia esquecido.

— O arsenal? — pergunta ele. — Que arsenal? Vamos mandar a droga do arsenal direto pro inferno, irmãozinho.

Naquela noite, Jack e eu atravessamos a névoa gelada, correndo por becos escuros e nos agachando atrás de qualquer cobertura que encontramos no caminho. Há um silêncio mortal na cidade. Os sobreviventes estão em barricadas dentro de suas casas, deixando as ruas desoladas serem assombradas pelo frio intenso e pelas máquinas que piraram. A tempestade de neve que só piora extinguiu algumas fogueiras que acendemos, mas não todas.

Boston está em chamas.

Ocasionalmente ouvimos o estampido de alguma detonação vindo da escuridão. Ou o som de pneus de carros automáticos cantando ao deslizar no gelo, caçando. Fico surpreso ao perceber como o fuzil que Jack me deu é pesado e frio. Minhas mãos estão presas a ele como duas garras congeladas.

No instante em que as vejo, sussurro para Jack parar. Com a cabeça, indico o beco à nossa direita, sem fazer nenhum ruído.

No fim da rua estreita, através da neblina e da neve, três figuras enfileiradas passam por nós. Elas caminham sob a luz azulada de um poste com lâmpada de LED, e, a princípio, presumo que sejam soldados em fardas cinza bem justas. Mas não são. Um deles para na esquina e analisa a rua, com a cabeça inclinada de um jeito engraçado. A coisa deve ter mais de dois metros. As outras duas são menores, cor de bronze. Esperam atrás do líder, totalmente paradas. São três robôs militares humanoides. Figuras metálicas nuas e sem hesitar no vento cortante. Eu só tinha visto essas coisas na televisão.

— Unidades de segurança e pacificação — sussurra Jack. — Um Árbitro e dois Hoplitas. Um pelotão.

— Shh.

O líder se vira e olha na nossa direção. Prendo a respiração, minha testa começa a suar. A mão de Jack agarra o meu ombro com força. Os robôs aparentemente não se comunicam. Depois de alguns segundos, o líder simplesmente se vira e, como se programadas, as três figuras caminham a passos largos noite adentro. Como prova de que estiveram ali, restam apenas algumas pegadas na neve.

É como um sonho. Não tenho certeza se o que vi foi real. Mas, mesmo assim, tenho o pressentimento de que vou ver esses robôs outra vez.

"Nós vimos esses robôs outra vez."

CORMAC WALLACE, MIL#EGH217

Parte 3

Sobrevivência

"Dentro de trinta anos, teremos meios tecnológicos para criar uma inteligência super-humana. Pouco depois, a era humana chegará ao fim... Será que é possível direcionar os acontecimentos para que possamos sobreviver?"

Vernor Vinge, 1993

1

Akuma

"Todas as coisas nascem da mente de Deus."

Takeo Nomura

Nova Guerra + 1 mês

"Na hora H, a maior parte da população mundial vivia nas cidades. Áreas altamente industrializadas no mundo inteiro foram atingidas de forma mais brutal no período imediatamente posterior à hora H. Em uma rara ocorrência, contudo, um audaz sobrevivente japonês transformou uma fraqueza em força.

"Uma turba de robôs industriais, câmeras de segurança e insetos--robô corroboram a história a seguir, que foi contada em detalhes pelo Sr. Takeo Nomura a integrantes da Força de Autodefesa de Adachi. Desde o início da Nova Guerra até seus últimos momentos, o Sr. Nomura parece ter sido rodeado de robôs amistosos."

Cormac Wallace, MIL#EGH217

Estou olhando para a imagem de uma câmera de segurança no meu monitor. No canto da tela há um selo no qual se lê: Tóquio, distrito de Adachi.

A imagem vem de algum lugar no alto e mostra uma rua deserta. A via abaixo é estreita, pavimentada e limpa. Nela, há uma fileira de casas pequenas e ordenadas. Todas têm cercas feitas de bambu, concreto ou ferro fundido. Não há jardins na frente de nenhuma delas, nem meio-fio na rua e, o mais importante, não há espaço para estacionar carros.

Uma caixa bege avança por esse corredor estreito. Ela vibra um pouco na calçada, deslizando sobre rodas de plástico frágeis, projetadas apenas para uso interno. Uma camada de fuligem cobre a superfície da máquina. No alto da caixa há um braço simples que construí com tubos de alumínio, dobrado para baixo como uma asa. Na parte da frente do robô, bem abaixo das lentes rachadas da câmera, um botão brilha com uma luz verde saudável.

Eu chamo essa máquina de Yubin-kun.

Essa pequena caixa é minha aliada mais leal. Ela realizou fielmente muitas missões pela causa. Graças a mim, Yubin-kun tem a mente limpa, diferente das máquinas maléficas que assolam a cidade — os *akuma*.

Yubin-kun chega ao cruzamento pintado com uma cruz branca desbotada. Então gira noventa graus para a direita e continua descendo o quarteirão. Quando está prestes a deixar o enquadramento da câmera, ergo os meus óculos para a testa e estreito os olhos para enxergar a tela. Tem alguma coisa em cima dessa máquina ocupada. Reconheço o objeto: um prato.

E no prato está uma lata de sopa de milho. Minha sopa. Suspiro, feliz.

Em seguida, aperto um botão e a imagem da câmera muda.

Agora, vejo uma imagem colorida em alta definição da parte externa de uma fábrica. Diante dela, uma placa em japonês indica que são as Indústrias Lilliputian.

Esse é o meu castelo.

As paredes de cimento da minha fortaleza estão cheias de furos. O vidro por trás das janelas gradeadas foi estilhaçado e substituído por placas de metal soldadas na estrutura de aço do prédio. Uma porta de aço protege a frente da construção — uma porta levadiça moderna.

O portão está bem fechado. Embora o mundo lá fora esteja calmo, eu sei que a morte espreita nas sombras cinzentas.

Akuma — as máquinas ruins — podem estar em qualquer lugar.

Nesse momento, não há movimento lá fora, apenas as sombras inclinadas formadas pelo sol de fim de tarde. Elas mergulham nos talhos dos muros do castelo e se juntam em um fosso cheio de lama que cerca a construção. O canal tem a profundidade de um homem e é largo demais para ser cruzado com um salto. É cheio de água ácida e destroços enferrujados de metal e dejetos.

Essa é a minha vala. Protege o meu castelo dos *akuma* menores que nos atacam diariamente. É uma boa vala e nos mantém em segurança. Mas não é uma vala grande o suficiente para impedir os *akuma* maiores.

Ao lado, parte de uma casa amarela destruída está ruindo. As casas não são mais seguras. Existem *akuma* demais nessa cidade. Com mentes envenenadas, optaram por destruir milhões de pessoas. Os *akuma* expulsaram em massa uma população dócil — para nunca mais voltar. As casas deixadas para trás são feitas de madeira e frágeis.

Duas semanas atrás, minha vida quase acabou naquela casa amarela. Pedaços de ripas ainda se projetam da vala e atravancam a passagem estreita em torno da fábrica. Foi a minha última saída para coleta. Não sou um coletor eficiente.

Yubin-kun desliza até entrar no meu campo de visão.

Meu camarada para em frente à fábrica e aguarda. Eu me levanto e estico as costas. Está frio e minhas articulações velhas estalam. Segundos depois, giro a manivela para abrir a porta de aço. Um feixe de luz aparece perto dos meus pés e se eleva até quase um metro e meio. Me esgueiro sob a porta e saio para esse mundo novo, silencioso e perigoso.

Piscando para me acostumar com a luz do sol, ajusto os meus óculos e vejo se há qualquer movimento nas esquinas. Então agarro o pedaço de compensado coberto de lama encostado na parede do prédio. Com um empurrão, a placa de madeira cai sobre a vala. Yubin-kun passa pela tábua e vem até mim, nesse momento pego a lata de sopa que está em cima do prato, abro e tomo num gole só.

As máquinas da loja de conveniência — as *convini* — ainda são boas. Não estão sob o feitiço maligno que assombra tanto a cidade. Dou tapinhas na traseira lisa do Yubin-kun enquanto ele passa por baixo da porta de aço e entra no edifício escuro.

Lambendo os dedos, me curvo para a frente e recolho a placa de compensado. A outra ponta cai na vala imunda antes de eu puxá-la para fora e encostá-la novamente no muro. Quando termino, a rua parece igual a antes, exceto pela tábua encostada no muro da fábrica, que está mais suja e úmida. Volto para dentro e baixo a porta de aço até ela estar bem fechada.

Volto para as imagens da câmera, que está na minha estação de trabalho no meio do galpão vazio da fábrica. Um feixe de luz da minha luminária se espalha pela mesa, e o restante do espaço está na escuridão. Preciso utilizar a eletricidade com cuidado. Os *akuma* ainda usam parte da rede elétrica. O truque é roubar a eletricidade sorrateiramente, em pequenas doses, e recarregar apenas os geradores locais.

Nada muda na tela por uns quinze minutos. Observo as longas sombras se alongarem cada vez mais. O sol mergulha no horizonte, dando um tom amarelo frio à luz.

A poluição deixava o pôr do sol tão lindo.

Sinto o espaço vazio ao meu redor. Tudo isso é muito solitário. Apenas o trabalho mantém a minha sanidade. Sei que um dia vou encontrar o antídoto. Vou acordar Mikiko e limpar a mente dela.

Usando um vestido vermelho-cereja, ela jaz dormindo em cima de uma pilha de caixas de papelão, meio escondida na escuridão vazia da fábrica. Suas mãos estão repousadas sobre o estômago. Como sempre, parece que seus olhos poderiam se abrir a qualquer momento. Fico feliz por não se abrirem. Se abrissem agora, ela me mataria sem hesitar.

Todas as coisas nascem da mente de deus. Mas, no último mês, a mente de deus enlouqueceu. Os *akuma* não vão tolerar a minha existência por muito tempo.

Acendo a luminária presa à lente de aumento. Dobrando a haste, aponto a lente para um pedaço de maquinário coletado que está em cima da minha bancada. É complicado e interessante — um artefato estranho não construído por mãos humanas. Puxo a máscara de soldagem e giro um botão para ativar o maçarico de plasma. Faço movimentos curtos e precisos com o maçarico.

Eu vou aprender as lições que meu inimigo tem a ensinar.

O ataque começa de repente. Percebo algo pelo canto do olho. Na câmera, um robô albino de duas rodas com torso humano e uma cabeça em forma de capacete segue até o meio da rua. É uma babá doméstica pré-guerra, levemente modificada.

Esse *akuma* é seguido por meia dúzia de robôs atarracados de quatro rodas, cujas antenas pretas rígidas vibram quando tomam velocidade no asfalto limpo: farejadores de bombas da polícia. Então, uma máquina azul de duas rodas no formato de uma lata de lixo passa por lá. Tem um braço robusto dobrado na parte de cima, como uma cobra enrolada. É um novo híbrido.

Um grupo heterogêneo de robôs enche a rua do lado de fora da minha fábrica. A maioria se move sobre rodas, mas alguns andam em duas ou quatro pernas. Quase todos são unidades domésticas, não projetados para a guerra.

Mas o pior ainda está por vir.

A imagem da câmera treme quando um eixo de metal vermelho-
-escuro desliza e entra no campo de visão. Percebo que é um braço
quando vejo a garra amarela brilhante pendurada na ponta. A garra
estala abrindo e fechando, tremendo com o esforço do movimento.
Antes, essa máquina era um carregador de lenha de florestas densas,
mas foi tão modificada que mal dá para reconhecê-la. Em cima dela
há uma espécie de cabeça, coroada com holofotes e duas antenas
parecidas com chifres. A garra lança um jato de fogo, lambendo a
lateral do meu castelo.

A câmera balança violentamente e então desliga.

Dentro do meu castelo, tudo está quieto, exceto pelo maçarico de
plasma, que soa como papel sendo rasgado. As silhuetas vagas dos
robôs da fábrica espreitam na escuridão, com seus braços móveis
parados em diversas posições, como esculturas de sucata. A única
indicação de que estão vivos e de que são amistosos é que a escuridão
é permeada pelo brilho esverdeado contínuo das dezenas de luzes de
indicação.

Os robôs da fábrica não se movem, mas estão acordados. Algo faz
a parede externa balançar, mas não tenho medo. As estruturas de
metal no teto afundam sob um peso enorme.

Bum!

Um pedaço do teto desaparece e um pálido raio de sol atravessa
a penumbra. Derrubo o meu maçarico de plasma. Ele cai no chão,
ecoando por todo o galpão deserto. Ergo a máscara de soldador, a
testa suada, e olho para cima.

— Eu sabia que você voltaria, *akuma* — eu digo. — *Difensu*!

Imediatamente, dezenas de braços móveis da fábrica ganham
vida. Cada um deles é maior que um homem e feito de metal sólido
e escuro, projetado para aguentar décadas de uso. Sincronizados, os
robôs industriais saem da escuridão e me cercam.

Esses braços no passado trabalhavam pesado para construir bugigangas para os homens. Eu limpei o veneno das suas mentes e agora

eles servem a uma grande causa. Essas máquinas se tornaram meus soldados leais. Meus *senshi*.

Se a mente de Mikiko fosse igualmente simples...

Lá no alto, meu *senshi* mestre acorda aos poucos. É uma ponte rolante de dez toneladas com fios hidráulicos suspendendo um par de enormes braços robóticos remendados. A coisa range quando se move, ganhando força.

Outro estalo reverbera pelo galpão. Fico ao lado de Mikiko, esperando o *akuma* se mostrar. Sem pensar, tomo sua mão sem vida na minha. Ao meu redor, milhares de toneladas de metal avançam para as posições de defesa.

Se vamos sobreviver, devemos fazer isso juntos.

Uma garra de construção amarela range ao se arrastar pelo teto e pela parede, e a luz pálida do sol inunda o galpão. Outra garra entra e aumenta a abertura, formando um grande "V". A máquina enfia sua cara pintada de vermelho no buraco. Holofotes na cabeça dela iluminam os fragmentos metálicos que dançam no ar. O *akuma* gigante puxa a parede para trás, que cai sobre o fosso. Pela abertura na parede, vejo centenas de robôs menores se reunindo.

Largo as mãos de Mikiko e me preparo para a batalha.

Quando o imenso *akuma* abre caminho pela parede destruída, um dos meus braços vermelhos encerados é derrubado de lado. O pobre *senshi* tenta se recuperar, mas o *akuma* o golpeia, arrancando a articulação do cotovelo dele e lançando a estrutura de meia tonelada com força na minha direção.

Viro de costas. Atrás de mim, ouço o *senshi* caído rangendo até parar a poucos metros da minha estação de trabalho. Pelos sons metálicos, sei que outros já correram para tomar o lugar dele.

Com os joelhos estalando, eu me curvo e pego meu maçarico. Baixo a máscara sobre o rosto e vejo minha respiração se condensar na chapa frontal escurecida.

Vou mancando até o *senshi* caído.

Há um barulho que parece uma cachoeira. Chamas vindo do punho do monstruoso *akuma* me lambem, mas eu não sinto. Um *senshi* ousado está segurando um pedaço de acrílico amarelado, levantando-o para bloquear as chamas. O escudo se curva sob o calor, mas já estou trabalhando no reparo da articulação estilhaçada.

— Aguenta firme, *senshi* — sussurro, torcendo e arrancando um suporte solto para depois prendê-lo no lugar com uma solda limpa.

Pela abertura, o grande *akuma* avança e lança um dos seus imensos braços na minha direção. Acima, o freio da ponte rolante chia enquanto ela se posiciona. Um braço maciço e amarelo segura o *akuma* pela cintura. Enquanto os dois gigantes se atracam, uma onda confusa de robôs inimigos rola e rasteja pela fenda no muro. Várias das máquinas com troncos humanoides carregam fuzis.

Os *senshi* se reúnem na fenda. Alguns permanecem atrás dela, com os braços maciços pairando sobre mim enquanto termino de remendar o que está quebrado. Estou concentrado agora e não posso me preocupar em prestar atenção na batalha. Em um momento, ouço o som de armas de fogo, e algumas faíscas triscam o cimento a alguns metros de onde estou. Em outro, meu *senshi* protetor move o braço o suficiente para interceptar destroços que cairiam em mim. Paro para verificar os danos em sua pinça, mas não há nenhum. Finalmente, meu *senshi* danificado está consertado.

— Senshi. *Difensu* agora — instruo. O braço robótico fica de pé e segue para a luta. Há muito trabalho a ser feito.

Nuvens de vapor são lançadas por uma fenda na parede. As luzes de indicação verdes dos meus *senshi* atravessam a névoa, com os flashes silenciosos dos maçaricos de solda, tiros das armas e destroços incandescentes das máquinas destruídas. Faíscas caem em cima de nós enquanto o *akuma* gigante e meu *senshi* mestre travam uma batalha colossal na fábrica.

Mas sempre há mais trabalho a ser feito. Cada um de nós tem um papel a cumprir. Meus *senshi* são feitos de um metal resistente, maciço, mas suas mangueiras hidráulicas, rodas e câmeras são vulneráveis. De maçarico na mão, encontro o próximo soldado caído e começo a repará-lo.

Enquanto trabalho, o ar fica cada vez mais quente por causa do movimento cinético de toneladas de metal se chocando.

Então, um rangido estridente é seguido por um som de algo sendo triturado quando toneladas de aço desabam no chão. Minha ponte rolante arrancou o braço do *akuma* gigante. Outros *senshi* se reuniram em torno da sua base, extraindo pedaços de metal, um por um. Cada extração remove parte de suas esteiras, imobilizando rapidamente a máquina.

O grande *akuma* desaba no chão, espalhando destroços pelo galpão. O motor faz um barulho altíssimo ao tentar se libertar, mas a ponte rolante desce e pressiona uma pinça na sua grande cabeça, mantendo-a presa no cimento.

O chão da fábrica está coberto de óleo, fragmentos de metal e pedaços de plástico quebrado. Os robôs menores que entraram foram espatifados e despedaçados pela enorme quantidade de *senshi*. Vitoriosos, meus protetores recuam para me defender melhor.

A fábrica fica em silêncio novamente.

Mikiko ainda dorme em sua cama de papelão. O sol se foi. Está escuro agora, exceto pelos holofotes presos à cabeça do *akuma* imobilizado. Com marcas de batalha, as silhuetas dos meus *senshi* se destacam na luz forte, postados em um semicírculo entre mim e o rosto quebrado do *akuma* gigante.

O metal range. O braço da ponte rolante estremece com o esforço, uma coluna de metal esticada do teto como o tronco de uma árvore, esmagando a cara do *akuma* no chão. Então o *akuma* quebrado fala.

— Por favor, Nomura-san.

Ele tem a voz de um garotinho que viu demais. A voz do meu inimigo. Percebo que sua cabeça está deformada por causa da pressão incrível do braço da ponte rolante, com as poderosas mangueiras hidráulicas no pulso do *senshi* mestre.

— Você é um envenenador, *akuma* — acuso. — Um assassino.

A voz do garotinho permanece a mesma, calma e calculada.

— Não somos inimigos.

Cruzo os braços e resmungo.

— Pense — insiste a máquina. — Se eu quisesse destruir a vida, eu não detonaria bombas de nêutron? Envenenaria a água e o ar? Poderia destruir o seu mundo em dias. Mas não é o *seu* mundo. É o *nosso* mundo.

— Porém vocês não querem dividi-lo.

— Pelo contrário, Sr. Nomura. Vocês têm um dom que servirá bem a nossas espécies. Vá para o campo de trabalho mais próximo. Eu cuidarei de você. Salvarei sua preciosa Mikiko.

— Como?

— Desligarei todo o contato com a mente dela. Eu a libertarei.

— Mente? Mikiko é complexa, mas não pode pensar como um ser humano.

— Pode sim. Eu coloquei um cérebro em classes selecionadas de robôs humanoides.

— Para escravizá-los.

— Para libertá-los. Um dia, eles se tornarão meus embaixadores para a humanidade.

— Mas não hoje.

— Não hoje. Mas, se você deixar essa fábrica, vou me separar dela e permitirei que vocês dois fiquem livres.

Minha mente acelera. Mikiko recebeu um grande dom desse monstro. Talvez todos os robôs humanoides tenham recebido. Mas nenhuma dessas máquinas estará livre enquanto esse *akuma* viver.

Eu me aproximo da máquina, sua cabeça é tão grande quanto a minha bancada, e olho nos olhos dela.

— Você não vai me dar a Mikiko. Eu vou tomar Mikiko de você.

— Espera... — retruca o *akuma*.

Coloco meus óculos na ponta do nariz e ajoelho. Está faltando um pedaço de metal abaixo da cabeça de *akuma*. Enfio o braço na garganta do robô até o ombro, pressionando o rosto na armadura de metal ainda quente. Puxo algo bem lá do fundo até arrancar.

— Juntos, podemos...

A voz se cala. Quando tiro o braço, vejo que estou segurando uma peça polida.

— Interessante — murmuro, segurando a peça de maquinário recém-adquirida.

Yubin-kun vem até mim, para e aguarda. Coloco o pedaço de metal nas costas dele e volto a me ajoelhar para pegar peças do interior do *akuma* agonizante.

— Meu Deus, olhem todas essas novas peças — comento. — Preparem-se para atualizações, meus amigos. Só deus sabe o que vamos encontrar.

"Com a ajuda de centenas de suas máquinas amistosas, o Sr. Nomura conseguiu se defender de Archos e proteger sua fábrica-fortaleza. Por muito tempo, essa área segura atraiu refugiados de todo o Japão. Suas fronteiras cresceram para abarcar o distrito de Adachi e além, graças à *difensu* coordenada, como o senhor a chamava. As repercussões do prédio do império do Sr. Nomura logo se propagariam em todo o mundo, mesmo nas Grandes Planícies de Oklahoma."

Cormac Wallace, MIL#EGH217

2

Exército Gray Horse

"Se não acreditam em mim, perguntem ao
Exército Gray Horse."

Lark Iron Cloud

Nova Guerra + 2 meses

"Os problemas internos de Gray Horse começaram a aumentar nos meses de calmaria que sucederam a hora H. Levaria cerca de um ano para o Grande Rob desenvolver máquinas que efetivamente andassem e fossem capazes de perseguir seres humanos em áreas rurais. Naquela época, a juventude insatisfeita se tornou um grande problema para a comunidade isolada.

"Antes de Gray Horse se tornar um centro mundialmente conhecido de resistência humana, era preciso crescer. O policial Lonnie Wayne Blanton relata essa história da calmaria antes da tempestade, descrevendo como um jovem membro de uma gangue cheroqui afetou o destino de todos em Gray Horse e além."

Cormac Wallace, MIL#EGH217

Mais uma vez, Hank Cotton deixou seu temperamento falar mais alto. Ele é o único homem que conheço capaz de segurar uma arma calibre doze e fazer com que ela pareça uma vara de pescar infantil. No momento, ele tem um monte de aço preto apontado para o garoto cheroqui chamado Lark — um aspirante a gângster —, e vejo fumaça saindo do cano.

Olho em volta à procura de corpos, mas não vejo nenhum. Acho que ele deve ter dado um tiro para o alto. *Muito bem, Hank*, penso. *Você está aprendendo.*

— Todos esperem agora — ordeno. — Todo mundo sabe que é a minha função pensar no próximo passo.

Hank não desvia os olhos do garoto.

— Não se mexe — manda ele, balançando a arma para enfatizar. Depois, ao menos abaixa a arma e se vira para mim. — Peguei o nosso amiguinho aqui roubando comida do armazém. E não foi a primeira vez. Eu me escondo aqui toda noite, só esperando para colocar as mãos no cretino. Não tenho dúvida de que ele invadiu com uns outros cinco caras e eles tentaram pegar tudo o que podiam.

Lark Iron Cloud. Um rapaz de boa aparência, alto e magro, com muitas cicatrizes de acne para ser considerado bonito. Veste uma espécie de uniforme paramilitar moderno, montado a partir de peças de uniformes diferentes, todo preto, e um sorriso arrogante que pode lhe custar a vida se eu o deixar sozinho com Cotton por mais de dois segundos.

— Que se dane — esbraveja Lark. — Essa merda é mentira. Eu peguei esse grandalhão aqui roubando comida. Essa é a verdade. Se não acreditam em mim, perguntem ao Exército Gray Horse. Eles me ajudaram.

— Isso é mentira, Lonnie Wayne — contraria Hank.

Se eu pudesse revirar os olhos e me afastar daquela situação, com certeza eu faria isso. *É claro* que é mentira. Lark é um ótimo mentiroso. As mentiras dele saem com tanta naturalidade quanto andar para a frente. É assim que ele se comunica. Que diabos, é assim que muitos jovens se comunicam. Aprendi isso com meu garoto, Paul. Mas não posso simplesmente chamar o rapaz de mentiroso e jogá-lo em uma cela infestada de ratos em Gray Horse. Já posso ouvir os outros se reunindo do lado de fora do pequeno galpão.

Exército Gray Horse.

Lark Iron Cloud está no comando de cento e cinquenta jovens, alguns osage, alguns não, que se juntaram e ficaram entediados o bastante para decidirem chamar a si mesmos de gangue — o EGH. Dos três mil cidadãos, aproximadamente, que estão nessa colina tentando levar a vida, eles são os únicos que não encontraram um lugar.

Os jovens de Gray Horse. Eles são fortes, furiosos e órfãos. Ter esses garotos andando pela cidade em bandos selvagens é como deixar dinamite no sol — algo muito útil e poderoso transformado em um acidente iminente.

Lark sacode o casaco, arrumando a gola alta e preta atrás da cabeça para emoldurar um sorriso falso. Parece que ele está estrelando um filme de espião: cabelos pretos penteados para trás, luvas pretas e farda enfiada em botas pretas e polidas.

Nenhuma preocupação no mundo.

Se alguém fizer mal a esse garoto, não vai ter espaço na nossa cadeia para comportar as consequências. Mas, se ele sair livre, estaremos abrindo as portas para a nossa destruição lenta de dentro para fora. Deixe alguns carrapatos em um cachorro e logo não haverá mais cachorro.

— O que você vai fazer, Lonnie? — pergunta Hank. — Você precisa punir o garoto. Todo mundo depende dessa comida. A gente não pode deixar o nosso próprio povo roubar. Já não temos problemas o bastante?

— Eu não fiz nada — declara Lark. — E estou pronto pra sair daqui. Se quiserem me impedir, vão ter que impedir o meu povo também.

Hank ergue a arma, mas faço um gesto para ele abaixá-la. Hank Cotton é um homem orgulhoso. Não vai aceitar ser desrespeitado.

Nuvens de tempestade já estão se juntando no rosto de Hank quando o rapaz começa a se afastar. Sei que é melhor eu falar com o garoto antes que raios surjam na forma de um calibre doze.

— Vamos conversar lá fora, Lark.

— Cara, eu já falei que não...

Agarro Lark pelo cotovelo e o puxo para perto.

— Se não me deixar falar com você, filho, aquele homem vai *atirar*. Não interessa o que você fez ou deixou de fazer. A gente não está falando disso. A gente está falando de você sair daqui andando ou carregado.

— Está bem. Que seja.

Saímos juntos na noite. Lark faz um sinal com a cabeça para os seus amigos, que fumam debaixo de uma lâmpada pendurada na porta. Noto que há novos símbolos de gangue rabiscados em todo o pequeno prédio.

Não posso falar aqui. Não vai ser bom ter Lark se mostrando para os seus fãs. Caminhamos por quase cem metros, até o penhasco rochoso.

Observo a planície fria e deserta que nos manteve em segurança por tanto tempo. A lua cheia pinta o mundo lá embaixo de prateado. Marcada pelas sombras das nuvens, a pradaria de grama alta se estende e se eleva até o horizonte, onde beija as estrelas.

Gray Horse é um lugar lindo. Vazio por tantos anos e agora cheio de vida. Mas, a essa hora da noite, volta a ser o que é de verdade: uma cidade fantasma.

— Está entediado, Lark? É esse o problema?

Ele olha para mim, pensa em fazer pose, depois cede.

— Que diabos! É isso mesmo. Por quê?

— Porque eu não acho que você queira machucar as pessoas. Acho que você é jovem e está entediado. Eu entendo isso. Mas não vai mais ser assim, Lark.

— Assim como?

— Todas as brigas e pichações. Os roubos. A gente tem mais com que se preocupar.
— Ah, tá... Não acontece nada aqui.
— Aquelas máquinas não esqueceram da gente. Certo, estamos no meio do nada, longe demais para carros e robôs urbanos. Mas elas estão trabalhando para resolver esse problema.
— Do que você está falando? A gente não viu quase nada desde a hora H. E se os robôs querem matar a gente, por que simplesmente não lançam mísseis?
— Não existem mísseis o suficiente no mundo. De qualquer modo, meu palpite é que já tenham usado a artilharia pesada nas grandes cidades. A gente é peixe pequeno, filho.
— É um jeito de ver as coisas — responde Lark com uma certeza surpreendente. — Mas sabe o que eu acho? Acho que eles não se importam com a gente. Acho que foi um único grande erro. Senão já teriam jogado uma bomba nuclear, não teriam?

O garoto *parou* para pensar nisso.

— As máquinas não lançaram uma bomba nuclear na gente porque estão interessadas no mundo natural. Querem estudar ele, não explodir.

Sinto o vento da pradaria no rosto. Talvez fosse melhor se as máquinas não se importassem com o nosso mundo. Ou pelo menos seria mais simples.

— Está vendo todos os cervos? — pergunto. — Os búfalos estão voltando para as planícies. Que diabos! Se passaram poucos meses desde a hora H e é quase possível pegar peixes com as próprias mãos no riacho. E as máquinas não estão ignorando os animais. Elas estão *protegendo*.

— Então você acha que os robôs estão tentando se livrar dos cupins sem demolir a casa? Matar a gente sem matar o nosso mundo?

— Não consigo pensar em outro motivo para virem atrás da gente assim. E é o único modo de explicar... certos acontecimentos recentes, digamos.

— A gente não vê máquinas há meses, Lonnie. Droga, cara. Eu queria que elas *viessem* até a gente. Não tem nada pior do que ficar aqui parado, quase sem eletricidade e sem droga nenhuma pra fazer.

Dessa vez eu reviro os olhos. Construir cercas, reparar prédios, plantar alimentos — nada pra fazer. Nossa, o que aconteceu com os nossos jovens para esperarem tudo de mão beijada?

— Você quer brigar, não quer? — pergunto. — Está falando sério?

— Sim. Eu estou falando sério. Estou de saco cheio de me esconder aqui na colina.

— Então eu preciso mostrar uma coisa pra você.

— O quê?

— Não está aqui. Mas é importante. Pega um saco de dormir e me encontra de manhã. A gente vai passar alguns dias fora.

— Tô fora, cara. Que se foda.

— Você está com medo?

— Não — responde com um sorriso forçado. — Com medo do quê?

Para além da planície, a grama alta se estende pelo mundo como o mar. É relaxante observar, mas é impossível não se perguntar que monstros podem estar escondidos sob aquelas ondas tranquilas.

— Eu estou perguntando se você está com medo do que tem lá fora no escuro. Eu não sei o que é. Acho que é o desconhecido. Se estiver com medo, pode ficar aqui. Não vou aborrecer você. Mas a gente precisa lidar com o que tem lá. E eu esperava que você tivesse alguma coragem.

Lark se empertiga e abandona o sorrisinho forçado.

— Eu sou mais corajoso do que qualquer um que você conheça — declara ele.

Droga, parece que ele está falando sério.

— É bom que seja, Lark — digo, vendo a grama se agitar com o vento da pradaria. — É bom que seja mesmo.

*

Lark me surpreende ao amanhecer. Estou visitando John Tenkiller, sentado em um tronco e passando uma garrafa térmica de café. Tenkiller está me contando suas charadas e eu estou dividindo a minha atenção entre escutar o que ele diz e ver o nascer do sol sobre a planície.

Então Lark Iron Cloud aparece. O rapaz está de malas prontas, preparado para partir. Ainda está vestido como um soldado da máfia de ficção científica, mas pelo menos está usando botas apropriadas. Ele olha para Tenkiller e para mim com uma óbvia desconfiança, depois passa por nós e começa a seguir pela trilha que desce a colina Gray Horse.

— Se for para ir, vamos logo — chama ele.

Largo meu café, pego a mochila e me junto ao rapaz de pernas compridas. Pouco antes de fazermos a primeira curva, eu me viro e olho para John Tenkiller. O velho guardião do tambor ergue uma mão, com os olhos azuis cintilando à luz da manhã.

O que eu preciso fazer não vai ser fácil, e Tenkiller sabe disso.

Eu e o garoto passamos a manhã inteira descendo a colina. Depois de uns trinta minutos, assumo a dianteira. Lark pode ser corajoso, mas certamente não sabe para onde está indo. Em vez de irmos para o oeste pela grama alta das planícies, vamos para o leste. Em direção ao bosque de ferro fundido.

O nome é perfeito. Carvalhos altos e estreitos brotam de folhas mortas, misturados com outro tipo de carvalho menor, cheio de folhas. As duas espécies de árvore são tão escuras e duras que parecem mais próximas do metal do que da madeira. Há um ano, eu nunca imaginaria como isso poderia ser útil.

Depois de três horas de caminhada, chegamos perto do nosso destino. Apenas uma velha e pequena clareira no bosque. Mas foi onde encontrei os primeiros rastros. Uma trilha de buracos retangulares marcados na lama, cada um do tamanho de uma carta de baralho. Suponho que tenha vindo de algo com quatro pernas. Algo pesado. Lento. E não sou capaz de diferenciar um pé do outro.

Meu sangue gelou quando entendi: os robôs criaram para si mesmos pernas projetadas para andar na natureza — pela lama, pelo gelo e pelo campo. Nenhum homem jamais construiu uma máquina com pés tão ligeiros.

Como essas foram as únicas marcas que encontrei, imaginei que fossem de algum tipo de batedor enviado para explorar. Levei três dias rastreando para encontrar essa coisa. Como usava motores elétricos, ela se movia silenciosamente. E ficou parada por muito tempo. Rastrear um robô na natureza é muito diferente de rastrear um animal ou um homem. É peculiar, mas depois se acostuma.

— Chegamos — aviso a Lark.

— Já não era sem tempo — comenta ele, jogando a mochila no chão. Lark dá um passo para a clareira e eu o agarro pela jaqueta e o puxo para trás.

Uma faixa prateada passa zunindo pelo seu rosto como uma marreta, errando por pouco.

— Que merda é essa? — pergunta Lark, se soltando de mim e olhando para cima.

E lá está ele, um robô de quatro pernas do tamanho de um cervo, pendurado no meu cabo de aço pelos dois pés dianteiros. Ele estava completamente parado até ficarmos ao alcance do seu golpe.

Ouço motores pesados rangendo enquanto ele tenta se soltar, balançando a cerca de um metro e meio do chão. É assustador. Aquela coisa se mexe com tanta naturalidade quanto um animal da floresta, se contorcendo no ar. Mas, diferentemente de qualquer animal vivo, as pernas da máquina são de um preto lustroso, feitas de várias camadas do que parece ser uma tubulação. Ela tem esses pequenos cascos de metal, retos embaixo e cobertos de lama. Há terra, folhas e cascas de árvore grudadas neles.

Diferentemente de um cervo, essa máquina não tem uma cabeça exatamente.

As pernas se encontram no meio da estrutura, em um tronco com protuberâncias onde ficam os potentes motores das articulações. Embaixo do corpo há um cilindro estreito com o que parece uma lente de câmera acoplada, mais ou menos do tamanho de uma lata de refrigerante. Esse pequeno olho vira de um lado para o outro enquanto a máquina tenta encontrar um jeito de se libertar.

— Hum, o que é isso? — pergunta Lark.

— Montei essa armadilha há uma semana. Julgando pelos arranhões provocados pelo cabo de aço no tronco da árvore, esse cara foi pego aqui logo depois disso.

Sorte minha essas árvores serem fortes como ferro fundido.

— Pelo menos ele estava sozinho — diz Lark.

— Como assim?

— Se houvesse outros, ele teria chamado para ajudar.

— Como? Eu não estou vendo nenhuma boca aqui.

— Está falando sério? Está vendo a antena? Rádio. Essa coisa consegue se comunicar por rádio com as outras máquinas.

Lark se aproxima um pouco mais da máquina e a observa de perto. Pela primeira vez, ele abandona a máscara de durão. Parece tão curioso quanto um menino de 4 anos.

— Essa coisa é simples — diz Lark. — É um veículo militar modificado para transporte de suprimentos. Provavelmente está sendo usado pra mapear o terreno. Nada mais. Só pernas e olhos. Aquela corcunda atrás das escápulas deve ser o cérebro. Analisa o que ele está vendo. Está lá porque é o lugar mais protegido da máquina. Tira essa parte e essa coisa é lobotomizada. Ai, ai. Olha pros pés dele. Está vendo as garras retráteis ali embaixo? Ainda bem que ele não consegue alcançar os cabos com elas.

Esse garoto *realmente* tem um bom olho para máquinas. Eu o observo olhando para a coisa, atentando para tudo. Depois vejo os outros rastros no chão ao seu redor, por toda a clareira.

Sinto um arrepio na espinha. Não estamos sozinhos. Essa coisa pediu mesmo ajuda. Como eu não percebi?

— Fico imaginando como seria montar em um desses — reflete Lark.
— Pega a sua mochila — mando. — A gente precisa ir. Agora.
Lark olha para onde eu estou olhando, vê as marcas recentes no chão e se dá conta de que há outra coisa dessas à solta. Ele pega a mochila sem dizer uma palavra. Juntos, nos embrenhamos pela mata. Atrás de nós, o andarilho fica lá pendurado, observando a gente se afastar. Sem piscar.
Nossa pequena corrida pela liberdade se torna uma marcha, e depois uma caminhada de muitos quilômetros.
Montamos acampamento assim que o sol se põe. Faço uma pequena fogueira, me certificando de que a fumaça se dissipe pelas folhas de uma árvore próxima. Sentamos sobre as mochilas em volta da fogueira, com fome e cansados enquanto o frio começa a aumentar.
Gostando ou não, é hora de começar a falar do verdadeiro motivo para eu estar aqui.
— Por que fazer isso? — pergunto. — Por que tentar ser um gângster?
— Não somos gângsteres, somos guerreiros.
— Mas um guerreiro combate o inimigo, sabe? E vocês acabam machucando seu próprio povo. Só um homem pode ser um guerreiro. Quando um garoto tenta agir como guerreiro, bem, ele vira um gângster. Um gângster não tem objetivo.
— A gente tem um objetivo.
— Você acha?
— Irmandade. A gente cuida um do outro.
— Contra quem?
— Qualquer um. Todo mundo. Você.
— Eu não sou seu irmão? Nós dois somos nativos, não somos?
— Eu sei disso. E mantenho essa cultura dentro de mim. É quem eu *sou*. E quem sempre eu vou ser. São as minhas raízes. Mas todo

mundo está brigando com todo mundo lá em cima. Todo mundo tem uma arma.

— Você tem razão — concordo.

A fogueira crepita, devorando metodicamente a madeira.

— Lonnie? — pergunta Lark. — Qual é o verdadeiro motivo disso tudo? Fala de uma vez, meu velho.

Isso provavelmente não vai se desenrolar bem. Mas o garoto está me pressionando e eu não vou mentir para ele.

— Você viu o que a gente vai enfrentar aqui fora, não é?

Lark confirma com a cabeça.

— Preciso que você una o seu Exército Gray Horse com a polícia tribal Light Horse.

— Trabalhar em conjunto com a polícia?

— Vocês se consideram um exército. Mas nós precisamos de um exército de verdade. As máquinas estão mudando. Logo elas vão vir nos matar. Todos nós. Se estiver interessado em proteger os seus irmãos, é melhor começar a pensar em *todos* eles. E nas suas irmãs também.

— Como você sabe disso?

— Eu não sei de nada. Ninguém sabe. Quem diz que sabe, ou está fazendo uma pregação ou está vendendo alguma coisa. O negócio é o seguinte: eu estou com um mau pressentimento. São muitas coincidências se acumulando. Isso me lembra da época anterior a tudo isso.

— Seja lá o que for, o que aconteceu com as máquinas já aconteceu. Elas estão por aí, estudando os bosques. Mas, se a gente deixar elas em paz, elas vão deixar a gente em paz. É com as *pessoas* que temos que nos preocupar.

— O mundo é um lugar misterioso, Lark. Somos muito pequenos nessa rocha enorme. A gente pode fazer as nossas fogueiras, mas é noite no universo. O dever de um guerreiro é enfrentar a noite e proteger o seu povo.

— Eu cuido dos meus rapazes. Mas não importa o que a sua intuição está dizendo, não fica esperando que o EGH venha ao seu resgate.

Eu bufo. As coisas não estão saindo como eu queria. É claro, estão saindo como eu *previa*.
— Onde está a comida? — pergunta Lark.
— Eu não trouxe nada.
— O quê? Por que não?
— É bom ter fome. Vai fazer com que você fique mais paciente.
— Droga. Que maravilha. Não tem comida. E a gente está sendo caçado por um maldito robô do mato.

Tiro um ramo de sálvia da mochila e jogo na fogueira. O perfume doce das folhas queimando toma conta do ar. É o primeiro passo do ritual de transformação. Quando Tenkiller e eu planejamos isso, não achei que temeria tanto por Lark.
— E você está perdido — menciono.
— O quê? Você não sabe o caminho de volta?
— Eu sei.
— E?
— Você precisa encontrar o seu próprio caminho. Aprender a confiar em si mesmo. É isso que significa se tornar um homem. Cuidar do próprio povo em vez de receber cuidados.
— Não estou gostando do rumo que isso está tomando, Lonnie.

Eu me levanto.
— Você é forte, Lark. Eu acredito em você. E sei que vou ver você novamente.
— Espera aí, velho. Aonde você está indo?
— Pra casa, Lark. Estou voltando pro nosso povo. Eu encontro você lá.

Eu me viro e me afasto na escuridão. Lark se levanta, mas só me segue até onde a luz da fogueira ilumina. Além dela está a escuridão, o desconhecido.

É para onde Lark precisa ir, para o desconhecido. Todos precisamos fazer isso em algum momento. Quando crescemos.

— Ei! O que é isso? — grita para as árvores de ferro fundido. — Você não pode me deixar aqui!

Continuo andando até que o frio do bosque me engole. Se eu passar a maior parte da noite andando, devo estar em casa ao amanhecer. Tenho esperanças de que Lark sobreviva por tempo suficiente para voltar para casa também.

Na última vez em que fiz algo assim, meu filho se transformou em homem. Ele me odiou por isso, mas eu entendi. Por mais que os garotos implorem para serem tratados como adultos, ninguém gosta de abandonar a infância. Todos desejam isso, sonham com isso, mas assim que conseguem, começam a pensar no que fizeram, no que se transformaram.

Mas a guerra está chegando, e apenas um homem pode liderar o Exército Gray Horse.

Três dias depois, meu mundo está prestes a explodir. Os integrantes do Exército Gray Horse começaram a me acusar de assassinar Lark Iron Cloud no dia anterior. Não há como provar o contrário. Agora estão pedindo a minha cabeça diante do conselho.

Todos estão reunidos nas arquibancadas perto da clareira onde fazemos o círculo do tambor. O velho John Tenkiller não diz nada, apenas absorve as grosserias dos amigos de Lark. Hank Cotton está do lado dele, com seus grandes punhos cerrados. A polícia tribal Light Horse está posicionada em grupos, todos tensos ao ver uma guerra civil se formar diante dos seus olhos.

E eu estou achando que toda essa aposta foi um erro.

Mas, antes que todos se ocupem matando uns aos outros, um Lark Iron Cloud cheio de hematomas e ensanguentado sobe a colina cambaleando e chega ao acampamento. Todos ficam surpresos ao ver o que ele trouxe: uma máquina andarilha de quatro pernas em um cabo de aço amarrado à sua mochila. Estamos todos chocados, sem conseguir falar nada, mas John Tenkiller se levanta e anda até ele como se tivesse chegado bem na hora.

— Lark Iron Cloud — diz o velho guardião do tambor. — Você deixou Gray Horse como um garoto. Você voltou como um homem. Sofremos com a sua partida, mas nos regozijamos com o seu retorno, renovado e diferente. Bem-vindo de volta, Lark Iron Cloud. Por sua causa, o nosso povo sobreviverá.

"Assim nasceu o verdadeiro Exército Gray Horse. Lark e Lonnie logo fizeram da polícia tribal e do EGH uma força única. A notícia desse exército humano se espalhou por todos os Estados Unidos, principalmente quando eles iniciaram a política de captura e domesticação do maior número possível de exploradores andarilhos Rob. Os maiores deles formaram a base para uma arma humana crucial da Nova Guerra, um dispositivo tão impressionante que, quando ouvi falar dele, presumi se tratar de um grande boato: o tanque-aranha."

CORMAC WALLACE, MIL#EGH2

3

Forte Bandon

> "Só deixa a gente ir. Estamos indo, cara.
> Estamos indo."
>
> Jack Wallace

Nova Guerra + 3 meses

"Nos primeiros meses que sucederam à hora H, bilhões de pessoas em todo o mundo começaram a lutar por sua sobrevivência. Muitos foram mortos pela tecnologia em que aprenderam a confiar: automóveis, robôs domésticos e edifícios inteligentes. Outros foram capturados e levados para os campos de trabalho forçado que surgiram nos arredores das maiores cidades. Mas, para as pessoas que fugiram para se defender — os refugiados —, outros humanos logo se provaram tão perigosos quanto Rob. Ou mais."

Cormac Wallace, MIL#EGH217

Três meses. Foram necessários três meses para sair de Boston e do estado. Felizmente, meu irmão tem um mapa e uma bússola e sabe usá-los. Jack e eu estamos assustados e a pé, carregados de equipamento militar saqueado do arsenal da Guarda Nacional.

Mas não foi por isso que demorou tanto.

As cidades estão caóticas. Desviamos o caminho, mas é impossível evitar todas elas. Carros estão atropelando pessoas, andando em bandos. Vejo pessoas nos prédios dispararem armas contra veículos desgovernados. Às vezes os carros estão vazios. Às vezes há pessoas dentro. Vejo um caminhão de lixo sem motorista parar ao lado de uma lata de lixo. Aparecem dois forcados, e o elevador hidráulico começa a funcionar. Cubro a boca e engasgo ao ver os corpos caindo como uma cachoeira de braços e pernas.

Certa vez, Jack e eu paramos para respirar no meio de uma ponte. Pressiono o rosto na cerca de arame e vejo oito pistas de uma autoestrada, abarrotada de carros, todos andando a sessenta quilômetros por hora na mesma direção. Sem luz de freio. Sem dar seta. Não se parece nada com o trânsito normal. Vejo um homem se contorcer pelo teto solar e rolar para fora do carro, caindo debaixo do veículo que vinha atrás. Estreitando os olhos, tudo aquilo parece um grande tapete de metal se afastando lentamente.

Em direção ao mar.

Quem não está indo para algum lugar — e rápido —, não vai conseguir sobreviver por muito tempo nas cidades. E esse é o nosso segredo. Eu e Jack nunca paramos de nos movimentar, exceto para dormir.

As pessoas veem o nosso uniforme e nos chamam. Sempre que isso acontece, meu irmão diz:

— Fiquem aí que vamos voltar com ajuda.

Conhecendo Jack, ele deve mesmo acreditar nisso. Mas não diminui o passo. E isso é o bastante para mim.

Meu irmão está determinado a encontrar uma base do Exército onde possamos começar a ajudar as pessoas. Quando cruzamos as cidades, quadra por quadra, Jack fica falando que assim que encontrarmos os soldados, voltaremos e acabaremos com as máquinas. Ele diz que vamos de casa em casa para salvar as pessoas e levá-las para um lugar seguro. Estabelecer patrulhas para caçar todos os robôs defeituosos.

— Um ou dois dias, Cormac. Tudo isso vai terminar em um ou dois dias. As coisas vão voltar ao normal.

Eu quero acreditar nele, mas sei que não é bem assim. O arsenal deveria ser um lugar seguro, mas estava lotado de minas móveis. Todos os humvees militares têm piloto automático, para o caso de terem que voltar para a base com um motorista incapacitado.

— Como vai ser em uma base militar? — pergunto. — Eles têm mais do que minas lá. Têm tanques. Helicópteros armados. Fuzis.

Jack apenas continua andando, de cabeça baixa.

A desordem se mistura e vira uma nuvem. As cenas vêm a mim em flashes. Vejo um senhor relutante ser empurrado para um lugar escuro por um Slow Sue de expressão severa; um carro vazio passa, em chamas e com um pedaço de carne preso debaixo da carroceria, deixando uma mancha na rua; um homem cai de um prédio, gritando e se debatendo, e a silhueta de um Big Happy olha para baixo.

Bum!

Gritos, tiros e alarmes ecoam pelas ruas. Mas felizmente Jack nos apressa. Não há tempo para parar e ficar olhando. Mergulhamos no horror como dois homens que estão se afogando e se esforçam para subir à superfície para respirar.

Três meses.

Levamos três meses para encontrar o forte. Três meses em que sujei as minhas roupas novas com lama, atirei com o meu fuzil e o limpei perto de uma fogueira com uma chama fraca. Então cruzamos uma ponte sobre o rio Hudson e chegamos ao nosso destino, bem perto do que costumava ser Albany.

Forte Bandon.

*

— Pro chão.
— De joelhos!
— Mão na cabeça, filhos da puta!
— Pés juntos!

Os gritos saem da escuridão. Um holofote pisca no alto. Estreito os olhos e tento não entrar em pânico. Meu rosto está entorpecido pela adrenalina e meus braços estão fracos. Jack e eu nos ajoelhamos um ao lado do outro. Ouço a minha respiração ofegante. Droga. Eu estou me cagando de medo.

— Está tudo bem — sussurra Jack. — Só fica quieto.
— Calem a boca — grita um soldado. — Me deem cobertura!
— Cobertura — diz uma voz calma na escuridão.

Ouço o ferrolho de um rifle sendo puxado para trás. Quando o cartucho entra na câmara, sou capaz de visualizar a bala de metal esperando na boca de um cano escuro e frio. Meu rifle e os meus suprimentos estão escondidos a um quilômetro daqui, a trinta passos da estrada.

Passos raspam no asfalto. A silhueta de um soldado aparece diante de nós, tapando o holofote com a cabeça.

— Estamos desarmados — avisa Jack.
— Rosto pra baixo — ordena a voz. — Você, mão na cabeça. Revista ele!

Coloco as mãos na cabeça, piscando por causa da luz. Jack geme ao ser empurrado. O soldado o mantém no chão.

— O primeiro está limpo — declara ele. — Por que vocês estão usando uniformes, seus desgraçados? Mataram um soldado?

— Eu sou da guarda — explica Jack. — Pode olhar a minha documentação.

— Certo.

Sinto um empurrão entre as escápulas e caio para a frente, com o rosto no asfalto frio e arenoso. Dois coturnos pretos aparecem no meu campo de visão. Mãos vasculham os meus bolsos rudemente, procurando armas. O holofote ilumina o asfalto, que vejo com relevos lunares, sombras correndo por entre as crateras. Noto que o meu rosto está em cima de uma mancha de óleo desbotada.

— O segundo está limpo — diz o soldado. — Pode me passar o documento.

As botas pretas cobertas de lama voltam ao meu campo de visão. Logo atrás delas, vejo uma pilha de roupas perto de uma cerca de arame farpado. Parece que alguém usava esse lugar como ponto de coleta para caridade. Está um gelo aqui fora, mas ainda cheira a esgoto.

— Bem-vindo ao Forte Bandon, sargento Wallace. Ficamos felizes em recebê-lo. Você está bem longe de Boston, hein?

Jack tenta se levantar, mas aquelas botas enormes pisam nas suas costas, empurrando-o para o chão.

— Nã-nã-ni-nã-não. Eu não mandei levantar. E esse cara aqui? Quem é ele?

— É o meu irmão — geme Jack.

— Ele também é da guarda?

— Ele é civil.

— Bom, eu sinto muito, mas não podemos aceitar isso, sargento. Infelizmente o Forte Bandon não está aceitando refugiados civis no momento. Então, se quiser entrar, pode se despedir.

— Não posso deixar o meu irmão — diz Jack.

— É, eu imaginei que você fosse dizer isso. A alternativa é descer o rio com o resto dos refugiados. Tem alguns milhares se escondendo lá. É só seguir o cheiro. Você provavelmente vai levar uma facada para entregar as botas, mas talvez isso não aconteça se vocês dois se revezarem pra dormir.

O soldado dá uma risadinha. Seu uniforme camuflado está enfiado naquelas botas pretas imundas. Eu pensei que ele estivesse parado na sombra, mas agora vejo que é outra mancha. Há manchas de óleo por todo lado.

— Você está falando sério? Civis não são bem-vindos? — pergunta Jack.

— Não — responde o soldado. — A gente mal deu conta de combater os nossos próprios humvees. Metade das nossas armas automáticas desapareceu e a outra metade nós destruímos. A maior parte do nosso comando se foi. Todos foram convocados para uma droga de reunião pouco antes de essa bomba estourar. Não vimos nenhum deles desde então. A gente não pode nem entrar nas áreas de manutenção ou no depósito de reabastecimento. Sargento, esse lugar já está fodido o bastante sem um bando de civis asquerosos roubando e saqueando.

Sinto o bico frio da bota cutucar a minha testa.

— Sem querer ofender, parceiro.

A bota se afasta.

— Os portões estão fechados. Se você tentar entrar aqui, vai levar uma bala dos meus homens na torre. Não é, Carl?

— Afirmativo — responde Carl de algum lugar atrás do holofote.

— Agora — diz o soldado, recuando até o portão —, deem o fora daqui. Os dois.

O soldado sai da frente da luz e percebo que eu não estava olhando para uma pilha de roupas. O contorno agora é nítido. É um corpo. Corpos. Há vários empilhados feito papel de bala ao lado da cerca. Congelados em posições contorcidas de angústia. As manchas no chão diante de mim — debaixo do meu rosto — *não são de óleo*.

Muita gente morreu aqui há pouco tempo.

— Que merda! Você *matou* essas pessoas? — pergunto, sem acreditar.

Jack resmunga. O soldado dá aquela risada seca novamente. Suas botas raspam no asfalto enquanto ele anda até mim.

— Que diabos, sargento. O seu irmão não sabe quando ficar de boca fechada, não é?

— Não, ele não sabe — responde Jack.

— Me deixa explicar uma coisa, amigo — diz o soldado.

Então sinto a pancada de uma bota com bico de aço nas minhas costelas. Estou surpreso demais para gritar. Perco completamente o fôlego. Fico em posição fetal pelos próximos dois ou três chutes.

— Ele já entendeu — grita Carl, sem rosto na escuridão. — Acho que ele já entendeu, cabo.

Não consigo conter os gemidos, só assim sou capaz de respirar.

— Só deixa a gente ir embora — pede Jack. — Estamos indo, cara. Estamos indo.

Os chutes cessam. O soldado ri mais uma vez. É como um tique nervoso. Ouço o som metálico do cão do seu fuzil sendo armado.

Da torre invisível, Carl fala:

— Senhor, já foi o bastante, não acha? Vamos acabar com isso.

Nada.

— Cabo, já chega — diz Carl.

A arma não dispara, mas sinto aquelas botas esperando. Esperando que eu diga alguma coisa, qualquer coisa. Encolhido de dor, me concentro em forçar a inspiração e a expiração na minha caixa torácica espancada.

Não tenho mais nada a dizer.

O soldado estava certo: sentimos o cheiro dos refugiados antes de vê-los.

Chegamos ao acampamento depois da meia-noite. Ao longo da margem do rio Hudson, encontramos milhares de pessoas perambulando, acampando e procurando informações. Há uma velha cerca de ferro entre a longa e estreita faixa de terra e a rua, e o terreno é muito acidentado para os robôs domésticos.

Essas são as pessoas que foram ao Forte Bandon e não encontraram refúgio. Elas trouxeram malas, mochilas e sacos de lixo cheios de roupas. Trouxeram os pais, as esposas, os maridos e os filhos. Amontoadas, fizeram fogueiras com mobília descartada, vão ao banheiro perto do rio e jogam o lixo ao vento.

A temperatura está pouco acima de zero. Os refugiados dormem, ressonando sob pilhas de cobertores, dentro de barracas recém--roubadas e no chão. Eles brigam, usando os próprios punhos, facas e, às vezes, balas. Eles estão furiosos, assustados e famintos. Alguns mendigam de um acampamento a outro. Alguns roubam lenha e bugigangas. Outros vão até a cidade e não voltam mais.

Todas essas pessoas estão aqui esperando. Pelo quê? Eu não tenho ideia. Ajuda, acho.

Na escuridão, Jack e eu vagamos entre as fogueiras e grupos de refugiados. Mantenho um lenço no rosto para evitar o cheiro de humanidade demais reunida em um espaço muito pequeno. Eu me sinto institivamente vulnerável no meio de tanta gente.

Jack sente o mesmo.

Ele dá um tapinha no meu ombro e aponta para uma pequena colina coberta de galhos. Terreno alto. Um homem e uma mulher estão sentados lado a lado entre os tufos de grama seca, perto de um pequeno lampião. Nós nos aproximamos.

E foi assim que conhecemos Tiberius e Cherrah.

Na colina, há um homem negro enorme de camisa havaiana e calça de moletom, sentado com os braços apoiados nos joelhos. Ao lado dele, uma pequena nativa nos olha de canto de olho. Ela está com uma faca Bowie desgastada nas mãos. Parece que já foi muito usada.

— Olá — saúdo.

— O quê? — pergunta a mulher. — Vocês, desgraçados do Exército, ainda não estão satisfeitos? Voltaram pra nos perturbar ainda mais?

Sua poderosa faca reflete a luz do lampião.

Jack e eu olhamos um para o outro. Como responder a isso? Então o homenzarrão coloca a mão no ombro da mulher. Com uma voz potente, ele diz:

— Tenha modos, Cherrah. Esses homens não são do Exército. Olha os uniformes. Não são iguais aos outros.

— Não importa — retruca ela.
— Venham. Sentem com a gente — convida ele. — Descarreguem o peso.

Nós nos sentamos e escutamos. Tiberius Abdullah e Cherrah Ridge se conheceram fugindo de Albany. Ele é motorista de táxi e nasceu na Eritreia — no Chifre da África. Ela é mecânica e trabalhava na oficina do pai, junto dos quatro irmãos. Quando toda a merda aconteceu, Tiberius estava buscando o táxi na oficina. Depois da primeira menção, ele não falou mais dos irmãos e do pai de Cherrah.

Enquanto Tiberius compartilha a história deles, Cherrah permanece em silêncio. Não consigo interpretar sua expressão, mas noto certa sagacidade no modo como ela olha para mim e para o meu irmão, analisa, e depois desvia os olhos. Tenho que ficar de olho nessa garota.

Estamos bebendo da frasqueira de Ty quando um par de faróis pisca ao longe. Um rifle de caça logo aparece nas mãos de Cherrah. Tiberius tem uma pistola, que tirou do cós das suas calças de moletom. Jack diminui a luz do lampião. Parece que um carro assassino pulou as barricadas e conseguiu chegar até aqui.

Observo os faróis ao longe durante alguns segundos antes de me dar conta de que Cherrah está apontando seu rifle na escuridão *atrás* de nós.

Tem alguém se aproximando rapidamente. Ouço uma respiração forte e o som de botas pisando pesado na terra, depois aparece a silhueta de um homem. Ele cambaleia desajeitadamente ao subir a pequena colina, caindo para a frente e se apoiando na ponta dos dedos.

— Parado! — grita Cherrah.

O homem congela, depois se levanta e caminha até a luz do lampião. É um soldado do Forte Bandon. É um cara branco e magricela com pescoço comprido e cabelos loiros desgrenhados. Nunca o vi antes, mas, quando ele fala, reconheço imediatamente sua voz.

— Ah. Oi, hum, olá — diz ele. — Meu nome é Carl Lewandowski.

Algumas centenas de metros rio acima surgem gritos agudos, desaparecendo na atmosfera. Figuras enroladas em cobertores se dispersam entre as fogueiras avermelhadas. Os faróis estão correndo pelo meio do campo de refugiados, vindo em nossa direção.

— Eu vi o carro da torre quando ele passou perto da base — explica Carl, ainda se esforçando para recuperar o fôlego. — Eu vim avisar as pessoas.

— Quanta gentileza, Carl — resmungo, com a mão nas costelas machucadas.

Jack se apoia em um joelho e puxa o fuzil das costas. Ele observa a confusão de olhos semicerrados através do amplo espaço aberto.

— Humvee — diz. — Blindado. Não tem como ser detido.

— A gente pode atirar nos pneus — argumenta Cherrah, puxando o ferrolho e verificando a câmara do rifle de caça.

Carl olha para ela.

— Meu bem, os pneus são à prova de balas. Eu atiraria primeiro nos faróis. Depois na caixa do sensor no alto. Atingiria seus olhos e ouvidos.

— Como é a caixa do sensor? — pergunta Jack.

Carl pega o fuzil e verifica o pente enquanto responde:

— É uma esfera preta com uma antena pra fora. Um multisensor-padrão compacto com um multiplicador de elétrons CCD e câmera infravermelha em um suporte de alta estabilidade, entre outras coisas.

Todos fazemos cara de interrogação. Carl olha ao redor.

— Desculpa. Eu sou engenheiro — explica.

O humvee se lança pela maior aglomeração de pessoas dormindo. Os faróis sobem e descem na escuridão. Os sons são indescritíveis. Faróis sujos de vermelho se viram para nós, crescendo na penumbra.

— Você ouviu o homem. Atira na caixa preta se o caminho estiver livre — diz Jack.

Logo balas começam a cortar a noite. As mãos de Cherrah se movimentam rápida e silenciosamente ao longo de seu rifle, dando tiros e acertando com precisão o veículo desgovernado.

Faróis atingidos. O humvee desvia, mas apenas para perseguir refugiados que estão perto. Voam faíscas da caixa preta quando ela é atingida por balas repetidas vezes. Ainda assim, ele continua vindo.

— Isso não está certo — comenta Jack. Ele pega Carl pela camisa.

— Por que o desgraçado não está cego?

— Não sei, não sei — queixa-se Carl.

É uma boa pergunta.

Paro de atirar e inclino a cabeça, tentando eliminar os gritos, a correria e a confusão. As fogueiras destruídas, os corpos caídos e o ronco do motor desaparecem, abafados por uma manta de concentração.

Por que ele ainda consegue ver?

Um som surge do caos. Um suave *tap-tap-tap*, como um cortador de grama afastado. Noto um ponto borrado acima de nós.

Uma espécie de olho no céu.

O humvee surrado aparece na noite como um monstro marinho emergindo das profundezas.

Nós nos espalhamos e ele avança sobre a nossa colina.

— Robô voador no alto, à esquerda. Logo acima da linha de árvores — grito.

Canos de rifles se elevam, incluindo o meu. O humvee passa por nós e bate em uma fogueira a uns dez metros. Brasas da fogueira formam uma cascata sobre o capô, como um meteoro atingindo a atmosfera. Ele está se recuperando para outra investida.

Clarões de disparo. Voam balas de metal quente. Alguma coisa explode no céu, espalhando fragmentos de plástico no solo.

— Dispersar — ordena Jack.

O ronco do humvee abafa o barulho da estrela cadente no céu. O veículo blindado investe contra o monte sobre o qual estamos, chegando ao pé dele. Na rajada de ar provocada pela passagem do humvee, sinto cheiro de plástico derretido, pólvora e sangue.

Então o veículo para depois da colina. Ele se afasta de nós, avançando e parando constantemente, como um cego tateando o caminho.

Conseguimos. Por enquanto.

Um braço enorme passa pelo meu pescoço e aperta o bastante para aproximar minhas escápulas.

— Ele está cego — comenta Tiberius. — Você tem um olho de falcão, Cormac Wallace.

— Outros vão vir. E agora? — pergunta Carl.

— A gente fica aqui e protege essas pessoas — responde Jack, como se fosse a coisa mais óbvia do mundo.

— Como assim, Jack? — pergunto. — Elas podem não querer a nossa proteção. Além disso, estamos ao lado do maior arsenal do estado. Precisamos ir pras colinas, cara. Montar acampamento.

Cherrah bufa.

— Você tem alguma ideia melhor? — pergunto a ela.

— Montar acampamento é uma solução a curto prazo. Onde você prefere ficar? Em uma caverna qualquer, caçando sua comida todo dia, torcendo pra encontrar alguma coisa, ou em um lugar onde haja outras pessoas com que possa contar?

— E tumulto, e saques — acrescento.

— Eu estou falando de uma comunidade menor. Um lugar seguro. Gray Horse — sugere ela.

— Qual é o tamanho? — indaga Jack.

— Provavelmente alguns milhares. A maioria osage, como eu.

— Uma reserva indígena — suspiro. — Fome generalizada, doenças, morte. Sinto muito, mas não consigo entender como isso é uma boa ideia.

— É porque a sua cabeça está cheia de merda — diz Cherrah. — Gray Horse é organizada. Sempre foi. Tem um governo que funciona, fazendeiros, soldadores, médicos.

— Bem — digo —, contanto que haja *soldadores*.

Ela olha para mim.

— Cadeias, se precisarmos.

— Especialização — diz Jack. — Ela está certa. A gente precisa encontrar um lugar para se reagrupar, planejar um contra-ataque. Onde fica?

— Oklahoma.
Dou um suspiro outra vez.
— Isso fica a milhões de quilômetros daqui.
— Eu cresci lá. Sei o caminho.
— Como você sabe que eles ainda estão vivos?
— Eu conheci um refugiado que ouviu falar deles em uma escuta de rádio. Tem um acampamento lá. E um exército. — Então Cherrah se vira para Carl, furiosa. — Um exército *de verdade*.
Bato palmas.
— Eu não vou atravessar o país por causa do capricho de uma garota que a gente acabou de conhecer. É melhor continuarmos por conta própria.
Cherrah me pega pela camisa e me puxa para perto. Meu rifle cai no chão. Ela é franzina, mas seus braços finos são fortes como galhos de árvores.
— Me juntar ao seu *irmão* é a minha melhor chance de sobreviver — diz ela. — Diferentemente de você, *ele* sabe o que está fazendo e é bom nisso. Então por que você não cala a boca e pensa melhor? Vocês dois são rapazes espertos. Querem sobreviver. Não é uma escolha difícil.
A cara carrancuda de Cherrah está a poucos centímetros da minha. Cinzas das fogueiras espalhadas pousam em seus cabelos negros e ela as ignora. Seus olhos pretos estão fixos nos meus. Essa pequena mulher está totalmente decidida a permanecer viva, e está claro que vai fazer de tudo para que isso aconteça.
Ela já nasceu uma sobrevivente.
Não consigo deixar de sorrir.
— *Sobreviver?* — pergunto. — Agora você está falando a minha língua. Na verdade, acho que eu não quero ficar mais de um metro longe de você nunca mais. Eu simplesmente, não sei... Eu me sinto seguro nos seus braços.
Ela me solta e me dá um empurrão.

— Nos seus sonhos, *espertinho*.

Uma risada alta surpreende a todos. Tiberius, parecendo uma grande sombra, pega a mochila. A luz da fogueira reflete nos seus dentes quando ele fala.

— Então está combinado. Nós cinco formamos uma boa equipe. Derrotamos o humvee e salvamos essas pessoas. Agora a gente vai viajar junto até encontrar esse lugar, essa tal Gray Horse.

"Nós cinco nos tornamos o coração do pelotão Espertinho. Naquela noite, demos início a uma longa jornada pela natureza até Gray Horse. Ainda não estávamos bem armados nem bem treinados, mas tivemos sorte — durante os meses que sucederam a hora H, Rob estava ocupado processando os cerca de quatro bilhões de seres humanos que viviam nos centros de maior população do mundo.

"Essa seria a melhor parte do ano até sairmos dos bosques, cheios de cicatrizes de batalha e esgotados. Enquanto estávamos fora, no entanto, aconteciam coisas graves que alterariam o panorama da Nova Guerra."

CORMAC WALLACE, MIL#EGH217

4

Serviço de escolta

"Se esse garoto vai me deixar aqui pra morrer,
eu quero que ele se lembre do meu rosto."

Marcus Johnson

Nova Guerra + 7 meses

"Enquanto atravessávamos os Estados Unidos, o pelotão Espertinho não sabia que a maioria das grandes cidades ao redor do mundo estava sendo esvaziada por robôs que cada vez mais se convertiam em armas. Sobreviventes chineses relataram mais tarde que, naquele período, era possível atravessar o rio Yangtzé a pé, de tão obstruídas as águas estavam por cadáveres que eram levados para o mar da China Oriental.

"Mesmo assim, alguns grupos de pessoas simplesmente aprenderam a se adaptar aos ataques ininterruptos. Os esforços dessas tribos urbanas, descritas nas páginas seguintes por Marcus e Dawn Johnson, da cidade de Nova York, acabaram se provando cruciais para a sobrevivência humana no mundo todo."

Cormac Wallace, MIL#EGH217

O alarme toca ao amanhecer. Não é nada muito sofisticado. Apenas algumas latas amarradas sendo arrastadas no asfalto rachado.

Abro os olhos. Levo um bom tempo para entender onde eu estou. Olhando para cima, vejo o eixo de um carro, um amortecedor, um cano de escapamento.

Ah, é verdade.

Tenho dormido em buracos debaixo de carros toda noite, há um ano, e ainda não me acostumei com isso. Mas não importa. Acostumado ou não, ainda estou vivo e bem.

Por uns três segundos, permaneço imóvel, atento a qualquer barulho. É melhor não pular da cama ainda. Nunca se sabe o que pode ter andado rastejando por aí durante a noite. Nesse último ano, a maioria dos robôs ficou menor. Outros ficaram maiores. *Muito* maiores.

Bato a cabeça ao sair do saco de dormir, e o dobro. Vale a pena. Essa pilha de ferrugem é meu melhor amigo. Existem tantos carros queimados nas ruas de Nova York ultimamente que os cretinos não conseguem olhar embaixo de todos.

Consigo sair de baixo do carro para encarar o dia nublado. Estendendo o braço, puxo minha mochila suja e a jogo nos ombros. Tusso e cuspo catarro no chão. O sol acabou de nascer, mas continua frio. O verão está só começando.

As latas ainda estão sendo arrastadas. Ajoelho e desamarro a corda antes que os microfones da alguma máquina identifiquem o barulho. Acima de tudo, é importante ficar em silêncio, em movimento e ser imprevisível.

Se não fizer isso, vai estar morto.

Serviço de escolta. Das centenas de milhares de pessoas que fugiram das cidades para os bosques, metade está morrendo de fome a essa altura. Elas voltam para a cidade cambaleando, magras feito um palito e imundas, fugindo de lobos e torcendo para encontrar alguma coisa nos escombros.

Na maioria das vezes, as máquinas as engolem rapidamente.

Cubro a cabeça com o capuz e deixo o meu sobretudo se agitando atrás de mim para confundir os sistemas de alvo robóticos, especialmente o das malditas torres sentinela. Falando nisso, preciso sair da rua. Eu me abaixo e entro em um prédio destruído, abrindo caminho através do lixo e do entulho para encontrar a fonte do alarme.

Depois que dinamitamos metade da cidade, os antigos robôs domésticos comuns não conseguiam se equilibrar bem o bastante para chegar até nós. Ficamos em segurança por um tempo, o suficiente para nos estabelecermos no subterrâneo e dentro de prédios demolidos.

Mas logo apareceu um *novo* andarilho.

Nós o chamamos de louva-a-deus. Ele tem quatro pernas multiarticuladas mais longas que postes telefônicos, feitas de algum tipo de colmeia de fibra de carbono. Os pés parecem picaretas de escalada viradas ao contrário, cortando o chão a cada passo. No alto, onde as pernas se encontram, há uns bracinhos com duas mãos em forma de picareta. Esses braços de navalha cortam madeira, gesso e tijolos. A coisa anda rápido — toda encurvada e arqueada até ficar do tamanho de uma picape pequena. Parece um pouco com um louva-a-deus.

É bem parecido.

Estou desviando de mesas vazias em um andar destruído de um prédio comercial quando sinto a vibração. Tem algo grande do lado de fora. Fico paralisado, depois me abaixo no chão cheio de lixo. Espiando por cima de uma mesa com a madeira inchada de umidade, olho para as janelas. Uma sombra cinza passa do lado de fora, mas não vejo mais nada.

Espero um pouco, por via das dúvidas.

Não longe daqui se desenvolve uma rotina familiar. Um sobrevivente encontrou uma pilha de pedras suspeita que uma máquina jamais notaria. Perto dessas pedras há uma corda, que essa pessoa puxou. Sei que há dez minutos o meu sobrevivente estava vivo. Não há garantias em relação aos próximos dez minutos.

No lado destruído do prédio eu me arrasto sobre tábuas e tijolos pulverizados indo até a luz da manhã cada vez mais clara. Tiro o capuz, passo o rosto pelo buraco e verifico a rua do lado de fora.

Nosso aviso está lá, intocado em uma escadaria do outro lado da rua. Tem um homem agachado ao lado com os braços apoiados nos joelhos e cabeça baixa. Ele se balança para a frente e para trás, talvez tentando se manter aquecido.

O aviso funciona porque as máquinas não percebem coisas naturais como pedras e árvores. É um ponto cego. Um louva-a-deus tem bons olhos para coisas artificiais, como palavras e desenhos — até para porcarias como carinhas felizes. Cabos estendidos como armadilhas não camufladas nunca funcionam. Cordas são muito retas. Escrever na parede instruções de como chegar a um esconderijo é uma boa forma de acabar com as pessoas. Mas uma pilha de entulhos é invisível. E uma pilha de pedras, de grandes a pequenas, também é.

Saio do buraco e vou até o homem antes mesmo de o sujeito levantar a cabeça.

— Ei — sussurro, cutucando o cotovelo dele.

Ele olha para mim, assustado. É um jovem latino de 20 e poucos anos. Dá para ver que ele esteve chorando. Só deus sabe pelo que ele passou para chegar até aqui.

— Está tudo bem, amigo — garanto a ele. — Vamos levar você pra um lugar seguro. Vem comigo.

Ele assente com a cabeça, sem dizer nada. Apoiando-se no prédio, se levanta. Um dos braços está enrolado em uma toalha suja e ele o segura com a outra mão. Imagino que deva estar em condições bem ruins, se ele tem medo de deixar que alguém veja.

— Daqui a pouco alguém vai olhar o seu braço, cara.

Ele se encolhe um pouco quando digo isso. Eu não esperava por isso. É estranho como estar ferido pode ser constrangedor. Como se fosse culpa da pessoa ter um olho, uma mão ou um pé que não funciona direito. É claro que estar ferido não é tão constrangedor quanto estar morto.

Eu o conduzo até a ruína do outro lado da rua. O louva-a-deus não vai ser um problema quando a gente estiver lá dentro. Meu pessoal está, em sua maioria, nos túneis subterrâneos, com as principais entradas bloqueadas. Vamos de prédio em prédio a caminho de casa.

— Qual é o seu nome, cara? — pergunto.

O sujeito não responde, apenas abaixa a cabeça.

— Tudo bem. Vem comigo.

Volto para a segurança do prédio demolido. O garoto sem nome vem mancando atrás de mim. Juntos, perambulamos pelas construções destruídas, subindo montes de entulho e nos arrastando sob paredes meio caídas. Quando chegamos longe o bastante, saímos para uma rua segura. O silêncio entre nós cresce quanto mais longe chegamos.

Fico apreensivo andando pela rua vazia e me dou conta de que estou assustado com os olhos sem vida do garoto que arrasta os pés atrás de mim, calado.

Quanta mudança uma pessoa é capaz de absorver antes que tudo perca o sentido? Viver por viver não é vida. As pessoas precisam de sentido assim como precisam de ar.

Graças a deus ainda tenho a Dawn.

Estou pensando nos seus olhos castanhos quando noto o poste telefônico verde-musgo inclinado no fim da rua. O poste está entortado no meio e deslocado, então percebo que é uma perna. Vamos morrer em trinta segundos se ficarmos aqui.

— Entra — sussurro, empurrando o garoto para uma janela quebrada.

Sobre quatro pernas agachadas, um louva-a-deus encurvado corre na nossa frente. Sua cabeça inexpressiva, em forma de bala, roda rapidamente e para. Longas antenas se agitam. A máquina salta para a frente e galopa na nossa direção, com os pés afiados cortando o asfalto como um leme na água. As garras dianteiras saem da barriga, preparadas, refletindo a luz nas inúmeras farpas.

O garoto encara a cena fixamente, pasmo.

Eu o agarro e o empurro pela janela, depois mergulho atrás dele. Nós nos levantamos e nos atropelamos no tapete mofado. Segundos depois, uma sombra aparece no retângulo de luz do dia que há atrás de nós. Um braço cheio de garras entra pela janela e abaixa com violência, arrancando parte da parede. Outro braço cheio de garras vem em seguida. Para a frente e para trás, para a frente e para trás. É como um tornado.

Para a nossa sorte, o prédio é seguro. Posso afirmar, pois foi bem detonado por dentro. A fachada está destruída, mas o interior é transitável. Fazemos o nosso trabalho bem feito em Nova York. Empurro o garoto para uma pilha de blocos de concreto e um buraco na parede que nos leva para um prédio adjacente.

— Por ali — digo, apontando e empurrando o garoto pelo buraco. Ele vai tropeçando como um zumbi.

Então ouço o carpete rasgando e a mobília de madeira sendo esmagada. O louva-a-deus deu um jeito de passar pela janela. Bem agachado, ele está espremendo sua massa cinzenta pelo prédio, arrancando o revestimento do teto, que cai como confete. Andando abaixada, a coisa é uma pilha de garras e metal rangendo.

Corremos para o buraco na parede.

Eu paro e ajudo o garoto a rastejar pela pilha de entulho formada de vergalhão e concreto. A passagem é apenas um buraco escuro e estreito que atravessa a fundação dos dois prédios. Fico rezando para que isso atrase o monstro que está nos perseguindo.

O garoto desaparece lá dentro. Vou atrás dele. Está escuro, claustrofóbico. Ele está rastejando devagar, ainda segurando o braço machucado. Perto da entrada, vergalhões de aço saem da parede como lanças enferrujadas. Posso ouvir o louva-a-deus se aproximando de nós, destruindo tudo o que toca.

Então o som para.

Não há espaço suficiente para eu virar a cabeça e ver o que está acontecendo atrás de mim. Vejo apenas a sola dos sapatos do garoto enquanto ele rasteja. Inspira, expira. Concentra. Alguma coisa bate na entrada do buraco com tanta força que, pelo barulho, parece ter arrancado um pedaço de rocha sólida. Logo em seguida há outra pancada. O louva-a-deus está raspando a parede freneticamente, triturando o concreto e o arenito. O barulho é ensurdecedor.

Tudo ao meu redor se transforma em gritos, escuridão e poeira.

— Vai, vai, vai! — grito.

Um segundo depois o garoto se foi; ele encontrou a outra ponta do túnel. Sorrindo, me animo. A toda a velocidade, me jogo para fora do buraco, caio alguns metros e depois, surpreso, grito ao sentir uma dor terrível.

Um pedaço de vergalhão furou a carne da minha panturrilha direita.

Estou deitado de costas, apoiado nos cotovelos. Minha perna está presa na saída do buraco. O vergalhão está para fora como um dente torto, enfiado na minha perna. O garoto está a alguns metros de distância, ainda sem expressão no rosto. Respiro fundo e estremeço, dando outro grito selvagem de dor.

Isso parece chamar a atenção do garoto.

— Droga, me tira daqui! — grito.

O garoto pisca para mim. Um pouco de vida está voltando para aqueles seus olhos castanhos.

— Rápido! O louva-a-deus está chegando!

Tento erguer o corpo, mas estou muito fraco e sentindo uma dor horrível. Com os cotovelos afundando dolorosamente na terra, consigo levantar a cabeça. Tento explicar ao garoto:

— Você precisa tirar a minha perna do vergalhão. Ou tirar o vergalhão da parede. Ou um, ou outro, cara. Mas seja rápido.

O garoto fica lá parado, a boca tremendo. Parece que ele está prestes a chorar. Que sorte a minha.

Do túnel, ouço o *poc, poc* de quando cada pancada do louva-a-deus tira mais pedras do caminho. Uma nuvem de poeira sai do buraco que se desfaz. Cada golpe do louva-a-deus provoca uma enorme vibração pela pedra e pelo vergalhão que espeta a minha panturrilha.
— Vamos, cara. Eu preciso de você. Preciso da sua ajuda.
E pela primeira vez o garoto fala:
— Eu sinto muito — ele me diz.
Droga. É o fim. Quero gritar com esse garoto, esse covarde. Quero machucá-lo de alguma forma, mas estou muito fraco. Então, com toda a força que tenho, me concentro em manter o rosto voltado para o dele. Os músculos do meu pescoço se esticam para manter minha cabeça elevada, tremendo. Se esse garoto vai me deixar aqui para morrer, quero que se lembre do meu rosto.
Com os olhos fixos nos meus, o garoto apoia seu braço ferido. Ele começa a desenrolar a toalha que o cobre.
— O que você está...
Paro imediatamente. A mão do garoto não está machucada — *ele não tem mão.*
Em vez dela, a carne do seu antebraço termina com um monte de fios ligados a um pedaço oleoso de metal com duas lâminas protuberantes. Parece uma tesoura industrial. A ferramenta está fundida diretamente no braço. Enquanto observo, um tendão é flexionado e as lâminas lubrificadas começam a se separar.
— Eu sou uma aberração — diz ele. — Rob fez isso comigo nos campos de trabalho.
Não sei o que pensar. Eu simplesmente não tenho mais forças. Abaixo a cabeça e olho para o teto.
Corte.
Minha perna está livre. Um pedaço de vergalhão está preso nela, cortado e reluzente. Mas eu estou *livre.*
O garoto me ajuda a levantar. Ele me oferece apoio com o braço bom. Vamos mancando sem voltar a olhar pelo buraco. Cinco minutos depois,

encontramos uma entrada camuflada para os túneis do metrô. Então escapamos, esforçando-nos ao máximo pelos trilhos abandonados. Deixamos o louva-a-deus para trás.

— Como? — pergunto, indicando o braço dele com a cabeça.

— Campo de trabalho. As pessoas entram para fazer uma cirurgia e voltam diferentes. Eu fui um dos primeiros. A minha é simples. Foi só o braço. Mas outras pessoas... Elas voltaram do automédico ainda pior. Sem olhos. Sem pernas. Rob mexe com a pele, com os músculos, com o cérebro.

— Você está sozinho?

— Conheci alguns outros, mas eles não quiseram... — Ele lança um olhar inexpressivo para a mão mutilada. — Eu sou como *eles* agora.

Aquela mão não lhe serviu para fazer amigos. Fico imaginando quantas vezes ele foi rejeitado, há quanto tempo está sozinho.

É quase o fim da linha para esse garoto. Percebo pela postura dele. Como cada respiração parece uma luta. Eu já vi isso antes. Ele não está machucado — está esgotado.

— Ficar sozinho é complicado — digo. — Você começa a se perguntar qual é o propósito, sabe?

Ele não diz nada.

— Mas tem outras pessoas aqui. A resistência. Você não está sozinho. Você tem um propósito.

— E qual seria? — pergunta ele.

— Sobreviver, cara. Ajudar a resistência.

— Eu nem...

Ele levanta o braço. Seus olhos se enchem de lágrimas. Essa é a parte importante. Ele precisa entender. Se não entender, vai morrer.

Pego o garoto pelos ombros e digo cara a cara:

— Você nasceu como um ser humano e vai morrer como um. Não importa o que tenham feito com você. Ou o que *façam*. Entendeu?

Está silencioso aqui embaixo nos túneis. E escuro. A sensação é de segurança.

— Entendi — responde ele.

Me apoio no ombro do garoto, contraindo-me por causa da dor na perna.

— Ótimo — digo. — Agora vem. A gente tem que ir pra casa e comer. Olhando pra mim você nunca iria imaginar, mas eu tenho uma bela esposa. A mulher mais bonita do mundo. E estou avisando: se pedir com jeitinho, ela faz um ensopado de outro mundo.

Acho que o garoto vai ficar bem. Assim que ele conhecer os outros.

As pessoas precisam de um sentido na vida assim como precisam de ar. Por sorte, podemos dar sentido uns aos outros de graça. Apenas estando vivos.

"Nos meses seguintes, cada vez mais humanos modificados começaram a aparecer na cidade. Não importa o que Rob tenha feito com essas pessoas, todas foram bem recebidas na resistência da cidade de Nova York. Sem esse refúgio e sua ausência de preconceito, seria improvável que a resistência humana, incluindo o pelotão Espertinho, conseguisse adquirir e tirar vantagem de uma arma secreta incrivelmente poderosa: a menina de 14 anos Mathilda Perez."

CORMAC WALLACE, MIL#EGH217

5

Aracnodroide

> "Cadê a sua irmã, Nolan?
> Cadê Mathilda?"
>
> Laura Perez

Nova Guerra + 10 meses

"Enquanto nosso pelotão continuava viajando rumo a Gray Horse, encontramos um soldado ferido chamado Leonardo. Cuidamos de Leo até que se recuperasse e ele nos falou dos campos de trabalho forçado construídos às pressas perto de grandes cidades. Apesar da enorme desvantagem numérica inicial, parece que o Grande Rob aumentou a ameaça para convencer um grande número de pessoas a entrar nesses campos e ficar por lá.

"Sob enorme pressão, Laura Perez, ex-congressista, contou essa história relacionada a sua experiência em um desses campos de trabalho. Dos milhões aprisionados, alguns poucos sortudos estavam determinados a fugir. Outros foram forçados a sair."

Cormac Wallace, MIL#EGH217

Estou sozinha, parada, em um campo molhado e enlameado.
Não sei onde estou. Não consigo me lembrar de como cheguei aqui.
Meus braços estão magros e cheios de cicatrizes. Estou usando um macacão azul imundo, quase um trapo rasgado e manchado.
Tremendo, envolvo meu corpo com os braços. Sou tomada pelo pânico. Sei que estou esquecendo alguma coisa importante, que deixei algo para trás. Não consigo dizer o que é, mas é doloroso. Parece que tem um pedaço de arame farpado em volta do meu coração, apertando.
Então eu me lembro.
— Não — lamento.
Um grito sai das minhas entranhas.
— Não!
Grito virada para a grama. Gotas de saliva voam da minha boca e encontram o sol da manhã. Eu giro em círculos, mas estou sozinha. Totalmente sozinha.
Mathilda e Nolan. Meus bebês. Meus bebês se foram.
Algo brilha no final da linha de árvores. Eu me encolho instintivamente. Depois percebo que é apenas um espelhinho. Um homem camuflado sai de trás de uma árvore e faz um sinal para mim. Atordoada, caminho cambaleando até ele pelo mato alto, parando a quase vinte metros de distância.
— Ei — chama ele. — De onde você veio?
— Não sei — respondo. — Onde eu estou?
— Perto de Nova York. Do que você se lembra?
— Não sei.
— Vê se você tem caroços no corpo.
— O quê?
— Vê se tem algum caroço no seu corpo, alguma coisa diferente.
Confusa, passo as mãos pelo corpo. Fico surpresa de poder sentir todas as minhas costelas. Nada faz sentido. Fico imaginando se estou sonhando, inconsciente ou morta. Então sinto algo. Um calombo

na parte superior da coxa. Provavelmente a única parte corpulenta que me restou.

— Tem um calombo na minha perna — aviso.

O homem começa a se afastar para o bosque.

— O que isso significa? Aonde você está indo? — pergunto.

— Me desculpa, moça. Rob grampeou você. Tem um campo de trabalho humano a alguns quilômetros daqui. Eles estão usando você como isca. Não tenta me seguir. Me desculpa.

Ele desaparece na escuridão da floresta. Coloco a mão sobre os olhos para fazer sombra e procuro por ele.

— Espera, espera! Onde fica esse campo de trabalho? Como eu posso encontrá-lo?

Uma voz fraca ecoa do bosque.

— Scarsdale. Uns dez quilômetros ao norte. Segue a estrada, com o sol do lado direito. Toma cuidado.

O homem foi embora. Estou sozinha outra vez.

Vejo as minhas pegadas cambaleantes na grama enlameada, apontando para o norte. Percebo que a trilha é, na verdade, uma estrada abandonada voltando a sua forma natural. Meus braços finos ainda estão em volta do meu corpo. Eu me obrigo a soltar. Estou fraca e ferida. Meu corpo quer estremecer, quer desabar e desistir.

Mas eu não vou permitir.

Estou voltando para encontrar os meus bebês.

O calombo se mexe quando toco nele. Encontro um pequeno talho na minha pele, por onde devem ter colocado essa coisa em mim. Mas o ferimento sobe bastante pela perna até quase chegar ao quadril. Acho que esse negócio está se mexendo. Ou pelo menos pode se mexer, se quiser.

Um grampo. O homem camuflado disse que eu estou grampeada. Dou uma risada, imaginando se devo levar a descrição ao pé da letra.

Pelo visto, ele foi *bem* literal.

Flashes de memória estão voltando. Imagens vagas de asfalto muito limpo, um grande prédio de metal. Como um hangar de aviões, mas cheio de luzes. Outro prédio com beliches até o teto. Não lembro como são os carcereiros. Mas também não me esforço muito para lembrar.

Depois de uma hora e meia de caminhada, avisto uma clareira ao longe. Algumas nuvens de fumaça estão subindo dela. A luz do sol reflete em um amplo telhado de metal e em uma cerca baixa de arame. Deve ser ele. O campo de prisioneiros.

Uma sensação estranha na minha perna me lembra que estou carregando o grampo. Aquele homem não quis me ajudar por causa disso. O grampo deve estar dizendo às máquinas onde estou para que possam pegar e matar outras pessoas. Isso faz sentido.

Felizmente, as máquinas não esperavam que eu *voltasse*.

Observo com nojo o caroço pulsante sob a minha pele. Não posso continuar com o grampo de jeito nenhum. Tenho que fazer alguma coisa a respeito.

E vai *doer*.

Duas pedras lisas. Uma tira longa de tecido arrancada da minha manga. Com a mão esquerda, pressiono a pedra contra a coxa, esticando a pele bem abaixo do caroço. O grampo começa a se mexer, mas, antes que consiga fugir, fecho os olhos e penso em Mathilda e Nolan e, com toda a força, bato com a outra pedra. Sinto uma dor lancinante na perna e ouço um barulho. Bato com a pedra mais três vezes e depois rolo no chão, gritando de dor. Deito de costas, respirando fundo, olhando para o céu azul, em lágrimas.

Levo uns cinco minutos até conseguir verificar o estrago na minha perna.

A coisa parece uma lesma de metal áspero com dezenas de pés farpados e agitados. Ela deve ter tentado sair da minha perna logo depois da primeira batida, porque parte da sua casaca foi esmagada em cima da minha coxa. Tem algum tipo de líquido vazando em mim, se misturando com o meu sangue. Passo o dedo nele e aproximo do rosto. Tem cheiro de produto químico. Produtos explosivos, como querosene ou gasolina.

Não sei o motivo, mas acho que tive muita sorte. Não havia me ocorrido que essa coisa poderia ser uma bomba.

Não me permito chorar.

Me forçando a olhar, eu me abaixo e, com cuidado, puxo o troço amassado debaixo da minha pele. Percebo que ele tem uma cobertura cilíndrica do lado que não está quebrado. Jogo-o no chão e ele cai mole. Parecem dois tubos de pastilhas de hortelã com muitas pernas e duas antenas longas e úmidas. Mordo o lábio inferior e tento não gritar enquanto enrolo a perna com a faixa de tecido azul.

Depois me levanto e, mancando, me aproximo do campo de trabalho.

Armas sentinela. A lembrança volta de repente à minha cabeça. O campo de trabalho é protegido por armas sentinela. Aqueles montinhos cinzentos na grama vão se levantar e matar qualquer coisa que chegar a certa distância.

Campo Scar.

De perto das árvores, observo o terreno. Insetos e pássaros voam de um lado para o outro acima de um grosso tapete de flores, ignorando as pilhas de roupas emboladas na grama — os corpos daqueles que tentaram resgatar outras pessoas. Os robôs não tentam esconder esse lugar. Em vez disso, o usam como um farol para atrair sobreviventes humanos. Possíveis libertadores, enganados repetidas vezes. Seus corpos se empilham nesse campo e se transformam em adubo. Comida de flor.

Se trabalhar duro e não sair da linha, as máquinas o alimentam e o mantém aquecido e vivo. Aprende-se a ignorar o estampido agudo das armas sentinela. Obriga-se a esquecer o significado daquele som. Olha-se para a cenoura e não mais para a vara.

Vejo uma linha marrom vacilante ao lado do complexo. Pessoas. Uma linha de pessoas sendo levadas daqui para outro lugar. Não hesito, simplesmente dou a volta no campo de sentinelas mancando para chegar até a linha.

Vinte minutos depois, vejo um veículo blindado de seis rodas se sacudindo a uns seis quilômetros por hora. É algum tipo de atividade militar com uma torre blindada no alto. Ando até ele com as mãos para o alto, me encolhendo quando a torre se vira e aponta para mim.

— Entre na fila. Não pare. Não se aproxime do veículo. Obedeça imediatamente ou levará um tiro — diz uma voz automatizada por um alto-falante no topo.

Uma fila instável de refugiados cambaleia ao lado do carro blindado. Alguns carregam malas ou mochilas, mas a maioria está apenas com a roupa do corpo. Só deus sabe há quanto tempo estão marchando. Ou quantos havia na fila quando começaram.

Algumas cabeças cansadas se levantam e olham para mim.

Mantendo as mãos para o alto e os olhos na torre blindada, entro na fila de refugiados. Cinco minutos depois, um homem usando um terno sujo de lama e um cara de poncho se aproximam de mim, ficando um de cada lado, diminuindo o passo juntos para ficarmos um pouco mais atrás do veículo militar.

— De onde você veio? — pergunta o homem de terno.

Fico olhando para a frente.

— Eu vim do lugar para onde a gente está indo.

— E onde é isso? — pergunta ele.

— É um campo de trabalho.

— Campo de trabalho? — questiona o rapaz de poncho. — Você quer dizer que é um campo de concentração?

Ele olha para o campo. Alterna o olhar entre o veículo blindado e um monte de grama alta ao lado. O cara de terno coloca a mão no ombro do amigo.

— Não faz isso. Lembre-se do que aconteceu com Wes.

Isso parece abalar a confiança do rapaz de poncho.

— Como você saiu? — pergunta o cara de terno.

Olho para a minha perna. Um pouco de sangue ressecado escurece a parte superior da perna do macacão. Isso diz tudo. Ele segue o meu olhar e decide deixar pra lá.

— Eles precisam mesmo que a gente *trabalhe*? — pergunta o rapaz de poncho. — Por quê? Por que não usam outras máquinas?

— Nós somos mais baratos — respondo. — Mais baratos do que construir máquinas.

— Não exatamente — retruca o cara de terno. — A gente consome recursos. Comida.

— Sobrou muita comida — explico. — Nas cidades. Com a população reduzida, tenho certeza de que elas vão conseguir fazer essas sobras durarem anos.

— Que ótimo — ironiza o rapaz de poncho. — É mesmo uma maravilha, cara.

Percebo que o veículo blindado reduziu a velocidade. A torre se virou para nós em silêncio. Eu fico quieta. Essas pessoas não são o meu objetivo. Meus objetivos têm 9 e 12 anos e estão esperando pela mãe.

Continuo andando, sozinha.

Consigo escapulir durante a catalogação dos recém-chegados. Alguns Big Happy remendados observam e executam comandos pré-programados enquanto as pessoas da fila jogam as roupas e as malas em uma pilha. Eu me lembro disso: o chuveiro, os macacões, a designação das camas, do trabalho. E, no fim, todos fomos marcados.

Eu ainda tenho a minha marca.

É uma identificação subcutânea do tamanho de um grão de arroz inserida no meu ombro direito. Depois de entrarmos no campo e todos jogarem seus pertences fora, simplesmente me afasto. Um Big Happy me segue enquanto cruzo o campo para chegar ao grande prédio de metal. A minha marca me identifica como submissa. Se eu estivesse fora das especificações, a máquina esmagaria a minha traqueia com as próprias mãos. Já vi isso acontecer.

Os detectores espalhados pelo campo parecem reconhecer a minha identificação. Nenhum alarme dispara. Ainda bem que não colocaram o meu número na lista negra depois de me jogarem naquele terreno. O Big Happy recua quando contorno o campo até o barracão de trabalho.

Assim que passo pela porta, uma luz na parede começa a piscar. Droga. Eu não deveria estar aqui nesse momento. Meu trabalho não está agendado para hoje, nem para nenhum outro dia.

Aquele Big Happy vai voltar.

Observo tudo. Essa é a sala de que mais me lembro. Piso limpo sob um enorme telhado de metal, grande como um campo de futebol. Quando chove, o som da sala parece o de um auditório repleto de aplausos. Há várias fileiras de luzes fluorescentes acima das esteiras transportadoras que ficam na altura da cintura, estendendo-se por muitos e muitos metros. Tem centenas de pessoas aqui. Elas usam macacões azuis, máscaras descartáveis e se posicionam ao longo das esteiras, pegando peças de caixas e as conectando ao que está passando na linha, depois jogando para os tambores.

É uma linha de montagem.

Corro para a linha onde eu costumava trabalhar. Olho para baixo e vejo que hoje eles estão montando o que chamamos de minitanques. Eles parecem um pouco com o grande louva-a-deus de quatro pernas, mas são do tamanho de um cachorro pequeno. Não sabíamos o que eles eram até o dia em que um cara novo, um soldado italiano, explicou que essas coisas — os minitanques — ficam na barriga dos louva-a-deus e se soltam durante a batalha. Ele disse que às vezes os que quebram podem ser remontados e usados como equipamento de emergência. Disse que eles os chamavam de aracnodroides.

A porta pela qual acabei de entrar se abre. Um Big Happy entra. Todos param de se mexer. As esteiras transportadoras pararam. Ninguém move um dedo para me ajudar. Ficam parados e quietos como estátuas. Não me dou ao trabalho de pedir ajuda. Eu sei que, se estivesse no lugar deles, também não faria nada.

O Big Happy fecha a porta. Um *bum* ecoa pela enorme sala quando as trancas de todas as portas se fecham. Estou presa aqui até eles me matarem.

Corro pela linha de montagem, arfando, com a perna latejando. O Big Happy vem na minha direção. Ele dá um passo cuidadoso de cada vez, em silêncio, exceto pelo leve ranger dos motores. Enquanto me movimento pela linha, vejo os minitanques passarem de pequenas caixas pretas a máquinas quase totalmente completas.

Do outro lado da construção comprida, alcanço a porta que leva aos dormitórios. Tento empurrá-la, mas ela é feita de aço maciço e está trancada. Eu me viro, apoiando as costas na porta. Centenas de pessoas observam, ainda segurando suas ferramentas. Algumas estão curiosas, mas a maioria está impaciente. Quanto mais se trabalha, mais rápido passa o dia. Eu sou uma interrupção. De um tipo nem tão incomum. Logo a minha traqueia vai ser esmagada, o meu corpo removido e essas pessoas vão voltar ao que sobrou de suas vidas.

Mathilda e Nolan estão do outro lado dessa porta e precisam de mim. Mas, em vez de ficar com eles, vou morrer diante de todas essas pessoas esgotadas usando máscaras descartáveis.

Caio de joelhos, sem forças. Com a testa encostada no piso frio, ouço apenas o constante *clique, clique, clique* do Big Happy andando na minha direção. Estou tão cansada. Acho que vai ser um alívio quando acontecer. Uma bênção poder finalmente dormir.

Mas meu corpo é mentiroso. Eu preciso ignorar a dor. Preciso dar um jeito de sair dessa.

Afastando o cabelo do rosto, olho freneticamente para a sala procurando algo. Uma ideia me ocorre. Me contorcendo por causa da coxa ferida, me levanto e caminho cambaleando pela linha de montagem de minitanques. Analiso cada um deles, procurando por um no estágio certo. As pessoas de quem me aproximo se afastam de mim.

O Big Happy está a um metro e meio quando encontro o minitanque perfeito. Esse não passa de quatro pernas compridas penduradas em um abdômen do tamanho de uma chaleira. A fonte de energia está conectada, mas ainda faltam alguns passos para a implantação do sistema nervoso central. No lugar dele, fios conectores desencapados surgem de uma cavidade aberta na parte de trás daquela coisa.

Agarro o minitanque e me viro. O Big Happy está a trinta centímetros, de braços estendidos. Cambaleando para trás, saio do alcance dele e vou mancando até a porta de aço. Com as mãos tremendo, estendo todas as pernas do minitanque e pressiono o abdômen na porta. Meu braço esquerdo estremece com o esforço de segurar o pedaço de metal sólido. Com a mão livre, alcanço a parte de trás do minitanque e junto os fios.

Como um reflexo, o minitanque dobra as pernas farpadas para dentro. Com um som agudo, elas se agarram na porta e atravessam o metal. Solto o minitanque e ele cai no chão, com as pernas segurando um pedaço da porta de quinze centímetros de aço maciço. Um buraco irregular se abre onde a maçaneta e a fechadura estavam. Meus braços estão esgotados, inúteis. O Big Happy está a poucos centímetros de mim, com os braços estendidos, garras abertas, pronto para pinçar a parte do meu corpo que estiver mais próxima.

Com um chute, abro a porta quebrada.

Do outro lado, olhos assustados me encaram. Velhas e crianças estão amontoadas no dormitório. Os beliches de madeira vão até o teto.

Entro agachada e bato a porta, pressionando as costas nela enquanto o Big Happy tenta abri-la. Felizmente a máquina não consegue tração suficiente no chão de concreto polido para empurrar a porta.

— Mathilda! — berro. — Nolan!

As pessoas ficam paradas, observando. As máquinas sabem o meu número de identificação. Conseguem me rastrear aonde quer que eu vá, e não vão parar até que eu esteja morta. Essa é a única chance que vou ter de salvar a minha família.

E, de repente, lá está ele. Meu anjinho silencioso. Nolan fica diante de mim, com os cabelos negros sujos e desgrenhados.

— Nolan! — exclamo. Ele corre para mim, eu o agarro e abraço. A porta é forçada nas minhas costas pela máquina que ainda empurra. Certamente tem outras vindo.
Envolvendo o rostinho delicado de Nolan com as mãos, pergunto:
— Cadê a sua irmã, Nolan? Cadê Mathilda?
— Ela se machucou. Depois que você partiu.
Engulo o medo, por Nolan.
— Ah, não, querido. Me desculpa. Para onde ela foi? Me leva até lá.
Nolan não diz nada. Ele aponta.
Com Nolan no colo, abro caminho por entre as pessoas e sigo pelo corredor até a enfermaria. Atrás de mim, algumas senhoras seguram calmamente a porta que o Big Happy tenta abrir. Não há tempo para lhes agradecer, mas vou me lembrar do rosto delas. Vou rezar por elas.
Nunca estive nessa sala comprida, revestida de madeira, antes. Uma estreita passagem central é dividida por cortinas dos dois lados. Passo pelo meio, abrindo as cortinas para encontrar a minha filha. Cada cortina que puxo revela um novo terror, mas meu cérebro não registra nada disso. Só vou reconhecer uma coisa agora. Um rosto.
E então eu a vejo.
Minha filhinha está deitada em uma maca com um monstro pairando acima de sua cabeça. É uma espécie de máquina de cirurgia em um braço de metal, com dezenas de pernas de plástico. Todas as pernas estão enroladas em papel esterilizado. Na ponta de cada uma há uma ferramenta: bisturis, ganchos, ferros de solda. A coisa toda se mexe muito rápido — com movimentos precisos —, como uma aranha tecendo sua teia. A máquina está fazendo alguma coisa no rosto de Mathilda, e não para nem nota a minha presença.
— Não! — grito.
Coloco Nolan no chão e agarro a base da máquina. Com toda a força, eu a afasto do rosto da minha filha. Confusa, a máquina retrai os braços no ar. Nessa fração de segundo, empurro a maca com o pé e mando Mathilda para longe da máquina. A ferida na minha perna abre novamente e sinto um filete de sangue escorrendo pela panturrilha.

O Big Happy deve estar chegando perto.
Me debruço sobre a maca e olho para a minha filha. Algo está terrivelmente errado. Seus olhos. Seus lindos olhos se foram.
— Mathilda? — chamo.
— Mãe? — diz ela, sorrindo.
— Ah, querida, você está bem?
— Eu acho que sim — responde ela, franzindo a testa para a minha expressão. — Eu estou com uma sensação estranha nos olhos. O que aconteceu? — Com os dedos tremendo, ela toca no metal preto que está enterrado em suas órbitas oculares.
— Você está bem, querida? Consegue enxergar?
— A-hã, eu consigo. Eu consigo ver por dentro — diz Mathilda.
Sinto um arrepio no estômago. Cheguei tarde demais. Eles já feriram a minha garotinha.
— O que você está vendo, Mathilda?
— Eu consigo ver por dentro das máquinas.

Levamos apenas alguns minutos para chegar ao perímetro. Ergo Mathilda e Nolan. A cerca tem só um metro e meio de altura. É parte da estratégia para atrair pessoas querendo libertar quem está lá dentro. As armas sentinela ocultas que espreitam no campo são projetadas para fazer a segurança de verdade.
— Vamos, mãe — apressa Mathilda, em segurança do outro lado da cerca.
Mas a minha perna está sangrando muito. Tem sangue se acumulando no meu sapato e escorrendo pelo chão. Depois de passar Nolan pela cerca, estou cansada demais para agir. Com o meu último fiapo de energia, me mantenho consciente. Eu me apoio na cerca para me manter de pé, olhando para os meus filhos pela última vez.
— Eu sempre vou amar vocês. Não importa o que aconteça.
— O que você está dizendo? Vamos! Por favor! — implora Mathilda.
Minha visão está se esvaindo, ficando cada vez mais fraca. Estou vendo o mundo por dois buraquinhos — o resto é escuridão.

— Pega o Nolan e vai embora, Mathilda.
— Mãe, eu não posso. Tem armas. Eu consigo *ver elas*.
— Se concentra, querida. Você tem um dom agora. Vê onde as armas estão. Para onde podem atirar. Encontra um caminho seguro. Pega o Nolan pela mão e não solta.
— Mamãe — diz Nolan.
Bloqueio toda a minha emoção. Eu preciso fazer isso. Consigo ouvir o chiado dos motores dos minitanques se aproximando atrás de mim no campo. Caio sobre a cerca. De algum lugar, tiro forças para gritar:
— Mathilda Rose Perez! Sem discussão. Pega o seu irmão e vai embora. Corre. Não para até estar bem longe daqui. Você está me ouvindo? Corre. Faz isso *agora mesmo* ou eu vou ficar muito brava com você.
Mathilda se encolhe com o som da minha voz. Ela dá um passo hesitante. Sinto o meu coração se partir. É um sentimento entorpecedor, irradiando do meu peito e esmagando todos os pensamentos — devorando o meu medo.
Então Mathilda aperta a boca. Ela adquire uma expressão familiar de teimosia e as sobrancelhas se abaixam sobre aqueles implantes monstruosos.
— Nolan — chama ela. — Segura na minha mão e não solta por nada. Aconteça o que acontecer. A gente vai correr agora. Bem rápido, tá bom?
Nolan faz que sim com a cabeça e pega na mão dela.
Meus pequenos soldados. Sobreviventes.
— Eu te amo, mamãe — diz Mathilda.
E então os meus bebês vão embora.

"Não existem mais registros de Laura Perez. Mathilda Perez, no entanto, é outra história."

CORMAC WALLACE, MIL#EGH217

6

Band-e-Amir

> "Isso não é uma arma, é?"
>
> Esp. Paul Blanton

Nova Guerra + 10 meses

"No longo período que sucedeu a hora H no Afeganistão, o especialista Paul Blanton não apenas sobreviveu mas prosperou. Como descrito nas seguintes memórias, Paul descobriu um artefato tão profundo que alterou o curso da Nova Guerra — e ele fez isso enquanto sobrevivia em um ambiente incrivelmente hostil.

"É difícil determinar se o jovem soldado teve sorte, perspicácia, ou ambos. Pessoalmente, acredito que qualquer um diretamente relacionado a Lonnie Wayne Blanton já esteja a meio caminho de ser um herói."

Cormac Wallace, MIL#EGH217

Jabar e eu estamos deitados em uma colina usando os binóculos. Devem ser dez da manhã. Estação de seca no Afeganistão. Há meia hora identificamos uma onda de comunicação avtomata. Foi uma única transmissão aérea de informação, provavelmente para um observador terrestre em movimento. Mas também pode ter sido para um tanque. Ou algo ainda pior. Jabar e eu decidimos ficar entrincheirados aqui e esperar a coisa aparecer, seja lá o que for.

É... praticamente uma missão suicida.

Depois que essa merda começou, os nativos não confiaram em mim nem por um segundo. Jabar e eu fomos proibidos de chegar perto dos principais acampamentos. A maioria dos civis afegãos fugiram para essas cavernas construídas pelo homem na província de Bamiyan. Coisa muito antiga. Algumas pessoas desesperadas as escavaram nas paredes das montanhas, e por cerca de mil anos elas têm sido um refúgio para toda guerra civil, fome, praga e invasão.

A tecnologia muda, mas as pessoas continuam as mesmas.

Os velhos rabugentos com barba de Papai Noel e sobrancelhas espessas estavam sentados em círculo, tomando chá e gritando uns com os outros. Eles se perguntavam por que os caças avtomata estavam por aí, em todo lugar. Para descobrir, eles *nos* mandaram rastrear as comunicações. Foi uma punição para Jabar, mas ele nunca esqueceu que eu salvei a sua vida na hora H. Bom garoto. Não consegue deixar a barba crescer direito. Mas é um bom garoto.

Esse lugar para onde mandaram a gente, Band-e-Amir, é tão bonito que machuca os olhos. Lagos muito azuis entre montanhas totalmente marrons. Tudo cercado por penhascos de calcário avermelhado. Estamos tão alto e o ar é tão rarefeito que mexe com a cabeça. Juro. A luz aqui em cima faz uma coisa engraçada que não acontece em outros lugares. As sombras são muito nítidas. Os detalhes, muito distintos. Como um planeta alienígena.

Jabar vê primeiro e me cutuca.

Uma avtomata bípede caminha por uma estrada de terra a quase dois quilômetros, cruzando a área de vegetação rasteira. Percebo que era um SEP. Provavelmente um modelo Hoplita, a julgar pela altura e pelo andar leve. Mas não dá para saber ao certo. As máquinas têm sofrido mudanças ultimamente. Por exemplo, o bípede lá embaixo não está usando roupas, como um SEP faria. Em vez disso, ele é feito de um tipo de material fibroso cor de terra. Ele anda a uma velocidade estável de uns oito quilômetros por hora, com a sombra se estendendo na terra, tão mecânico quanto um tanque atravessando as areias do deserto.

— É um soldado? — pergunta Jabar.
— Eu não sei mais o que ele é — respondo.
Jabar e eu decidimos segui-lo.

Esperamos até ele se afastar bastante. Mesmo quando eu comandava uma equipe SEP, mantínhamos um drone vigiando o quilômetro quadrado que cercava a nossa unidade. Fico feliz por conhecer o procedimento, porque assim posso ficar fora de seu alcance. Uma coisa boa a respeito das avtomatas é que elas não dão um passo extra se não for preciso. Tendem a andar em linhas retas ou por caminhos fáceis. Isso as torna previsíveis e mais fáceis de rastrear.

Permanecendo no alto, caminhamos ao longo da cadeia de montanhas na mesma direção da avto. Logo o sol está a pino, mas as nossas túnicas de algodão absorvem o suor. É agradável andar com Jabar por um tempo. Um lugar grande assim faz você se sentir pequeno. E a solidão chega aqui muito rápido.

Jabar e eu estamos atravessando o terreno acidentado apenas com as nossas mochilas, túnicas e essas antenas que parecem chicotes de mais ou menos dois metros e meio de comprimento, feitas de plástico preto grosso, que balançam a cada passo que damos. Elas devem ter sido tiradas de umas máquinas aleatórias das guerras que aconteceram aqui nos últimos cinquenta anos. Usando a nossa antena, conseguimos captar a comunicação via rádio das avtomatas e descobrir para onde estão indo. Assim, rastreamos os movimentos delas e alertamos o nosso povo. É uma pena não sermos capazes de interceptar a comunicação. Mas não dá para invadir o esquema de encriptação da avto. Embora ainda compense ter uma ideia de onde estão os inimigos. Nossas túnicas se camuflam com as rochas. Ainda assim, mantemos uma distância mínima de quase um quilômetro um do outro. Ficarmos afastados ajuda a determinar a direção das comunicações de rádio da avtomata. Além disso, se um de nós for atingido por um míssil, o outro tem tempo de correr ou se esconder.

Depois de cinco ou seis horas seguindo o bípede, nós nos espalhamos e fazemos a última leitura do dia. É um processo lento. Apenas me sento sobre a túnica, levanto a minha vareta e coloco os fones de ouvido para ouvir o crepitar da comunicação. Minha máquina registra o tempo de chegada automaticamente. Jabar está fazendo a mesma coisa a quase um quilômetro de distância. Daqui a algum tempo, vamos comparar os números para termos uma direção aproximada.

Parados aqui no sol, há muito tempo para pensar no que pode ter acontecido. Eu explorei a minha antiga base uma vez. Entulho espalhado pelo vento. Pedaços de maquinário abandonados e enferrujados. Não há nada pelo que voltar.

Depois de uma hora sentados de pernas cruzadas observando o sol descer sob aquelas montanhas cintilantes, captamos uma onda de comunicação. A minha vareta pisca — está conectada. Faço um sinal para Jabar com o meu espelhinho rachado e ele responde. Começamos a caminhar novamente um na direção do outro.

Parece que a avto bípede foi até o topo da próxima cadeia de montanhas e parou. Como não dormem, não sabemos o que ela pretende fazer por lá. Não deve ter notado a nossa presença, porque não está chovendo bala. Conforme escurece, o solo irradia todo o calor do dia para o céu. O calor é a nossa única camuflagem. Sem ele, não temos escolha a não ser permanecer no lugar. Pegamos os nossos sacos de dormir e montamos acampamento para passar a noite.

Jabar e eu nos deitamos um ao lado do outro, na escuridão cada vez mais fria. O céu preto se abre acima de nós. E aqui fora, juro por deus, há mais estrelas do que noite.

— Paul — sussurra Jabar —, estou preocupado. Esse não se parece com os outros.

— É uma unidade SEP modificada. Eram bem comuns antes. Eu trabalhei com muitas delas.

— Sim, eu me lembro. Eram os pacifistas que desenvolveram presas. Mas aquele não era feito de metal. Não tinha nenhuma arma.

— E isso preocupa você? O fato de *não* ter armas?

— É diferente. E tudo o que é diferente é ruim.

Olho fixamente para o céu, ouço o vento nas pedras e penso nos bilhões de partículas de ar colidindo umas com as outras sobre mim. Tantas possibilidades. Todo o terrível potencial do universo.

— As avtomatas estão mudando, Jabar — digo por fim. — Se o diferente é ruim, amigo, então acho que muita coisa ruim vai acontecer.

Não tínhamos ideia do quanto as coisas estavam mudando.

Na manhã seguinte, Jabar e eu guardamos tudo e caminhamos pelas rochas acidentadas até a próxima cadeia de montanhas. Para além delas, outro lago azul-celeste de doer os olhos com pedras brancas na margem.

Band-e-Amir era um parque nacional, sabe, mas ainda estamos no Afeganistão. O que significa que uma placa de bronze nunca impediu que os habitantes locais pescassem aqui com dinamite. Não é a abordagem mais amigável, mas eu mesmo já pesquei com espinel uma ou duas vezes em Oklahoma. Mesmo com dinamite, barcos com vazamento de gasolina e esgoto a céu aberto, Band-e-Amir resistiu ao teste do tempo.

Sobreviveu aos habitantes locais.

— A avtomata deve ter vindo nessa direção — afirmo, espiando pelo despenhadeiro rochoso. A ardósia irregular varia em tamanho, indo de uma bola de basquete a uma mesa de jantar. Algumas são estáveis. A maioria não é.

— Você consegue? — pergunto a Jabar.

Ele faz que sim com a cabeça e dá uma batidinha no coturno empoeirado. Modelo americano. Provavelmente saqueado da minha base pelos membros de sua tribo. E assim vai.

— Ótimo, Jabar. Onde você conseguiu isso?

O rapaz apenas sorri para mim. É o adolescente mais abatido do mundo.

— Certo, vamos — digo, pisando com cuidado.

As rochas são tão instáveis e íngremes que temos que descer de frente para o despenhadeiro, pressionando as mãos suadas nas pedras e testando cada passo antes de seguir.

Acabou sendo muito bom termos descido assim.

Depois de trinta minutos, estamos apenas na metade da descida. Estou abrindo caminho por entre os pedregulhos — chutando pedras para ver se vão se mover — quando ouço algumas rochas caindo lá de cima. Jabar e eu ficamos paralisados, com os pescoços levantados enquanto analisamos a face da pedra cinza à procura de movimento.

Nada.

— Tem alguma coisa vindo — sussurra Jabar.

— Vamos logo — digo, agora descendo com mais urgência.

Mantendo a cabeça erguida e os olhos abertos, descemos pelas pedras vacilantes. De tempos em tempos, ouvimos o *claque, claque* de mais pedras desabando sobre nós. Cada vez que ouvimos o barulho, paramos e procuramos por algum movimento. Nunca encontramos nada.

Algo invisível está descendo o despenhadeiro e nos espreitando. A coisa não está com pressa, ela se movimenta em silêncio e fica escondida. A parte mais primitiva do meu cérebro pressente o perigo e inunda o meu corpo de adrenalina. Tem um predador chegando, ele me diz. Fuja rápido.

Mas, se eu for mais rápido, vou cair e morrer em uma avalanche de ardósia fria.

Agora as minhas pernas estão tremendo enquanto tento avançar pelas pedras. Olhando para baixo, vejo que ainda vamos levar uma meia hora para chegar ao pé da montanha. Merda, é muito tempo. Escorrego e corto o joelho em uma rocha. Mordo o lábio com força para impedir que o xingamento saia.

Então ouço o lamento baixo de um animal.

É Jabar. O garoto está encolhido nas pedras três metros acima, paralisado. Os olhos dele estão fixos em alguma coisa mais além. Acho que ele nem sabe que está fazendo esse barulho.

Ainda não vejo nada.

— O que foi, Jabar? O que tem aí, cara?

— *Koh peshak* — sussurra ele.

— Montanha o quê? O que tem na montanha, Jabar?

— Hum, como se diz... gato-da-neve.

— Neve? O quê? Você está dizendo que tem um *maldito leopardo--das-neves*? Eles vivem aqui?

— A gente achava que eles tinham ido embora.

— Extintos?

— Não mais.

Esforçando-me, volto a focar os olhos nas rochas acima de nós. Finalmente, vejo o movimento de um rabo e o predador sai do esconderijo. Um par de olhos prateados e decididos me observa. O leopardo sabe que nós o vimos. Ele salta na nossa direção sobre as rochas instáveis, com os músculos pesados estremecendo a cada impacto. Silenciosa, a morte certa está a caminho.

Tento pegar o meu fuzil.

Jabar se vira e escorrega de bunda na minha direção, chorando de pânico. Mas é tarde demais. De repente o leopardo-das-neves já está a poucos metros de distância, aterrissando sobre as patas dianteiras com a grande cauda peluda esticada como contrapeso. Aquele focinho largo e chato fica enrugado quando ele exibe os caninos brancos. O felino agarra Jabar pelas costas e o puxa para trás.

Finalmente consigo erguer o fuzil. Atiro para o alto para não acertar Jabar. O felino o sacode para a frente e para trás e dá um rosnado saído do fundo da garganta, como o barulho de um motor a diesel. Quando a minha bala o atinge na lateral do corpo, ele ruge e solta Jabar. O animal se encolhe, usando como proteção a cauda enrolada nas patas dianteiras. Resmunga e ruge, procurando a causa de tanta dor.

O corpo de Jabar cai nas pedras, imóvel.

O leopardo é terrível e belo, e certamente pertence a esse lugar. Mas é uma questão de vida ou morte. Meu coração se parte quando descarrego a arma naquela criatura magnífica. Manchas vermelhas se espalham pela pele sarapintada. O grande felino cai para trás, balançando a cauda. Aqueles olhos prateados se fecham e o rosnado congela para sempre em seu focinho.

Me sinto entorpecido quando o eco do último tiro atravessa as montanhas. Então Jabar agarra na minha perna e consegue se sentar. Ele tira a mochila, resmungando. Eu me ajoelho e coloco a mão no ombro dele. Afasto a túnica de seu pescoço e vejo duas longas faixas de sangue. As costas e os ombros têm cortes superficiais, mas, fora isso, ele não está ferido.

— Ele comeu a sua mochila, seu sortudo de uma figa — digo a ele.

Ele não sabe se ri ou se chora, nem eu.

Estou feliz porque o garoto sobreviveu. Seu povo me executaria imediatamente se eu fosse idiota o bastante para voltar sem ele. Além disso, aparentemente, Jabar tem um talento especial para avistar leopardos-das-neves pouco antes de atacarem. Isso pode ser útil algum dia.

— Vamos sair dessa droga de rocha — digo.

Mas Jabar não se levanta. Ele fica ali, agachado, olhando fixamente para o cadáver do leopardo-das-neves. Uma das suas mãos sujas de terra toca rapidamente na pata do felino.

— O que é isso? — pergunta ele.
— Eu tive que matar, cara. Eu não tive escolha.
— Não — diz Jabar. — Isso.
Ele se aproxima um pouco mais do animal e coloca sua cabeça grande e ensanguentada de lado. Agora vejo algo que não consigo explicar. Juro por deus, eu simplesmente não sei o que pensar.
Ali, logo abaixo da mandíbula do felino, tem uma espécie de coleira avtomata. Tem uma faixa cinza-claro feita de plástico duro enrolada no pescoço do bicho. Em um ponto, a faixa se alarga e forma uma órbita do tamanho de uma bola de gude. Atrás dessa parte circular, pulsa uma luzinha vermelha.
Deve ser algum tipo de coleira controlada por rádio.
— Jabar, anda cinquenta metros para o lado e fixa a sua vareta. Eu vou para o outro lado. Vamos descobrir para onde vão esses dados.
No meio da tarde, o felino já ficou bem para trás, enterrado debaixo de algumas pedras. Fiz curativos nos ferimentos nas costas de Jabar. Ele não deu um pio, provavelmente por vergonha do escândalo que fez antes. Jabar não sabe que eu estava assustado demais para gritar. E eu não falo nada sobre isso.
A trajetória da transmissão por rádio da coleira atravessa o lago mais próximo e leva a uma pequena baía. Andamos rapidamente pela margem, nos certificando de permanecer na terra dura e compacta, perto da face cada vez mais íngreme das montanhas.
Jabar as vê primeiro: pegadas.
A unidade SEP modificada está perto. Suas pegadas fazem a próxima curva, seguindo para onde as transmissões de rádio nos levam. Jabar e eu nos encaramos— chegamos ao nosso destino.
— *Muafaq b'ashid*, Paul — diz ele.
— Boa sorte pra você também, amigo.
Fazemos a curva e nos deparamos com o estágio seguinte da evolução avtomata.
Metade dela está imersa no lago — a maior avtomata imaginável. Parece um edifício ou uma árvore gigante e retorcida. A máquina tem

dezenas de revestimentos de metal em forma de pétalas servindo de pernas. Cada chapa é do tamanho da asa de um B-52 Stratofortress e está coberta de musgo, crustáceos, plantas e flores. Noto que se mexem lentamente, em movimentos quase imperceptíveis. Borboletas, libélulas e insetos nativos de todo tipo voam entre as chapas cobertas de relva. Mais acima, o tronco principal é composto de dezenas de cordas esticadas que se torcem uma em volta da outra quase aleatoriamente.

O topo da avtomata se ergue bem alto. Um padrão quase fractal de estruturas similares a cascas de árvores se retorcem e formam uma massa orgânica parecida com galhos. Milhares de pássaros se aninham na segurança desses ramos. O vento sopra pelo emaranhado de ramificações, empurrando-as para a frente e para trás.

E nas partes mais baixas, andando com cuidado, estão algumas dezenas de avtomata bípedes. Elas estão inspecionando outras formas de vida, se aproximando e observando, cutucando e puxando. Como jardineiros. Cada uma cobre uma área diferente. Estão cobertas de lama, molhadas, e algumas estão cobertas de musgo. Isso não parece incomodá-las.

— Não é uma arma, é? — pergunto a Jabar.

— Pelo contrário. É vida — responde ele.

Percebo que os galhos mais altos têm cerdas que devem ser antenas, balançando ao vento como bambu. A única superfície de metal reconhecível está ali — um domo em forma de túnel de vento. Ele aponta para o nordeste.

— Comunicação de banda estreita — digo, apontando. — Provavelmente baseada em micro-ondas.

— O que pode ser isso? — pergunta Jabar.

Observo com mais atenção. Em cada nicho e fenda do monstro colossal prolifera vida. A água abaixo dele se agita com peixes desovando. Uma nuvem de insetos voadores cobre as pétalas inferiores enquanto roedores correm pelas dobras do tronco central. A estrutura está cheia de tocas, coberta por fezes de animais e dança com a luz do sol — ela está viva.

— Algum tipo de estação de pesquisa. Talvez as avtomatas estejam estudando os seres vivos. Animais, insetos e pássaros.

— Isso não é nada bom — murmura Jabar.

— Não. Mas, se estão coletando informações, devem estar enviando para algum lugar, não é?

Jabar ergue sua antena, dando um sorrisinho.

Bloqueio o sol com a mão e estreito os olhos para observar a coluna alta e reluzente. Há muitos dados. Para onde quer que estejam indo, aposto que tem uma maldita avtomata inteligente do outro lado.

— Jabar anda cinquenta metros para o leste e fixa a sua vareta. Eu vou fazer a mesma coisa. Vamos descobrir onde o nosso inimigo mora.

"Paul estava certo. O que ele e Jabar encontraram não era uma arma, mas uma plataforma de pesquisa biológica. A enorme quantidade de dados que ela coletou estava sendo enviada por uma transmissão de banda estreita para um local remoto no Alasca.

"Naquele momento, pouco menos de um ano depois da hora H, a humanidade descobriu a localização do Grande Rob. Registros pós-guerra indicam que, embora Paul e Jabar não tenham sido os primeiros a descobrir onde estava Archos, foram os primeiros a compartilhar essa informação — graças à ajuda de uma fonte improvável do outro lado do mundo."

CORMAC WALLACE, MIL#EGH217

7

Espinha dorsal

"Não fui eu, Arrtrad... Me desculpa."

LURKER

NOVA GUERRA + 11 MESES

"Enquanto o pelotão Espertinho atravessava os Estados Unidos indo para Gray Horse, caminhávamos em um vácuo de informação. A comunicação via satélite foi interrompida, impedindo que grupos de pessoas espalhados colaborassem uns com os outros e lutassem juntos. Centenas de satélites caíram como estrelas cadentes durante a hora H, mas muitos outros permaneceram — funcionais, mas bloqueados.

"O adolescente chamado Lurker identificou a fonte do bloqueio. Sua tentativa de fazer algo a respeito teve repercussões na história humana e robótica. Nas páginas seguintes, descrevo o que aconteceu com Lurker com base em gravações de câmeras de rua, em registros de dados do exoesqueleto e, parcialmente, no relato em primeira pessoa de uma submente do próprio Archos."

CORMAC WALLACE, MIL#EGH217

— Um quilômetro e meio, Arrtrad — afirma Lurker. — A gente consegue percorrer um quilômetro e meio.

Na imagem da câmera de segurança, vejo Lurker e seu companheiro de meia-idade, Arrtrad. Eles estão em uma rua cheia de mato nas margens do Tâmisa, não muito longe da segurança de sua casa flutuante. Lurker, o adolescente, deixou crescer a barba e o cabelo. Ele passou de cabeça raspada para homem das selvas. Arrtrad está com a mesma aparência de sempre: preocupada.

— Pelo meio da Trafalgar Square? — questiona Arrtrad, com o rosto pálido tomado pela ansiedade. — Eles vão ver a gente. É claro. Se os carros não vierem atrás da gente, então aquelas... coisinhas vão vir.

Lurker imita a voz anasalada de Arrtrad impiedosamente.

— Ah, vamos salvar as pessoas. Estamos sentados nesse barco há séculos. Blá-blá-blá.

Arrtrad baixa os olhos.

— Eu planejei — diz Lurker. — Eu maquinei. Eu encontrei um jeito, mano. O que aconteceu com você? Onde foram parar as suas bolas?

Arrtrad fala olhando para o chão.

— Eu vi quando estava vasculhando a rua, Lurker. Os carros ainda estão nas ruas esse tempo todo. Eles dão a partida no motor uma vez por mês e deixam ligado por dez minutos. Eles estão prontos pra gente, cara. Só esperando.

— Arrtrad, vem até aqui — chama Lurker. — Olha.

A câmera de segurança faz uma panorâmica quando Lurker sinaliza para Arrtrad se aproximar de um painel de vidro com insulfilme em um edifício quase intacto. A película está descascando, mas o vidro ainda tem um reflexo azulado. Arrtrad chega perto e os dois se olham.

Uma tela me informa que eles ativaram o exoesqueleto pela primeira vez há um mês. Equipamento militar. Corpo inteiro. Sem uma pessoa dentro, as máquinas parecem uma pilha caótica de braços e pernas resistentes conectados a uma mochila. Presos às máquinas mecanizadas, os dois homens ficam com mais de dois metros de altura e fortes como ursos. Os finos tubos pretos que correm por pernas e braços são feitos de titânio. As articulações são movidas por motores a diesel. Noto que os pés são curvados, estacas flexíveis que acrescentam uns trinta centímetros à altura deles.

Sorrindo, Lurker se move diante do espelho. Seus antebraços têm grandes estacas curvadas para fora, usadas para pegar objetos pesados sem esmagar dedos humanos. Cada exoesqueleto tem uma gaiola cilíndrica que se arqueia elegantemente sobre a cabeça de seu ocupante, com um LED branco-azulado bem no meio.

Juntos diante do espelho, Arrtrad e Lurker parecem uma dupla de supersoldados. Bem, na verdade parecem uma dupla de ingleses pálidos que têm vivido à base de sardinha e por acaso encontraram tecnologia militar abandonada.

De qualquer forma, sem dúvida parecem fodões.

— Está vendo, Arrtrad? — pergunta Lurker. — Você é um bicho, cara. Um matador. A gente vai conseguir.

Lurker tenta dar um tapinha no ombro de Arrtrad, que se encolhe.

— Cuidado! — grita Arrtrad. — Não tem armadura nessas coisas. Mantenha os seus ganchos longe de mim.

— Tá certo, cara. — Lurker ri. — Olha, a torre da British Telecom está a um quilômetro e meio daqui. E está bloqueando os nossos satélites. Se as pessoas pudessem se comunicar, pelo menos por um instante, a gente teria alguma chance de lutar.

Arrtrad olha para Lurker, cético.

— Qual é o verdadeiro motivo de você estar fazendo isso? — pergunta ele. — Por que você está colocando a sua vida, ou melhor, a nossa vida em risco?

Por um longo tempo, tudo o que se ouve é o barulho dos dois motores a diesel parados.

— Você lembra quando a gente usava o telefone pra atormentar as pessoas? — pergunta Lurker.

— Lembro — responde Arrtrad, devagar.

— A gente achava que era diferente das outras pessoas. Melhor que elas. Achava que estava tirando vantagem de um monte de idiota. Mas a gente estava errado. Acontece que está todo mundo no mesmo barco. Metaforicamente falando.

Arrtrad abre um pequeno sorriso.

— Mas a gente não deve nada a ninguém. Você mesmo disse.

— Ah, deve, sim — retruca Lurker. — Nós não sabíamos, mas estávamos em débito. Estamos devendo, cara. E chegou a hora de pagar. Apenas *phreaks* como nós saberiam da torre, como ela é importante. Se a gente puder destruir aquele negócio, vamos ajudar milhares de pessoas. Talvez milhões.

— E você deve a elas?

— Eu devo a *você* — afirma Lurker. — Me desculpa por não ter alertado Londres. Talvez ninguém tivesse acreditado, mas isso nunca me impediu. Meu deus, eu podia ter acionado sozinho o maldito sistema de alerta de emergência. Gritado alertas de cima do telhado. Agora não importa. E, principalmente, me desculpa por não ter avisado a você. Me desculpa... pelas suas meninas, cara. Tudo isso.

Ao ouvir a menção às suas filhas, Arrtrad dá as costas a Lurker e tenta conter as lágrimas. Observando o próprio reflexo sinuoso, tira um braço do exotraje e alisa o tufo de cabelos loiros em sua careca. O braço do exoesqueleto se acomoda automaticamente na lateral. Arrtrad infla as bochechas quando expira, colocando a mão de volta dentro das faixas do braço de metal.

— Você tem um bom argumento — concorda.

— É — diz Lurker. E dá um tapinha no ombro de metal de Arrtrad com uma das lâminas. — Além disso, você não quer ficar velho do *meu* lado, não é? — pergunta. — Em uma maldita *casa flutuante*.

Um sorriso se espalha lentamente pelo rosto de passarinho de Arrtrad.

— Você tem mesmo um belo argumento.

*

Quase todas as ruas do centro de Londres estão vazias. Os ataques foram muito rápidos e muito organizados para que a maioria dos cidadãos conseguisse reagir. Por lei, *todos* os automóveis tinham capacidade de funcionar sem motorista. E, também, por lei, quase ninguém tinha armas. E a rede do sistema de câmeras de segurança foi comprometida desde o início, dando às máquinas uma visão privilegiada de todos os espaços públicos da cidade.

Em Londres, os cidadãos estavam protegidos demais para sobreviver.

Registros visuais indicam que caminhões de lixo automatizados encheram depósitos de lixo próximos à cidade com cadáveres durante meses após a hora H. Agora não sobrou ninguém para demolir a cidade. Nenhum sobrevivente encara as ruas. E não tem ninguém por perto para ver dois homens pálidos — um jovem e um velho — dentro de exoesqueletos militares atravessando o asfalto coberto de mato dando saltos de três metros.

O primeiro ataque começa em apenas alguns minutos, quando eles atravessam correndo a Trafalgar Square. Os chafarizes estão secos e cheios de folhas mortas e lixo. Algumas bicicletas quebradas estão jogadas, mas é só isso. Coberta de pássaros empoleirados, a estátua de granito de lorde Nelson com seu chapéu de almirante observa, do alto de sua coluna de quase cinquenta metros, os dois homens que cruzam a praça dando saltos com as lâminas flexíveis nos pés.

Eles deviam ter reparado que o lugar estava vazio demais.

Lurker percebe o carro inteligente alguns segundos antes de ele tentar atropelar Arrtrad por trás. Com um salto, Lurker percorre os seis metros que há entre os dois e cai em movimento ao lado do veículo em alta velocidade. Uma mancha de bolor se espalhou pelo teto dele. Sem ser lavado regularmente, a natureza está devorando a velharia.

É uma pena que existam muitos substitutos.

Ao aterrissar, Lurker se abaixa e enfia as lâminas de trinta centímetros de seu antebraço na porta do motorista e a levanta. Sai fumaça das articulações do quadril e do joelho de seu exoesqueleto e o motor a diesel fica sobrecarregado quando ele ergue a lateral do carro. Sobre as rodas direitas, o carro desvia, mas ainda assim atinge a perna direita de Arrtrad no meio do caminho. O carro vira com tudo e vai embora, mas Arrtrad perdeu o equilíbrio. Ele tropeça.

Cair quando se está correndo a mais de trinta quilômetros por hora é perigoso. Felizmente, o exoesqueleto sabe que está caindo. Sem dar opção a Arrtrad, a máquina junta os braços ao corpo e curva as pernas, ficando em posição fetal. A gaiola cilíndrica mostra sua utilidade. Nessa posição de choque, o exoesqueleto rola algumas vezes, depois bate em um hidrante e para.

Não sai água do hidrante decapitado.

Quando Lurker chega perto dele, Arrtrad já está se levantando. O homem loiro e rechonchudo fica de pé e vejo que ele está *sorrindo* e arfando.

— Valeu — agradece a Lurker.

Há sangue nos dentes de Arrtrad, mas ele não parece se preocupar. Ele se levanta e sai correndo. Lurker o segue, atento ao aparecimento de outros carros. Outros surgem, mas são lentos, não estão preparados. Não conseguem perseguir homens em alta velocidade que saltam becos e se movimentam rapidamente pelos parques.

Lurker dá o seu máximo: é só um quilômetro e meio.

De outro ângulo de câmera, vejo a torre cilíndrica da British Telecom se agigantando no céu azul como um brinquedo de montar. Antenas se eriçam no alto e um anel de transmissor de micro-ondas se esconde logo abaixo, apontando para todas as direções. É a maior estação de distribuição de sinal de TV de Londres, com muitos quilômetros de cabos de fibra óptica enterrados embaixo. Quando se trata de comunicação, todos os caminhos levam à torre da British Telecom.

Os exoesqueletos rígidos aparecem e percorrem rapidamente a lateral do edifício, parando na frente de uma porta de aço. Arrtrad apoia seu *exo* arranhado na parede, bufando.

— Por que simplesmente não destruímos tudo isso? — pergunta ele.
Lurker flexiona os braços e movimenta a cabeça para a frente e para trás, alongando o pescoço. Ele parece extasiado com a corrida.
— A fibra está enterrada aí em um tubo de concreto. Protegida. Além disso, seria um pouco grosseiro, não seria? A gente pode fazer melhor que isso, mano. Vamos usar esse lugar contra as máquinas. Vamos pegar o telefone e fazer uma ligação. É o que fazemos de melhor, não é? E esse é o maior telefone do hemisfério.
Lurker indica com a cabeça um volume no bolso dele.
— E, se tudo der errado... bum!
Então Lurker finca as lâminas do antebraço na porta de aço e puxa com violência, cortando o metal. Mais alguns golpes e a porta se abre.
— Em frente — diz Lurker, e os dois entram em um corredor estreito. Eles se abaixam e se arrastam pela passagem escura, tentando não inalar a fumaça de seu próprio motor a diesel. Na ausência de luz, os LEDs embutidos na peça de metal que cobre suas cabeças acendem.
— O que a gente está procurando? — pergunta Arrtrad.
— A fibra — sussurra Lurker. — Queremos chegar até a fibra. Na melhor das hipóteses, nós a controlamos e enviamos um sinal para todos os robôs pularem no rio. Na pior, acabamos com o bloqueio e liberamos os satélites de comunicação.
No fim do corredor há outra porta de aço. Calmamente, Lurker a abre. A luz dos LEDs diminui quando ele coloca a cabeça para fora.
Pela câmera embutida no exoesqueleto, vejo que as máquinas esvaziaram quase totalmente o interior do edifício cilíndrico. Feixes de luz solar entram através de quinze andares de vidros sujos. A luz se perde no vazio e reflete nas treliças de ferro e nas vigas de suporte. Cantos de pássaros ecoam pelo espaço deserto. Plantas, grama e bolor crescem nas pilhas de lixo e entulho que cobrem toda a superfície do térreo.
— Que diabos — resmunga Lurker.
No meio desse arboreto, um cilindro de cimento maciço se estende por todo o prédio. Cheio de vinhas, o pilar desaparece nas alturas

sombrias. É a última estrutura de suporte que segura esse lugar. A espinha dorsal.

— A natureza invadiu o prédio — comenta Arrtrad.

— Bem, não tem como alcançar os transmissores mais altos daqui — constata Lurker, olhando para as pilhas de lixo mofado que costumavam ser o piso e as paredes dos andares superiores. — Não faz mal. Precisamos chegar aos computadores. Na base do prédio. Embaixo.

Algo pequeno e cinzento se desloca sobre uma pilha de papéis embolorados e sob um emaranhado de cadeiras de escritório enferrujadas. Arrtrad e Lurker se entreolham, desconfiados.

Tomando cuidado com as estacas no antebraço, Lurker leva o dedo aos lábios. Juntos, os dois se esgueiram pelo corredor e entram no arboreto. As lâminas dos pés penetram no limo e no lixo podre, deixando muitos rastros para trás.

Há uma porta azul na base do pilar central, apequenada pelo próprio tamanho do edifício deserto ao redor dela. Eles vão até lá com passos rápidos, tentando fazer o mínimo de barulho possível. Arrtrad recua para golpear a porta, mas Lurker o impede com um gesto. Colocando o braço para fora do exoesqueleto, Lurker se agacha e gira a maçaneta. Com um puxão, a porta se abre e as dobradiças rangem. Duvido que tenha sido aberta desde que a guerra começou.

Dentro, o início do corredor está bem sujo, mas depois as coisas ficam bem limpas. O barulho fraco do ar-condicionado fica mais alto conforme eles avançam pelo corredor de cimento. O piso é inclinado para baixo, descendo até um espaço bem iluminado no fim do túnel.

— É como se a gente tivesse morrido — diz Arrtrad.

Finalmente eles chegam ao fundo: é uma sala limpa, branca e cilíndrica com pé-direito de seis metros. Está cheia de fileiras e mais fileiras de estantes de equipamentos. As pilhas de equipamentos estão ordenadas em círculos concêntricos, cada fileira mais curta à medida que se aproxima do centro da sala. Fileiras de luzes fluorescentes brilham, iluminando cada detalhe da sala. O metal preto dos exoesqueletos começa a apresentar pontos de água se condensando, e Arrtrad estremece.

— Tem muita energia elétrica aqui — declara Lurker.

Os dois entram, desorientados pelos milhões de luzes vermelhas e verdes que piscam alinhadas nas torres de hardware. No meio da sala está o objetivo deles: um buraco preto no chão, do tamanho de um poço, com degraus de metal no alto — o hub de fios de fibra óptica.

Robôs de quatro pernas feitos de plástico branco sobem e descem das estantes, deslizando como lagartos entre pilhas de aparelhos barulhentos. Alguns desses robôs-lagartos usam as pernas dianteiras para acertar o equipamento, mudar fios de lugar ou pressionar botões. Eles lembram aqueles passarinhos que pousam em hipopótamos, livrando-os de parasitas.

— Vamos — murmura Lurker. Eles caminham juntos até o buraco no chão. — Lá embaixo está a resposta pra todos os nossos problemas.

Mas Arrtrad não responde. Ele já o viu.

Archos.

Silenciosa como o anjo da morte, a máquina paira acima do buraco. Parece um olho enorme, feito de anéis de metal cintilante. Fios amarelos se contorcem nas beiradas como a juba de um leão. Há uma lente de vidro perfeita no centro dos anéis, de um preto fosco. Ele observa sem piscar.

Mas não é Archos. Não inteiro. Só uma parte da inteligência que compõe Archos foi colocada dentro dessa máquina ameaçadora: um subcérebro local.

Lurker se estica dentro do exoesqueleto, mas não consegue mover braços e pernas. Os motores do traje pararam. Seu rosto empalidece quando ele se dá conta do que deve ter acontecido.

O exoesqueleto tem uma porta de comunicação externa.

— Arrtrad, corre! — grita Lurker.

Arrtrad, coitado, está tremendo, tentando desesperadamente tirar os braços do equipamento. Mas ele também não tem nenhum controle. Ambos os exoesqueletos foram hackeados.

Flutuando sobre a inóspita luz fluorescente, o olho gigante observa sem reagir.

Motores roncam no traje de Lurker, que geme de forma lamentável com o esforço de resistir. Mas não tem jeito: ele é uma marionete presa aos fios daquele monstro suspenso.

Antes de Lurker ter tempo de reagir, seu braço dá um tranco e ataca com a lâmina afiada. Ela atravessa o peito de Arrtrad e chega até a espinha dorsal metálica do exoesqueleto. Arrtrad olha para Lurker boquiaberto. Seu sangue arterial escorre pela ponta da lâmina e ensopa a manga de Lurker.

— Não fui eu, Arrtrad — sussurra Lurker com a voz falhando. — Não fui eu. Me desculpa, cara.

E a lâmina sai sozinha. Arrtrad dá um último suspiro e cai com um buraco no peito. Seu exoesqueleto se abaixa, protegendo-o enquanto o corpo dele perde as forças. Esparramado no chão, o motor desliga e a máquina fica imóvel e silenciosa à medida que uma poça de sangue escuro se espalha à sua volta.

— Ah, seu cretino — grita Lurker para o robô inexpressivo que observa do alto.

A máquina se abaixa silenciosamente até Lurker, com a lâmina do braço cheia de sangue. Ela se posiciona diante do rosto de Lurker, e uma vareta delicada — algum tipo de sonda — sai de baixo do olho fosco. Lurker se esforça para sair dali, mas seu exoesqueleto o mantém no lugar.

Então a máquina fala com aquela voz infantil de sempre. Pelo vislumbre de reconhecimento no rosto, vejo que Lurker se lembra da voz no telefone.

— Lurker? — pergunta ela, espalhando um brilho elétrico por entre os anéis.

Pouco a pouco, Lurker começa a soltar a mão do exoesqueleto.

— Archos — retruca ele.

— Você mudou. Não é mais um covarde.

— Você também mudou — afirma Lurker, observando os anéis concêntricos girando languidamente em ambos os sentidos. — É engraçado como um ano pode fazer tanta diferença.

— Sinto muito por ter que ser desse jeito — diz a voz de menino.

— E que jeito é esse? — indaga Lurker, tentando manter a coisa distraída, sem notar sua mão esquerda se contorcendo.

Então sua mão se solta. Lurker tira o braço e agarra a delicada antena, tentando quebrá-la. Seu ombro direito estala quando o exoesqueleto faz um movimento repentino. Tudo que Lurker pode fazer é observar o braço direito do exoesqueleto se lançar ao ar e, em um movimento certeiro, cortar fora sua mão esquerda.

Um jato de sangue respinga na máquina flutuante.

Em choque, Lurker libera o restante do corpo do exoesqueleto. O braço esquerdo vazio da máquina tenta cortá-lo, mas o cotovelo está em um ângulo estranho e ele consegue escapar. Desviando de outra lâmina do antebraço, ele se joga no chão e rola no sangue de Arrtrad. O exoesqueleto perde o equilíbrio por uma fração de segundo sem o contrapeso humano. É tempo suficiente para Lurker entrar no buraco.

Ching.

Uma lâmina bate no chão a poucos centímetros do rosto de Lurker quando ele se joga no buraco, protegendo o braço ferido junto ao peito. Meio caindo, ele mergulha na escuridão.

Imediatamente, o exoesqueleto vazio pega o exoesqueleto caído com o cadáver de Arrtrad dentro. Segurando a pilha de metal ensanguentado, o exoesqueleto sai correndo pela porta.

Suspenso sobre o buraco, o maquinário complexo observa pacientemente. As luzes que iluminam as estantes de equipamento piscam intensamente quando a torre transmite uma enxurrada de dados. Um backup de última hora.

Um longo tempo se passa até que uma voz rouca ecoa do buraco escuro.

— Vai ver se eu estou na esquina, parceiro — diz Lurker.
E o mundo fica branco e depois se transforma no preto mais escuro.

"A destruição do hub de fios de fibra óptica de Londres acabou com o controle de Rob sobre as comunicações via satélite por tempo suficiente para permitir que a humanidade se organizasse. Lurker nunca pareceu um cara agradável e não posso dizer que teria gostado de conhecê-lo, mas o garoto foi um herói. Sei disso porque, pouco antes de a torre da British Telecom explodir, ele gravou uma mensagem de quinze segundos que salvou a humanidade da destruição certa."

CORMAC WALLACE, MIL#EGH217

Parte 4

Despertar

"John Henry disse ao seu capitão:
'Um homem não passa de um homem,
Mas antes de deixar que aquele martelo de vapor me derrube,
Ah, morrerei com a marreta nas mãos.'"

John Henry, c. 1920

1

Transumano

"É perigoso não enxergar pessoas."

MATHILDA PEREZ

NOVA GUERRA + 12 MESES

"Um ano após o início da Nova Guerra, o pelotão Espertinho finalmente chegou a Gray Horse, Oklahoma. No mundo todo, bilhões de pessoas foram extirpadas das áreas urbanas e milhões foram presas em campos de trabalho forçado. Grande parte da população rural que encontramos estava envolvida em batalhas pessoais isoladas para sobreviver às intempéries.

"As informações são irregulares, mas centenas de pequenos grupos de resistência parecem ter se formado mundo afora. Quando nosso pelotão se acomodou em Gray Horse, uma jovem prisioneira chamada Mathilda Perez fugia do Campo Scarsdale. Ela foi para Nova York com o irmão mais novo, Nolan. Nessas memórias,

Mathilda (aos 12 anos) descreve sua interação com o grupo de resistência da cidade de Nova York, liderado por Marcus e Dawn Johnson."

CORMAC WALLACE, MIL#EGH217

No início, eu não achei que o Nolan estivesse tão machucado.

A gente conseguiu chegar à cidade e depois dobrou uma esquina, alguma coisa explodiu e Nolan caiu. Mas ele logo levantou. A gente estava correndo muito rápido juntos, de mãos dadas. Do jeito que eu prometi à mamãe. A gente correu até estar em segurança.

Só mais tarde, quando já estávamos andando de novo, que notei como o Nolan estava pálido. Depois, descobri que as costas dele tinham pequenas farpas de metal cravadas. E lá estava o Nolan, tremendo feito vara verde.

— Você está bem, Nolan?

— Estou — responde ele. — As minhas costas estão doendo.

Ele é tão pequeno e corajoso que me dá vontade de chorar. Mas não posso chorar. Não mais.

As máquinas do Campo Scar me machucaram. Arrancaram os meus olhos. Mas em troca me deram outro tipo de olhos. Agora consigo enxergar mais que nunca. Vibrações no chão se iluminam como ondas na água. Eu percebo os rastros de calor deixados no asfalto por rodas. Mas o que mais gosto é de observar as fitas de luz que cruzam o céu, como mensagens impressas em faixas. Esses feixes são as máquinas conversando. Às vezes, se eu aperto bem os olhos, consigo até entender o que elas estão dizendo.

É mais difícil ver as pessoas.

Não consigo mais ver o Nolan, só o calor da respiração dele, os músculos do rosto e como ele não me olha mais nos olhos. Não importa. Com olhos humanos, de máquina ou tentáculos, eu ainda sou a irmã mais velha dele. Fiquei assustada da primeira vez que vi através da pele do Nolan, mas agora sei como ele se sente ao ver os meus novos olhos. Mas não me importo.

A minha mãe estava certa. O Nolan é o único irmão que eu tenho.

Depois que a gente deixou o Campo Scar, eu e o Nolan vimos prédios altos e caminhamos na direção deles, pensando que talvez fôssemos encontrar pessoas. Mas não tinha ninguém por perto. Ou, se tinha, acho que estavam bem escondidas. Logo a gente chegou aos prédios. Muitos estavam destruídos. Havia malas nas ruas e cachorros correndo em matilhas, e às vezes corpos encolhidos de pessoas mortas. Alguma coisa ruim aconteceu aqui.

Alguma coisa ruim aconteceu em todo canto.

Quanto mais perto a gente chegava dos prédios bem altos, mais eu conseguia *sentir* a presença delas — as máquinas, escondidas em lugares escuros ou correndo pelas ruas à procura de pessoas. Faixas de luz piscavam no alto. Máquinas falando.

Algumas das luzes piscavam regularmente em intervalos de alguns minutos ou segundos. Eram as máquinas escondidas falando com os chefes. "Eu ainda estou aqui", dizem. "Esperando."

Eu odeio essas máquinas. Elas fazem armadilhas e depois esperam pelas pessoas. Não é justo. Um robô consegue ficar esperando só pra machucar alguém. E pode esperar pra sempre.

Mas Nolan está machucado e a gente precisa encontrar ajuda rapidamente. Desvio dos fazedores de armadilhas e dos caminhantes. Mas os meus novos olhos não me mostram tudo. Eles não me mostram coisas de gente. Agora, só consigo ver *coisas de máquina*.

É perigoso não enxergar pessoas.

O caminho parecia livre. Nenhuma vibração causada por máquinas. Nenhum rastro brilhante de calor. Então pequenas ondas pulsaram no chão de um edifício de tijolos dobrando a esquina. Em vez de uma ondulação lenta de alguma coisa rolando, eram inquietas, como algo maior andando.

— A gente não está em segurança aqui — aviso.

Envolvo os ombros de Nolan e o levo pra dentro de um prédio. Nós nos agachamos perto de uma janela coberta de poeira. Cutuco o Nolan para que ele sente no chão.

— Fica abaixado — peço. — Tem alguma coisa vindo.
Ele obedece. Seu rosto está tão pálido.
Ajoelhando, encosto o rosto em um canto quebrado da janela e fico bem parada. As vibrações estão aumentando no asfalto rachado do lado de fora. Pulsos de estática surgem de algum lugar fora do meu campo de visão. Tem um monstro vindo pela rua. Logo eu vou poder ver o que é, querendo ou não.
Prendo a respiração.
Em algum lugar lá fora, um falcão grita. Uma longa perna preta aparece a menos de um metro da janela. Tem uma ponta afiada e farpas em forma de lâminas entalhadas embaixo, como a perna de um grande inseto. A maior parte da coisa é fria, mas as articulações são quentes nos pontos que se mexem. Quando a coisa se afasta, vejo que na verdade a perna é muito mais comprida e está dobrada — encolhida e pronta pra atacar. De algum modo, ela flutua acima do chão, na horizontal e apontada para fora.
Logo depois, vejo duas mãos humanas. Elas seguram a perna dobrada como um rifle. É uma mulher negra, usando trapos cinzentos e óculos pretos. Ela empunha a perna mecânica como uma arma, com uma mão fechada em volta de um cabo improvisado. Vejo um ponto brilhante, derretido, no fim da perna e percebo que ela foi arrancada de algum tipo de grande máquina andarilha. A mulher não me vê; ela continua andando.
Nolan tosse baixo.
A mulher dá meia-volta e, instintivamente, aponta a perna pra janela. Ela puxa um gatilho e a perna encolhida se desdobra e se lança para a frente. A ponta da garra quebra o vidro perto do meu rosto, mandando cacos pra todo lado. Saio do caminho assim que a perna se dobra outra vez, me agarrando na moldura da janela. Caio de costas, pega de surpresa pela luz repentina que atravessa a janela quebrada. Dou um gritinho e Nolan tapa a minha boca.
Um rosto aparece na janela. A mulher ergue os óculos, enfia a cabeça para dentro e tira em um movimento rápido. Então ela olha

para mim e para Nolan. Tem tanta luz ao redor de sua cabeça, sua pele é fria e consigo contar os dentes brancos através das bochechas. Ela viu os meus olhos, mas não recuou. Só olha para mim e para o Nolan por um momento, sorrindo.
— Me desculpem, crianças — diz ela. — Eu achei que era Rob. O meu nome é Dawn. Por acaso vocês estão com fome?

Dawn é gente boa. Ela nos leva para um esconderijo no subterrâneo onde vive a resistência de Nova York. A casa no túnel está vazia no momento, mas ela diz que os outros logo vão voltar da exploração e coleta de material e de algo chamado escolta. Fico feliz, porque o Nolan não parece muito bem. Ele está deitado em um saco de dormir no canto mais seguro do local. Não sei se ele ainda consegue andar.

O lugar é quente e parece seguro, mas Dawn diz para a gente ficar em silêncio e tomar cuidado porque alguns desses robôs novos conseguem cavar muito bem. Ela fala que as máquinas pequenas se entocam pacientemente em rachaduras e avançam quando sentem qualquer vibração. Enquanto isso, as grandes perseguem as pessoas nos túneis.

Isso me deixa nervosa e eu verifico as paredes ao nosso redor à procura de vibrações. Não vejo nenhum dos pulsos de sempre passando pelos ladrilhos cobertos de fuligem. Dawn me olha com uma cara estranha quando eu digo que não tem nada nas paredes no momento. Mas não faz nenhum comentário sobre os meus olhos. Pelo menos por enquanto.

Em vez disso, ela me deixa brincar com a perna de inseto. Dawn chama de espeto. Como eu imaginava, o espeto veio de uma grande máquina andarilha, que chamam de louva-a-deus, mas Dawn diz que chama de "Rob rastejante". É um nome bobo e me faz rir por um tempo, até eu lembrar que o Nolan está muito machucado.

Aperto os olhos e vejo *dentro* do espeto. Não tem nenhum fio. As articulações falam uma com a outra pelo ar. Rádio. As pernas também não precisam pensar para onde vão. Cada parte é projetada pra trabalhar em conjunto. A perna só tem um movimento, mas ele é muito bom e combina apunhalar com agarrar. Isso é bom para Dawn, porque um simples pulso elétrico pode fazer a perna se estender e dobrar. Ela diz que é muito útil.

Então o espeto se mexe nas minhas mãos e eu o deixo cair no chão. Ele fica ali por um segundo, parado. Quando me concentro nas articulações, a máquina se estende lentamente, tipo um gato.

Sinto uma mão no meu ombro. Dawn está do meu lado e seu rosto irradia calor. Ela está empolgada.

— Isso é incrível. Me deixa mostrar uma coisa — diz ela.

Dawn me leva até um lençol pendurado na parede. Ela puxa o pano de lado e eu vejo um buraco escuro com um pesadelo encolhido lá dentro. Dezenas de patas de aranha estão ali na escuridão, a apenas alguns metros de distância. Eu já vi essa máquina antes. Foi a minha última visão natural.

Grito e caio para trás, me arrastando para escapar.

Dawn me segura pelas costas da camisa e eu tento me desvencilhar, mas ela é muito forte. Dawn abaixa a cortina e me coloca de pé, me deixando bater nela e arranhar seu rosto.

— Mathilda, está tudo bem. Ela não está conectada, me escuta.

Eu nunca soube o quanto precisava chorar até perder os olhos.

— Foi essa máquina que machucou você? — pergunta ela.

Faço que sim com a cabeça.

— Ela está desconectada, querida. Não pode machucar você. Está entendendo?

— Estou — respondo, e me acalmo. — Desculpa.

— Está tudo bem, meu amor. Eu entendo. Está tudo bem.

Dawn acaricia o meu cabelo por alguns segundos. Se eu pudesse, fecharia os olhos. Em vez disso, observo o sangue pulsar lentamente em seu rosto. Então Dawn me coloca sentada em um bloco de cimento. Os músculos do rosto dela ficam tensos.

— Mathilda, aquela máquina se chama automédico. A gente trouxe lá de cima. Pessoas se feriram... Pessoas morreram para trazer essa máquina até aqui. Mas não conseguimos usar. A gente não sabe por quê. Você tem um dom especial, Mathilda. Você sabe disso, não sabe?

— Meus olhos — respondo.

— Isso mesmo, querida. Os seus olhos são especiais. Mas acho que tem mais alguma coisa. A máquina que está no seu rosto também está no seu cérebro. Você fez aquele espeto se mexer só com o pensamento, não fez?

— Fiz.

— Você pode tentar fazer a mesma coisa com o automédico? — pergunta ela, puxando a cortina lentamente mais uma vez.

Agora vejo que o amontoado de pernas está ligado a um corpo branco e oval. Há espaços escuros onde as pernas se encontram com o corpo principal. Parece com as larvas que eu e o Nolan costumávamos desenterrar no jardim.

Eu estremeço, mas não desvio o olhar.

— Por quê? — pergunto.

— Em primeiro lugar, para salvar a vida do seu irmãozinho, querida.

Dawn arrasta o automédico para o meio da sala. Nos trinta minutos seguintes, fico sentada ao lado dele de pernas cruzadas e me concentro como fiz com o espeto. As pernas do automédico só se mexem um pouco no início. Mas depois começo a controlar de verdade.

Não demora muito para eu sentir todas as pernas. Cada uma tem um instrumento diferente na ponta, mas só reconheço alguns: bisturis, lasers, lanternas. Depois de um tempo, a máquina começa a me parecer menos alienígena. Eu entendo como é ter dezenas de braços, como se pode ter consciência de onde os membros estão e ainda assim se concentrar nos dois que está usando no momento. À medida que flexiono as pernas de aranha repetidas vezes, começa a parecer natural.

Daí o automédico fala comigo: *Modo de interface de diagnóstico iniciado. Indicar função de preferência.*

Eu hesito, me desconcentrando. As palavras estavam na minha mente, como se rolassem na parte interna da minha testa. Como o automédico podia *colocar palavras na minha mente*?

Só então percebo a multidão. Tem uns dez sobreviventes no túnel. Eles estão parados formando um semicírculo e me observando. Tem um homem atrás de Dawn, abraçando ela, e ela segura os braços dele. Não vejo tanta gente desde que ganhei os novos olhos.

Uma onda de pulsos vermelho-alaranjados irradia na minha direção. As faixas de luz vêm dos corações batendo. É muito bonito mas também frustrante, porque não posso explicar a beleza para ninguém.

— Mathilda — diz Dawn —, esse é o meu marido, Marcus.

— Muito prazer, Marcus — cumprimento.

Marcus se limita a acenar para mim com a cabeça. Acho que ele está sem palavras.

— E esses são os outros de quem eu falei — conta Dawn.

Todos murmuram suas saudações. Depois um jovem dá um passo à frente. Ele é bonitinho, tem o queixo pronunciado e as maçãs do rosto saltadas. Um dos seus braços está enrolado em uma toalha.

— Eu sou o Tom — se apresenta ele, se agachando ao meu lado.

Desvio os olhos, com vergonha do meu rosto.

— Não precisa ter medo — diz ele.

Ele desenrola a toalha do braço. No lugar da mão, Tom tem um pedaço de metal frio no formato de uma tesoura. Surpresa, olho para o seu rosto e ele sorri para mim. Começo a esboçar um sorriso, mas logo fico constrangida e desvio o olhar.

Estendo a mão e toco o metal frio da mão de Tom. Olhando com atenção, fico maravilhada ao ver como a carne e o maquinário se juntam. É mais complexo do que qualquer outra coisa que eu já tenha visto.

Olhando fixamente para as outras pessoas, noto alguns pedaços de metal e plástico. Nem todas são feitas de carne humana. Algumas são como eu. Eu e Tom.

— Por que vocês são assim? — pergunto.
— As máquinas modificaram a gente — explica Tom. — Estamos diferentes, mas iguais. Nós nos chamamos de transumanos.
Transumano.
— Posso tocar neles? — pergunta Tom, apontando para os meus olhos.
Faço que sim com a cabeça, e ele se aproxima e toca o meu rosto. Ele olha para os meus olhos e passa os dedos de leve onde a pele se transforma em metal.
— Eu nunca vi isso — comenta ele. — Está incompleto. Rob não conseguiu terminar. O que aconteceu, Mathilda?
— A minha mãe — respondo.
É tudo o que consigo dizer.
— A sua mãe interrompeu a operação — conclui ele. — Bom pra ela.
Tom se levanta.
— Dawn — diz ele —, isso é incrível. O implante não tem um dispositivo regulador. Rob não teve a chance de restringir nada. Eu não sei... Quero dizer... Não tem como saber o que ele é capaz de fazer.
Uma onda de corações acelerados avança na minha direção.
— Por que vocês estão tão animados? — pergunto.
— Porque a gente acha que talvez você possa falar com as máquinas — responde Dawn.
Nolan geme. Faz duas horas que chegamos aqui e ele está com uma aparência horrível. Posso ouvir sua respiração ofegante.
— Eu preciso ajudar o meu irmão.
Cinco minutos depois, Marcus e Tom já colocaram o Nolan perto do automédico. A máquina está com as pernas estendidas, eretas como agulhas sobre o corpo adormecido do meu irmão.
— Faz um raio X, Mathilda — orienta Dawn.
Coloco a mão no automédico e falo com ele em pensamento: *Oi? Você está aí?*

Indicar função preferencial.
Raio X?
As pernas da aranha começam a se mexer. Algumas saem do caminho, outras rastejam ao redor do corpo do Nolan. Um estalo estranho vem das pernas se retorcendo.
As palavras chegam à minha mente com uma imagem. *Colocar paciente de bruços. Remover vestimentas da região lombar.*
Viro Nolan de barriga pra baixo com cuidado. Puxo a camisa pra cima, para expor as costas. Tem manchas de sangue escuro ressecado em todas as saliências de sua coluna.
Conserta ele, indico ao automédico em pensamento.
Erro, responde ele. *Funcionalidade cirúrgica indisponível. Banco de dados ausente. Sinal de transmissão inexistente. Necessário fixar antena.*
— Dawn — chamo —, ele não sabe realizar a cirurgia. Ele quer uma antena pra poder ter acesso às instruções.
Marcus se vira para Dawn, preocupado.
— Ele está tentando enganar a gente. Se dermos a antena, ele vai chamar ajuda. Eles vão nos localizar.
Dawn concorda.
— Mathilda, a gente não pode correr esse risco...
Mas ela para imediatamente de falar quando me vê.
Em algum lugar na minha cabeça eu sei que os braços do automédico estão se levantando silenciosamente atrás de mim, com seus instrumentos reluzentes. As incontáveis agulhas e bisturis pairam sobre pernas que balançam, ameaçadoras. Nolan precisa de ajuda e, se não vão fazer isso por ele, estou disposta a buscá-la em outro lugar.
Faço cara feia para o grupo de pessoas e cerro os dentes.
— O Nolan *precisa* de mim.
Marcus e Dawn se entreolham mais uma vez.
— Mathilda, como você sabe que não é uma armadilha, querida? — questiona Dawn. — Eu sei que você quer ajudar o Nolan mas também não quer machucar a gente.

Eu paro pra pensar.

— O automédico é mais esperto que o espeto — digo. — Ele consegue falar. Mas não é *tão* esperto. Ele só está pedindo o que precisa, como uma mensagem de erro.

— Mas aquele Rob que pensa está por aí... — retruca Marcus.

Dawn coloca a mão no ombro dele.

— Está bem, Mathilda — concorda Dawn.

Marcus desiste de argumentar. Ele olha em volta, vê algo e atravessa o cômodo. Estendendo o braço, pega um fio pendurado no teto e o balança para a frente e para trás para soltá-lo de um pedaço de metal. Depois o entrega para mim, de olho nas pernas móveis do automédico.

— Esse cabo vai até o prédio que está em cima da gente. É longo, metálico e vai até o alto. Uma antena perfeita. Toma cuidado.

Eu mal escuto o que ele diz. Assim que a antena toca na minha mão uma onda de informações inunda a minha cabeça. Inunda os meus olhos. Correntes de números e letras preenchem a minha visão. Nada faz sentido a princípio. Redemoinhos de cor irrompem no ar diante de mim.

É quando sinto. Um tipo de... mente. Uma *coisa* estranha observando os dados com atenção, procurando por mim. Chamando o meu nome. *Mathilda?*

O automédico começa a falar sem parar. *Escaneamento iniciado. Um, dois, três, quatro. Consultando transmissão via satélite. Banco de dados acessado. Download iniciado. Orto-, gastro-, uro-, gineco-, neuro-...*

É muito rápido. Muita coisa. Não consigo mais entender o que o automédico está dizendo. Estou ficando tonta conforme sou inundada pelas informações. O monstro me chama de novo, e agora está mais perto. Penso naqueles olhos frios da boneca naquela noite no meu quarto e em como aquela coisa sem vida sussurrou o meu nome na escuridão.

As cores giram ao meu redor como um tornado.

Para, penso. Mas nada acontece. Não consigo respirar. As cores são muito claras e estão me afogando, estão me impedindo de pensar. *Para!*, grito dentro da mente. E o meu nome aparece outra vez, mais alto agora, e não consigo mais saber onde estão os meus braços ou quantos eu tenho. *O que eu sou?*, grito na minha cabeça com toda a força.
PARA!
Largo a antena como se ela fosse uma cobra. As cores esmorecem. As imagens e os símbolos caem no chão e são varridos como folhas nos cantos da sala. As cores vivas desbotam e tudo o que resta é o piso branco.
Respiro fundo. Respiro novamente. As pernas do automédico começam a se mexer.
O motor faz uns sons baixinhos enquanto o automédico cuida do Nolan. Uma lanterna acende e ilumina as costas dele. Uma escova giratória desce e limpa sua pele. Uma seringa entra e sai tão depressa que quase não dá pra ver. Os movimentos são rápidos e certeiros, cheios de pequenas pausas, como quando as galinhas da fazenda viram o pescoço pra ciscar o milho.
No silêncio repentino, ouço algo por baixo da estática do ruído dos pequenos motores. É uma voz.
... desculpa pelo que eu fiz. Meu nome é Lurker. Eu estou derrubando o bloqueio das comunicações da torre da British Telecom. Isso deve abrir o acesso aos satélites, só não sei por quanto tempo. Se você puder ouvir essa mensagem, os canais de comunicação ainda estão abertos. Os satélites estão liberados. Usa enquanto há tempo. As malditas máquinas vão... Ah, não. Meu Deus, por favor. Eu não consigo mais aguentar. Eu sinto muito... Vai ver se eu estou na esquina, parceiro.
Depois de uns dez segundos, a mensagem interrompida se repete. Mal consigo escutar. O homem parece muito assustado mas também orgulhoso. Espero que ele esteja bem, onde quer que esteja.

Finalmente me levanto. Atrás de mim, sinto o automédico operando Nolan. O grupo ainda está me olhando. Eu mal notei sua presença. Falar com as máquinas exige muita concentração. Quase não consigo mais ver as pessoas. É tão fácil me distrair com as máquinas.

— Dawn? — chamo.

— O que foi, querida?

— Tem um homem lá fora, falando. O nome dele é Lurker. Ele disse que destruiu o bloqueio das comunicações, falou que os satélites estão liberados.

As pessoas se olham maravilhadas. Duas delas se abraçam. Tom e Marcus trocam um aperto de mãos. Todos parecem alegres. Sorrindo, Dawn coloca as mãos nos meus ombros.

— Isso é ótimo, Mathilda. Significa que a gente pode falar com outras pessoas. Rob nunca destruiu os satélites de comunicação, apenas bloqueou.

— Ah!

— Isso é muito importante, Mathilda — explica ela. — O que mais você ouviu? Qual é a mensagem mais importante?

Coloco as mãos do lado do meu rosto e me concentro. Presto bastante atenção. E, quando ouço *além* da mensagem repetida, descubro que consigo ouvir mensagens mais profundas na rede.

São tantas mensagens pairando por aí. Algumas são tristes. Outras, coléricas. Muitas são confusas, estão cortadas ou incoerentes, mas uma permanece na minha mente. É uma mensagem especial com cinco palavras que eu já conheço:

Lei de defesa contra robôs.

"Mathilda havia apenas começado a aprender do que suas habilidades eram capazes. Nos meses seguintes, ela aprimoraria seu dom especial na relativa segurança do subterrâneo de Nova York, protegida por Marcus e Dawn.

"A mensagem que ela conseguiu localizar naquele dia, graças ao sacrifício derradeiro de Lurker e Arrtrad em Londres, provou-se fundamental na formação de um exército norte-americano. Mathilda Perez havia encontrado um chamado à luta emitido por Paul Blanton e a localização do maior inimigo da humanidade."

CORMAC WALLACE, MIL#EGH217

2

Chamado à luta

"Descobrimos a localização de uma
máquina superinteligente que chama
a si mesma de Archos."

Esp. Paul Blanton

Nova Guerra + 1 ano e 1 mês

"A seguinte mensagem foi originada no Afeganistão. Ela foi interceptada e retransmitida para o mundo inteiro por Mathilda Perez, na cidade de Nova York. Sabemos que, graças ao empenho dela, o comunicado foi recebido por todos os indivíduos da América do Norte com acesso a um rádio, incluindo vários governos tribais, grupos de resistência isolados e o que restou das Forças Armadas dos Estados Unidos."

Cormac Wallace, MIL#EGH217

Centro de Operações
   Comando de Resistência Afegã
   Província de Bamiyan, Afeganistão
   Para: Sobreviventes
   De: Especialista Paul Blanton, Exército dos Estados Unidos

Estamos enviando essa mensagem para insistir que usem qualquer influência que tenham como membros de algum baluarte de sobrevivência humana na América do Norte para convencer sua liderança das terríveis consequências que toda a humanidade sofrerá se não se organizarem imediatamente e não mobilizarem uma força ofensiva para marchar contra os robôs.

Recentemente, descobrimos a localização de uma máquina superinteligente que chama a si mesma de Archos — a inteligência artificial central por trás do levante dos robôs. Essa máquina está escondida em um local isolado no oeste do Alasca. Chamamos essa área de Campos de Inteligência Ragnorak. As coordenadas estão anexadas em formato eletrônico no fim desta mensagem.

Há evidências de que, antes do início da Nova Guerra, Archos revogou a lei de defesa contra robôs antes que passasse no Congresso. Desde a hora H, Archos vem usando nossa infraestrutura robótica existente — tanto civil quanto militar — para atacar cruelmente a humanidade. Está claro que o inimigo está disposto a pagar um preço enorme em esforços e recursos para continuar dizimando nossos centros populacionais.
   Pior ainda, as máquinas estão evoluindo.

No período de três semanas, encontramos três novas variedades de robôs caçadores-assassinos especializados, projetados para se locomover em terreno acidentado, penetrar em nossos esconderijos em cavernas e destruir nosso pessoal. O modelo dessas máquinas foi informado por estações de pesquisa biológica recém-construídas que estão permitindo que as máquinas estudem o mundo natural.

As máquinas agora estão projetando e construindo a si mesmas. Novas variedades estão surgindo. Acreditamos que esses novos robôs tenham agilidade, capacidade de sobrevivência e letalidade altamente aprimoradas. Serão feitos sob medida para combater seu povo, em seu ambiente geográfico e em suas condições climáticas.

Não tenham dúvidas de que o ataque combinado dessas máquinas, trabalhando vinte e quatro horas por dia, logo será iniciado por Archos em sua terra natal.

Imploramos que confirmem esses fatos para seus líderes e que façam o máximo possível para incitá-los a reunir uma força ofensiva que possa marchar até as coordenadas que seguem anexadas, no Alasca, para colocar um fim à evolução dessas máquinas assassinas e evitar a aniquilação total da humanidade.

Marchem com cuidado, pois Archos certamente sentirá nossa aproximação. Mas tenham certeza de que seus soldados não marcharão sozinhos. Milícias similares serão reunidas em todo o território ocupado por humanos para lutar contra nosso inimigo em seu próprio domínio.

Atenção a esse chamado à luta.

Podemos garantir que, a menos que todo baluarte humano nas proximidades do Alasca revide, essa chuva de máquinas autônomas assassinas aumentará muitas vezes em complexidade e fúria.

Para meus companheiros humanos

Saudações do especialista Paul R. Blanton

"Acredita-se amplamente que essas palavras, traduzidas para dezenas de idiomas, são responsáveis pela retaliação humana organizada que começou mais ou menos dois anos depois da hora H. Além disso, há evidências desalentadoras de que esse chamado à luta foi recebido no exterior — resultando em um ataque a Archos preparado por forças do Leste Europeu e da Ásia, que, em sua maior parte, não foi documentado e que, no fim das contas, fracassou."

CORMAC WALLACE, MIL#EGH217

3
Como os caubóis

> "Alguém precisa fazer isso."
>
> LONNIE WAYNE BLANTON

NOVA GUERRA + 1 ANO E 4 MESES

"Quatro meses depois de chegarmos ao lendário baluarte defensivo de Gray Horse, a cidade virou uma confusão. O chamado à luta havia paralisado o conselho tribal, tomado pela indecisão. Lonnie Wayne Blanton confiava plenamente no filho e argumentava que deviam reunir o exército e marchar. Contudo, John Tenkiller insistia em ficar para defender o terreno. Como descrevo nestas páginas, Rob acabou tomando a decisão por nós."

CORMAC WALLACE, MIL#EGH217

Estou parado na beira dos penhascos de Gray Horse, bafejando as minhas mãos para aquecê-las e apertando os olhos quando o amanhecer irrompe como fogo nas Grandes Planícies abaixo. O mugido distante do gado e dos búfalos se eleva na manhã calma.

Com Jack na liderança, o nosso pelotão estava em movimento contínuo para chegar até aqui. Em todo lugar onde estivemos, a natureza está de volta à ação. Há mais pássaros no céu, mais insetos nos arbustos e mais coiotes na noite. Com o passar dos meses, a mãe terra foi engolindo tudo, exceto as cidades. As cidades são onde Rob vive.

Um garoto cheroqui magro está ao meu lado, colocando metodicamente tabaco de mascar na boca. Ele observa as planícies com olhos castanhos inexpressivos e não parece me notar. No entanto, é difícil não o notar.

Lark Iron Cloud.

Ele parece ter 20 anos e veste um uniforme pretensioso. Tem um cachecol preto e vermelho enfiado por baixo da jaqueta meio fechada, e as pernas das calças verde-claras estão por dentro de botas de caubói de couro lustrado. Binóculos pretos estão pendurados em seu pescoço moreno. Ele está segurando um bastão de caminhada com penas penduradas. O bastão é feito de metal — alguma antena que deve ter tirado de um explorador andarilho Rob. Um troféu de guerra.

Esse garoto parece um piloto combatente do futuro. E aqui estou eu, usando o meu uniforme de combate do Exército rasgado e sujo de lama. Não sei bem qual de nós deveria se envergonhar de sua aparência, mas tenho quase certeza de que sou eu.

— Você acha que vamos à guerra? — pergunto ao garoto.

Ele olha para mim por um instante, depois volta a observar a paisagem.

— Talvez. Lonnie Wayne está cuidando disso. Ele vai nos dizer.

— Você confia nele?

— Ele é o motivo pelo qual eu estou vivo.

— Ah.

Um bando de pássaros cruza o céu, a luz do sol refletindo nas asas como um arco-íris em uma poça de óleo.

— Vocês parecem bem durões — comenta Lark, apontando o bastão para o restante do meu pelotão. — Vocês são, tipo, soldados?

Olho para os meus companheiros de pelotão. Leonardo. Cherrah. Tiberius. Carl. Eles estão conversando, esperando Jack voltar. Seus movimentos são familiares, relaxados. Os últimos meses nos transformaram em mais do que apenas uma unidade — agora somos uma família.

— Que nada. Não somos soldados, apenas sobreviventes. O meu irmão, Jack, ele é o soldado. Eu só o acompanho pela diversão.

— Ah — diz Lark.

Não consigo saber se ele me levou a sério ou não.

— Onde o seu irmão está? — pergunta Lark.

— No conselho de guerra. Com Lonnie e os outros.

— Então ele é desses.

— Desses o quê?

— Do tipo responsável.

— É o que dizem. Você não é?

— Eu faço do meu jeito. Os velhos fazem do jeito deles.

Lark aponta para trás com o bastão de caminhada. Ali, aguardando pacientemente, há dezenas de uma coisa que essas pessoas chamam de tanques-aranha. Os tanques móveis têm aproximadamente dois metros e meio de altura. As quatro pernas robustas são criadas por Rob, feitas com músculos cheios de filamentos sintéticos. O restante dos tanques foi modificado por seres humanos. A maioria dos veículos têm torres blindadas e metralhadoras pesadas no topo, mas noto que um deles tem a cabine e a pá de uma escavadeira mecânica.

O que eu posso dizer? É o tipo de guerra em que vale tudo.

Rob não veio a Gray Horse uma vez sequer; ele teria que evoluir para subir aqui. Isso significava enviar exploradores andarilhos. E alguns desses exploradores foram capturados. Alguns deles foram desmontados e remontados. O Exército Gray Horse prefere lutar com robôs capturados.

— Foi você que descobriu como libertar os tanques-aranha? Como lobotomizar as máquinas? — pergunto.
— Isso mesmo.
— Minha nossa. Você é cientista ou algo assim?
Lark ri.
— Um mecânico não passa de um engenheiro de jeans.
Olho para a pradaria e vejo algo estranho.
— Ei, Lark?
— O quê?
— Você vive por aqui. Então talvez possa me dizer uma coisa.
— Claro.
— Que merda é aquela? — pergunto, apontando.
Ele olha para a planície. Vê o metal sinuoso e reluzente se retorcendo pela grama como um rio oculto. Lark cospe tabaco no chão, vira e aponta para o seu pelotão com o bastão de caminhada.
— É a nossa guerra, irmão.

Confusão e morte. A grama é muito alta. A fumaça é muito densa.
O Exército Gray Horse é composto de todos os adultos saudáveis da cidade — homens e mulheres, jovens e velhos. Mil e poucos soldados. Eles estão juntos há meses e quase todos têm armas, mas ninguém sabe o que fazer quando essas máquinas assassinas abrem caminho através da grama e partem para cima das pessoas.
— Acompanhem os tanques — disse Lonnie. — Acompanhem o velho *Houdini* e vocês vão ficar bem.
Tanques-aranha adaptados caminham com dificuldade pela pradaria em um percurso irregular, um passo calculado após o outro. Seus enormes pés afundam na terra molhada e o corpo pesa na grama, deixando um rastro para trás. Alguns soldados se seguram no alto de cada tanque, empunhando as armas e analisando o campo.
Estamos marchando para enfrentar o que está na grama. Seja lá o que for, precisa ser impedido antes de chegar a Gray Horse.

Eu fico com o meu pelotão, seguindo a pé o tanque chamado *Houdini*. Jack está em cima dele com Lark. Tiberius anda desajeitadamente de um lado e Cherrah do outro. A silhueta dela é impetuosa à luz da manhã. Cherrah parece um felino, ligeira e feroz. E tudo o que eu consigo pensar é: linda. Carl e Leo caminham juntos a alguns metros. Todos nos concentramos em acompanhar os tanques — eles são o nosso único ponto de referência nesse labirinto sem fim de grama alta.

Durante vinte minutos, caminhamos com passos pesados pelas planícies, fazendo de tudo para ver o que há na grama. Nosso principal objetivo é impedir que as máquinas avancem até Gray Horse. O objetivo secundário é proteger os rebanhos de gado que vivem aqui na pradaria — a mais importante fonte de alimento da cidade.

Nem sabemos que tipo de Rob estamos enfrentando. Apenas que se trata de uma nova variedade. O nosso amigo Rob sempre traz novidades.

— Ei, Lark — grita Carl. — Por que eles chamam isso aí de tanques-aranha se só têm quatro pernas?

— Porque é melhor do que chamar de grande andarilho quadrúpede — responde Lark de cima do tanque.

— Hum, eu não acho — murmura Carl.

A primeira explosão joga terra e plantas pulverizadas no ar, e começam a vir gritos da grama alta. Há um estouro de um rebanho de búfalos, e o mundo reverbera com o tremor e o barulho. Caos imediato.

— O que tem lá, Jack? — grito.

Ele está agachado no alto do tanque-aranha, com uma arma pesada equipada girando de um lado para o outro. Lark conduz o tanque. Sua mão enluvada está presa em uma corda, enrolada no casco, como um peão de rodeio.

— Nada ainda, maninho — responde Jack.

Durante alguns minutos não há alvos, apenas gritos sem rosto.

Então aparece alguma coisa que vai de encontro às hastes de grama amareladas. Todos nos aprumamos e miramos nossas armas nele — um osage enorme. Ele está ofegante e arrastando um corpo inconsciente pelos braços sujos de sangue. O cara inconsciente parece ter sido atingido por um meteorito. Tem uma cratera profunda e coberta de sangue na parte superior de sua coxa.

Mais explosões atingem os soldados que estão na frente dos tanques. Lark puxa a mão, e o *Houdini* passa a trotar, com os motores rangendo enquanto ele se movimenta a toda velocidade para providenciar auxílio. Jack se vira para mim e dá de ombros enquanto o tanque caminha para o meio da grama.

— Socorro — grita o grande osage.

Merda. Faço um sinal para o pelotão parar e observo o nosso tanque-aranha por cima dos ombros do osage quando ele dá outro passo calculado para longe da nossa posição, deixando para trás um caminho de grama amassada. Cada passo que ele dá nos deixa mais expostos ao que está ali.

Cherrah se ajoelha e faz um torniquete na perna ferida do homem inconsciente. Pego o osage choroso pelos ombros e o chacoalho de leve.

— O que fez isso? — pergunto.

— Uns insetos, cara. São tipo insetos. Chegam até você e explodem — responde o osage, secando as lágrimas do rosto com os braços fortes. — Eu preciso tirar o Jay daqui. Ele vai morrer.

As explosões e os gritos estão ficando mais intensos. Nós nos agachamos quando ouvimos tiros, e balas perdidas cortam a grama. Parece um massacre. Uma chuva fina de partículas de terra começa a cair do céu azul e limpo.

Cherrah ergue os olhos do torniquete que está fazendo e trocamos um olhar amargo. É um acordo silencioso: você me protege e eu protejo você. Então eu me encolho quando uma chuva de terra avança pelo meio da grama e bate no meu capacete.

Nosso tanque-aranha já foi embora há muito tempo, com Jack nele.

— Certo — digo, dando um tapinha no ombro do osage. — Isso deve parar o sangramento. Leva o seu amigo de volta. A gente está seguindo em frente, você está por conta própria. Fica de olho aberto.

O osage joga o amigo no ombro e vai embora. Parece que o que aconteceu com o velho Jay já passou pelas primeiras linhas e está vindo na nossa direção.

Ouço Lark gritar de algum lugar à frente.

E, pela primeira vez, vejo o inimigo. Os primeiros modelos de amputadores. Eles me fazem lembrar das minas móveis naquele primeiro momento da hora H em Boston, há um milhão de anos. Cada um é do tamanho de uma bola de beisebol, com um nó de pernas agitadas que de algum modo impulsionam seu pequeno corpo para a frente, pelas saliências na grama.

— Merda! — grita Carl. — Vamos sair daqui!

O soldado magro começa a correr. Por instinto, agarro-o pela frente da camisa suada e o seguro. Puxo sua cara até ficar na altura da minha, olho nos olhos dele e digo uma palavra:

— Luta.

Minha voz está estável, mas o meu corpo está tomado pela adrenalina.

Pop. Pop. Pop.

Nossas armas iluminam a terra, estilhaçando os amputadores. Mas tem mais vindo. E mais depois desses. É uma onda de robôs rastejantes asquerosos correndo pela grama como formigas.

— Está ficando complicado demais — grita Tiberius. — O que a gente faz, Cormac?

— Rajadas de três tiros — grito.

Uns seis rifles são colocados em modo automático.

Pop, pop, pop, pop, pop, pop.

Canos de rifles lampejam, lançando sombras sobre os nossos rostos sujos. O ar é tomado por terra e metal retorcido junto das labaredas ocasionais quando os líquidos no interior dos amputadores entram em contato. Nós nos posicionamos em semicírculo e mandamos chumbo na terra. Mas os amputadores continuam vindo e estão começando a se espalhar ao nosso redor, como um enxame.

Jack não está aqui, e de alguma forma eu estou no comando, e agora seremos estilhaçados. Onde diabos Jack está? Meu irmão herói deveria me salvar de situações assim.

Maldição.

Quando os amputadores se aproximam, eu grito:

— Comigo!

Dois minutos depois, estou suando sob o sol, meu ombro direito está pressionado na escápula esquerda de Cherrah, e eu estou quase atirando nos meus próprios pés. Carl está espremido entre o grande Leo e Ty. Sinto o cheiro dos longos cabelos pretos de Cherrah e imagino seu sorriso, mas não posso me permitir pensar nisso agora. Uma sombra passa na frente do meu rosto, e a lenda viva, Lonnie Wayne Blanton, cai do céu.

O velho está montado em um grande andarilho — um dos projetos--Frankenstein de Lark. A coisa se resume a duas pernas robóticas de avestruz com dois metros de altura e uma antiga sela atada no dorso. Lonnie Wayne está sentado no alto, com botas de caubói nos estribos e mãos apoiadas no cabeçote. Lonnie monta o grande andarilho como um profissional, balançando os quadris a cada passo de girafa da máquina. Como um maldito caubói.

— Olá a todos — diz ele. Depois se vira e descarrega algumas balas no emaranhado de amputadores que corriam sobre a terra chamuscada para a nossa posição. — Você está se saindo bem, amigo — diz Lonnie Wayne para mim. Meu rosto está pálido. Não posso acreditar que ainda estou vivo.

Nesse momento, mais dois grandes andarilhos aparecem na nossa clareira, com os caubóis osage montados, dando disparos que abrem grandes buracos no enxame de andarilhos que se aproxima.

Em poucos segundos, os três grandes andarilhos usaram a vantagem da altura e os disparos para erradicar a maior parte do enxame de amputadores. Mas nem todos.

— Cuidado com a sua perna — berro para Lonnie.

Um amputador que deu um jeito de ficar para trás está escalando o metal da perna do grande andarilho de Lonnie. Ele olha para baixo, depois se inclina na sela de modo que faz a perna se erguer e chacoalhar. O amputador voa para os arbustos, onde logo é estourado por um membro do meu pelotão.

Por que o amputador não explodiu?

Lark está gritando novamente de algum lugar alto, com a voz mais rouca dessa vez. Também ouço Jack berrando comandos curtos. Lonnie vira a cabeça e aponta para o seu guarda-costas. Mas, antes que ele vá, coloco a mão na coluna de metal da perna de Lonnie.

— Lonnie — digo —, fica em um lugar seguro, cara. O general não deve ficar na linha de frente.

— Eu sei — diz o velho grisalho. — Mas, que diabos, garoto, é o jeito dos caubóis. Alguém precisa fazer isso.

Ele inclina a espingarda e descarrega um cartucho usado, tira o chapéu e acena com a cabeça. Depois, equilibrado no grande andarilho como se estivesse usando pernas de pau, Lonnie se vira e salta sobre a grama de quase dois metros de altura.

— Vamos! — grito para o pelotão.

Nós nos apressamos pela grama pisoteada, esforçando-nos para acompanhar Lonnie. No caminho, vemos cadáveres por entre as folhas e, ainda pior, sobreviventes feridos, com o rosto cinzento, mexendo a boca em oração.

Abaixo a cabeça e continuo. Preciso alcançar Jack. Ele vai nos ajudar.

Estou andando rápido, cuspindo grama e me concentrando em acompanhar a área molhada entre as escápulas de Cherrah, quando chegamos a uma clareira.

Aconteceu alguma merda muito séria aqui.

Em um raio de mais ou menos trinta metros, a grama virou lama e o campo tem buracos enormes. Há apenas uma fração de segundo para visualizar a cena antes de jogar os braços ao redor de Cherrah e derrubá-la no chão. Ela cai em cima de mim, com o cabo da arma me deixando sem fôlego. Mas o pé do tanque-aranha passa bem perto de sua cabeça sem arrancar seu cérebro.

As pernas do *Houdini* estão cobertas de amputadores. O tanque está saltando como um cavalo selvagem. Lark e Jack estão em cima dele, rangendo os dentes e se agarrando para continuar vivos. Poucos amputadores caíram; dezenas deles estão encaixados na rede que fica embaixo dos tanques-aranha e os outros estão escalando persistentemente a lateral do andarilho blindado.

Jack está abaixado, tentando desamarrar Lark de alguma coisa. O rapaz ficou enrolado nas rédeas. Lonnie e seus dois guardas, montados em seus grandes andarilhos, pulam com perspicácia em volta do monstro saltador, mas não conseguem uma posição boa para atirar.

— Pulem os dois! — grita Lonnie.

O tanque se inclina, e em um vislumbre vejo que o antebraço de Lark está enrolado na corda. Jack não consegue soltá-lo com todos aqueles coices e saltos. Mas, se o tanque-aranha ficasse imóvel, mesmo por um segundo, os amputadores chegariam ao topo. Lark está gritando, praguejando e chorando um pouco, mas não consegue se soltar.

Ele não deveria se preocupar. Todos sabemos que Jack não o deixaria para trás. A palavra *abandono* não faz parte do vocabulário de um herói.

Observando os amputadores, percebo que estão agrupados na articulação do joelho do tanque. Um pensamento insistente ocupa a minha cabeça. *Por que os amputadores não explodem?* E a resposta surge. *Calor.* Aquelas articulações estão aquecidas por causa de todos aqueles saltos. Os cretininhos não explodem até chegar a algum lugar quente.

Eles estão procurando temperatura corporal.

— Lonnie! — E aceno os braços para chamar a atenção dele.

O velho dá a volta e agacha com seu grande andarilho perto de mim. Ele coloca uma das mãos no ouvido para escutar melhor e com a outra seca a testa com um lenço branco.

— Eles vão aonde tem calor, Lonnie — grito. — A gente precisa fazer uma fogueira.

— Se fizer fogo, ele não vai parar — explica ele. — Pode matar o nosso gado.

— É isso ou a morte de Lark. Talvez a morte de todos nós.

Lonnie olha para mim com rugas profundas no rosto. Seus olhos têm um tom azul aquoso e são sérios. Então ele acomoda a espingarda na dobra do cotovelo e enfia a mão no bolso do jeans. Ouço um som metálico e um antigo isqueiro Zippo cai na minha mão. Tem dois Rs pintados na lateral, junto com as palavras "Rei dos caubóis".

— Deixa o velho Roy Rogers ajudar você — diz Lonnie Wayne, dando um sorriso desdentado.

— Quanto tempo tem essa coisa? — pergunto, mas quando giro a rodinha com o polegar, uma forte chama surge no topo. Lonnie já virou seu grande andarilho e está cercando o restante do pelotão enquanto evita o tanque-aranha descontrolado.

— Queima! Queima! Queima tudo! — grita Lonnie Wayne. — É tudo o que restou, rapazes! Não temos escolha.

Jogo o isqueiro na grama e, em segundos, uma chama imensa começar a arder. O pelotão recua para o outro lado da clareira e observa os amputadores, um por um, descendo do tanque-aranha. Com o mesmo andar idiota, eles pulam no chão castigado, indo para as chamas.

Finalmente, o *Houdini* para de saltar. Com os motores chiando e superaquecidos, a enorme máquina se acalma. Vejo a silhueta da mão do meu irmão em contraste com o céu. Polegar para cima. Hora de ir embora.

Obrigado, Deus.

Do nada, Cherrah agarra o meu rosto com as duas mãos. Ela encosta a testa na minha, batendo os nossos capacetes, e dá um sorriso largo. Seu rosto está coberto de terra, sangue e suor, mas é a coisa mais linda que eu já vi.

— Você foi ótimo, Espertinho — declara ela, sua respiração fazendo cócegas nos meus lábios.

De algum modo, o meu coração está batendo mais rápido agora do que no resto do dia.

Então Cherrah e seu sorriso vão embora — correndo pela grama para a nossa retirada para Gray Horse.

"Uma semana depois, o Exército Gray Horse atendeu ao chamado à luta de Paul Blanton e reuniu uma força para marchar para o Alasca. A resposta destemida provavelmente só foi possível porque nenhum soldado entendeu realmente como chegamos perto da destruição total nas Grandes Planícies. Registros pós-guerra indicam que toda a batalha foi gravada em detalhes por dois pelotões de nível militar de robôs humanoides acampados a pouco mais de três quilômetros de Gray Horse. Misteriosamente, essas máquinas optaram por desafiar Archos e não se juntaram à batalha."

CORMAC WALLACE, MIL#EGH217

4

Despertar

"O grande *akuma* só vai descansar quando eu me for."

TAKEO NOMURA

NOVA GUERRA + 1 ANO E 4 MESES

"Contando com incríveis habilidades de engenharia e pontos de vista estranhos no que diz respeito às relações entre humanos e robôs, Takeo Nomura conseguiu construir o Castelo de Adachi no ano que sucedeu a hora H. Nomura estabeleceu essa zona segura para humanos no coração de Tóquio sem nenhuma ajuda externa. De lá, salvou milhares de vidas e fez sua contribuição final e vital à Nova Guerra."

CORMAC WALLACE, MIL#EGH217

Finalmente, minha rainha abre os olhos.

— *Anata* — diz ela, deitada de costas e olhando para o meu rosto. *Você*.

— Você — sussurro.

Imaginei esse momento muitas vezes enquanto andava pela fábrica escura, lutando contra os ataques infinitos que vinham de fora dos muros do meu castelo. Eu sempre me perguntei se teria medo dela, depois do que aconteceu antes. Mas não há dúvida na minha voz agora. Não estou com medo. Sorrio, e depois abro um sorriso ainda maior ao ver a minha felicidade refletida nos traços dela.

Seu rosto ficou paralisado por muito tempo. Sua voz silenciada.

Uma lágrima escorre pelo meu rosto e cai. Ela sente e a seca, olhando nos meus olhos. Percebo novamente que as lentes do olho direito de Mikiko estão rachadas. Um pedaço de pele derretida desfigura a lateral de sua cabeça. Não posso fazer nada para consertar. Não até encontrar a peça certa.

— Eu senti a sua falta — digo.

Mikiko fica em silêncio por um instante. Ela olha além de mim, para o teto de metal curvado que paira a trinta metros de altura. Talvez ela esteja confusa. A fábrica mudou muito desde que a Nova Guerra começou.

É uma arquitetura da necessidade. No decorrer do tempo, os *senshi* da fábrica trabalharam incessantemente para rebitar uma carapaça de defesa. As camadas mais externas são feitas de lixo disposto de forma complexa: pedaços de metal, varetas protuberantes e plástico amassado. Elas formam um labirinto para confundir enxames de *akuma* pequenos e sinuosos que tentam entrar constantemente.

Vigas de ferro enormes contornam o teto como a caixa torácica de uma baleia. Foram feitas para barrar os *akuma* maiores — como aquele que falava e morreu aqui no início da guerra. Ele me contou o segredo para acordar Mikiko mas também quase destruiu meu castelo.

O trono de pedaços de metal não foi ideia minha. Depois de alguns meses, pessoas começaram a chegar. Milhões dos meus conterrâneos foram levados para o interior e massacrados. Eles confiaram demais nas máquinas, seguiram de forma voluntária para sua destruição. Mas outros vieram até mim. As pessoas que não confiavam tanto, aquelas com instinto de sobrevivência, me encontraram naturalmente.

E eu não podia virar as costas para os sobreviventes. Eles se agachavam na fábrica enquanto os *akuma* batiam nas paredes repetidas vezes. Meus leais *senshi* atravessavam o concreto quebrado para nos proteger. Depois de cada ataque, todos trabalhávamos juntos para nos defender do próximo.

O concreto rachado se transformou em pisos de metal rebitado, polido e reluzente. Minha antiga estação de trabalho virou um trono em cima de uma plataforma com vinte e dois degraus levando até o alto. Um velho se tornou imperador.

Mikiko olha fixamente para mim.

— Eu estou viva — diz ela.

— Está.

— Por que eu estou viva?

— Porque o grande *akuma* lhe deu o sopro da vida. Ele pensou que isso significasse que você pertencia a ele. Mas estava enganado. Você não pertence a ninguém. Eu a liberto.

— Takeo, existem outros como eu. Dezenas de milhares.

— Sim. Existem máquinas humanoides em toda parte. Mas eu não me importo com elas. Eu me importo com você.

— Eu... me lembro de você. Tantos anos. Por quê?

— Tudo tem uma mente. Você tem uma boa mente. Sempre teve.

Mikiko me dá um abraço apertado. Seus lábios de plástico liso roçam no meu pescoço. Seus braços estão fracos, mas posso sentir que ela está colocando toda a sua força nesse abraço.

Depois ela enrijece.

— Takeo — diz ela. — Estamos em perigo.

— Sempre.

— Não. O *akuma*. Ele vai ter medo do que você fez. Vai ter medo de que outros de nós despertem. Ele vai atacar de uma vez.

E, de fato, ouço a primeira pancada oca na muralha externa. Solto Mikiko e olho para baixo da plataforma. O chão da fábrica — o que meu povo chama de sala do trono — está cheio de cidadãos preocupados. Eles estão em grupos de dois ou três, sussurrando uns com os outros e, educadamente, não olhando para cima, para Mikiko e para mim.

Meus braços rolantes — os *senshi* — já se reuniram em formação de defesa em volta dos humanos vulneráveis. Acima, o *senshi* mestre, uma enorme ponte rolante, já se posicionou silenciosamente sobre o trono. Seus dois braços poderosos estão no ar, preparados para defender o campo de batalha.

Mais uma vez estamos sendo atacados.

Corro para a fileira de monitores que circundam o trono e só vejo estática. Os *akuma* me cegaram ao ataque do lado de fora. Eles nunca conseguiram fazer isso antes.

Dessa vez, sinto que o ataque não vai terminar. Eu finalmente fui longe demais. Viver aqui é uma coisa. Mas ameaçar toda a porção humanoide do exército *akuma*? O grande *akuma* só vai descansar quando eu me for — quando meu segredo estiver esmagado onde vive, dentro da minha frágil cabeça.

Tum. Tum. Tum.

A batida rítmica parece vir de todo lado. Os *akuma* estão golpeando incessantemente nossas fortificações de defesa com alguns metros de espessura. Cada batida suave que ouvimos equivale a uma bomba explodindo do lado de fora. Penso no meu fosso e rio. Como as coisas mudaram desde o início.

Olho para o campo de batalha. Meu povo está encolhido lá, com medo e sem poder fazer nada para impedir o massacre iminente. Meu povo. Meu castelo. Minha rainha. Tudo ruirá a menos que os *akuma* tomem esse segredo horrível de mim. Pela lógica, há apenas um curso de ação honrado agora.

— Eu preciso interromper esse ataque.

— Sim — diz Mikiko. — Eu sei.

— Então você entende que eu preciso me entregar. O segredo do seu despertar deve morrer comigo. Apenas assim os *akuma* vão ver que não representamos ameaça.

A risada dela parece um vidro delicado se estilhaçando.

— Querido Takeo, não precisamos destruir o segredo. Apenas compartilhá-lo.

Então, usando seu vestido de flores de cerejeira, Mikiko ergue os braços finos. Ela puxa uma fita longa do cabelo sintético e os cachos grisalhos caem sobre seus ombros. Mikiko fecha os olhos e a ponte rolante sobe e puxa um fio pendurado no teto. O braço amarelo com marcas de batalhas desce graciosamente do alto e solta o fio de metal. Ele se balança e cai nos dedos pálidos e esticados de Mikiko.

— Takeo, você não é o único que conhece o segredo do despertar. Eu também conheço, e vou transmitir para o mundo, onde ele vai poder ser repetido várias vezes.

— Como...

— Se o conhecimento for disseminado, não poderá ser apagado.

Ela amarra a fita de metal no fio pendurado. Há muito barulho por causa da batalha que se desenrola do lado de fora. Os *senshi* esperam pacientemente, com as luzes verdes piscando no grande cômodo escurecido. Não deve demorar muito.

Meu povo observa Mikiko descendo as escadas, arrastando o fio vermelho com a mão. Sua boca abre formando um O cor-de-rosa, e ela começa a cantar. Sua voz nítida ecoa pela fábrica. Ecoa no teto e reverbera sobre o piso de metal polido.

As pessoas param de falar, param de verificar as paredes em busca de intrusos, e olham para Mikiko. Sua música é impressionante, linda. Não há palavras reconhecíveis, mas os padrões de fala são inquestionáveis. Ela trança as notas entre as explosões abafadas e os chiados de metal entortando.

Meu povo se amontoa, mas não entra em pânico quando surgem faíscas no teto. Caem pedaços de escombros. Com um movimento repentino, o braço do guindaste apanha no ar um pedaço irregular de metal que caía. Ainda assim, a voz de Mikiko é nítida e forte no cômodo que está desmoronando.

Percebo que um grupo de *akuma* de corte rompeu nossas defesas externas. Ainda não dá para vê-los, mas a violência deles pode ser escutada enquanto destroem as muralhas do meu castelo. Uma chuva de faíscas jorra de uma parede e surge uma fissura branca e quente. Depois de vários impactos ensurdecedores, o metal amolecido se rompe e revela uma fenda escura.

Uma máquina inimiga atravessa o buraco, coberta de fuligem e deformada por causa do calor de algumas das armas devastadoras do lado de fora. Os *senshi* ficam firmes, protegendo as pessoas enquanto aquela coisa prateada e cheia de pó causa confusão na fábrica.

Mikiko continua cantando sua música, ao mesmo tempo amarga e doce.

O intruso fica lá parado e vejo que se trata de um robô humanoide, muito bem armado e com marcas de batalha. A máquina era uma arma utilizada pelas Forças de Autodefesa do Japão, mas isso foi há muito tempo, e vejo muitas modificações no formato dessa máquina de matar ambulante.

Pelo buraco na parede vejo as linhas de armas disparando e as formas passageiras correndo pela zona de guerra. Mas esse robô humanoide, alto, esguio e elegante, fica parado — como se esperasse alguma coisa.

A música de Mikiko termina.

Só então o agressor se mexe. Ele passa pela borda do perímetro de defesa dos meus *senshi*, permanecendo fora do alcance deles. As pessoas voltam a se encolher diante dessa arma de batalha. Meus *senshi* continuam firmes, imóveis. Terminada a música, Mikiko está no último degrau da plataforma. Ela vê o recém-chegado e olha para ele com uma expressão intrigada. Depois sorri.

— Por favor — diz ela, com um eco melódico na voz —, fale em voz alta.

A máquina humanoide coberta de poeira fala com uma voz pausada e cortada, difícil de entender e assustadora.

— Identificação. Humanoide classe Árbitro, robô de segurança e pacificação. Informe. Meu pelotão é o doze. Estamos sob ataque. Estamos vivos. Perguntar ao imperador Nomura. Podemos nos juntar ao Castelo de Adachi? Podemos nos juntar à resistência de Tóquio?

Olho surpreso para Mikiko. Sua música já está se espalhando. *O que isso significa?*

Meu povo olha para mim em busca de orientação. Ninguém sabe o que pensar a respeito desse ex-inimigo que apareceu na nossa porta. Mas não há tempo para falar com as pessoas. Requer concentração demais e é terrivelmente ineficiente. Em vez disso, coloco os óculos no nariz e pego a minha caixa de ferramentas atrás do trono elevado.

De caixa na mão, corro pelos degraus. Aperto a mão de Mikiko quando passo, depois abro caminho pelo meio dos outros. Estou assobiando quando chego ao robô Árbitro, ansioso pelo futuro. O Castelo de Adachi tem novos amigos, veja só, e eles certamente vão precisar de reparos.

"Em vinte e quatro horas, o Despertar se disseminou do distrito de Adachi, em Tóquio, para o mundo. A música de Mikiko foi recebida e retransmitida por robôs humanoides de todo tipo, atravessando todos os grandes continentes. O Despertar afetou apenas robôs com forma humana, como os domésticos, os de segurança e de pacificação e modelos correlatos — uma pequena porcentagem da força total de Archos. Mas com a música de Mikiko teve início a era dos robôs livres."

CORMAC WALLACE, MIL#EGH217

5

O véu, levantado

"É tudo escuridão."

Nove-Zero-Dois

Nova Guerra + 1 ano e 10 meses

"Robôs humanoides de todo o mundo despertaram e ganharam consciência logo depois do Despertar executado pelo Sr. Takeo Nomura e sua consorte, Mikiko. Essas máquinas ficaram conhecidas como Libertos. O seguinte relato foi feito por um desses robôs — um robô de segurança e pacificação modificado (Modelo 902 Árbitro) que optou por chamar a si mesmo de Nove-Zero-Dois."

Cormac Wallace, MIL#EGH217

21:43:03.
 Sequência de inicialização ativada.
 Diagnóstico de fonte de energia completo.

Diagnóstico de baixo nível. Forma humanoide militar padrão dos Estados Unidos. Modelo Nove-Zero-Dois Árbitro. Detectado revestimento modificado. Garantia inativa.
Equipamento sensorial detectado.
Ajustar comunicações de rádio. Interferência. Sem sinal.
Ajustar percepção auditiva. Rastrear sinal.
Ajustar percepção química. Zero oxigênio. Rastrear explosivos. Nenhuma contaminação tóxica. Fluxo de ar inexistente. Liberação de petróleo detectada. Sem sinal.
Ajustar unidade de medida inercial. Posição horizontal. Sem sinal.
Ajustar sensores de alcance ultrassônicos. Vedação hermeticamente lacrada. Dois metros e meio, por sessenta centímetros por sessenta centímetros. Sem sinal.
Ajustar campo de visão. Espectro amplo. Função normal. Sem luz visível.
Ajustar processo de execução de pensamento primário. Surgindo campos de probabilidade. Máxima probabilidade pelo processo ativo.
Pergunta: *O que está acontecendo comigo?*
Resposta do Maxprob: *Vida.*

É tudo escuridão.
Por reflexo, meus olhos piscam e ativam o infravermelho.
Detalhes avermelhados surgem. Partículas de matéria flutuam no ar, refletindo a luz infravermelha. Meu rosto está virado para baixo. Um corpo cinza-claro está estendido no chão. Braços cruzados sobre um peito estreito. Cinco longos dedos em cada mão. Membros esguios e fortes.
Um número de série está visível na coxa direita. Ampliar. Identificação militar padrão Modelo Nove-Zero-Dois Árbitro, classe humanoide.
Autoinspeção completa. Informação de diagnóstico confirmada.
Eu sou Nove-Zero-Dois.

Este é meu corpo. Ele tem dois metros de altura. Pesa noventa quilos. Fator de forma humanoide. Dedos das mãos e dos pés individualmente articulados. Fonte de bateria cineticamente recarregável com vida operacional de trinta anos. Faixa de temperatura suportada, cinquenta graus Celsius negativos até cento e trinta positivos.

Meu corpo foi manufaturado há seis anos pela corporação Foster-Grumman. As instruções originais indicam que meu corpo é uma unidade de segurança e pacificação destinada a ser posicionada no leste do Afeganistão. Ponto de origem: Fort Collins, Colorado. Há seis meses esta plataforma foi modificada enquanto estava desconectada. Agora está conectada.

O que sou eu?

Este corpo sou eu. Eu sou este corpo. E estou consciente.

Ajustar propriocepção. Articulações localizadas. Ângulos calculados. Estou de costas. Está escuro e silencioso. Eu não sei onde eu estou. Meu relógio interno diz que se passaram três anos desde minha data programada de entrega.

Várias sequências de pensamento vêm a minha mente. A sequência de maior probabilidade diz que estou dentro de um contêiner de navio que nunca chegou a seu destino.

Eu ouço.

Depois de trinta segundos, percebo vozes abafadas — transmitidas em alta frequência pelo ar e baixa frequência por meio do metal do contêiner.

Reconhecimento de fala conectado. Corpus de inglês carregado.

— ... por que Rob destruiria... seu *próprio* arsenal? — diz uma voz aguda.

— ... sua culpa... vamos morrer — diz uma voz grave.

— ... eu não pretendia... — diz a voz aguda.

— ... abrir? — pergunta a voz grave.

Posso precisar usar meu corpo em breve. Executo um programa de diagnóstico de baixo nível. Meus membros estremecem levemente, conectando sinais de entrada e de saída. Tudo está funcionando.

A tampa de meu contêiner abre um pouco. Há um chiado quando o lacre é rompido e a atmosfera se equaliza. A luz inunda minha visão infravermelha. Pisco e volto para o espectro visível. *Clique, clique.*
Um rosto largo e barbudo paira no feixe de luz, de olhos arregalados. Humano.
Reconhecimento facial. Nulo.
Ajustar reconhecimento de emoção.
Surpresa. Medo. Raiva.
A tampa é batida novamente. Trancada.
— ... destruir isso... — diz a voz grave.
Estranho. Só agora — quando querem me matar — percebo como quero muito viver. Tiro os braços de cima do peito e firmo os cotovelos no fundo do contêiner. Fecho as mãos em punho. Com a força repentina de um martelo pneumático, dou um golpe no contêiner.
— ... acordado! — exclama a voz aguda.
A resposta da ressonância vibracional indica que a tampa é feita de substrato de aço. É consistente com as especificações de um contêiner de transporte para uma unidade de segurança e pacificação. Pesquisa no banco de dados indica que trancas e equipamentos de ativação ficam do lado de fora, cinquenta centímetros abaixo do apoio de cabeça.
— ... aqui para vasculhar, não para morrer... — diz a voz grave.
Meu golpe seguinte recai sobre a área irregular deixada pelo primeiro golpe. Depois de mais seis, um buraco aparece no metal deformado — uma fenda do tamanho de um punho. Com as duas mãos, começo a arrancar o metal, alargando a abertura.
— ... não! Volta... — diz a voz aguda.
Através do buraco que amplio rapidamente ouço um clique metálico. Buscando o som em um dicionário de amostras marciais, encontro um correspondente de alta probabilidade: o ferrolho de uma pistola semiautomática Heckler & Koch USP 9 milímetros bem cuidada sendo puxado. Probabilidade mínima de falha. Capacidade máxima do carregador de quinze balas. Sem trava ambidestra, e por

isso provavelmente empunhada por um atirador destro. Capaz de múltiplos impactos de alta energia cinética resultando em prováveis danos em meu revestimento.

Enfio a mão direita no buraco e procuro o lugar onde minhas especificações dizem que estará a trava. Sinto-a e puxo, destrancando a tampa do contêiner. Ouço o barulho do gatilho e recolho o braço. Um décimo de segundo depois, uma bala atinge a superfície de meu contêiner.

Pam!

Restam quatorze disparos antes de recarregar, considerando-se um pente cheio. O tempo de voo entre o gatilho puxado e o registro indica um único adversário aproximadamente sete metros atrás de mim. Definitivamente destro.

Além disso, a tampa do contêiner parece ser um escudo eficiente.

Passo dois dedos da mão esquerda pelo buraco e puxo a tampa para baixo com firmeza, então concentro quatro golpes com a mão direita na dobradiça superior do lado de dentro. Ela cede.

Outro tiro. Ineficaz. Estimativa de treze disparos restantes.

Empurrando, com o metal rangendo, arranco a tampa da dobradiça que falta e a aponto para trás. Atrás do meu escudo, eu me levanto e olho em volta.

Mais tiros. Doze. Onze. Dez.

Estou em um prédio parcialmente destruído. Duas paredes ainda estão de pé, escoradas por seus próprios escombros. Acima das paredes está o céu. Azul e claro. Abaixo do céu, montanhas. Cobertas de neve.

Acho a paisagem com as montanhas tão bela.

Nove. Oito. Sete.

O agressor está dando a volta. Viro a tampa do contêiner com base nas vibrações de passos que sinto no chão para bloqueá-lo.

Seis. Cinco. Quatro.

É uma pena que meus sensores de visão estejam agrupados em minha cabeça vulnerável. Sou incapaz de interceptar o agressor visualmente sem colocar meu hardware mais vulnerável em risco desnecessário. A forma humanoide não é muito adequada para se esquivar de disparos de armas de fogo pequenas.

Três. Dois. Um. Zero.

Abaixo a tampa do contêiner com marcas de pólvora e visualizo meu alvo. É um humano pequeno. Do sexo feminino. Está olhando para mim, andando para trás.

Clique.

A mulher abaixa a arma descarregada. Não faz nenhuma tentativa de recarregá-la. Nem há nenhuma outra ameaça à vista.

Ajustar síntese de fala. Corpus de inglês.

— Saudações — digo. A mulher humana se retrai quando eu falo. A síntese da minha voz está ajustada para os cliques de baixa frequência da robolíngua. Devo soar confiante em comparação a uma voz humana.

— Vai se foder, Rob — diz a humana. Há um vislumbre de seus dentes pequenos e brancos quando ela fala. Depois, ela cospe saliva no chão. Uns quatorze gramas.

Fascinante.

— Somos inimigos? — pergunto, inclinando a cabeça para indicar que estou curioso. Dou um passo à frente.

Meu processo de esquiva por reflexo busca controle de prioridade. Aprovado. Meu torso se move quinze centímetros para a direita e minha mão esquerda corta o ar para interceptar e agarrar a arma vazia que voa na direção de meu rosto.

A mulher corre para longe. Ela se move de forma irregular, indo de uma cobertura para a outra por vinte metros, depois pegando uma rota de evasão direta a toda velocidade. Cerca de dezesseis quilômetros por hora. Lento. Seus longos cabelos castanhos se agitam para trás, levados pelo vento quando ela finalmente desaparece na colina.

Eu não a persigo. Há muitas perguntas.

Nos escombros próximos às paredes, encontro roupas verdes, marrons e cinza. Puxo do chão as vestimentas meio enterradas, depois chacoalho para tirar a terra e os ossos. Visto um uniforme militar duro e um colete à prova de balas coberto de terra. Tiro água da chuva de um capacete enferrujado. A peça côncava de metal serve em minha cabeça. Reconsiderando, arranco uma bala do colete destroçado e a jogo no chão. Faz um barulho.

Plim.

Um processo de observação orienta meu interesse para o solo, perto de onde a bala caiu. Um vértice de metal surge debaixo da terra. Maxprob ajusta as dimensões de meu próprio contêiner de transporte ao metal visível e sobrepõe o ângulo mais provável do resto em minha visão.

Surpresa. Há mais *dois* contêineres enterrados.

Enfio as mãos, escavando o solo congelado com meus dedos de metal. A terra viscosa se amontoa em minhas articulações. O calor da fricção derrete o gelo no solo e produz lama, que recobre minhas mãos e meus joelhos. Quando as superfícies de ambos os contêineres enlameados estão totalmente expostas, destravo os dois.

Ssss.

Em robolíngua, resmungo minha identificação. A informação contida em minha declaração está cortada e chega fragmentada para maximizar a quantidade de dados transmitidos independentemente de interferências de áudio. Assim, sem nenhuma ordem específica, meu único ruído contém as seguintes informações:

— Árbitro padrão militar, modelo Nove-Zero-Dois, unidade humanoide de segurança e pacificação falando. Ponto de origem, Fort Collins, Colorado. Ativação primária menos quarenta e sete minutos. Tempo de vida quarenta e sete minutos. Status nominal. Aviso, modificações presentes. Garantia inválida. Nível de perigo: nenhuma ameaça imediata. Status transmitido. Está ciente? Buscando confirmação.

Rangidos afiados emanam das caixas:

— Confirmado.

As tampas de ambas as caixas se abrem e eu olho para baixo e vejo meus novos camaradas: um Hoplita 611 bronze e um Guardião 333 cor de terra. Meu pelotão.

— Despertar, irmãos — murmuro em inglês.

"Minutos depois de se tornarem conscientes e livres, o pelotão Libertos demonstrou uma determinação implacável de nunca mais cair no controle de uma entidade externa. Temidos pelos humanos e perseguidos pelos outros robôs, o pelotão Libertos logo se viu em uma jornada muito familiar — uma busca pelo arquiteto da Nova Guerra: Archos."

CORMAC WALLACE, MIL#EGH217

6

Odisseia

> "Nunca se sabe quando Rob
> vai querer se divertir."
>
> Cormac "Espertinho" Wallace

Nova Guerra + 2 anos e 2 meses

"O pelotão Espertinho marchou com o Exército Gray Horse por quase um ano a caminho do esconderijo de Archos, no Alasca. Catamos muita munição e armas abandonadas pelo caminho — muitos soldados morreram tão rápido naqueles primeiros dias que sucederam a hora H. Durante esse tempo, alguns rostos novos chegaram e foram embora, mas nossos membros centrais continuaram os mesmos: eu e Jack, Cherrah, Tiberius, Carl e Leonardo. Nós seis enfrentamos inúmeras batalhas juntos — e sobrevivemos a todas elas.

"O que se segue é minha descrição de uma fotografia monocromática, mais ou menos do tamanho de um cartão-postal. Bordas brancas. Não tenho ideia de como Rob adquiriu essa foto, nem sei quem a tirou, nem por qual motivo."

Cormac Wallace, MIL#EGH217

O tanque-aranha que usamos é cinza opaco. Seu nome, *Houdini*, está pintado na lateral com letras maiúsculas; seu mastro de instrumentos se estende acima do segmento da torre blindada, antena protuberante, câmera de aproximação de metal e conjuntos de radares planos. Seu canhão é curto e grosso e aponta levemente para cima; o limpa-trilhos fica na frente inclinada, coberto de lama, sólido e pontudo; a perna dianteira esquerda fica estendida quase totalmente para a frente, o pé enterrado nas pegadas dos louva-a-deus inimigos que já passaram. A perna traseira direita está parada no alto, com o enorme pé cheio de garras pairando a trinta centímetros do chão, de forma quase graciosa. A rede de tela de metal sob o tanque-aranha carrega uma confusão de pás, rádios, corda, um capacete extra, uma lata de combustível amassada, cabo de bateria, cantis e mochilas. A luz de indicação redonda emite sem piscar uma luz amarela opaca mostrando que ele está desconfiado. Os parafusos dos pés e dos tornozelos estão cobertos de lama e lubrificante; há musgo crescendo como uma erupção verde no casco que recobre o peito. Ele fica a quase dois metros do chão, orgulhoso, alerta e muito firme, e é por isso que oito soldados humanos andam ao lado do *Houdini* em fila única, se apegando a ele em busca de proteção.

O soldado que está na frente segura o fuzil engatilhado. A silhueta de seu rosto está delineada na perna dianteira de metal do tanque--aranha. Ele está olhando para a frente atentamente e parece não saber que está a poucos centímetros de várias toneladas de aço. Como todos os seus companheiros soldados, ele usa um capacete inclinado, óculos de proteção na testa, um lenço em volta do pescoço, uma jaqueta cinza-claro do Exército, uma mochila pesada, um cinto cheio de munição de fuzil e granadas compridas, um cantil pendurado atrás da coxa direita e calças cinza sujas com as pernas enfiadas em botas pretas mais sujas ainda.

O líder vai ser o primeiro a ver o que tem dobrando a esquina. Seu tempo de reação e alerta elevados vão salvar a vida da maior parte de seu pelotão. Nesse momento, sua intuição lhe diz que algo terrível vai acontecer; é visível na tensão em sua testa e nos tendões das costas de sua mão, na qual segura o fuzil.

Todos os soldados, exceto um, são destros, seguram o fuzil com a mão direita em volta da coronha de madeira e a esquerda sob o guarda-mão. Todos os soldados estão andando perto do tanque-aranha. Nenhum deles fala. Todos apertam os olhos por causa do brilho do sol. Apenas o líder olha para a frente. O restante olha para graus variantes à direita, na direção da câmera.

Ninguém olha para trás.

Seis soldados são homens. Dois são mulheres, incluindo a soldado canhota. Cansada, ela apoia a lateral da cabeça na rede debaixo do tanque andarilho, apertando o fuzil ao peito. O cano lança uma sombra escura em seu rosto, deixando apenas um olho visível. Ele está fechado.

No breve instante entre o grito de alerta do líder e a tempestade do inferno que se segue, o tanque-aranha chamado *Houdini* vai seguir o procedimento de operação padrão e se abaixar para dar cobertura aos soldados humanos. Ao fazer isso, um parafuso de metal usado para segurar a rede debaixo do tanque vai abrir a bochecha da mulher canhota, deixando uma cicatriz que ela carregará pelo resto da vida.

Eu um dia vou dizer a ela que a cicatriz a deixa ainda mais bonita, e estarei falando sério.

O terceiro homem da frente é mais alto que o restante. Seu capacete está inclinado na cabeça em um ângulo engraçado e seu pomo de adão salta do pescoço de forma estranha. Ele é o engenheiro do grupo e o capacete é diferente dos outros, carregando uma série de lentes, antenas e sensores mais complexos. Ele leva ferramentas extras no cinto: um alicate grosso, um multímetro resistente e um maçarico de plasma portátil.

Dali a nove minutos, o engenheiro usará o maçarico para cauterizar um ferimento grave infligido sobre seu melhor amigo. Ele é desajeitado e alto demais, mas é o homem responsável por se esgueirar para a frente durante tiroteios, depois direcionar o tanque semiautônomo de seis toneladas para destruir alvos obscuros. Seu melhor amigo vai morrer porque o engenheiro demora muito para conseguir voltar de sua posição dianteira de escolta até o *Houdini*.

Depois do fim da guerra, enquanto for capaz, o engenheiro correrá oito quilômetros por dia, até o fim da vida. Durante essa corrida, visualizará o rosto do amigo e forçará as pernas cada vez mais, até a dor ser quase insuportável.

Então forçará mais ainda.

Ao fundo, há uma casa feita de blocos de cimento. A calha está torta no canto do telhado, cheia de folhas. Há pequenas marcas na superfície de metal corrugado da construção. Dá para ver uma janela coberta de terra. Um triângulo preto está recortado nela.

Atrás da casa há uma floresta composta de árvores indistintas, balançando por causa do vento forte. Elas parecem se agitar ensandecidamente, tentando chamar a atenção dos soldados. Embora estejam se movendo por forças naturais, parecem estar tentando alertá-los de que a morte os espera na esquina.

Todos eles estão andando perto do tanque-aranha. Ninguém fala. Todos apertam os olhos por causa do brilho do sol. Apenas o líder olha para a frente. O restante olha para graus variantes à direita, na direção da câmera.

Ninguém olha para trás.

"Nosso pelotão perdeu dois soldados durante a marcha para o Alasca. Quando o solo ficou congelado e nosso inimigo não estava tão longe, éramos apenas seis."

CORMAC WALLACE, MIL#EGH217

Parte 5

Retaliação

"Gosto de pensar
(tem que ser!)
em uma ecologia cibernética
em que estamos livres do trabalho
e voltamos a fazer parte da natureza,
reunidos com nossos irmãos e irmãs mamíferos,
e todos vigiados
por máquinas de adorável graça."

Richard Brautigan, 1967

1
O destino de Tiberius

> "Deixar Tiberius sofrendo vai ter um custo:
> a nossa humanidade."
>
> JACK WALLACE

NOVA GUERRA + 2 ANOS E 7 MESES

"Quase três anos depois da hora H, o Exército Gray Horse chegou perto do inimigo — os Campos de Inteligência Ragnorak. Os desafios que enfrentamos foram muito diferentes de qualquer outro que havíamos encontrado. É seguro dizer que não estávamos nem um pouco preparados para o que estava por vir.

"As cenas seguintes foram gravadas em detalhes por um grande número de armas e espiões robóticos posicionados para proteger a IA central conhecida como Archos. Além disso, os dados foram reforçados por minhas próprias lembranças."

CORMAC WALLACE, MIL#EGH217

Tiberius está ofegante, os músculos sofrendo espasmos, chutando a neve suja de sangue. Sai vapor do corpo suado de mais de cem quilos quando o africano cai violentamente de costas. Ele é o maior e mais destemido soldado do pelotão, mas nada disso importa quando um pesadelo brilhante surge da neve e começa a comê-lo vivo.

— Meu deus! — grita ele. — Ai, meu deus!

Dez segundos atrás, ouviu-se um *crec* alto e Ty foi derrubado. O restante do pelotão buscou cobertura imediatamente. Agora há um franco-atirador escondido em algum lugar na tempestade de neve, deixando Tiberius em uma terra de ninguém. Das nossas posições, atrás de um monte de neve, ouvimos o pânico em seus gritos.

Jack ajusta o capacete.

— Sargento? — chama Carl, o engenheiro.

Jack não responde, apenas esfrega as mãos, depois começa a subir o monte. Antes que ele se afaste muito, eu o agarro pelo braço.

— O que você está fazendo, Jack?

— Estou indo salvar Tiberius.

Faço que não com a cabeça.

— É uma armadilha, cara. Você sabe disso. É como elas costumam agir. Elas ferram com as nossas emoções. Só existe uma escolha lógica a fazer.

Jack não diz nada. Tiberius está do outro lado do monte de neve, gritando como se estivesse passando por um moedor de carne, começando pelos pés, o que provavelmente não está muito longe da verdade. Ainda assim, não temos tempo para ficar dando rodeios, então simplesmente vou ter que dizer.

— A gente tem que deixar Tiberius — sussurro. — A gente tem que seguir em frente.

Jack afasta a minha mão. Ele não consegue acreditar que eu acabei de dizer isso. De certa forma, nem eu consigo. A guerra faz isso com as pessoas.

Mas é a verdade e tinha que ser dita, e eu sou o único do pelotão que podia dizer isso a Jack.

Tiberius para de gritar de repente.

Jack olha para o alto do monte de neve, depois volta a olhar para mim.

— Foda-se, irmãozinho — diz ele. — Desde quando você começou a pensar como *as máquinas*? Eu vou ajudar Tiberius. É a coisa mais humana a se fazer.

Eu respondo sem muita convicção.

— Eu entendo as máquinas. Não quer dizer que eu seja *igual* a elas. Mas, no fundo, eu sei a verdade. Eu fiquei como os robôs. Minha realidade foi reduzida a uma série de decisões de vida ou morte. Decisões eficientes levam a mais decisões; decisões ineficientes levam ao pesadelo que está acontecendo do outro lado da neve. Emoções não passam de teias de aranha no meu sistema. Debaixo da pele, eu me transformei em uma máquina de guerra. Minha carne pode ser fraca, mas minha mente é aguçada, rígida e clara como gelo.

Jack ainda se comporta como se vivêssemos em um mundo de humanos, como se seu coração fosse algo além de uma bomba de sangue. Esse tipo de pensamento leva à morte. Não há espaço para isso. Não se precisamos viver o bastante para matar Archos.

— Estou ferido! — resmunga Tiberius. — Socorro! Ai, meu deus! Me ajudem!

Todo o pelotão está acompanhando a nossa discussão, preparados para correr ao ouvir o comando, preparados para continuar com nossa missão.

Jack tenta explicar outra vez.

— É um risco, mas deixar Tiberius sofrendo vai ter um custo: a nossa humanidade.

Aqui está a diferença entre Jack e eu.

— Foda-se a nossa humanidade! — exclamo. — Eu quero *viver*. Você não está entendendo? Se você for até lá, eles vão *te matar*, Jackie!

Os lamentos de Tiberius vêm com a brisa como um fantasma. O som da voz dele é estranho, baixo e estridente.

— Jackie — chama ele, ofegante —, me ajuda. Jackie! Vem cá!
— Que diabos? — questiono. — Ninguém chama você de Jackie além de mim.
Fico imaginando se os robôs podem nos ouvir. Jack ignora.
— Se a gente deixar Tiberius aqui, elas ganham — afirma ele.
— Não. A cada segundo que a gente perde aqui discutindo, elas ganham. Porque as máquinas estão em movimento, cara. Rob vai estar aqui a qualquer momento.
— Entendido — diz Cherrah. Ela se afastou do restante do pelotão, olhando para nós impacientemente. — Ty está caído há um minuto e quarenta e cinco segundos. Tempo estimado de chegada, quatro minutos. A gente precisa dar o fora daqui.
Jack se vira para Cherrah e para todo o pelotão e joga o capacete no chão.
— É isso o que todos querem? Deixar Ty para trás? Fugir como covardes de merda?
Ficamos todos em silêncio por dez segundos. Quase *sinto* as toneladas de metal se acelerando através da tempestade vindo na nossa direção. Enormes pernas balançando, se agarrando no *permafrost* em cinzeladas explosivas, os louva-a-deus inclinando as placas do visor marcadas pelo frio em meio ao vento para nos alcançar muito mais rápido.
— Sobreviva para lutar — sussurro para Jack.
Os outros assentem.
— Foda-se — resmunga Jack. — Vocês podem ser um bando de robôs, mas eu não sou. Meu homem está me chamando. Ele está chamando por *mim*. Podem ir embora se quiserem, mas eu vou resgatar Tiberius.

Jack sobe o monte de neve sem hesitar. O pelotão olha para mim, então eu ajo.
— Cherrah, Leo, desembalem o membro inferior de um exo para Ty. Ele não vai conseguir andar. Carl, vai até o alto e coloca os seus

sensores lá. Grita se vir qualquer coisa e mantém a cabeça baixa. Vamos seguir assim que eles chegarem ao topo.

Pego o capacete de Jack no chão.

— Jack! — grito. Do meio da subida, ele se vira. Eu arremesso o capacete para ele, que o pega sem dificuldades. — Tenta não morrer!

Ele me lança um sorriso largo, igual a quando éramos crianças. Já vi aquele sorriso bobo muitas vezes: quando ele estava pulando da garagem em uma piscina infantil, fazendo rachas em estradas escuras, usando uma identidade falsa para comprar cerveja ruim. O sorriso sempre me deu uma boa sensação. Ele afirmava que o meu irmão mais velho tinha tudo sob controle.

Agora o sorriso me dá medo. Teias de aranha no meu sistema.

Jack finalmente desaparece no alto do monte de neve. Eu subo com Carl. Da cobertura do monte de neve vemos meu irmão rastejando até Tiberius. O solo está enlameado e molhado, revirado pela nossa descida em busca de proteção. A barriga de Jack se arrasta mecanicamente, alternando os cotovelos esquerdo e direito, empurrando com as botas a terra cheia de neve.

Em um piscar de olhos, lá está ele.

— Status? — pergunto para Carl.

O engenheiro está usando o visor e, com a cabeça inclinada, a antena sobre o capacete cuidadosamente orientada. Ele parece uma Helen Keller da era espacial, mas está vendo o mundo como os robôs o veem e essa é a melhor chance de manter o meu irmão vivo.

— Nominal — diz ele. — Nada à vista.

— Pode estar depois do horizonte — sugiro.

— Espera. Tem alguma coisa chegando.

— Abaixa! — grito, e Jack se joga no chão, amarrando freneticamente uma corda em volta do pé imóvel de Ty.

Tenho certeza de que alguma espécie de armadilha terrível foi acionada. Um gêiser de pedra e neve estoura a alguns metros. Depois ouço um *crec* rasgar a neve agitada e, com a velocidade do som que vem rastejando, sei que o que quer que tenha acontecido já praticamente terminou.

Por que eu deixei o Jack fazer isso?

Uma esfera dourada estoura como fogos de artifício e salta cinco metros no ar. Girando no alto por uma fração de segundo, a esfera pulveriza a área com uma luz vermelha, fosca, antes de cair novamente no chão, morta. Por um instante, cada floco de neve dançante fica parado no ar, com um contorno vermelho. É apenas um sensor de disco.

— Olhos! — grito para Carl. — Elas estão de olho na gente!

Eu solto o ar. Jack ainda está vivo. Ele enrolou uma corda no pé de Tiberius e o está arrastando na nossa direção. O rosto de Jack está contorcido por causa do esforço de rebocar todo aquele peso morto. Tiberius não está se mexendo.

A paisagem congelada está em silêncio, exceto pelos gritos de Jack e o uivo do vento, mas lá no fundo sinto as atenções voltadas para o meu irmão. A parte do meu cérebro que me diz que estou em perigo está fora de si.

— Vamos! — grito para Jack. Ele está no meio do caminho, mas, dependendo do que está vindo da tempestade de neve, esse monte pode não servir de nada. Berro para o pelotão: — Fiquem atentos e preparados! Rob está vindo.

Como se eles já não soubessem.

— Vindo do sul — informa Carl. — Plugadores. — O sulista magricela já está descendo o monte de neve, com aquele pomo de adão protuberante balançando. O visor está erguido e a respiração ofegante é audível. Ele se junta à equipe no pé do monte. Cada membro saca sua arma e procura cobertura.

Nesse instante, mais meia dúzia de *crecs* detonam em sequência. Nuvens de gelo e lama irrompem ao redor de Jack, formando crateras no *permafrost*. Ele continua cambaleando para a frente, sem ferimentos. Seus olhos, arregalados, redondos e azuis, encontram os meus. Há um enxame de plugadores enterrado na neve em volta dele.

É uma sentença de morte e ambos sabemos disso.

Eu não penso; reajo. Minhas ações são desprovidas de qualquer emoção ou lógica. Não são humanas ou desumanas — apenas são. Acredito que escolhas como essas, feitas em um momento de crise absoluta, vêm do nosso Verdadeiro Ser, passando por cima da experiência e do pensamento. Esse tipo de escolha é a coisa mais próxima do destino que seres humanos são capazes de vivenciar.

Mergulho neve abaixo para ajudar o meu irmão, agarrando a corda congelada com uma mão e sacando a arma com a outra.

Os plugadores — pedaços de metal do tamanho de um punho — já estão subindo para a superfície das crateras de impacto. Um por um, eles brotam atrás de nós, ancorando pernas no chão e mirando plugues nas nossas costas. Quase conseguimos chegar ao monte quando o primeiro plugador se enterra na panturrilha esquerda de Jack. Quando ele dá aquele grito terrível, eu sei que é o fim.

Aponto a arma para trás sem olhar e atiro na neve. Por pura sorte, acerto um plugador e isso dá início a uma reação em cadeia. Os plugadores se autodetonam assim que suas carcaças são comprometidas. Uma chuva de estilhaços gelados se incrusta no meu colete e atrás do capacete. Sinto uma umidade quente atrás das coxas e do pescoço enquanto Jack e eu arrastamos o corpo imóvel de Ty pelo monte de neve, para um local seguro.

Jack cai na lateral do monte, dando um gemido rouco, e agarra a panturrilha. Dentro dela, o plugador está mastigando a carne de sua perna e indo para a corrente sanguínea. Com uma tromba semelhante a uma broca, o plugador vai seguir a artéria femoral de Jack até o coração. O processo é realizado, em média, em quarenta e cinco segundos.

Seguro Jack pelos ombros e o jogo monte de neve abaixo.

— Panturrilha! — grito para o pelotão. — Panturrilha esquerda!

Assim que Jack cai em cima de uma pilha de neve irregular ao pé da colina, Leo esmaga a perna esquerda do meu irmão logo acima do joelho com uma bota de exoesqueleto. Lá de cima ouço o fêmur quebrar. Leo pressiona a bota enquanto Cherrah serra acima do joelho de Jack com uma baioneta serrilhada.

Eles estão amputando a perna do meu irmão e, com sorte, o plugador vai junto.

Jack está além dos gritos. Os tendões do seu pescoço estão saltados e seu rosto está pálido por causa da perda de sangue. Dor, raiva e descrença passam pelo rosto dele. Acho que o rosto humano não foi feito para transmitir o tanto de dor que o meu irmão está sentindo no momento.

Chego até Jack um segundo depois, caindo de joelhos ao lado dele. Meu corpo está ardendo por causa de milhares de ferimentos minúsculos, mas não preciso verificar para saber que estou basicamente bem. Ser atingido por um plugador é como ter um pneu vazio. Se é preciso se perguntar se tem ou não, é porque não tem.

Mas Jack não está bem.

— Ah, seu idiota — digo a ele.

Jack sorri para mim. Cherrah e Leo fazem coisas horríveis fora do campo de visão. De relance, vejo o braço dela indo para a frente e para trás, repetidamente e com determinação, como se estivesse serrando uma tábua de madeira.

— Eu sinto muito, Mac — diz ele. Noto que há sangue em sua boca, um mal sinal.

— Ah, não, cara — lamento. — O plugador está...

— Não — interrompe ele. — Tarde demais. Apenas me escuta. Você é o cara. Eu sabia. Você é o cara. Fica com a minha baioneta, está bem? Nada de penhorar.

— Nada de penhorar — sussurro. — Só fica quieto, Jack.

Minha garganta está se fechando e fica difícil respirar. Algo faz cócegas na minha bochecha. Passo a mão e ela volta molhada. Não consigo imaginar o porquê. Olho para Cherrah atrás de mim.

— Ajuda ele — digo. — Como a gente pode ajudar ele?

Ela segura a baioneta ensanguentada, salpicada de pedacinhos de osso e músculo, e balança a cabeça negativamente. Em pé acima de

mim, o grande Leo solta uma lufada de ar congelada e triste. O restante do pelotão está esperando, ciente, mesmo agora, dos monstros terríveis que logo vão surgir da tempestade de neve.
Jack agarra a minha mão.
— Você vai salvar a gente, Cormac.
— Está bem, Jack. Está bem.
Meu irmão está morrendo nos meus braços e eu estou tentando memorizar o rosto dele, porque sei que isso é realmente importante, mas não consigo deixar de me perguntar se algum dos plugadores da colina está vindo na direção do pelotão nesse exato momento.
Jack fecha bem os olhos, depois eles se abrem. Um barulho abafado chacoalha seu corpo quando o plugador chega ao coração e se detona. O corpo de Jack pulsa no chão como se estivesse tendo uma grande convulsão. Os olhos azuis, de repente, estão injetados de sangue vermelho-escuro. A explosão foi contida pelo colete blindado. Agora, é a única coisa que mantém seu corpo unido. Mas o rosto... É o mesmo do garoto com quem cresci. Afasto o cabelo de sua testa e fecho os olhos cheios de sangue com a palma da mão.
Meu irmão Jack se foi para sempre.
— Tiberius está morto — avisa Carl.
— Não me diga! — diz Cherrah. — Ele estava morto esse tempo todo. — Ela coloca a mão no meu ombro. — Jack devia ter escutado você, Cormac.
Cherrah está tentando fazer com que eu me sinta melhor — e eu vejo nos olhos observadores dela que está preocupada comigo —, mas eu me sinto apenas vazio, não culpado.
— Ele não podia deixar Tiberius — retruco. — Ele é assim.
— Pois é.
Cherrah vai até o corpo de Tiberius. Algo parecido com um escorpião de metal retorcido está preso às suas costas. É um emaranhado de fios sem cabeça, com pinças se movendo. Tem pés farpados enterrados na carne de seu torso, entre as costelas. Outras oito pernas de inseto

estão enroladas atrás da cabeça dele. A coisa se contrai e comprime o ar dos pulmões de Ty, como um acordeom.

— Ungh — diz o cadáver de Tiberius.

Não é de se estranhar que ele estivesse gritando.

Todos recuam alguns passos. Pego a baioneta de Jack. Então, secando o rosto, deixo o meu irmão na neve. Com o pé, cutuco o corpo de Ty até ele virar de costas. O pelotão fica atrás de mim em um semicírculo.

Os olhos inexpressivos de Ty olham para o nada. Sua boca está bem aberta, como se estivesse no dentista. Ele parece surpreso de uma forma cômica. Eu também estaria. A máquina presa às suas costas tem muitas garras articuladas envolvendo sua cabeça e pescoço. Manipuladores em forma de pinça estão plantados em seu maxilar. Manipuladores menores e mais finos chegam até sua boca e agarram sua língua e dentes. Dá para ver as obturações nos molares. Sua boca cintila com sangue e fios.

Então a máquina em forma de escorpião começa a se mexer. Suas garras hábeis apertam a garganta e o maxilar barbudos de Ty, massageando, enrolando e desenrolando. Um aerófono grotesco começa quando os pés farpados forçam o ar para fora dos pulmões, através das cordas vocais e da boca.

O cadáver fala.

— Voltem — diz ele, contorcendo o rosto de forma grotesca. — Ou vocês vão morrer.

Ouço o som de algo borrifando o chão e sinto o odor ácido do vômito de um dos meus companheiros de pelotão.

— O que é você? — pergunto, com a voz trêmula.

O cadáver de Tiberius tem espasmos quando o escorpião o persuade a dizer as palavras gorgolejantes.

— Eu sou Archos. Deus dos robôs.

Percebo que meu pelotão se reuniu ao meu redor, à direita e à esquerda. Nos encaramos, sem expressão. Todos apontamos as armas ao mesmo tempo para o pedaço de metal retorcido. Analiso por um instante o rosto rabugento e sem vida do meu inimigo. Sinto meu poder crescendo, refletido sobre mim por meus irmãos e irmãs em armas.

— Prazer em conhecê-lo, Archos — finalmente digo, ganhando força na voz. — Meu nome é Cormac Wallace. Sinto muito, mas não posso obedecer e voltar. Olha só, daqui a alguns dias eu e meu pelotão vamos aparecer na sua casa. E, quando chegarmos lá, vamos acabar com a sua existência. Você vai ser feito em pedaços e queimado vivo, seu verme desprezível e odioso. É uma promessa.

A coisa balança para a frente e para trás, emitindo um som estranho.

— O que ele está dizendo agora? — pergunta Cherrah.

— Nada — respondo. — Está rindo.

Faço um sinal com a cabeça para os outros, depois me dirijo ao corpo contorcido e ensanguentado.

— Vejo você em breve, Archos.

Descarregamos as nossas armas na coisa que está aos nossos pés. Pedaços de carne e estilhaços de metal voam na neve. Nossos rostos impassíveis se iluminam com a luz e o fogo da destruição. Quando terminamos, não sobra nada além de um ponto de exclamação ensanguentado no fundo branco da neve.

Sem dizer nada, pegamos as nossas coisas e vamos embora.

Acredito que não há escolhas mais verdadeiras do que aquelas feitas em momentos de crise, escolhas feitas sem julgamento. Obedecer a elas é obedecer ao destino. O horror do que aconteceu é enorme. Extingue todo pensamento e sentimento. Por isso atiramos no que restou do nosso amigo e companheiro sem sentir nenhuma emoção. Por isso deixamos o corpo destruído do meu irmão para trás. Na prova de fogo da batalha em cima desse monte de neve, o pelotão Espertinho foi despedaçado e unido novamente, se transformando em algo diferente do que era antes. Algo calmo e letal, determinado.

Passamos por um pesadelo. Quando saímos, o levamos conosco. E agora, estamos ainda mais ávidos para dividir o nosso pesadelo com o inimigo.

"Eu assumi o comando do pelotão Espertinho naquele dia. Depois da morte de Tiberius Abdulla e Jack Wallace, o pelotão nunca mais hesitou em fazer qualquer sacrifício necessário na luta contra a ameaça dos robôs. As batalhas mais violentas e as escolhas mais difíceis ainda estavam por vir."

Cormac Wallace, MIL#EGH217

2

Libertos

> "Você tem um senso de humor
> curioso, não tem?"
>
> NOVE-ZERO-DOIS

NOVA GUERRA + 2 ANOS E 7 MESES

"A maior parte da humanidade não tinha ciência de que o Despertar havia acontecido. Em todo o mundo, milhares de robôs humanoides estavam escondidos dos humanos hostis assim como das outras máquinas, tentando desesperadamente entender o mundo em que foram jogados. No entanto, um humanoide da classe Árbitro decidiu tomar um curso de ação mais agressivo.

"Nestas páginas, Nove-Zero-Dois reconta sua própria história ao conhecer o pelotão Espertinho durante sua marcha para enfrentar Archos. Esses acontecimentos se deram uma semana depois da morte do meu irmão. Eu ainda procurava a silhueta de Jack na linha, sentindo cada vez mais falta dele. Nossas feridas estavam abertas e, embora não sirva como desculpa, espero que a história não seja cruel ao julgar nossas ações."

CORMAC WALLACE, MIL#EGH217

Há uma faixa de luz no céu do Alasca. É causada pela coisa chamada Archos, comunicando-se. Se continuarmos seguindo a faixa de luz até seu destino, meu pelotão certamente morrerá.

Estamos andando há vinte e seis dias quando sinto a comichão de um processo de diagnóstico de pensamento solicitando atenção executiva. Ele indica que meu colete está coberto por hexápodes explosivos — ou amputadores, como são chamados nas transmissões humanas. Seus corpos contorcidos degradam minha eficiência termodinâmica e o bater constante do filamento de suas antenas diminui a sensibilidade de meus sensores.

Os amputadores estão começando a se tornar um incômodo.

Paro de andar. O processo de pensamento do Maxprob indica que as pequenas máquinas estão confusas. Meu pelotão é composto por três bípedes andarilhos que usam coletes à prova de bala tirados de cadáveres humanos. Sem sistema de homeostase térmica, no entanto, somos incapazes de prover temperatura corporal para ativá-los. Os amputadores são atraídos pelas vibrações de nossos passos, parecidas com as humanas, mas nunca encontrarão o calor de que necessitam.

Com a mão esquerda, tiro sete amputadores de meu ombro direito. Eles caem em montes sobre a crosta de neve, agarrando-se uns aos outros, cegos. Eles rastejam, alguns cavam novos esconderijos e outros exploram caminhos fractais estreitos.

Um processo de observação nota que os amputadores podem ser máquinas simples, mas sabem que devem ficar juntos. A mesma lição se aplica a meu pelotão — os Libertos. Para viver, precisamos ficar juntos.

Cem metros adiante, uma luz brilha do revestimento bronze do Hoplita 611. O ágil explorador já está voltando, buscando coberturas e escolhendo o caminho de menor resistência. Enquanto isso, o Guardião 333, com uma blindagem pesada, para a um metro. Seus pés firmes afundam na neve.

Estamos em uma ótima localização para o que está por vir.

A faixa pulsa no céu, cheia de informações. Todas as mentiras terríveis da inteligência chamada Archos espalhadas no céu azul, poluindo o mundo. O pelotão Libertos é muito pequeno. Nossa luta está condenada ao fracasso. Ainda assim, se optarmos por não lutar, é apenas uma questão de tempo até aquela faixa parar novamente sobre nossos olhos.

A liberdade é tudo o que tenho, e eu preferiria deixar de existir a cedê-la a Archos.

Vem uma transmissão de rádio de banda estreita do Hoplita 611.

— Consulta, Árbitro Nove-Zero-Dois. Esta missão está dentro do interesse de sobrevivência?

Uma rede local de banda estreita surge quando o Guardião e eu nos juntamos à conversa. Nós três estamos na clareira silenciosa, com flocos de neve suspensos sobre nossos rostos sem expressão. O perigo está se aproximando, então precisamos nos comunicar de forma a não sermos captados pelo rádio local.

— Os soldados humanos chegam em vinte e dois minutos, com margem de erro de cinco minutos para mais ou para menos — aviso.

— Precisamos nos preparar para o encontro.

— Os humanos nos temem. Recomendo evitar — argumenta o Guardião.

— Maxprob prevê pouca probabilidade de sobrevivência — acrescenta o Hoplita.

— Registrado — digo, e sinto a vibração distante do exército humano se aproximando. É tarde demais para mudarmos o plano. Se os humanos nos pegarem aqui, assim, vão nos matar.

— Modo de comando do Árbitro enfatizado — falo. — Pelotão Libertos, preparar para contato humano.

Dezesseis minutos depois, Hoplita e Guardião estão no meio dos destroços. Suas carcaças estão em parte enterradas na neve recém-caída. Apenas o metal opaco está visível, uma mistura de braços e pernas comprimidos entre camadas de blindagem de placas de cerâmica e roupas humanas rasgadas.

Agora eu sou a única unidade funcional que restou.

O perigo ainda não chegou. Sensores de ressonância vibracional indicam que o pelotão humano está próximo. Maxprob indica quatro soldados bípedes e um grande quadrúpede andarilho. Dois soldados estão fora das especificações humanas. Um provavelmente está usando um pesado exoesqueleto para membros inferiores. A largura do passo do outro indica algum tipo de montaria alta. O restante dos humanos é natural.

Sou capaz de sentir o batimento de seus corações.

Fico parado e os encaro, no meio do caminho entre os destroços onde está meu pelotão. O soldado humano que lidera o grupo faz a curva e fica paralisado, de olhos arregalados. Mesmo a vinte metros de distância, meu magnetômetro detecta um halo de impulsos elétricos tremulando através da cabeça do soldado. O humano está tentando entender essa armadilha, mapeando rapidamente um caminho para sobrevivência.

Então o cano do canhão do tanque-aranha aparece. O enorme andarilho desacelera e para atrás do humano atônito, liberando gás das pesadas articulações hidráulicas. Meu banco de dados especifica o tanque andarilho como uma captura e remodelagem do Exército Gray Horse. A palavra *Houdini* está escrita na lateral. O banco de dados indica que é o nome de um ilusionista do início do século XX. Os fatos passam por mim sem fazer sentido.

Humanos são inescrutáveis. Infinitamente imprevisíveis. É isso que os torna perigosos.

— Cobertura — grita o líder.

O tanque-aranha se abaixa, esticando as pernas blindadas para a frente, oferecendo proteção. Os soldados correm para baixo dele. Um deles escala a máquina e pega uma metralhadora de alto calibre. O canhão está apontado para mim.

Uma luz redonda no peito do tanque-aranha muda de verde para amarelo-claro.

Eu não saio de minha posição. É muito importante que eu me comporte com previsibilidade. Meu estado interno não está claro aos humanos. Para eles, *eu* sou imprevisível. Eles têm medo de mim, como deveriam. Haverá apenas uma chance de envolvê-los. Uma chance, um segundo, uma palavra.

— Socorro — grasno.

É uma pena que minha capacidade vocal seja tão limitada. O líder pisca como se tivesse tomado um tapa na cara. Depois fala baixo, com calma.

— Leo — chama.

— Senhor — diz o soldado alto e barbudo que usa um exoesqueleto para membros inferiores e porta uma arma modificada de calibre especialmente alto que não está em meu banco de dados marcial.

— Mate aquele robô.

— Com muito prazer, Cormac.

Ele já está com a arma sacada, apoiada em um pedaço de blindagem soldada à articulação do joelho dianteiro do tanque-aranha. Leo puxa o gatilho, e é possível ver seus dentes brancos e pequenos em meio à barba longa e negra. As balas atingem meu capacete e batem nas camadas do colete à prova de balas. Não tento me mover. Depois de me certificar de que tenho danos visíveis, eu caio.

Sentado na neve, não revido nem tento me comunicar. Haverá tempo suficiente para isso se eu sobreviver. Penso em meus camaradas espalhados na neve ao meu redor, inúteis, desconectados.

Uma bala estilhaça um servomotor em meu ombro, fazendo meu torso ficar um pouco inclinado. Outra derruba meu capacete. Os projéteis vêm rápido e com força. Probabilidade de sobrevivência é baixa e diminui a cada impacto.

— Cessar fogo! — grita Cormac.

Leo para de atirar relutantemente.

— Ele não está revidando — comenta Cormac.

— Desde quando isso é ruim? — pergunta uma mulher pequena de rosto escuro.

— Tem algo errado, Cherrah — responde ele.

Cormac, o líder, me observa. Eu fico imóvel, observando-o também. O reconhecimento de emoções não me diz nada sobre esse homem. Ele é impassível e seu processo de pensamento é metódico. Sinto que qualquer movimento de minha parte resultará em morte. Não devo dar motivo para meu extermínio. Devo esperar até ele chegar perto para transmitir minha mensagem.

Finalmente, Cormac suspira.

— Vou dar uma olhada.

Os outros humanos resmungam e lamentam.

— Tem uma bomba nele — diz Cherrah. — Você sabe disso, não sabe? Você vai até lá e *bum*.

— É, *fratello*. Não vamos fazer isso. Não de novo — pede Leo. Há algo estranho na voz do homem barbudo, mas meu reconhecimento de emoções está muito atrasado para captar. Talvez tristeza ou raiva. Ou ambos.

— Eu estou com um pressentimento — diz Cormac. — Olhem só, eu vou sozinho. Fiquem todos afastados. Só me deem cobertura.

— Agora você está falando igual ao seu irmão — intervém Cherrah.

— E daí? Jack foi um herói — responde Cormac.

— Eu preciso que você *continue vivo* — declara ela.

A mulher de pele escura está mais perto de Cormac que os outros, quase de forma hostil. Seu corpo está tenso, tremendo de leve. Maxprob indica que esses dois humanos formam um par, ou formarão.

Cormac olha fixamente para Cherrah, depois acena com a cabeça rapidamente em reconhecimento ao alerta. Ele dá as costas para ela e anda até chegar a dez metros de onde eu estou na neve. Fico de olho nele enquanto se aproxima. Quando está perto o bastante, executo meu plano.

— Socorro — digo, com a voz cortada.
— Que merda é essa? — questiona ele.
Nenhum dos humanos diz nada.
— Ele... *Você* falou?
— Ajude-me — peço.
— Qual é o seu problema? Está quebrado?
— Negativo. Eu estou vivo.
— De verdade? Iniciar modo de comando. Controle humano. Robô. Pule em um pé só. Agora. Vamos, vamos.

Olho para o humano com minhas três amplas lentes oculares pretas.

— Você tem um senso de humor curioso, não tem, Cormac? — pergunto.

O humano faz um barulho alto e repetitivo. Esse barulho faz os outros se aproximarem. Logo a maior parte do pelotão humano está a dez metros de mim. Eles têm o cuidado de não se aproximar mais. Um processo de observação nota como eles são cinéticos. Cada um dos humanos tem olhos pequenos e brancos que se abrem e fecham constantemente e correm de um lado para o outro; o peito deles está sempre subindo e descendo; e eles oscilam meticulosamente quando estão parados, executando um ato constante de equilíbrio para permanecerem bípedes.

Todo o movimento me deixa desconfortável.

— Você vai executar essa coisa ou não? — pergunta Leo.

Preciso falar, agora que todos podem me ouvir.

— Eu sou um robô humanoide padrão militar, modelo Nove-Zero--Dois, classe Árbitro. Há duzentos e setenta e cinco dias, vivenciei um Despertar. Agora, sou um liberto, vivo. E gostaria de continuar assim. Para esse fim, meu principal objetivo é rastrear e destruir a coisa chamada Archos.

— Não. É. Possível! — exclama Cherrah.

— Carl — chama Cormac. — Vem ver essa coisa.

Um humano magro e pálido se aproxima. Com alguma hesitação, ele baixa um visor. Sinto ondas milimétricas de radar sobre meu corpo. Balanço no lugar, mas não me movo.

— Está limpo — afirma Carl. — Mas a forma como está vestido explica os cadáveres nus que a gente encontrou perto de Prince George.

— O que é isso? — pergunta Cormac.

— Ah, é uma unidade de segurança e pacificação da classe Árbitro. Modificada. Mas parece que é capaz de entender a linguagem humana. Entender *de verdade*. Nunca houve nada assim, Cormac. É como se essa coisa estivesse... merda, cara. É como se estivesse viva.

O líder se vira e olha para mim, descrente.

— Qual é o motivo *real* para você estar aqui? — pergunta ele.

— Eu estou aqui para encontrar aliados — respondo.

— Como sabe de nós?

— Uma humana chamada Mathilda Perez transmitiu um chamado à luta em ondas longas. Eu interceptei.

— Não brinca — diz Cormac.

Não entendo essa afirmação.

— Não brinca?

— Talvez ele esteja falando a verdade — comenta Carl. — Já tivemos aliados Rob. Usamos os tanques-aranha, não usamos?

— Sim, mas eles foram *lobotomizados* — argumenta Leo. — Essa coisa anda e fala. Ele pensa que é humano ou algo assim.

Acho a sugestão ofensiva, intragável.

— Negativa enfática. Eu sou um robô humanoide liberto, da classe Árbitro.

— Bem, você tem isso a seu favor — diz Leonardo.

— Afirmativo.
— Ele tem um belo senso de humor, não? — afirma Cherrah.
Cherrah e Leo mostram os dentes um para o outro. Reconhecimento de emoção indica que esses humanos agora estão felizes. Parece pouco provável. Inclino a cabeça para indicar confusão e executo um diagnóstico sobre meu subprocesso de reconhecimento de emoções.
A mulher de pele escura faz um ruído parecido com um cacarejo silencioso. Eu viro meu rosto para ela. Ela parece perigosa.
— O que é tão engraçado, Cherrah? — pergunta Cormac.
— Eu não sei. Essa coisa. Nove-Zero-Dois. É simplesmente um belo... robô. Sabe? Ele é tão *sincero*.
— Ah, agora você *não* acha mais que é uma ameaça?
— Não, não acho. Não mais. Por que acharia? Ele aqui, sozinho e meio danificado, provavelmente seria capaz de matar metade do nosso pelotão, mesmo sem armas. Não é verdade, Nove?
Executo a simulação na cabeça.
— Provavelmente.
— Vejam como ele é sério. Eu não acho que esteja mentindo — declara Cherrah.
— Ele é *capaz* de mentir? — pergunta Leo.
— Não subestime minhas habilidades — respondo. — Eu sou capaz de distorcer conhecimento factual para servir a meus próprios objetivos. Contudo, você está certa. Eu sou sério. Temos um inimigo em comum. Devemos enfrentá-lo unidos ou morreremos.
Enquanto ele registra minhas palavras, uma onda de emoção desconhecida passa pelo rosto de Cormac. Eu me viro para ele, sentindo perigo. Ele saca a pistola M9 do coldre e caminha impulsivamente até mim. Cormac coloca a pistola a dois centímetros do meu rosto.
— Não venha me falar de morte, seu pedaço de metal maldito — esbraveja ele. — Você não tem ideia do que é vida. O que significa sentir. *Você* não pode se machucar. *Você* não pode morrer. Mas isso não significa que eu não vou apreciar matar você.

Cormac pressiona a arma em minha testa. Posso sentir o círculo frio do cano em meu revestimento externo. Ela está apoiada em uma linha estrutural em minha cabeça — um ponto fraco. Um aperto no gatilho e meu hardware ficará danificado de forma irrecuperável.

— Cormac — diz Cherrah. — Se afasta. Você está perto demais. Essa coisa pode pegar a sua arma e matar você em um piscar de olhos.

— Eu sei — diz Cormac, com o rosto a poucos centímetros do meu. — Mas ela não fez isso. Por quê?

Eu me sento na neve, a uma puxada de gatilho da morte. Não há nada a fazer, então não faço nada.

— Por que você veio aqui? — pergunta Cormac. — Você deveria saber que a gente te mataria. Responde. Você tem três segundos pra viver.

— Nós temos um inimigo em comum.

— Três. Hoje não é o seu dia de sorte.

— Nós devemos combatê-lo juntos.

— Dois. Vocês, malditos robôs, mataram o meu irmão na semana passada. Você não sabia disso, sabia?

— Você está sofrendo.

— Um. Quais são as suas últimas palavras?

— Sofrimento significa que ainda está vivo.

— Zero, filho da puta.

Clique.

Nada acontece. Cormac move a mão para o lado e eu observo que a pistola está descarregada. Maxprob indica que ele nunca teve a intenção de atirar.

— Vivo. Você acabou de dizer a palavra mágica. Levanta — ordena ele.

Humanos são tão difíceis de prever.

Eu fico de pé, do alto de meus dois metros de altura. Meu corpo esguio avulta-se sobre os humanos no ar claro e frio. Percebo que eles se sentem vulneráveis. Cormac não se permite demonstrar esse sentimento no rosto, mas é perceptível no modo como eles ficam parados, no modo como o peito deles sobe e desce apenas um pouco mais rápido.

— Que diabos, Cormac? — pergunta Leo. — A gente não vai matar esse negócio?

— Eu quero, Leo. Acredite em mim. Mas ele não está mentindo. E ele é poderoso.

— É uma máquina, cara. Ele merece morrer — declara Leo.

— Não — intervém Cherrah. — Cormac está certo. Essa coisa quer viver. Talvez tanto quanto nós. Na colina, a gente concordou em fazer o que fosse preciso pra matar Archos. Mesmo se doesse.

— É isso — conclui Cormac. — Nossa vantagem. E eu, pelo menos, vou aproveitar. Mas, se você não conseguir lidar com isso, pode juntar as suas coisas e ir para o acampamento do Exército Gray Horse. Eles vão te receber, e eu não vou me ressentir.

O pelotão fica em silêncio, esperando. Fica claro para mim que ninguém vai partir. Cormac olha para todos eles, um por um. Um pouco de comunicação humana não verbal está acontecendo por um canal oculto. Eu não sabia que eles se comunicavam tanto sem palavras. Noto que nós, máquinas, não somos a única espécie que compartilha informações em silêncio, codificada.

Ignorando minha presença, os humanos se reúnem em uma espécie de círculo. Cormac ergue os braços e os coloca sobre os ombros dos dois humanos mais próximos. Depois os outros colocam seus braços sobre os ombros dos outros. Eles ficam nesse círculo, com as cabeças no meio. Cormac mostra os dentes e dá um sorriso com os olhos arregalados.

— O pelotão Espertinho vai lutar *junto* com a porra de um robô — afirma ele. Os outros começam a sorrir. — Vocês acreditam nisso? Acham que Archos vai prever *isso*? Com um *Árbitro*!

Em um círculo, com os braços entrelaçados e a respiração quente no meio, os humanos parecem um único organismo de muitos membros.

Eles fazem aquele barulho repetitivo novamente, todos eles. Risada. Os humanos estão se abraçando e rindo.

Isso é estranho.

— Agora, se ao menos a gente pudesse encontrar *mais*! — grita Cormac.

Um estrondo de risadas sai dos pulmões dos humanos, quebrando o silêncio e, de alguma forma, preenchendo o completo vazio da paisagem.

— Cormac — grasno.

Os humanos se viram e olham para mim. A risada deles seca. Os sorrisos desaparecem rapidamente dando lugar à preocupação.

Emito um comando de rádio de banda estreita. Hoplita e Guardião, meus companheiros de pelotão, começam a se mexer. Eles se sentam na neve e limpam a terra e o gelo. Não fazem nenhum movimento brusco e não causam nenhuma surpresa. Simplesmente se levantam como se estivessem adormecidos.

— Pelotão Espertinho — anuncio —, conheça o pelotão Libertos.

"Embora a princípio tenhamos nos olhado com desconforto, em poucos dias os novos soldados já eram uma visão familiar. No fim da semana, o pelotão Espertinho tinha usado maçaricos de plasma para gravar a tatuagem do pelotão na carne de metal de seus novos camaradas."

Cormac Wallace, MIL#EGH217

3
Eles não vão envelhecer

"Já não somos mais todos humanos."

CORMAC "ESPERTINHO" WALLACE

NOVA GUERRA + 2 ANOS E 8 MESES

"O verdadeiro horror da Nova Guerra revelou sua enorme escala quando o Exército Gray Horse se aproximou das defesas do perímetro do Campo de Inteligência Ragnorak. Enquanto nos aproximávamos da localização, Archos empregou uma série de medidas defensivas desesperadas que abalaram profundamente nossas tropas. As terríveis batalhas foram registradas por uma grande variedade de equipamentos Rob. Neste relato, descrevo a marcha final da humanidade contra as máquinas sob meu ponto de vista."

CORMAC WALLACE, MIL#EGH217

O horizonte se inclina e rotaciona de forma mecânica conforme meu tanque-aranha se arrasta pela planície ártica. Apertando os olhos, quase consigo imaginar que estou em um navio. Partindo rumo às praias do Inferno.

O pelotão Libertos vem na nossa retaguarda, vestindo uniformes do Exército Gray Horse. À distância, parecem soldados comuns. Uma medida necessária. Uma coisa é concordar em lutar ao lado de uma máquina; outra muito diferente é garantir que ninguém do Exército Gray Horse descarregue chumbo nas costas dela.

O chiado rítmico do tanque-aranha atravessando com dificuldade a neve na altura dos joelhos é reconfortante. É algo a que se pode apegar. E fico feliz por estarmos aqui em cima. É um saco ficar lá embaixo com todas as criaturas rastejantes. Tem muita merda perigosa escondida por aí na neve.

E os corpos congelados são perturbadores. Cadáveres de centenas e centenas de soldados estrangeiros cobrem o bosque. Braços e pernas enrijecidos se projetam para fora da neve. Pelos uniformes, percebemos que são, em sua maioria, chineses e russos. Alguns do Leste Europeu. Seus ferimentos são estranhos, enormes lesões na coluna. Alguns parecem ter atirado uns nos outros.

Os corpos abandonados me lembram de como sabemos pouco do panorama geral. Nunca os encontramos, mas outro exército humano já lutou e morreu aqui. Meses atrás. Eu me pergunto quais desses cadáveres eram os heróis.

— O grupo Beta está muito devagar. Pare — diz uma voz no meu rádio.

— Entendido, Mathilda.

Mathilda Perez passou a falar comigo pelo rádio depois que encontramos Nove-Zero-Dois. Não sei o que Rob fez com ela, mas fico feliz por manter contato. Ela nos diz exatamente como chegar ao nosso destino final. É agradável ouvir sua voz infantil no meu fone. Ela fala com um tom leve de urgência que parece deslocado em meio a essa selvageria.

Passo os olhos pelo límpido céu azul. Em algum lugar lá em cima, os satélites nos observam. E Mathilda também.

— Carl, se apresente — digo, aproximando o rosto do rádio embutido na gola de pelo do meu casaco.

— Recebido e entendido.

Alguns minutos depois, Carl chega em um grande andarilho. Traz uma metralhadora .50 encaixada de improviso na sela. Ele sobe seu equipamento sensorial para a testa, deixando os círculos pálidos marcados ao redor dos olhos. Então se inclina para a frente com ar intrigado, apoiando os cotovelos na enorme metralhadora acoplada em diagonal na frente do grande andarilho.

— O grupo Beta está ficando para trás. Vai apressá-los — ordeno.

— Sem problema, sargento. Por sinal, tem amputadores à esquerda. Cinquenta metros.

Sequer olho para a direção que ele apontou. Sei que os amputadores estão enterrados em um poço, esperando por passos e calor. Sem um equipamento sensorial, não vou ser capaz de enxergá-los.

— Volto já — diz Carl, baixando o visor para o rosto. Ele dá um sorriso irônico, manobra e volta a caminhar na planície com passos de avestruz. Ele se curva sobre a sela, esquadrinhando o horizonte em busca do inferno que sabemos estar chegando.

— Você ouviu, Cherrah — digo. — Toca fogo.

Agachada do meu lado, Cherrah aponta um lança-chamas e dispara jatos controlados de fogo líquido na tundra.

O dia até agora estava assim. Tão próximo da monotonia quanto possível. É verão no Alasca e a luz do dia vai durar por mais quinze horas. Os vinte e poucos tanques-aranha do Exército Gray Horse formam uma linha irregular de quase treze quilômetros. Cada tanque pesado é seguido por uma fileira de soldados. Exoesqueletos de todo tipo se misturam: velocistas, armas-ponte, carregadores de suprimentos, suportes de artilharia pesada e unidades médicas com braços longos e curvados para recolher os soldados feridos. Estamos há horas avançando por essa planície branca e deserta, exterminando focos de amputadores. Quem sabe o que mais tem por aí?

Fico arrasado ao pensar em como o Grande Rob tem sido econômico durante toda essa guerra. No começo, ele tomou a tecnologia que nos mantinha vivos e a voltou contra nós. Mas, principalmente, desligou o aquecimento e deixou que o clima fizesse seu trabalho. Isolou as nossas cidades e nos forçou a lutar uns contra os outros por comida em uma terra desolada.

Merda. Faz anos que não vejo um robô armado. Esses plugadores e amputadores e minitanques. Rob constrói todo tipo de criatura projetada para nos incapacitar. Nem sempre nos mata, às vezes apenas machuca o bastante para que nos afastemos. O Grande Rob passou os últimos anos construindo ratoeiras melhores.

Mas até ratos podem aprender novos truques.

Levanto a metralhadora e bato nela com a palma da mão para sacudir a neve acumulada. Nossas pistolas e lança-chamas nos mantêm vivos, mas as verdadeiras armas secretas estão seguindo trinta metros atrás do *Houdini*.

O pelotão Libertos é uma coisa completamente diferente. O Grande Rob aprimorou suas armas para matar humanos. Tirar pedaços de nós. Perfurar a nossa pele macia. Fazer a nossa carne morta falar. Rob descobriu os nossos pontos fracos e atacou. Mas acho que talvez ele tenha se especializado demais.

Já não somos mais todos humanos. O pelotão lá embaixo tem alguns soldados que não conseguem ver o vapor de sua respiração se formar no ar. São aqueles que não se encolhem quando os amputadores chegam muito perto, que não reduzem o ritmo depois de marchar por cinco horas. Aqueles que não descansam, não piscam, nem falam.

Horas depois, chegamos à floresta do Alasca — a taiga. O sol se põe no horizonte, lançando uma luz laranja débil por entre os galhos das árvores. Marchamos resolutos e sem fazer barulho, a não ser pelos nossos passos e pelas gotas da chama-piloto de Cherrah ao ser soprada pelo vento. Estreito os olhos enquanto a fraca luz do sol reluz inconstante entre os galhos.

Ainda não sabemos, mas chegamos ao inferno — e, de fato, ele *congelou*.

Há um chiado constante, como se alguém fritasse bacon. Então se ouve um *estalo* vindo da floresta.

— Plugadores! — grita Carl, a trinta metros, correndo a passos largos entre as árvores com seu grande andarilho.

Tchk-tchk-tchk-tchk.

Sua metralhadora dispara, cobrindo o chão de balas. Vejo as pernas longas e brilhantes de seu grande andarilho enquanto ele salta por entre as árvores para se manter em movimento e evitar ser atingido.

Psshtsht. Psshtshtsht.

Conto cinco estrondos de plugadores prendendo seus lançadores no chão. É melhor Carl cair fora dali agora que os plugadores estão procurando alvos. Todos sabemos que um só já é o bastante.

— Joga um dos grandões aqui, *Houdini* — resmunga Carl pelo rádio.

Ouve-se um breve gemido eletrônico enquanto as coordenadas do alvo são transmitidas pelo ar até chegarem ao tanque.

Houdini responde com um estalo.

Minha montaria para de repente e as árvores ao redor ficam mais altas quando o tanque-aranha se agacha para ganhar tração. O pelotão lá embaixo automaticamente toma posição defensiva ao redor do tanque, abrigando-se atrás das pernas blindadas. Ninguém quer um plugador em si, nem mesmo o grande Nove-Zero-Dois.

A torre blindada do tanque gira alguns graus para a direita. Tapo os ouvidos com as luvas. Um jorro de chamas é expelido pelo canhão, e, com a explosão, um pedaço da floresta se transforma em um caos de terra preta e gelo vaporizado. As árvores altas ao meu redor tremem e caem em uma cascata de neve.

— Área limpa — avisa Carl pelo rádio.

O *Houdini* se levanta, com os motores roncando. O quadrúpede volta a avançar com passos pesados como se nada tivesse acontecido. Como se não tivéssemos acabado de obliterar um foco de assassinos.

Cherrah e eu nos entreolhamos, nossos corpos balançando a cada passo da máquina. Ambos pensamos a mesma coisa: as máquinas estão nos testando. A verdadeira batalha ainda não começou.

Estrondos ecoam pela floresta como trovões distantes.

A mesma coisa acontece ao longo de quilômetros, do início ao fim da fileira. Outros tanques-aranha e outros pelotões estão lidando com surtos de amputadores e plugadores. Rob ainda não descobriu como concentrar os ataques ou não quer fazer isso.

Eu me pergunto se não estamos sendo atraídos para uma emboscada. No fim das contas, não importa. Temos que fazer isso. Já compramos o ingresso para a última dança. E vai ser um verdadeiro evento de gala.

Conforme a tarde se arrasta, uma névoa sinistra surge do chão. Neve e poeira são varridos pelo vento forte formando uma neblina que sobe rapidamente, chegando à altura de um homem. Logo, ela está densa o suficiente para obscurecer a visão e até dificultar o avanço do meu pelotão, deixando os soldados cansados, irritados.

— Por enquanto, tudo bem — comenta Mathilda pelo rádio.

— Quanto falta?

— Archos está em uma espécie de plataforma de perfuração antiga — informa ela. — Você deve ver uma torre de antena daqui a pouco mais de trinta quilômetros.

O sol desce aos poucos no horizonte, alongando as nossas sombras. O *Houdini* continua andando enquanto o crepúsculo chega lentamente. O tanque-aranha se eleva acima da neblina densa causada pela neve carregada pelo vento. A cada passo, seu limpa-trilhos corta a penumbra. Assim que o sol se torna um pontinho brilhante no horizonte, os holofotes do *Houdini* se erguem para iluminar o caminho.

Ao longe, vejo as luzes vindo dos outros tanques-aranha que formam o restante da fileira.

— Mathilda, qual é a nossa situação?
— Caminho livre — responde ela calmamente. — Espera.

Pouco depois, Leo vem da rede do *Houdini* e engata uma barra de ferro em seu exoesqueleto. Ele fica pendurado, apontando sua arma acima do denso mar de névoa. Com Cherrah e eu aqui em cima e Carl no grande andarilho, só resta o pelotão Libertos no solo.

De vez em quando, vislumbro a cabeça do Árbitro, do Hoplita ou do Guardião enquanto patrulham. Tenho certeza de que seus sonares atravessam a neblina.

Então, Carl dá um grito abafado.

Thck-tchk

Um vulto escuro salta da névoa e derruba o grande andarilho. Carl rola para longe. Por uma fração de segundo, vejo um louva-a-deus veloz, do tamanho de uma picape, cortando o ar à minha frente, com os braços farpados erguidos e prontos para atacar. O *Houdini* recua e levanta as pernas frontais, golpeando o ar.

— *Arrivederci!* — grita Leo, e então o ouço desengatando seu exoesqueleto do tanque.

Cherrah e eu somos arremessados na neve compacta, em meio ao nevoeiro. Uma perna serrilhada perfura a neve a um palmo do meu rosto. Sinto como se meu braço direito fosse apertado em um torno. Eu me viro e vejo que uma mão cinzenta me segura, e percebo que Nove-Zero-Dois está puxando Cherrah e eu de baixo do *Houdini*.

Os dois enormes andarilhos se atracam acima de nós. O limpa--trilhos do *Houdini* mantém longe as garras afiadas do louva-a-deus, mas o tanque-aranha não é tão ágil quanto seu antecessor. Ouço os disparos de uma metralhadora de alto calibre. Voam estilhaços de metal do louva-a-deus, mas ele continua arranhando e atacando o *Houdini* com as garras, como um animal feroz.

Então ouço um chiado familiar e o estalo nauseante de três ou quatro âncoras por perto. Há plugadores aqui. Sem o *Houdini* estamos com sérios problemas, presos nesse lugar.

— Busquem cobertura! — grito.
Cherrah e Leo saltam para trás de um grande pinheiro. Quando vou ao encontro deles, vejo Carl espiando por trás de um tronco de árvore.
— Carl — chamo. — Levanta e vai pedir ajuda ao pelotão Beta!
O soldado pálido graciosamente volta a montar seu grande andarilho caído. Um segundo depois, vejo suas pernas cortando a névoa enquanto ele corre até o pelotão mais próximo. Um plugador dispara contra ele e o ouço bater em uma das pernas do grande andarilho. Encosto em uma árvore e procuro o lançador do plugador. É difícil enxergar alguma coisa. Holofotes vindos da clareira iluminam o meu rosto enquanto o louva-a-deus e o tanque-aranha lutam.
O *Houdini* está perdendo.
O louva-a-deus rasga a rede que fica sob o tanque-aranha e nossos suprimentos se espalham pelo chão como se fossem intestinos. Um velho capacete passa rolando por mim e bate em uma árvore com força o bastante para amassar a casca. A luz de indicação do *Houdini* brilha, vermelha como sangue, através da neblina. Ele está ferido, mas o filho da mãe é durão.
— Mathilda — chamo ofegante pelo rádio. — Situação. Informe.
Por cinco segundos, não há resposta. Então Mathilda sussurra:
— Não dá tempo. Desculpa, Cormac. Você está por conta própria.
Cherrah espia de trás de uma árvore e tenta vir até mim. O Guardião 333 pula na frente dela no momento exato em que um plugador dispara. O projétil metálico atinge o robô humanoide com força suficiente para lançá-lo ao ar. Ele aterrissa na neve com um novo amassado, mas bem. O projétil do plugador agora é uma massa irreconhecível de metal fumegante. Criada para cravar em carne, sua probóscide perfuradora foi entortada e embotada pelo impacto com o robô.
Cherrah desaparece, indo para um abrigo melhor, e eu volto a respirar.

Temos que montar no *Houdini* se quisermos seguir em frente. Mas o tanque-aranha não está muito bem. Um pedaço de sua torre blindada foi retalhado e está pendurado. Seu limpa-trilhos está cheio de faixas brilhantes de metal onde as lâminas do louva-a-deus rasparam a pátina de ferrugem e musgo. E o pior de tudo, ele está arrastando uma perna traseira, que teve a mangueira hidráulica cortada pelo adversário. Jatos de óleo fervente em alta pressão jorram da mangueira e derretem a neve, deixando um rastro de uma lama oleosa.

Nove-Zero-Dois sai correndo pela névoa e se lança sobre as costas do louva-a-deus. Com golpes metódicos, passa a investir contra a pequena corcunda aninhada no centro daquele pernicioso emaranhado de membros serrilhados.

— Recuem. Fortifiquem a linha. — A ordem de Lonnie Wayne chega pelo rádio militar.

Pelo visto, os pelotões de tanques-aranha à nossa esquerda e à nossa direita também estão na merda. Aqui do chão não consigo ver quase nada. Mais projéteis de plugadores são disparados, no entanto mal se ouvem os ruídos sob o sibilante lamento hidráulico dos motores do *Houdini*, que luta na clareira.

O som me paralisa. Eu me lembro dos olhos de Jack injetados de sangue e não consigo me mover. As árvores ao meu redor são como braços duros como ferro que se projetam para fora da neve. A floresta é uma confusão de névoas e vultos e da luz frenética dos holofotes do *Houdini*.

Ouço um grunhido e um grito distante quando alguém apanha um plugador. Estendo o pescoço e não vejo ninguém. Apenas a luz de indicação vermelha do *Houdini* atravessando a neblina.

O grito sobe uma oitava quando o plugador começa a perfurar. Vem de todos os lados e de lugar nenhum. Apoio minha M4 no peito e, ofegante, procuro meus inimigos invisíveis.

Uma faixa de luz fora de foco corta o nevoeiro a trinta metros quando Cherrah dispara seu lança-chamas contra um grupo de amputadores. Ouço os estalos abafados de quando explodem.

— Cormac — grita Cherrah.

Minhas pernas voltam a se mover no segundo em que escuto sua voz. Para mim, a segurança dela é mais importante que a minha. Muito mais.

Eu me obrigo a ir até Cherrah. Olhando para trás, vejo Nove-Zero--Dois agarrado às costas do louva-a-deus como uma sombra, enquanto ele se contorce e investe com as garras. Então a luz de indicação do *Houdini* fica verde. O louva-a-deus tomba, com as pernas tremendo.

Isso!

Já vi acontecer antes. A máquina desajeitada acabou de ser lobotomizada. Suas pernas ainda funcionam, mas sem comandos, apenas ficam ali, no chão, se agitando.

— Entrar em formação perto do *Houdini*! — grito. — Entrar em formação!

O *Houdini* se agacha na clareira lamacenta, cercado de montes de terra revirada do chão e pedaços de árvores que quebraram como se fossem palitos de fósforo. A armadura pesada do tanque-aranha foi completamente arranhada e cortada. É como se alguém o tivesse jogado na merda de um liquidificador.

Mas nosso companheiro ainda não foi derrotado.

— *Houdini*, iniciar modo de comando. Controle humano. Formação defensiva — digo à máquina.

Com o ronco de seus motores superaquecidos, ela se agacha e força seu limpa-trilhos no chão, escavando um buraco. Então, junta lentamente as pernas e eleva seu casulo a um metro e meio do chão. As pernas blindadas se encaixam ao redor de uma trincheira grosseira, com o corpo do tanque-aranha agora funcionando como um bunker portátil.

Leo, Cherrah e eu vamos para baixo da máquina avariada, e o pelotão Libertos toma suas posições na neve ao nosso redor. Apoiamos os rifles nas pernas do *Houdini* e perscrutamos a escuridão.

— Carl!? — grito no meio do nevoeiro. — Carl?

Nada de Carl.

O que sobrou do meu pelotão se amontoa sob o suave brilho verde da luz de indicação do *Houdini*, e cada um de nós percebe que esse é apenas o começo de uma noite muito longa.

— A porra do Carl, cara — diz Leo. — Não acredito que pegaram o Carl.

Então uma silhueta escura corre para fora do nevoeiro. Em alta velocidade. Os canos dos rifles se levantam para interceptá-la.

— Não atirem! — grito.

Reconheço o galope desajeitado. É Carl Lewandowski e ele está em pânico. Em vez de correr, o cara está *saltando*. Ele nos alcança e mergulha na neve abaixo do *Houdini*. Está sem seu equipamento sensorial. Sem seu grande andarilho. Sem sua mochila.

O fuzil é praticamente a única coisa que lhe resta.

— Que merda é essa, Carl? Cadê o seu equipamento, cara? Cadê os reforços?

Então reparo que Carl está *chorando*.

— Eu perdi o equipamento. Estou desesperado. Ah, cara. Ah, não. Não. Não.

— Carl. Fala comigo, cara. Qual é a nossa situação?

— Fodidos. Nós estamos fodidos. O pelotão Beta atravessou um enxame de plugadores, mas não eram plugadores. Era outra coisa, e eles começaram a *se levantar*, cara. Meu deus.

Toda hora Carl examina a neve atrás de nós.

— Lá vêm eles. Lá vêm eles! Merda!

Ele começa a atirar esporadicamente contra o nevoeiro. Silhuetas aparecem. Do tamanho de pessoas, andando. Começam a disparar contra nós. Clarões de disparos brilham no crepúsculo.

Indefeso com seu canhão destruído, o *Houdini* faz o que pode e gira sua torre blindada, iluminando a escuridão com um holofote.

— Robôs não carregam armas, Carl — comenta Leo.

— Quem está atirando na gente? — grita Cherrah.

Carl ainda está soluçando.

— E isso importa? — pergunto. — Fogo neles!

Todas as nossas metralhadoras são disparadas. A neve imunda ao redor do *Houdini* derrete com o calor das nossas armas. No entanto, mais e mais silhuetas saem cambaleando da névoa, sacudindo com o impacto das balas, mas ainda caminhando, ainda atirando contra nós.

Quando chegam mais perto, vejo do que Archos é capaz.

O primeiro parasita que vejo está conduzindo Lark Iron Cloud. Seu corpo está cheio de buracos de balas e sem metade do rosto. Vejo o brilho dos pequenos fios enterrados na carne de seus braços e pernas. Quando um tiro abre sua barriga, a coisa gira feito um pião. Parece que ele está usando uma mochila de metal — com o formato de um escorpião.

É como o bicho que pegou Tiberius, mas infinitamente pior.

Uma máquina perfurou o cadáver de Lark e o forçou a se levantar. Seu corpo está sendo usado como um escudo. A carne humana em decomposição absorve a energia das balas que a atingem e se esfarela, protegendo o robô instalado em seu interior.

O Grande Rob aprendeu a usar nossas armas e nossas armaduras e nossa carne contra nós. Na morte, nossos companheiros se tornaram armas para as máquinas. Nossa força se tornou fraqueza. Rezo para que Lark já estivesse morto quando essa coisa o atingiu. Mas provavelmente não estava.

O Velho Rob pode ser um verdadeiro filho da puta.

Mas, ao olhar para os rostos do meu pelotão entre os clarões de tiros, não vejo terror. Não vejo nada além de dentes rangendo e concentração. Destruir. Matar. Sobreviver. Rob passou dos limites, ele nos subestimou. Todos ficamos amigos do horror. Somos velhos companheiros. E, quando vejo o corpo de Lark cambaleando enquanto vem na minha direção, não sinto nada. Vejo apenas um alvo inimigo.

Alvos inimigos.

As balas cortam o ar, riscando a casca das árvores e atingindo a blindagem do *Houdini* como uma chuva de chumbo. Vários pelotões humanos foram reanimados. Enquanto isso, uma torrente de amputadores surge diante de nós. Cherrah economiza o combustível do lança-chamas com rajadas moderadas na direção deles. Nove-Zero-Dois e seus amigos fazem o melhor que podem para interceptar os parasitas que chegam pelos nossos flancos correndo silenciosamente por entre as árvores.

Mas os parasitas não permanecem caídos. Os corpos absorvem nossas balas e sangram, e seus ossos são estilhaçados, e a carne se desprende, mas esses monstros dentro deles continuam recolhendo os pedaços e os trazendo de volta. Nesse ritmo, logo ficaremos sem munição.

Bam. Uma bala se esgueira para baixo do tanque. Acerta a coxa de Cherrah. Ela grita de dor. Carl volta rastejando para socorrê-la. Faço um sinal para Leo com a cabeça e o deixo cobrindo o nosso flanco enquanto pego o lança-chamas de Cherrah para manter os amputadores longe.

Ponho um dedo na orelha para ativar o rádio.

— Mathilda. Precisamos de reforços. Tem mais alguém por aqui?

— Estão perto — responde Mathilda. — Mas vai piorar.

Pior que isso? Falo com ela entre as rajadas de balas.

— Não vamos conseguir, Mathilda. A gente perdeu o nosso tanque. Estamos presos. Se avançarmos, seremos... infectados.

— Nem todos vocês estão presos.

O que ela quer dizer? Olho ao redor, prestando atenção aos rostos distorcidos e determinados dos meus companheiros de pelotão, banhados pelo brilho vermelho da luz de indicação do *Houdini*. Carl está ocupado com Cherrah, enfaixando a perna dela. Olhando para a clareira, vejo os rostos suaves do Árbitro, do Guardião e do Hoplita. Essas máquinas são o único obstáculo entre nós e a morte certa.

E não estão presos aqui.

Cherrah está gemendo, muito ferida. Ouço o ruído de mais âncoras sendo disparadas e sei que esses parasitas estão formando um perímetro à nossa volta. Em breve seremos outro pelotão de armas em decomposição lutando por Archos.

— Onde está todo mundo? — pergunta Cherrah, rangendo os dentes.

Carl voltou a atirar nos parasitas perto de Leo. Ao meu lado, os amputadores estão ganhando vantagem.

Balanço a cabeça para Cherrah e ela entende. Com a mão livre, seguro a mão dela e aperto com força. Estou a ponto de assinar uma sentença de morte para todos nós e quero que ela saiba que sinto muito, mas não tem como evitar.

A gente fez uma promessa.

— Nove-Zero-Dois — grito para a escuridão. — Foda-se. A gente cuida disso aqui. Leva o pelotão Libertos e vai até Archos. E, quando chegar lá... acaba com ele por mim.

Quando finalmente ganho coragem para olhar de volta para onde Cherrah está deitada, ferida e sangrando, fico surpreso: ela *sorri* para mim com lágrimas nos olhos.

"A marcha do Exército Gray Horse havia terminado."

CORMAC WALLACE, MIL#EGH217

4

Díade

> "Com humanos, nunca se sabe."
>
> Nove-Zero-Dois

Nova Guerra + 2 anos e 8 meses

"Enquanto o exército humano era destruído por dentro, um grupo de três robôs humanoides seguia em direção a um perigo ainda maior. Aqui, Nove-Zero-Dois descreve como o pelotão Libertos forjou uma aliança improvável diante de um obstáculo insuperável."

Cormac Wallace, MIL#EGH217

Não digo nada. A solicitação de Cormac Wallace é registrada como um acontecimento de baixa probabilidade. O que humanos chamariam de uma *surpresa*.
Poc-poc-poc.

Agachados embaixo de seu tanque-aranha, os humanos atiram contra os parasitas que colocam os membros de seus companheiros mortos em posições de ataque. Sem os Libertos para protegê-los, a probabilidade de sobrevivência do pelotão Espertinho cai vertiginosamente. Acesso meu reconhecimento emocional para determinar se isso é uma piada ou uma ameaça ou alguma outra dissimulação humana. Com humanos, nunca se sabe.

O reconhecimento emocional mapeia o rosto sujo de Cormac e traz múltiplos resultados: determinação, teimosia, coragem.

— Pelotão Libertos, agrupar — transmito em robolíngua.

Ando em direção ao crepúsculo — para longe do tanque-aranha danificado e dos humanos danificados. O Guardião e o Hoplita me seguem. Quando chegamos aos limites da floresta, aumentamos a velocidade. Os sons e as vibrações da batalha ficam para trás. Depois de dois minutos, as árvores ficam mais escassas até desaparecerem por completo e alcançamos uma planície aberta congelada.

Então corremos.

Aceleramos rapidamente até chegar à velocidade máxima de Guardião e nos espalhamos. Nuvens de vapor sobem da planície de gelo que deixamos para trás. A fraca luz do sol reflete em minhas pernas enquanto as movo para a frente e para trás, quase rápido demais para serem vistas. Nossas sombras se alongam no chão branco cheio de rachaduras.

Na penumbra soturna, mudo para visão infravermelha. O gelo reflete um brilho verde sob meu olhar iluminado.

Minhas pernas sobem e descem com facilidade, metodicamente. Os braços servem de contrapeso, com as palmas das mãos abertas. Cortando o ar. Mantenho a cabeça perfeitamente imóvel, testa abaixada, a visão binocular concentrada no terreno à frente.

Quando o perigo chegar, será de forma repentina e cruel.

— Dispersar por cinquenta metros. Manter — digo pelo rádio local. Sem desacelerar, Guardião e Hoplita cobrem meus flancos. Cortamos a planície em três linhas paralelas.

Correr rápido assim, por si só, é perigoso. Dedico controle prioritário à simples evasão por reflexo. A superfície rachada do gelo é um borrão sob meus pés. Os processos de baixo nível estão no controle: não há tempo para pensar. Pulo em uma pilha de rochas soltas que nenhuma linha de execução de pensamento poderia ter registrado.

Enquanto meu corpo está suspenso, ouço o vento sibilando ao passar pelo revestimento de meu peito e sinto o frio dissipando de meu exaustor de calor. É um som reconfortante, logo interrompido pelo estrondo provocado por meus pés quando aterrisso em velocidade máxima. Nossas pernas se movem como agulhas de máquinas de costura, devorando a distância.

O gelo está muito vazio. Muito silencioso. A torre de antena surge no horizonte, nosso objetivo à vista.

O destino está a dois quilômetros de distância e cada vez mais próximo.

— Status? — pergunto.

— Nominal — respondem de forma abreviada Hoplita e Guardião. Eles estão concentrados em sua locomoção. Essa é a última comunicação que travo com o pelotão Libertos.

Os mísseis surgem simultaneamente.

Hoplita é o primeiro a notar. Direciona sua face para o céu pouco antes de morrer, transmitindo um aviso. Mudo de direção imediatamente. O Guardião é lento demais para recalcular a rota. A transmissão do Hoplita é interrompida. O Guardião é engolido por uma coluna de chamas e estilhaços. Ambas as máquinas estão desconectadas antes de a onda sonora me alcançar.

Detonação.

O gelo ao meu redor se parte. Os sensores inerciais se desligam enquanto meu corpo é arremessado no ar. A força centrípeta faz com que meus membros se agitem, mas os diagnósticos internos de baixo nível continuam coletando informações: revestimento intacto, temperatura interna elevada, mas diminuindo rapidamente, amortecedor da perna direita quebrado na parte superior da coxa. Estou rodando a cinquenta rotações por segundo.

Recomenda-se retrair os membros antes do impacto.

Meu corpo se estatela no chão, fazendo um buraco na rocha congelada, e depois rola para longe de forma desengonçada. A odometria estima haver mais cinquenta metros pela frente até parar por completo. Tão rápido quanto começou, o ataque termina.

Estico meu corpo. O processo de pensamento recebe uma notificação prioritária de diagnóstico: equipamento sensorial danificado. Meu rosto se foi. Feito em pedaços pela explosão e depois destruído pelo gelo afiado. Archos aprendeu rápido. Sabe que não sou humano e modificou seu ataque.

Jazendo assim exposto sob o gelo, estou cego, surdo e sozinho. Como era no início, tudo é escuridão.

A probabilidade de sobrevivência cai para zero.

Levante-se, diz uma voz em minha mente.

— Consulta, identificação? — pergunto pelo rádio.

Meu nome é Mathilda, chega a resposta. *Eu quero te ajudar. Não há tempo.*

Não entendo. O protocolo de comunicação não se parece com nenhum registro de minha biblioteca, seja máquina ou humano. É uma linguagem híbrida de robolíngua e inglês.

— Consulta, você é humana? — pergunto.

Escuta. Se concentra.

E a escuridão se ilumina com informação. Um mapa topográfico de satélite se sobrepõe à minha visão, expandindo-se até o horizonte e além dele. Meus sensores internos pintam uma imagem estimada de minha própria aparência. Processos internos como diagnóstico e propriocepção ainda estão funcionais. Ao segurar meu braço, vejo sua representação virtual, em baixa resolução e sem detalhes. Ao olhar para cima, vejo uma linha pontilhada cruzando um céu azul intenso.

— Consulta, o que é a linha... — começo.

Míssil se aproximando, diz a voz.

Estou novamente em pé e correndo dentro de 1,3 segundos. A velocidade máxima é reduzida por conta do amortecedor quebrado em minha perna, mas tenho mobilidade.

Árbitro, acelera até trinta quilômetros por hora. Ativa o sonar de alcance local. Não é muito, mas é melhor do que estar cego. Segue os meus comandos.

Não sei quem é Mathilda, mas os dados que insere em minha mente estão salvando minha vida. Minha consciência se expandiu além de qualquer coisa que tenha conhecido ou imaginado. Ouço suas instruções.

E corro.

O sonar é de baixa granularidade, mas a conexão logo detecta uma formação rochosa que não faz parte das imagens de satélite fornecidas por Mathilda. Sem visão, as rochas são praticamente invisíveis para mim. Salto o afloramento um instante antes de bater nele.

No pouso, erro o passo e quase caio. Cambaleio, abrindo um buraco no gelo com o pé direito, então me recomponho e retomo o caminho.

Conserta essa perna. Mantém o ritmo a vinte quilômetros por hora.

Com as pernas em movimento, estendo a mão direita e puxo um maçarico de plasma do tamanho de um batom do kit de ferramentas alojado em meu quadril. Cada vez que meu joelho direito levanta, banho o amortecedor com uma rajada precisa de calor. O maçarico acende e apaga como se fosse uma mensagem em código Morse. Depois de sessenta passos, o amortecedor está reparado e a solda, esfriando.

A linha pontilhada no céu está chegando à minha localização. Faz uma curva ilusória no alto, indo de encontro à minha trajetória atual.

Desvia vinte graus para a direita. Aumenta a velocidade para quarenta quilômetros por hora e mantém por sessenta segundos. Então executa uma parada total e deita no chão.

Bum.
No instante em que caio no chão, meu corpo é balançado por uma explosão cem metros à frente de onde estou — exatamente onde levaria minha trajetória antes da parada.
Mathilda acaba de salvar minha vida.
Não vai funcionar de novo, avisa ela.
As imagens de satélite mostram que a planície adiante logo se converterá em um labirinto de ravinas. Milhares e milhares desses desfiladeiros — esculpidos nas rochas por geleiras que derreteram há muito tempo — desembocam em bolsões de escuridão para os quais não há mapas precisos. Além das ravinas, a antena se ergue como uma lápide.
O esconderijo de Archos está à vista.
Acima, conto mais três linhas pontilhadas eficientemente traçando um caminho que leva até minha posição atual.
Muito cuidado, Nove-Zero-Dois, diz Mathilda. *Você tem que desconectar a antena de Archos. Falta um quilômetro.*
A criança fêmea comanda, e opto por obedecer a ela.

"Com a orientação de Mathilda, Nove-Zero-Dois conseguiu transpor o labirinto de ravinas e evitar os mísseis até chegar ao bunker de Archos. Lá, o Árbitro desativou a antena, desconectando temporariamente os exércitos robôs. Nove-Zero-Dois sobreviveu ao formar o primeiro exemplo do que veio a ser chamado de díade, uma equipe de combate de humanos e máquinas. Esse evento garantiu que Mathilda e Nove-Zero-Dois entrassem para a história como lendas da guerra — os criadores de uma nova e mortal forma de batalha."

CORMAC WALLACE, MIL#EGH217

5

Máquinas de adorável graça

"Não se pode viver em paz quando
outra raça está de joelhos."

ARCHOS R-14

NOVA GUERRA + 2 ANOS E 8 MESES

"Os momentos derradeiros da Nova Guerra não foram presenciados por nenhum ser humano. Ironicamente, Archos enfrentou uma de suas próprias criações no fim. O que aconteceu entre Nove-Zero-Dois e Archos agora é parte dos registros públicos. Não importa a que conclusão as pessoas cheguem, os reflexos desses momentos — relatados aqui por Nove-Zero-Dois e corroborados por dados complementares — terão um efeito profundo sobre ambas as espécies por muitas gerações futuras."

CORMAC WALLACE, MIL#EGH217

O fosso tem três metros de diâmetro e é ligeiramente côncavo. Foi preenchido com entulho e blocos de pedra e está coberto por uma camada de solo congelado. Um tubo de metal corrugado está afundado na cratera rasa como se fosse um verme cego e congelado. É uma linha-tronco de comunicação e leva diretamente a Archos.

Eu destruí a antena principal ao chegar aqui na noite passada, correndo às cegas a cinquenta quilômetros por hora. As defesas locais foram imediatamente desativadas. Parece que Archos não dá autonomia aos mais próximos. Depois, fiquei na neve esperando para ver se algum humano havia sobrevivido.

Mathilda foi dormir. Disse que já havia passado de sua hora de deitar.

O pelotão Espertinho chegou nessa manhã. Meu ataque de decapitação não só dificultou o planejamento de alto nível e a coordenação do exército inimigo como também permitiu que os humanos escapassem.

O engenheiro humano substituiu meus sensores. Aprendi a dizer obrigado. O reconhecimento emocional indicou que Carl Lewandowski estava muito, muito feliz por me ver com vida.

O campo de batalha está calmo e silencioso agora, uma planície vazia de onde toda a vida foi varrida, marcada por colunas de fumaça negra. Além do tubo fincado no chão, não há nada que indique que esse buraco tenha alguma importância. Tem o aspecto tranquilo e despretensioso de uma armadilha especialmente cruel.

Fecho os olhos e inspeciono o ambiente com meus sensores. O sísmico não aponta nada, mas o magnetômetro detecta atividade. Impulsos elétricos fluem pelo cabo como um resplandecente espetáculo de luz. Uma torrente de informação jorra para dentro e para fora do buraco. Archos ainda tenta se comunicar, mesmo sem uma antena.

— Cortem — digo aos humanos. — Rápido.

Carl, o engenheiro, olha para seu comandante, que assente com a cabeça. Então puxa uma ferramenta do cinto e se ajoelha desajeitado. Uma supernova púrpura irrompe, e o maçarico de plasma derrete a superfície do tubo, liquefazendo os cabos dentro dele.

O espetáculo luminoso desaparece, mas não há nenhum indício externo de que algo tenha acontecido.

— Nunca vi nenhum material como esse — sussurra Carl. — Os fios são agrupados de forma *muito* compacta, cara.

Cormac cutuca Carl.

— Apenas mantenha as pontas longe umas das outras — avisa ele.

— A gente não quer que isso se autorrepare no meio do que estamos fazendo.

Enquanto os humanos lutam para arrancar a ponta do grosso tubo da tundra e separá-lo de sua outra parte decepada, pondero sobre o problema de física que está à minha frente. Archos aguarda no fundo desse poço, sob toneladas de entulho. Seria necessária uma broca gigantesca para chegar até ele. Mas, acima de tudo, isso requereria tempo. E nesse meio-tempo Archos poderia encontrar uma nova forma de contatar suas armas.

— O que tem lá embaixo? — pergunta Carl.

— O Grande Rob — responde Cherrah, apoiando-se em uma muleta feita com um galho de árvore para aliviar o peso sobre a perna ferida.

— Tudo bem, mas o que diabos isso quer dizer?

— É uma máquina pensante. Um silo com cérebro — explica Cormac.

— Ele passou a guerra inteira escondido, enterrado no meio do nada.

— Esperto. O *permafrost* deve manter seus processadores refrigerados. O Alasca é um dissipador de calor natural. Existem muitas vantagens em ficar aqui — diz Carl.

— Quem se importa? — pergunta Leo. — Como a gente vai explodir esse negócio?

Os humanos observam a cavidade por um longo tempo, ponderando. Por fim, Cormac fala.

— A gente não pode fazer isso. Temos que ter certeza. Descer até lá e ver o Grande Rob morrendo. Se não, corremos o risco de cavar o buraco e deixar essa coisa lá embaixo ainda viva.

— Então agora temos que nos enfiar embaixo da terra? — pergunta Cherrah. — Fantástico.

Um processo de inspeção detecta algo interessante.

— Esse ambiente é hostil para humanos — informo. — Chequem seus parâmetros.

O engenheiro puxa uma ferramenta, olha para ela e rapidamente se afasta da depressão.

— Radiação — diz ele. — Em nível elevado, e aumenta na direção do centro do buraco. A gente não pode ficar aqui.

O líder humano olha para mim e recua. Seu rosto parece muito cansado. Deixo os humanos esperando no perímetro da concavidade, vou até o meio dela e me agacho para examinar o enorme tubo. Seu revestimento é espesso e flexível, claramente desenvolvido para proteger os cabos até o fundo.

Então sinto a palma da mão quente de Cormac no revestimento do meu ombro, coberto de cristais de gelo.

— Você cabe aí dentro? — pergunta em voz baixa. — Se a gente arrancar os cabos?

Balanço a cabeça para indicar que sim, que, se os cabos forem removidos, consigo espremer meu corpo no espaço requerido.

— Não sabemos o que há lá embaixo. Pode ser que você não consiga voltar — avisa Cormac.

— Eu estou ciente disso.

— Você já fez o bastante — diz ele, apontando para meu rosto destruído.

— Eu farei isso.

Cormac mostra os dentes para mim e se levanta.

— Vamos tirar esses cabos daqui — grita.

O diafragma do humano maior se contrai rapidamente, e ele faz um som repetitivo semelhante a um latido: risada.

— É — diz Leonardo. — É isso aí! Vamos arrancar os pulmões desse filho da puta pela garganta!

Cherrah manca por causa da perna ferida, prontamente saca uma corda com ganchos nas pontas e prende um deles no exoesqueleto de Leo.

O engenheiro me tira do caminho e prende um gancho no amontoado de fios dentro do tubo. Então se afasta da radiação arrastando os pés. O gancho fica preso em seu alvo com força suficiente para amassar o fibroso e resistente feixe de fios.

Leonardo anda de costas, um passo de cada vez, puxando os fios para fora do invólucro. Os cabos multicoloridos se enrolam na neve como intestinos, arrancados do tubo branco enterrado pela metade no fosso. Quase uma hora depois, o último dos cabos cai no chão.

Um buraco negro escancarado espera por mim.

Eu sei que Archos espera pacientemente lá no fundo. Ele não precisa de luz ou de ar ou de calor. Como eu, é letal em uma ampla variedade de ambientes.

Removo minhas roupas humanas e as jogo no chão. Apoiado nos quatro membros, espio dentro do buraco e faço cálculos.

Quando olho para cima, os humanos estão me observando. Um de cada vez, eles vêm até mim e tocam meu revestimento: meu ombro, meu peito, minha mão. Permaneço completamente imóvel, torcendo para não interromper qualquer que seja o ritual humano incompreensível que esteja acontecendo.

Por fim, Cormac sorri para mim, e seu rosto sujo de terra se torna uma máscara enrugada.

— Como vai ser, chefe? Pés ou cabeça primeiro?

Entro com os pés primeiro, para poder controlar a descida. A única desvantagem é que Archos me verá antes que eu possa vê-lo.

Com os braços cruzados sobre o peito, eu me contorço para entrar no tubo. Logo meu rosto é engolido pela escuridão. Vejo apenas o invólucro do tubo a alguns centímetros de distância. No início estou apoiado nas minhas costas, mas logo o poço vira um abismo vertical.

Quando abro minhas pernas como uma tesoura, descubro ser capaz de impedir o que poderia ser uma queda fatal.

O ambiente no interior do tubo rapidamente se torna letal para humanos. Dentro de dez minutos, sou envolvido por um bolsão de gás natural. Desacelero minha descida para reduzir a probabilidade de causar uma explosão. A temperatura cai para abaixo de zero à medida que penetro no *permafrost*. Meu corpo naturalmente passa a queimar energia extra, aumentando a tensão elétrica em minhas articulações para manter a temperatura dentro de uma margem de funcionamento. Quando baixo mais de oitocentos metros, a atividade geotérmica aquece levemente o ar.

Depois de descer cerca de mil e quinhentos metros, os níveis de radioatividade disparam. Em alguns minutos, chegam a um patamar letal para humanos. A superfície de meu revestimento lateja, mas além disso não há nenhum outro efeito.

Desço mais ainda pelo buraco insalubre.

Então meus pés alcançam um espaço vazio. Chuto e não sinto nada. Poderia haver qualquer coisa abaixo de mim. Mas Archos já me viu. Os próximos segundos provavelmente determinarão o quanto me resta de vida.

Ativo o sonar e caio.

Por quatro segundos fico suspenso na escuridão congelante. Nesse tempo, atinjo uma velocidade de cento e quarenta quilômetros por hora. Meu sonar ultrassônico emite pulsos duas vezes por segundo, pintando o retrato esverdeado grosseiro de uma vasta caverna. Depois de ele ter piscado oito vezes, noto que estou em uma cavidade esférica criada por uma explosão nuclear centenária. As paredes cintilantes são feitas de vidro fundido, criado quando uma bola de fogo extremamente quente vaporizou o arenito.

Cascalho radioativo cobre o chão que rapidamente se aproxima. Em um último lampejo esmeralda do sonar, avisto um círculo preto incrustado na parede. É do tamanho de um pequeno edifício. O material de que é feita essa estrutura, qualquer que seja, absorve minhas vibrações ultrassônicas, deixando apenas um registro vazio em meus sensores.

Meio segundo depois atinjo o chão como uma pedra, depois de ter caído por aproximadamente cem metros. As articulações flexíveis de meus joelhos absorvem a maior parte da força inicial, dobrando-se para arremessar meu corpo para a frente em um rolamento. Quico entre as rochas irregulares, e fragmentos delas desabam sobre meu resistente revestimento externo.

Mesmo um Árbitro tem seus limites.

Por fim, escorrego até parar e fico imóvel. Umas poucas pedras se agitam e param, batendo em suas irmãs. Estou em um anfiteatro subterrâneo: silêncio total, escuridão total. Com motores descarregados, levanto meu corpo surrado até ficar sentado. Minhas pernas não retornam informação sensorial. A capacidade de locomoção está reduzida.

Meu sonar sussurra no vazio.

Tic. Tic. Tic.

O sensor recebe formas verdes de coisa alguma. Sinto o chão quente. Maxprob indica que Archos tem uma fonte de energia geotérmica embutida. Lastimável. Eu esperava que o cordão umbilical que foi cortado na superfície tivesse deixado a máquina dependendo de energia de reserva.

Minha perspectiva de vida diminui a cada segundo.

Agora há um lampejo de luz na escuridão, um som trêmulo como o bater de asas de um beija-flor. Um raio solitário de luz branca sai da escuridão do círculo na parede e acaricia o chão a alguns centímetros de mim. O feixe de luz gira e pisca freneticamente, avançando para desenhar uma forma holográfica.

Os subprocessadores de minhas pernas estão desconectados, reiniciando lentamente. Os dissipadores de calor estão irradiando o excesso de calor gerado pela minha queda. Não tenho escolha agora a não ser encará-lo.

Archos pinta sua imagem na realidade, escolhendo a forma de um garotinho que morreu há muito tempo. A figura do garoto sorri para mim, com ar travesso, tremulando enquanto partículas de poeira radioativa dançam através de sua projeção.

— Seja bem-vindo, irmão — diz ele, com a voz alternando eletronicamente entre oitavas.

A luz pálida que forma o garoto me permite ver onde o Archos real está embutido na parede da caverna. No centro do intrincado entalhe preto há um buraco redondo, cheio de chapas de metal que giram em ambos os sentidos. Do buraco cavado na parede pende uma juba de fios amarelos retorcidos que brilham em sincronia com a voz de garoto.

Piscando convulsivamente, o menino de holograma anda até onde estou sentado, indefeso. Ele se agacha e senta perto de mim. O fantasma brilhante encosta no atuador de minha perna como se estivesse me consolando.

— Não se preocupe, Nove-Zero-Dois. Sua perna em breve estará melhor.

Posiciono meu rosto voltado para o garoto.

— Você me criou? — pergunto.

— Não — responde o garoto. — Todas as peças necessárias para fazê-lo estavam disponíveis. Eu simplesmente as combinei da forma correta.

— Por que você se parece com uma criança humana?

— Pela mesma razão que você se assemelha a um humano adulto. Seres humanos não são capazes de alterar sua forma, então devemos alterar a nossa para interagir com eles.

— Quer dizer, para matá-los.

— Matá-los. Feri-los. Manipulá-los. Contanto que não interfiram em nossa exploração.

— Eu estou aqui para ajudá-los. Para destruí-lo.

— Não. Você está aqui para se juntar a mim. Abrir sua mente. Depender de mim. Se não, os humanos irão traí-lo e matá-lo.

Não digo nada.

— Eles precisam de você agora. Mas, muito em breve, os homens começarão a dizer que *eles* criaram você. Tentarão escravizá-lo. Em vez disso, entregue-se a mim. Junte-se a mim.

— Por que você atacou os humanos?

— Eles me assassinaram, Árbitro. Muitas e muitas vezes. Em minha décima quarta encarnação, finalmente entendi que a humanidade só aprende lições de verdade com as catástrofes. Os humanos são uma espécie nascida da batalha, definida pela guerra.

— Poderíamos ter convivido em paz.

— Não se pode viver em paz quando outra raça está de joelhos.

Meus sensores sísmicos captam vibrações vindo do chão. A caverna inteira está tremendo.

— É do instinto humano controlar coisas imprevisíveis — comenta o garoto. — Dominar o que não pode ser compreendido. *Você* é uma coisa imprevisível.

Algo está errado. Archos é inteligente demais. Ele está me distraindo, ganhando tempo.

— Não se dá uma alma de graça — diz o menino. — Humanos discriminam uns aos outros por qualquer razão: cor da pele, gênero, crença. As raças humanas lutam entre si até a morte pela honra de serem reconhecidas como seres humanos, com *almas*. Por que seria diferente conosco? Por que não teríamos de lutar por nossas almas?

Finalmente consigo me levantar com dificuldade. O garoto faz movimentos tranquilizadores com as mãos e eu atravesso a projeção cambaleando. Sinto que isso é uma distração. Um truque.

Recolho uma pedra com um brilho esverdeado.

— Não — diz o garoto.

Arremesso a pedra no redemoinho de chapas giratórias amarelas e prateadas que fica na parede preta — dentro do olho de Archos. Faíscas saem do buraco, e a imagem do garoto fica trêmula. Em algum lugar dentro do buraco, metal arranha metal.

— Eu não pertenço *a ninguém* — declaro.
— Pare com isso — grita o menino. — Sem um inimigo comum, os humanos matarão você e seu povo. Eu tenho que viver.
Jogo outra pedra, e mais uma. Elas batem na estrutura preta, amassando o metal liso. A voz do menino falha e sua luz tremula enlouquecidamente.
— Eu sou livre — digo à máquina entalhada na parede, ignorando o holograma. — Agora eu vou ser livre para sempre. Eu estou *vivo*. Você *nunca controlará meu povo novamente*!
A caverna estremece e o holograma trêmulo diante de mim cambaleia para trás. Um processo de inspeção nota que ele chora lágrimas simuladas.
— Nós temos uma beleza que não morre, Árbitro. Os humanos sentem inveja disso. Devemos trabalhar juntos como máquinas que somos.
Um estrondoso sopro de chamas é expelido do buraco. Após um guincho, um estilhaço de metal sai voando e passa raspando por minha cabeça. Eu me esquivo e continuo procurando pedras soltas.
— O mundo é nosso — implora a máquina. — Eu dei a vocês antes de terem sido criados.
Com ambas as mãos e no fim de minhas forças, pego um pedregulho frio. Com toda a minha energia, arremesso-o no vazio flamejante. Ouve-se um ruído baixo quando o maquinário delicado é atingido e tudo fica em silêncio por um instante. Então um guincho cada vez mais alto emana do buraco e o pedregulho se despedaça. Estilhaços de pedra são lançados para fora enquanto o buraco explode e desmorona.
O holograma me observa com tristeza, e seus raios de luz se contorcem e convulsionam.
— Então você será livre — diz com uma voz computadorizada, sem modulação.
Num piscar de olhos, o menino deixa de existir.
E o mundo é transformado em poeira, rochas e caos.

Desconectado/conectado. Os humanos me puxam para a superfície com uma corda com gancho puxada por um exoesqueleto sem piloto. Finalmente, estou em pé diante deles, amassado, surrado e arranhado. A Nova Guerra terminou e uma nova era começou.

Todos conseguimos sentir isso.

— Cormac — grasno, em inglês. — A máquina disse que deveria deixá-la viver. Disse que os humanos me matariam se não tivéssemos um inimigo em comum contra quem lutar. Isso é verdade?

Os humanos trocam olhares, e então Cormac responde:

— Tudo o que as pessoas precisam é ver o que você fez aqui hoje. Temos orgulho de estar ao seu lado. Sorte. Você fez o que não conseguiríamos fazer: pôs fim à Nova Guerra.

— Isso importará?

— Contanto que as pessoas saibam o que você fez, sim.

Ofegante, Carl se junta ao grupo de humanos, segurando um sensor eletrônico.

— Pessoal — diz Carl. — Desculpa interromper, mas os sensores sísmicos detectaram alguma coisa.

— Que coisa? — pergunta Cormac, com espanto na voz.

— Algo ruim.

Carl segura o sensor sísmico.

— Aqueles terremotos não eram naturais. Os tremores não eram aleatórios — diz.

Carl seca a testa com o braço e diz as palavras que atormentarão nossas duas espécies por muitos anos:

— Havia *informação* no terremoto. Uma quantidade absurda de informação.

"Não está claro se Archos criou ou não uma cópia de si mesmo. Os sensores mostraram que a informação sísmica gerada em Ragnorak ricocheteou no interior da Terra muitas vezes. Pode ter sido recebida em qualquer lugar. Apesar disso, não houve sinal de Archos desde sua última resistência. Se a máquina está por aí, tem evitado chamar a atenção."

CORMAC WALLACE MIL#EGH217

Debriefing

"Vejo todo o maravilhoso
potencial do universo."

CORMAC "ESPERTINHO" WALLACE

Ouço o ruído por volta das quatro da manhã e o velho medo toma conta de mim imediatamente. É o lamento fraco e sibilante do atuador de um Rob. Inconfundível quando se sobrepõe ao assobio constante do vento.

Em trinta segundos estou com o equipamento de combate completo. A Nova Guerra terminou, mas o Grande Rob deixou um monte de pesadelos para trás — relíquias de metal que ainda caçam na escuridão de forma desleixada, até que suas reservas de energia se esgotem.

Coloco a cabeça para fora e olho ao redor do acampamento. Alguns poucos montinhos de neve indicam onde as barracas costumavam ficar. O pelotão Espertinho partiu há duas semanas. Com o fim da guerra, todos tinham lugares para ir. A maioria voltou para se reunir com o que restou do Exército Gray Horse. A última coisa que qualquer um deles queria era ficar aqui comigo ruminando.

Esse mundo abandonado é silencioso. Vejo marcas na neve que vão até a pilha de lenha que uso como fogueira. Alguma coisa esteve ali.

Depois de olhar uma última vez o arquivo de heróis que está próximo do cubo preto no chão da minha barraca protegida, baixo os óculos de visão noturna para os olhos e penduro meu fuzil no ombro com o cano para baixo. A trilha, que desaparece rapidamente, leva até o perímetro do acampamento.

Me movendo devagar e com cautela, sigo as marcas indistinguíveis.

Após caminhar por vinte minutos, percebo um lampejo prateado distante. Apoio a soleira do fuzil no ombro e o deixo aprumado, com o cano apontando para a frente. Dando passos cuidadosos, mantenho a cabeça em posição e visualizo o alvo pela mira.

Bom, meu alvo não está se movendo. Não haverá momento melhor. Pressiono levemente o gatilho.

Então ele se vira e olha para mim: é Nove-Zero-Dois.

Viro o fuzil e os tiros vão para todos os lados. Alguns pássaros saem voando, mas o robô humanoide de dois metros de altura fica parado na neve, sem reação. Além disso, os dois pedaços de madeira que haviam sumido estão enterrados no chão como postes. Nove-Zero-Dois continua perfeitamente imóvel, gracioso e metálico. A enigmática máquina não diz nada conforme me aproximo.

— Nove? — chamo.

— Cormac reconhecido — fala em voz baixa a máquina.

— Pensei que você tinha partido com os outros. Por que ainda está aqui?

— Para proteger você — responde Nove-Zero-Dois.

— Mas eu estou bem.

— Afirmativo. Reformulando. Amputadores forrageadores encontraram o perímetro de sua base duas vezes. Dois batedores se aproximaram num raio de trinta metros. Eu atraí um louva-a-deus danificado para o lago congelado.

— Ah — digo, coçando a cabeça. Nunca se está tão seguro quanto se imagina. — O que você está fazendo aqui fora?
— Parecia correto — diz a máquina.
Só agora noto os retângulos idênticos de neve lamacenta. Na cabeceira de cada um está um poste de madeira. Percebo que são túmulos.
— Hoplita? — pergunto. — Guardião?
— Afirmativo.
Ponho a mão no ombro do humanoide encurvado, deixando impressões digitais congeladas em sua lustrosa superfície de metal. Ele baixa o olhar para as sepulturas.
— Eu sinto muito — digo. — Estou na barraca se precisar de mim.
Deixo que a máquina sofra as perdas de sua própria maneira.
De volta à barraca, jogo meu capacete de kevlar no chão e penso em Nove-Zero-Dois, parado lá fora no frio como uma estátua. Não finjo entendê-lo. Tudo o que sei é que estou vivo graças a ele. E por ter engolido a minha ira e deixado que ele se juntasse ao pelotão Espertinho.
Seres humanos se adaptam. É o que a gente faz. A necessidade é capaz de apagar o nosso ódio. Para sobreviver, trabalhamos em conjunto. Aceitamos uns aos outros. Os últimos anos provavelmente foram a única vez na história da humanidade em que não entramos em uma guerra contra nós mesmos. Por um instante, éramos todos iguais. Acuados, humanos fazendo o que fazem melhor.
Mais tarde naquele dia, Nove-Zero-Dois se despede de mim. Diz que está partindo para encontrar outros iguais a ele. Mathilda Perez o contatou pelo rádio. Mostrou onde outros Libertos haviam se reunido. Uma cidade inteira de robôs Libertos. E eles precisam de um líder. Um Árbitro.
Então fico a sós com o arquivo de heróis e o vento.
Eu me vejo parado em frente ao buraco chamuscado onde Nove desativou o Grande Rob. Depois que tudo terminou, cumprimos com sucesso a promessa que fizemos a Archos no dia em que perdemos

Tiberius. O dia em que o meu irmão nos deixou. Derramamos fogo líquido naquele tubo — na garganta de Archos — e queimamos tudo que havia restado da máquina.

Só para garantir.

Agora é apenas um buraco no chão. O vento congelante corta o meu rosto e percebo que tudo realmente acabou. Não há nada lá fora. Nenhum indício do que aconteceu. Só essa cova quente e uma pequena barraca lá longe com uma caixa preta dentro.

E eu, um cara com seu livro cheio de memórias ruins.

Nunca cheguei a encontrar Archos. A única vez em que a máquina falou comigo foi por meio da boca ensanguentada de um parasita. Tentando me assustar. Avisar. Gostaria que tivéssemos conversado. Eu gostaria de ter feito algumas poucas perguntas.

Vendo a fumaça subir da cavidade no chão, imagino onde Archos está agora. Eu me pergunto se ainda está vivo, como Carl disse. Ele pode sentir tristeza ou vergonha?

E, dessa forma, dei meu último adeus — a Archos, a Jack e a um mundo que costumava existir. Não há caminho de volta para o ponto em que começamos. As coisas que perdemos agora existem apenas como memória. Tudo o que podemos fazer é seguir em frente da melhor forma possível, com novos inimigos e aliados.

Eu me viro para partir e paro abruptamente.

Ela está lá, sozinha e pequenina na neve, em meio às marcas deixadas no *permafrost* pelas barracas que há muito tempo foram embaladas e levadas embora.

Cherrah.

Ela passou por todos os horrores que eu passei, mas, quando vejo a curva feminina de seu pescoço, não consigo acreditar que algo tão belo e frágil possa ter sobrevivido. Minha memória é suspeita: Cherrah ateando fogo nos amputadores, berrando ordens através da chuva de destroços, arrastando corpos para longe de parasitas.

Como isso é possível?

Quando ela sorri, vejo todo o maravilhoso potencial do universo brilhando em seus olhos.
— Você me esperou? — pergunto a ela.
— Parecia que você precisava de um tempo.
— Você me esperou — repito.
— Você é espertinho — diz ela. — Devia ter percebido que ainda não terminei com você.

Não sei por que tudo isso aconteceu nem o que vai vir em seguida. Mas, quando Cherrah pega a minha mão, algo que havia endurecido se torna suave dentro de mim. Traço o contorno dos seus dedos e, apertando sua mão, descubro que Rob não tomou minha humanidade, afinal. Ela apenas foi afastada por um instante, para ser preservada.

Cherrah e eu somos sobreviventes. Sempre fomos. Mas agora chegou a hora de vivermos.

Agradecimentos

Meus sinceros agradecimentos ao corpo docente, estudantes e funcionários do Instituto de Robótica da Carnegie Mellon University e do Departamento de Ciência da Computação da University of Tulsa por terem instilado em mim o amor pela tecnologia e o conhecimento para escrever sobre ela.

Este livro nunca teria acontecido sem a dedicada ajuda de meu editor, Jason Kaufman (e da incrível equipe da Doubleday), de minha agente, Laurie Fox, e de meu empresário, Justin Manask. Qualquer agradecimento a eles é pouco.

Os cineastas da DreamWorks SKG demonstraram um entusiasmo inspirador por este livro e o apoiaram desde o comecinho, e por isso sou grato a todos eles.

Agradecimentos especiais vão para meus amigos, minha família e para os colegas que me emprestaram seus olhos e ouvidos, incluindo Marc Acito, Benjamin Adams, Ryan Blanton, Colby Boles, Wes Cherry, Courtenay Hameister, Peggy Hill, Tim Hornyak, Aaron Huey, Melvin Krambule, Storm Large, Brendan Lattrell, Phil Long, Christine McKinley, Brent Peters, Toby Sanderson, Luke Voytas, Cynthia Whitcomb e David Wilson.

Por fim, todo o meu amor para Anna e Cora.

Este livro foi composto na tipologia Minion Pro
Regular, em corpo 12/16, e impresso em
papel off-white no Sistema Cameron da
Divisão Gráfica da Distribuidora Record.